Le roman de Beyrouth

DU MÊME AUTEUR

ROMANS

Les Exilés du Caucase, Grasset, 1995, Prix de l'Asie.
L'Astronome, Grasset, 1997, Prix France-Liban.
Athina, Grasset, 2000.
Lady Virus, Balland, 2001 (Livre de Poche, n° 37047).

BIOGRAPHIES

Le Procureur de l'Empire, Balland, 2001.
Khalil Gibran, Pygmalion/Gérard Watelet, 2002.
Le Mousquetaire, Balland, 2003.

RÉCITS ET NOUVELLES

La Honte du survivant, Naaman, 1989.
Comme un aigle en dérive, Publisud, 1993, Prix du Palais littéraire
L'Ecole de la guerre, Balland, 1999.

POÉSIE

A quoi rêvent les statues ? Anthologie, 1989.
Khiam, Dar An-Nahar, 2001.

THÉÂTRE

Le Crapaud, FMA, 2001.

ESSAI

De Gaulle et le Liban, 2 vol., Editions Terre du Liban, 2002 et 2004.

Alexandre Najjar

Le roman de Beyrouth

Plon

Ce livre est une œuvre de fiction. Bien qu'il y soit fait référence à des personnages, des faits et des lieux réels, ceux-ci ne sont cités que pour donner à cette histoire d'une famille libanaise, de 1858 à nos jours, un arrière-plan réaliste. Tous les autres noms de personnes et tous les incidents qui y sont décrits sont le produit de l'imagination de l'auteur. Toute ressemblance avec des personnes existant ou ayant existé serait purement fortuite.

Site web : www.najjar.org
Cartographie : Bureau Stéphan

Tous droits de traduction, de reproduction et d'adaptation réservés pour tous pays.

Pour Ghada.

Beyrouth est en Orient le dernier sanctuaire,
où l'homme peut toujours s'habiller de lumière.

NADIA TUÉNI,
Vingt poèmes pour un amour

Pourquoi chaque fois que je descends
vers la place des Canons,
vois-je mes tourments comme des troupeaux
indomptables,
escaladant les marches de son histoire ?
[...] Pourquoi ai-je l'impression maintenant
qu'à la place des Canons poussent des racines
qui s'enfoncent dans mes pas ?

ADONIS,
« Ouvre le livre de l'horizon »

« Dans ses dimensions restreintes, le Liban a trop
d'originalité, trop de vie, trop de couleur, pour
qu'on ait le droit de le dédaigner. C'est un monde
en miniature ; mais un monde complet. »

GABRIEL CHARMES

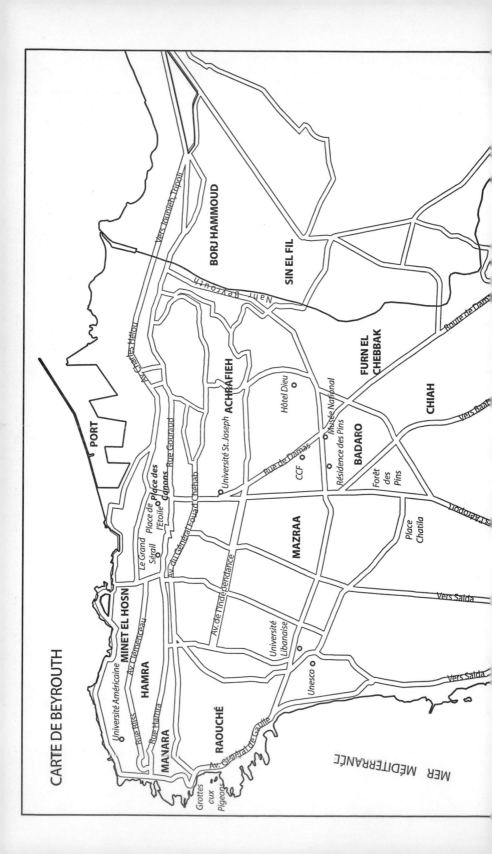

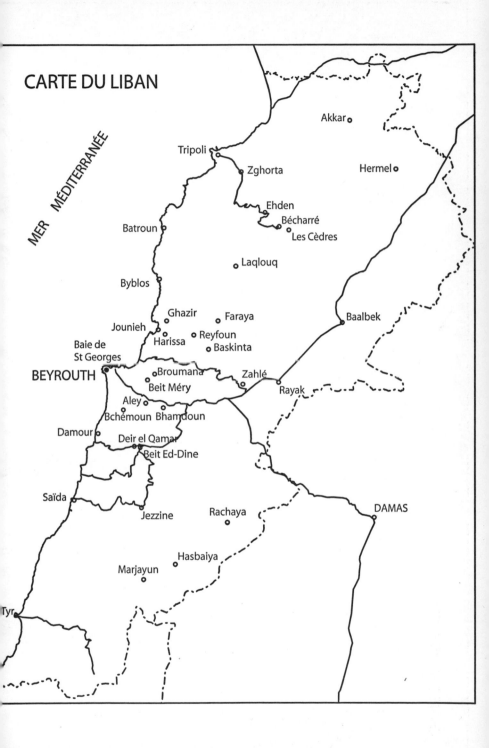

CARTE DU LIBAN

MER MÉDITERRANÉE

Akkar○

Tripoli○

Zghorta○

Hermel○

Ehden○
Bécharré○
Les Cèdres○

Batroun○

Laqlouq○

Byblos○

Ghazir○   Faraya○

Jounieh○   Baalbek○

Harissa○   Reyfoun○
Baskinta○

Baie de
St Georges

BEYROUTH   Broumana○   Zahlé○
Beit Méry○   Rayak○

Aley○
Bchémoun○ Bhamdoun○

Damour○

Deir el Qamar○
Beit Ed-Dine○

Saïda○

Jezzine○   Rachaya○   DAMAS

Hasbaiya○

Marjayun○

Tyr○

Prologue

— On ne me prendra pas Beyrouth !

L'homme vient de fêter ses quatre-vingts ans, mais il parle avec la fougue de ses vingt ans. Dans cette vieille maison, au cœur de la montagne libanaise, assis sur son lit, vêtu d'un pyjama rayé, il me regarde sans me voir. Il a les cheveux taillés en brosse, le visage allongé, le front haut, le nez droit. Il a dû être beau. Il s'exprime avec force et clarté, dans un français châtié, mais en roulant les r. Sa mémoire est prodigieuse, capable de reconstituer dans le détail tous les événements dont il a été le témoin ou que ses proches ont connus. Point de digressions dans son récit : il sait où il va, même quand il s'attarde sur des souvenirs d'enfance qui nous éloignent de notre propos. Il n'invente pas, ou si peu, émaille ses histoires d'interrogations, de dictons, de pensées érudites. Sur une étagère, à côté d'une statuette représentant la Vierge de Harissa, trône un appareil photo portant la marque Rolleiflex. Au mur, une photo de famille encadrée, représentant un couple et trois enfants : deux garçons et une fille.

En tâtonnant, il ouvre le tiroir de sa commode, en sort un coffret contenant des documents et des photos jaunies.

— Toute mon histoire est là, me dit-il en tapotant la cassette. Quelques clichés, les éphémérides de mon grand-père, le carnet de mon père, deux ou trois lettres, c'est tout. Je n'ai pas tenu de journal (la tâche est fastidieuse !), sauf en 1945 et en 2000 – deux années charnières du siècle passé. Je te les confie : je sais que tu en feras bon usage.

Il lâche un long soupir, puis continue :

– *Rizkallah*[1] ! La majeure partie de mon existence, c'est place des Canons que je l'ai passée. Cette place était unique au monde ; elle symbolisait le pays. Les Libanais, toutes confessions ou classes confondues, se retrouvaient là : les chrétiens y côtoyaient les musulmans et les juifs ; les riches, les pauvres. A présent, il n'y a plus rien : la place des Canons a disparu !

Monsieur Philippe dit vrai. Ce matin, avant de me rendre chez lui, j'ai essayé en vain de reconstituer la place des Canons – connue aussi sous le nom de place des Martyrs ou place de la Tour (*Al Bourj*) –, de retrouver des vestiges, des repères, capables de me réconcilier avec le passé de mon pays. Debout à côté de la cathédrale dédiée à saint Georges – qui aurait terrassé le dragon à Beyrouth ! –, au pied d'une imposante mosquée surmontée de quatre minarets, je n'ai pas reconnu ce lieu mythique pourtant présent sur les cartes postales et dans tous les guides du Liban. Qu'est-elle devenue, cette place que la guerre – et les bulldozers de la reconstruction – ont ravagée ? Rien. Rien n'a survécu : ni les cinémas, ni les cafés, ni le tramway, ni la foule bigarrée... Il ne reste plus qu'une vaste esplanade traversée par un boulevard et la carcasse du cinéma City Center, pareille à une baleine endormie. Le bâtiment de la préfecture de police qui abritait autrefois l'hôtel khédivial ? Disparu. Le monument aux Martyrs ? Déplacé. L'immeuble Rivoli ? Dynamité. A-t-on voulu, en transformant la configuration du site, brouiller les mémoires ? A-t-on voulu, en l'effaçant, faire table rase d'une époque ? Trop d'histoires, trop de souvenirs, trop de symboles liés à cet endroit : la place des Canons gênait. Un concours international a, paraît-il, été lancé pour trouver à la place une « nouvelle identité ». Pourquoi changer son identité ?

– La dernière fois que je l'ai vue, continue monsieur Philippe avec émotion, j'ai eu l'impression de visiter un moribond. C'était il y a trois ans, avant que mes yeux ne

---

1. Interjection exprimant la nostalgie.

s'éteignent. J'ai éprouvé un sentiment étrange, où se mêlaient honte, amertume et nostalgie...

Il cherche le verre d'eau posé devant lui, le boit d'un trait, puis déclare avec emphase :

– Je porte le deuil de ces souvenirs qu'on m'a confisqués. Mais que ceux qui œuvrent à la destruction de notre passé se rassurent : quoi qu'ils fassent, et même si je n'ai plus mes yeux pour voir, Beyrouth m'habite. Elle est hors de l'espace et du temps. Elle fait partie de ces lieux que nul ne peut envahir. Comme le paradis.

Il tousse dans son poing, puis me demande de fermer la porte de sa chambre. J'obéis.

– Il ne faut pas que ma femme entende ce que je vais te dire. La vie de mon grand-père, celle de mon père sont limpides comme l'eau de source. Mais j'ai moi-même un secret que je confierai à toi seul, au terme de mon récit.

– Je vous remercie de votre confiance, monsieur Philippe.

– C'est moi qui te remercie de t'intéresser à moi. Te raconter la vie de mes aïeux et la mienne me délassera. Mais je te préviens : mon récit sera long, plein de rencontres et d'événements. Auras-tu la patience de m'écouter jusqu'au bout ?

– J'ai tout mon temps !

– Tu sais, jeune homme, remonter aux origines n'est jamais facile : il y a l'oubli – ce grand trou noir –, la nostalgie, la pudeur qui *transmuent* les souvenirs. Et si raconter ma propre vie suppose que je vide ma mémoire sans crainte de réveiller d'anciennes douleurs, raconter celle des autres exige le secours de l'imagination. Car enfin comment appréhender la pensée, les sentiments, les secrets d'autrui quand on ne les a pas partagés ? Comment pénétrer, comment violer, le sanctuaire d'une vie ? Comment remplir les blancs que nos semblables ont, sciemment ou non, laissés derrière eux ? Comment cerner tout ce qui a déterminé leur action, comment justifier leurs actes – si tant est qu'il faille toujours « justifier » ?

Il croise les doigts, se racle la gorge et me demande :
– Tu es prêt ?
– Oui.

Il hoche la tête avec satisfaction et, à la manière des conteurs ou *hakawati* qui, autrefois, narraient dans les cafés les exploits d'Antar, héros populaire arabe, commence son histoire par la formule sacramentelle :
– *Kane ya makane fi qadim el zamane...*

I

RÉVOLUTION

« Sire, ce n'est pas une révolte, c'est une révolution. »

Duc de La Rochefoucauld-Liancourt
à Louis XVI (juillet 1789)

1

L'anarchiste

Mon grand-père avait été prénommé Roukoz en hommage à saint Roch, le patron de son village. Il était drogman. Longtemps, je le crus *droguiste*, confondant avec naïveté sa situation d'interprète officiel auprès du consulat de France au Liban avec celle d'un marchand de couleurs. Né en 1825 à Reyfoun, dans le Kesrouan, au cœur du pays maronite [1], il avait été éduqué à Antoura par les lazaristes qui lui avaient appris la langue de Molière et l'avaient recommandé auprès du consulat. Pour être proche de son lieu de travail, il avait quitté son village natal et s'était installé à Beyrouth – l'antique Béryte, la « cité des puits » –, au premier étage d'une bâtisse située sur l'une des places principales de la ville : la place des Canons, qui, au dire des historiens, doit son nom aux cinq canons jadis installés au haut de la tour (*Al Bourj*) et signalés par une carte de la marine anglaise datant de 1839; à moins qu'elle n'eût été baptisée ainsi par référence à une grosse pièce d'artillerie de la flotte impériale russe que le capitaine Kajoukov débarqua en 1773 et installa entre le *bourj* et les remparts de la vieille ville, afin de venir à bout de la sédition d'Ahmed Pacha El Jazzar qui, défiant son suzerain, s'était rendu maître de Beyrouth. Cette place, donc, avait accueilli le fils de Reyfoun, tout dépaysé de se trouver dans cette cité trépidante, à proximité d'un port qui ne désem-

---

1. Disciples de saint Maron (ve siècle), les maronites sont des catholiques d'Orient de rite syriaque.

plissait jamais, au milieu des gargotiers, des cordonniers et des vendeurs de pastèques ou de figues de Barbarie. Comment vécut-il cet exil, loin de sa maison à *liwan* [1] et de son jardin planté de pins parasols ? A la vue de son portrait – de larges épaules, le sourcil broussailleux formant sur l'œil une espèce d'auvent, un nez d'aigle aux narines dilatées, des moustaches tournées en croc, la mâchoire large et anguleuse, le menton saillant –, la réponse ne fait aucun doute : il eût fallu davantage pour émouvoir cet homme résistant comme un cèdre.

La vie de mon grand-père eût été sans histoires, celle d'un paisible fonctionnaire au consulat de France, n'était un épisode marquant qu'il vécut en acteur et en spectateur. Qu'est-ce qui entraîna mon grand-père dans cette aventure ? Avait-il obéi à son instinct qui lui ordonnait de refuser l'injustice, ou à la solidarité qui lui commandait de prendre parti pour les paysans de son village ? Avait-il agi sur ordre des Français, désireux de mettre un terme aux abus des féodaux dans la Montagne ? Je l'ignore. Tout ce que je sais, c'est qu'il se retrouva, dépassé par les événements, au cœur de la tempête.

Cette aventure, je fus en mesure de la reconstituer à partir du récit que m'en fit mon père ainsi que des documents retrouvés dans les archives familiales et à la bibliothèque du couvent d'Antoura transformé en collège dès 1834. L'année de mon bac, je fus envoyé en retraite dans ce lieu qui avait autrefois accueilli mon grand-père. Lamartine, qui l'avait fréquenté bien avant moi, en avait fait un portrait saisissant :

> « J'arrive d'une excursion au monastère d'Antoura, un des plus beaux et des plus célèbres du Liban... Le couvent est situé dans le creux d'un vallon, au pied d'un bois de pins ; mais ce vallon lui-même, à mi-hauteur du Liban, a par une gorge, une échappée de

---

1. Forme d'habitation très répandue au Liban, constituée d'une pièce ouverte donnant sur l'espace extérieur au travers d'une baie en arc, avec deux chambres situées de part et d'autre de cette pièce.

vue sans bornes sur les côtes et sur la mer de Syrie ; le reste de l'horizon se compose de sommets et d'aiguilles de roches grises, couronnés de villages ou de grands monastères maronites. Quelques sapins, des orangers, des figuiers, croissent çà et là dans les abris de roc, et aux environs des torrents et des sources : c'est un site digne de Naples et du golfe de Gênes. »

D'autres personnages illustres – Volney, Gérard de Nerval, Henry Bordeaux, Ernest Renan, Maurice Barrès, Pierre Benoit, Roland Dorgelès... – avaient également visité cette vénérable institution qui m'ouvrit ses portes à l'âge où l'esprit mûrit. Je passais le plus clair de mon temps à la bibliothèque du collège. Le père supérieur, Ernest Sarloutte, inoubliable avec son front bombé comme une coupole, sa barbe noire étalée sur sa poitrine et ses bésicles, m'encourageait à étudier (*Labor omnia vincit improbus*, me répétait-il, citant Virgile) et me donnait des conseils avisés. Le soir venu, quand ma vue se brouillait et que mes yeux, à force de lire, commençaient à larmoyer, je quittais ma place pour aider le bibliothécaire à ranger les ouvrages sur les étagères. C'est à l'occasion d'une séance de classement que je tombai sur un manuscrit intitulé : *Mémoires secrets et intimes sur les événements de 1858, 1859, 1860 et les faits politiques qui suivirent.*
Le document en question relatait la fameuse insurrection des paysans du Kesrouan, menée par Tanios Chahine, un maréchal-ferrant de Reyfoun, le village de mon grand-père. Surnommé « Amico », le personnage, immortalisé par une photo glissée à l'intérieur du manuscrit, était entré dans la légende : certains le considéraient même comme le père de la première république en Orient.
Qui avait écrit ces *Mémoires secrets*, que je m'empressai de recopier sur mon carnet, de peur qu'ils ne fussent confisqués par la direction pour les soustraire aux yeux indiscrets ? J'eus beau feuilleter le document, le tourner et le retourner dans tous les sens : rien ! Ce n'est qu'au bout d'un certain temps, grâce à des recoupements laborieux et à un examen graphologique précis, que je fus en mesure

d'identifier l'auteur de l'ouvrage : frère Vincent, coadjuteur au collège de 1856 à 1877. Quel rôle exact joua-t-il dans l'insurrection ? Quels rapports entretint-il avec Tanios Chahine ? J'eusse été incapable de le dire si je n'avais retrouvé, dans les archives de ma famille, les éphémérides où mon grand-père avait noté au jour le jour les événements dont il avait été le témoin. C'est en les parcourant que je compris que, tout lazariste qu'il fût, frère Vincent était un anarchiste.

2

Roukoz

« Je définis la Révolution : l'avènement de la Loi, la résurrection du Droit, la réaction de la Justice. »

Frère Vincent lissa avec la paume de sa main la première page du livre qu'il venait d'ouvrir et huma à pleins poumons l'odeur de papier et d'encre qui s'en dégageait. Relire l'*Histoire de la Révolution française*, ici, au couvent d'Antoura, dans un village du Mont-Liban, avait un autre goût, comme si l'ouvrage de Michelet ne concernait pas une époque révolue de l'histoire de France, mais évoquait les bouleversements à venir dans la région du Levant.

« La Révolution continue le christianisme, et elle le contredit. Elle en est à la fois l'héritière et l'adversaire. Dans ce qu'ils ont de général et d'humain, dans le sentiment, les deux principes s'accordent... Ils s'accordent dans le sentiment de la fraternité humaine. Ce sentiment, né avec l'homme, avec le monde, commun à toute société, n'en a pas moins été étendu, approfondi par le christianisme. A son tour, la Révolution, fille du christianisme, l'a enseigné pour le monde, pour toute race, toute religion qu'éclaire le soleil. »

Frère Vincent croisa les mains derrière la nuque et fixa le plafond du réfectoire. Michelet ne se trompait pas : le Christ lui-même était un révolutionnaire, le plus grand d'entre tous. Il avait tout réformé, proclamé que les premiers seraient les derniers, porté secours aux exclus et aux déshérités, glorifié les femmes et les enfants, accepté sa mise à mort en héros, admis le larron repenti dans Son Royaume...

Un bruit de pas résonna tout à coup dans le couloir. Frère Vincent referma le livre à la hâte et le cacha dans les replis de sa soutane. On frappa à la porte du réfectoire. Mon grand-père entra, une bougie à la main.

– Excusez-moi, mon père, la pluie m'a retardé, bredouilla-t-il. Vous connaissez le proverbe : *ayloul tarafou bil chiti mabloul*[1] !

– Les proverbes ne se trompent jamais, dit le prêtre en souriant. Prenez place, je vous prie.

Roukoz ôta sa pelisse et s'assit. D'un air grave, il fixa le jeune prêtre qui lui faisait face. Quel âge avait-il ? Trente, trente-trois ans au plus. Il toussa dans son poing. Par où commencer ? Comment relater en peu de temps toutes les avanies infligées aux paysans de son village par les féodaux de la famille Khazen qui, depuis des temps immémoriaux, contrôlaient une partie du Kesrouan ?

– Qu'avez-vous à me dire ? demanda le prêtre sur un ton engageant.

– La situation est devenue intolérable. Jusqu'à quand devrons-nous continuer à supporter l'humiliation ? Les paysans ploient sous les dettes, et les féodaux continuent à les harceler. Nous n'en pouvons plus, mon père !

Frère Vincent joignit les mains, comme pour une prière. Ses traits se durcirent. Il n'ignorait pas que certains cheikhs de la famille Khazen exigeaient encore le baise-main de leurs sujets et multipliaient contre eux les actes vexatoires. On lui avait rapporté que Chamsin Khazen avait débarqué en pleine nuit chez Chahine Amouh, du village de Ajaltoun, à qui il avait emprunté de l'argent, et l'avait tué après avoir brûlé sa maison pour le « punir » d'avoir saisi la justice et réclamé son dû ! Il avait également appris que cheikh Melhem Khazen avait poignardé le fils

---

1. « Le bout de septembre est mouillé par la pluie. »

de Boulos Chnihi parce que celui-ci l'avait battu lors d'une compétition de bras de fer, et que ce même cheikh avait enterré vivant un notable de la famille Bitar. Un autre cheikh, Younès el-Khazen, du village de Kfardébiane, avait obligé Naser el-Qasim, son créancier, à se déshabiller en public et à parader à dos d'âne dans le plus simple appareil, avant de le tuer en le frappant avec un bâton sur ses parties intimes ! Le prêtre réfléchit un long moment, puis, posant le livre de Michelet sur la table, déclara d'une voix d'oracle :

– Révoltez-vous !

Roukoz sursauta. Il était venu transmettre au prêtre les doléances des paysans dans l'espoir d'une intervention du supérieur du collège auprès des Khazen, et voilà qu'on lui parlait de « révolte » !

– Nous révolter ? Mais comment ? Nous ne possédons pas d'armes, nous sommes trop faibles, nous ne disposons pas d'appuis suffisants...

– La France et le patriarche maronite vous soutiendront.

– La France ? Le patriarche ? répéta Roukoz, incrédule.

Le prêtre n'avait reçu aucune consigne des autorités concernées, mais il savait pertinemment que la France, malgré ses liens séculaires avec la famille Khazen [1], et le clergé maronite, représenté par le patriarche Boulos Massaad, voyaient d'un mauvais œil ce pouvoir féodal qui malmenait l'idéal d'égalité célébré dans les Evangiles et par la Révolution française.

– Comment des hommes d'Eglise peuvent-ils soutenir une révolution ? reprit mon grand-père qui ne manquait pas d'à-propos. N'est-ce pas contraire aux enseignements du Christ ?

Frère Vincent haussa les épaules. Pour la plupart des missionnaires catholiques présents au Liban, prêcher la liberté et l'émancipation du joug ottoman n'était pas inhabituel, comme si foi et liberté étaient indissociables, comme si la foi était le moteur même de la liberté. Il avait souvenance d'un père jésuite, le père Maximilien Ryllo, de

---

1. Plusieurs cheikhs de la famille Khazen furent nommés consuls de France par Louis XIV.

son vrai nom comte Radamanski, qui, autrefois, avait encouragé les Libanais à se soulever contre l'occupant égyptien. La France, qui soutenait alors le vice-roi d'Egypte, avait tout fait pour le museler et avait même projeté de l'enlever et de l'embarquer de force à bord d'un navire de guerre ! Accusé d'être un agent stipendié par les Anglais, le père Ryllo avait finalement quitté le Liban en septembre 1841 à bord d'un bâtiment de la marine britannique...

– Oubliez-vous le Christ au Temple ? objecta-t-il en se levant pour prendre le grand livre posé sur le lutrin, à proximité de la fenêtre.

– Je ne comprends pas, bafouilla Roukoz.

– Lisez, ordonna le prêtre en posant la Bible sous ses yeux.

Mon grand-père ajusta son monocle et lut d'une voix chantonnante :

> « Se faisant un fouet avec des cordes, il les chassa tous du Temple, ainsi que les brebis et les bœufs, envoya promener la monnaie des changeurs et renversa leurs tables... »

– Le Christ est juste et bon, commenta frère Vincent. Tout ce qui est contraire à la justice et à la bonté est donc contraire à Sa volonté. L'Eglise ne peut rester les bras croisés devant les humiliations que vous subissez. L'Eglise est pour la dignité de l'homme, non pour son asservissement.

Ces paroles réconfortèrent Roukoz.

– Comment procéder ? demanda-t-il, bien décidé à agir.

– Il vous faut un chef, un meneur. Seriez-vous prêt à assumer ce rôle ?

– Moi ? Et le consulat ? Je ne voudrais pas perdre mon poste de drogman...

– Qui, à votre connaissance, accepterait d'endosser cette responsabilité ?

Roukoz réfléchit un moment en se lissant la moustache, puis déclara d'un ton déterminé :

– J'ai l'homme qu'il vous faut !

– Est-il connu ?

– C'est le procureur des biens de la Mission à Reyfoun. C'est un homme vigoureux, respecté pour son courage et sa ténacité. Il fera l'affaire !

– Son nom ?

– Tanios Chahine.

– Pouvons-nous compter sur lui ?

Mon grand-père hocha la tête et déclara avec assurance :

– Mettez vos mains dans de l'eau froide !

3

Amico

On le surnommait « Amico ». La photo montre un paysan à la stature imposante, vêtu d'un pantalon bouffant appelé *cherwal*, et coiffé d'une *lébédé*, un bonnet de feutre conique. Il avait le visage hâlé, les yeux fauves, le nez épaté, les pommettes saillantes, la moustache conquérante. On le disait capable de porter un *jorn* – un mortier – à bout de bras et de tirer une charrue à la place d'un bœuf. On lui prêtait des coups d'éclat dignes des épopées d'Antar. Fils d'un ouvrier agricole qui travaillait chez les Khazen, il était né en 1815 et avait été muletier avant de devenir maréchal-ferrant.

Lorsque mon grand-père pénétra dans la demeure de Tanios Chahine, il frissonna, comme s'il mesurait tout à coup la portée historique de son acte.

– *Laich khtartouné, ka zalmé?* lui demanda son hôte avec méfiance.

Roukoz réprima un sourire : l'accent de Tanios, cet accent qui lui avait demandé tant d'efforts à affiner, était grossier et trahissait des origines modestes.

– Pourquoi toi ? Parce que tu as du caractère, répondit mon grand-père avec véhémence, parce que tu es admiré et respecté de tous les villageois.

La moustache d'Amico frémit.

– Mais mon travail, ma famille ? Dois-je tout sacrifier pour la cause que vous me demandez de défendre ?

Roukoz secoua la tête. Lui-même n'avait pas hésité à franchir le pas : au risque de perdre son emploi de drogman – soutenir la révolution exigeait des déplacements incessants et des absences répétées que le consulat n'était sans doute pas prêt à tolérer –, il s'était jeté tête baissée dans l'entreprise.

– C'est à toi de décider, Amico. Que préfères-tu ? Sacrifier ton confort pour mener la révolution, ou continuer à vivre sous le joug des féodaux qui nous prennent nos terres et humilient nos femmes ?

Tanios marqua un silence de réflexion, puis déclara :

– Mais je ne suis pas éduqué : je ne sais ni lire ni écrire ; je ne comprends rien à la politique et aux idées... Je sais me battre à l'arme blanche et utiliser un fusil. Cela vous suffit-il ?

– Cela suffit, Amico. Dans les révolutions, il y a ceux qui réfléchissent, les doctrinaires, et puis les autres, ceux qui dressent les barricades et font le coup de feu. Je me charge de la doctrine ; occupe-toi du reste !

Tanios tritura sa moustache d'un geste nerveux.

– Qui nous soutient ? Les Français, les Ottomans, les Anglais ? Dans cette région du monde, on n'est jamais tout à fait indépendant !

Cette observation suffit à démontrer à mon grand-père que l'homme qu'il avait choisi n'était pas dépourvu de jugeote.

– Le consul de France approuve notre combat ; l'Eglise maronite nous soutient !

– L'Eglise maronite ?

Tanios Chahine parut tout aussi surpris que Roukoz lorsque frère Vincent lui avait révélé que le patriarche encourageait la révolution. Le maréchal-ferrant ne portait pas l'Eglise dans son cœur, non qu'il fût incroyant, mais à ses yeux certains prêtres maronites n'avaient rien à envier, par leur comportement autoritaire et leur goût du lucre, aux seigneurs féodaux !

– Le patriarche est excédé par le comportement des Khazen, expliqua Roukoz qui, avant de rencontrer Amico, avait tâté le terrain auprès des prélats maronites. Tu connais l'histoire de sa mère avec la femme du cheikh...

– Quelle histoire ?

– On raconte qu'au lendemain de son mariage, la mère du futur patriarche se rendit à la messe portant un *tantour*, ce chapeau conique réservé aux aristocrates. Scandalisée, une femme de la famille Khazen lui administra un soufflet devant tous les fidèles pour lui rappeler que cette coiffure était le privilège des seules femmes ou filles de cheikhs ! J'ignore si le patriarche nous soutient par conviction ou pour prendre sa revanche sur les cheikhs. Une chose est sûre : il ne fera rien pour empêcher la révolte des paysans !

Rassuré, Amico frappa sa main droite avec son poing gauche.

– J'ai dans la cave des haches et des pioches. Nous taillerons des bâtons et des flèches. Nous possédons une dizaine de fusils de chasse et deux ou trois carabines... Quand commençons-nous ?

Mon grand-père sourit. Il avait réussi à enflammer son interlocuteur. « Les révolutionnaires, se dit-il, sont comme ces fous d'amour qui foncent tête baissée vers l'objet de leur convoitise, sans se poser de questions, sans mesurer les conséquences de leur audace, comme si leur désir rendait leur folie légitime, comme si la passion leur donnait tous les droits. »

– Nous commencerons bientôt, fit-il en lui tapotant la joue. La liberté est à portée de main, Amico. Par la volonté de Dieu, nous vaincrons !

– Par la volonté des hommes, rectifia Tanios. Par la volonté des hommes !

*

« Des mouvements populaires avaient commencé à se manifester dans le Kesrouan à la fête de Noël 1858. Tanios Chahine, maréchal-ferrant de Reyfoun et alors notre procureur pour la maison et les biens que possède le collège dans cette localité, en était l'âme et le moteur. Homme très fin, très rusé et fort peu gêné par la conscience puisqu'il y avait, dit-on, de longues années qu'il ne remplissait pas le devoir pascal, il avait acquis dans le pays une grande popularité et beaucoup d'influence... »

Frère Vincent trempa sa plume dans l'encrier et reprit l'écriture de ses *Mémoires secrets*. Il courait un grand risque, il le savait, en rédigeant ce document, mais comment passer sous silence les événements historiques que le Kesrouan allait vivre ?

« Etant très adroit et sachant parfaitement gérer ses affaires, il les avait fait prospérer et occupait parmi les paysans une position déjà bonne. Des démêlés qu'il avait eus avec quelques cheikhs de la famille Khazen qui gouvernaient le pays depuis peut-être deux siècles avaient laissé dans son cœur des rancunes mal contenues et des désirs de vengeance dont l'occasion présente favorisait la réalisation. »

Le prêtre marqua une pause. Les prétendus démêlés de Tanios Chahine avec les cheikhs étaient invérifiables. Fallait-il conserver ce passage ? Il se gratta le front. Qui pouvait le démentir ? Il était l'un des rares témoins lettrés de cette révolution de la Montagne : qu'il pimentât son récit d'anecdotes imaginaires importait peu. L'essentiel était de rendre compte de ce phénomène qu'il avait contribué à créer dans un pays où les idées de liberté et de révolte n'avaient jamais vraiment percé !

« Il commença donc à attirer chez lui les paysans en les recevant bien et en leur offrant quelques bons verres de vin du Liban, générosité assez rare entre montagnards. »

Pour attaché qu'il fût au pays des cèdres, frère Vincent ne pouvait s'empêcher de céder à la condescendance dont faisaient montre la plupart des voyageurs français qui visitaient le pays. Il fallait qu'au détour d'une phrase, même au prix d'une distorsion de la réalité – comment nier l'hospitalité légendaire des Libanais ? –, il insistât sur la jobardise et l'égoïsme de la population autochtone afin que le lecteur occidental mesurât mieux le rôle civilisateur de la France en Orient, afin aussi que la mission lazariste comprît enfin la nécessité d'envoyer de nouvelles recrues pour éduquer les fils de la Montagne.

« De là, Tanios Chahine passa plus loin et leur proposa des assemblées pour y discuter les intérêts du peuple et s'entendre sur les moyens à prendre pour obtenir les réformes jugées nécessaires. »

Frère Vincent relut sa phrase, tout satisfait d'avoir introduit la notion de « peuple » dans son texte. N'est-ce pas chez Michelet qu'il avait appris que « l'historien, le politique, en racontant, en agissant, doivent, chacun à sa manière, reconnaître la souveraineté du peuple »? L'idée de baptiser « assemblées » les réunions de « Montagnards » – l'allusion n'était pas fortuite – ne lui déplaisait pas : il fallait créer une parenté, même factice, avec les clubs de la Révolution et l'Assemblée constituante.

« Les Montagnards ne cachaient plus leurs prétentions de chasser les cheikhs du Kesrouan, de piller leurs maisons et même de les tuer s'ils opposaient quelque résistance à l'exécution de leur entreprise. Des troupes de paysans armés de fusils qui, en faisant retentir l'air de leurs chants guerriers ou de couplets en l'honneur de Tanios Chahine, arrivaient de tous côtés et faisaient des décharges de leurs armes en l'honneur de leur nouveau tribun. »

Frère Vincent hésita à écrire le mot « tribun ». « N'exagérons rien! » se dit-il en souriant. Il se relut. Il y avait dans son récit des correspondances certaines entre les sans-culottes qui chantaient la *Marseillaise* en montant à l'assaut des Tuileries et ces paysans du Liban qui entonnaient des chants guerriers en brandissant des fourches. Il finit par conserver le mot « tribun » : il fallait qu'il y eût du Danton, du Robespierre chez Tanios Chahine, qu'il n'apparût pas aux yeux du lecteur comme une vulgaire marionnette aux mains des grandes puissances, de l'Eglise ou des paysans eux-mêmes. Le prêtre se caressa la barbe : il se devait à présent d'éloigner les soupçons qui risquaient de peser sur la congrégation lazariste, suspectée de soutenir la révolution. Peu importait, après tout, que son rôle dans le déclenchement du mouvement demeurât inconnu : il fallait qu'aux yeux de tous, la mission lazariste ne fût pas compromise dans cette entreprise violente !

« Dans les commencements de ces assemblées, Tanios Chahine vint emprunter de M. Depeyre quelques tables du réfectoire pour une de ses réunions. Le supérieur du collège qui ne supposait pas ce qui devait arriver depuis les lui prêta avec d'autant plus de facilité que ces tables nous étaient pour lors complètement inutiles. Mais notre homme jouait son jeu en faisant cet emprunt ; car il voulait par des actes extérieurs de services rendus faire croire à une entente avec le supérieur du collège et il en tirait à notre insu un appui moral pour l'accomplissement de ses desseins. La charge de procureur de nos terres de Reyfoun dont il était revêtu ne contribuait pas peu à lui donner du crédit auprès des populations qu'il persuadait facilement qu'il était soutenu dans son entreprise par la France et ces gens si simples voyant ses excellents rapports avec le supérieur d'un établissement français en concluaient facilement que les assertions de leur tribun étaient parfaitement conformes à la vérité... »

Le tour était joué : sans nier que le supérieur du collège eût, sur ses propres conseils, prêté des meubles aux insurgés, frère Vincent attribuait à la « simplicité » des gens les rumeurs d'un soutien du collège d'Antoura au mouvement révolutionnaire. Dire qu'il avait fixé les différentes étapes à suivre par les insurgés, et assuré, dans la mesure des moyens de sa communauté, un appui logistique aux paysans ; avouer qu'il avait lui-même fourni l'immense drapeau tricolore qui flottait sur le toit de la maison d'Amico à Reyfoun était impensable : sa tête ou, à tout le moins, sa soutane risquaient d'en payer le prix.

Frère Vincent posa sa plume. Il se faisait tard. La bougie n'était plus qu'une flaque de cire autour d'une flamme vacillante. Il se leva, s'enveloppa dans sa *abaya*[1] brune et monta se coucher. Avant de fermer l'œil, il se dit qu'il était tout aussi exaltant d'écrire l'histoire que de la faire.

---

1 Vêtement ample porté en Orient.

4

Dérapages

Roukoz ouvrit sa sacoche et en tira une rame de papier, une plume et un encrier.

– Je t'écoute.

Tanios Chahine fronça les sourcils, comme pour mieux se concentrer, puis se mit à énumérer les doléances qu'il comptait présenter au patriarche :

– Il faudra organiser les finances générales, supprimer les taxes, abolir les privilèges, distribuer les terres ; il faudra...

– Ho ! ho ! ho ! s'écria mon grand-père en levant la main. Du calme, Amico ! On ne peut pas tout demander à la fois et de façon désordonnée... Il faut sucer la canne à sucre nœud par nœud !

– Je te laisse faire, répliqua Tanios en s'essuyant le nez sur sa manche. C'est ton rôle, après tout !

Mon grand-père hocha la tête. Il réfléchit un long moment, puis se mit à rédiger, de sa belle écriture penchée, la liste des revendications. Quelques instants plus tard, il posa sa plume, ajusta son monocle et, approchant la feuille de ses yeux, se mit à lire à voix haute :

« Les conditions posées par nous aux Khazen :
Article 1. Le règlement des finances générales doit être fixé par deux personnes élues, la première par nous, la seconde par les cheikhs, et le montant correspondant dont ils seront redevables sera payé immédiatement.

Article 2. Les cheikhs doivent régler les frais que nous avons dû payer à cause d'eux pour le stationnement des soldats ottomans et les *wakil.*
Article 3. Le statut des cheikhs doit être le même que le nôtre en tout sans exception aucune.
Article 4. Nul cheikh ne sera nommé percepteur fiscal.
Article 5. Quant aux taxes qui nous étaient imposées quand ils nous vendaient des parcelles de leurs terrains, elles doivent être annulées, pour le passé, le présent et l'avenir. »

Mon grand-père plia la feuille et lança à Amico un regard interrogateur. Tanios Chahine esquissa une moue dubitative :
– Est-ce assez ?
Ne résistant pas à l'envie de faire appel à l'une de ces expressions fleuries dont il avait le secret, Roukoz lui tapota la joue en disant :
– Allonge tes pieds suivant la grandeur de ton tapis !

*

– *Ya beykna ya Reyfouni, ya boul siouf el massnouni* [1] *!* »
Perché sur une colline de Ajaltoun, armé de sa longue-vue, mon grand-père observait avec satisfaction une horde de paysans menée par Tanios Chahine mettre le feu à la propriété de cheikh Diab Khazen. Une joie indicible s'empara de lui : ce féodal était le symbole même de l'arbitraire. La chute de sa maison marquait la fin d'une époque.
– Vive la liberté ! Vive la révolution ! hurla-t-il en agitant son chapeau.
Savaient-ils au moins, ces fellahs, ce que signifie la révolution ? Qu'importe ! Il fallait crever l'abcès, balayer les oppresseurs et, avec eux, tous les signes de l'oppression.
Un coup de feu retentit soudain : une jeune femme, la fille du cheikh, sortit de la maison en titubant et s'écroula près du puits, les bras en croix. Roukoz se mordit les lèvres. Il avait pourtant prié Amico d'éviter les effusions de

---

1. « O notre bey de Reyfoun, ô père des glaives effilés ! »

sang, moins par compassion à l'égard de l'adversaire que pour ne pas s'attirer les foudres du patriarche et ne pas donner aux Ottomans un prétexte pour occuper le Kesrouan. L'exaspération de mon grand-père à la vue de la jeune fille tuée était compréhensible : depuis le début de la révolution, la violence s'était accrue. La foule était ivre de haine. Plus de cinq cents cheikhs de la famille Khazen avaient été délogés et expulsés vers Baskinta et Beyrouth. A Achkout, cheikh Daybes Khazen avait été battu à mort par les insurgés et son cadavre caché dans une presse à huile. De Faraya à Ghosta, en passant par Kleyate et Ajaltoun, les paysans semaient la panique, contraignant les cheikhs à prendre le chemin de l'exil. Les pillages des maisons et des récoltes s'étaient multipliés, au grand dam de frère Vincent qui avait pourtant recommandé à Roukoz d'éviter les dérapages de la Terreur. Toujours est-il que la révolution triomphait : pour la première fois en Orient, des paysans avaient proclamé la *joumhouriya*, la république ! Encouragés par le silence complice du patriarche Massaad, les montagnards avaient même réussi à rallier à leur cause les paysans de la côte, ceux de Zouk et de Sarba. Non contents de réclamer la suppression des taxes qui les accablaient, ils avaient décrété « les immeubles des Khazen propriété privée des métayers » et, conformément au mémorandum rédigé par Roukoz, revendiquaient l'abolition des privilèges des féodaux. Où s'arrêter ? Citant Michelet, frère Vincent avait rappelé à Roukoz qu'« il faut, pour qu'elle continue, moins sanglante et plus durable, que la Révolution sache bien, avant tout, ce qu'elle veut et où elle va ». Mais, dépassé par les événements, mon grand-père perdait toute autorité sur les révolutionnaires : enhardis par leurs conquêtes, les paysans devenaient incontrôlables. Tanios Chahine lui-même prenait des initiatives hasardeuses sans en référer à ceux qui l'avaient placé à la tête du mouvement. Au cours d'une cérémonie à Ajaltoun, il avait fait défiler ses partisans derrière le drapeau français et annoncé à qui voulait l'entendre qu'il était prêt à offrir le Kesrouan à la France, ce qui avait provoqué l'ire des Turcs et l'embarras des Français ! Pourtant, les mauvaises langues rapportaient l'existence de contacts secrets entre Amico et les Ottomans, et la visite d'un agent anglais chargé de l'amadouer. Roukoz n'écartait aucune hypothèse : le mouvement avait pris une ampleur telle qu'il suscitait l'intérêt – et l'inquiétude – des grandes puissances. Comment s'étonner, dès lors, que l'une ou l'autre d'entre elles s'employât à le récupérer pour servir ses propres desseins ?

« Chacun est maître de sa barbe », se dit Roukoz en rangeant sa longue-vue.

5

« Une tempête dans un verre d'eau »

Vers la fin d'octobre, M. François Leroy revint de France où il était allé prendre les eaux. Fondateur du collège d'Antoura et visiteur de la province de Syrie, il jouissait d'une grande popularité auprès des maronites en raison des services qu'il leur avait rendus en tant que prêtre et médecin. Dès son retour, il fut mis au courant par frère Vincent des événements que la région du Kesrouan venait de vivre.

– Ce qui m'inquiète, lui avoua le jeune prêtre, c'est que la révolution n'est plus maîtrisée. Tanios Chahine est dépourvu de stratégie, il n'écoute que son courage !

– Convoquez-le ! décréta le père Leroy, persuadé que l'ascendant qu'il avait sur les habitants du Kesrouan ferait son effet sur Amico.

Tanios Chahine répondit à l'invitation de l'ancien supérieur du collège. Il arriva à cheval, flanqué d'une douzaine de montagnards armés jusqu'aux dents. Laissant son escorte dans la cour du collège, il rencontra le père Leroy dans le réfectoire, en présence de frère Vincent et de mon grand-père.

– La situation est grave, commença M. Leroy. La révolution s'est transformée en désordre ; la Montagne vit dans la peur. Mesurez-vous seulement les conséquences funestes et désastreuses que peuvent avoir pour le pays les clivages qui divisent aujourd'hui les chrétiens ?

Frère Vincent et Roukoz échangèrent un regard inquiet.
Ils espéraient, certes, que le père Leroy sermonnerait Amico,
mais ils ne souhaitaient pas contrarier le chef des insurgés
en lui faisant porter toute la responsabilité d'un mouvement
qu'ils avaient eux-mêmes contribué à créer. Loin d'être inti-
midé, Tanios Chahine répliqua que la volonté du peuple était
de renverser l'ordre établi et qu'il avait simplement aidé le
peuple à réaliser cette volonté. Il ajouta, en regardant frère
Vincent et mon grand-père de travers, qu'il ne se serait pas
aventuré dans cette entreprise dangereuse si on ne l'avait
assuré du soutien de la France, protectrice des libertés.

– J'en conviens, répliqua le père Leroy. Mais il faut que
les cheikhs rentrent chez eux. Nous ne pouvons pas permettre que les chrétiens s'entretuent de la sorte : vous avez
vaincu, il faut à présent gérer la victoire !

– S'ils rentrent, tout est à recommencer ! objecta Tanios
Chahine. Nous ne pouvons plus accepter le règne des féodaux !

– J'ai appris que le patriarche maronite est exaspéré,
qu'il juge dangereux pour l'Eglise l'ordre nouveau que vous
voulez instaurer. Il menace de vous retirer son soutien et
d'excommunier vos hommes !

– Ils se feront protestants ! riposta Amico en haussant
les épaules.

– Vous devez mettre un terme à l'anarchie, poursuivit
M. Leroy, ignorant la réplique insolente de son interlocuteur. Promettez-moi de ne pas vous opposer au
retour des Khazen !

Tanios Chahine blêmit. Il ne pouvait pas contrarier cet
homme d'Eglise qui, autrefois, lui avait fait l'honneur de le
nommer procureur des biens de la Mission à Reyfoun,
mais, tout de même, promettre ce que le peuple ne pouvait
pas accepter était impensable !

– Promettez ! reprit le père Leroy avec force.

Amico serra les dents. La révolution, c'est vrai, échappait
à sa maîtrise. Les *cheikh el chabab* [1] ne coordonnaient plus

---

1. Littéralement : « Chef des jeunes ». Surnom dont on affublait les chefs des
ligues de jeunesse créées dans les villages du Kesrouan.

leurs actions. Ne valait-il pas mieux consolider les acquis – l'affaiblissement du pouvoir féodal, la libération de l'oppression fiscale –, plutôt que de creuser davantage le fossé entre les frères ennemis ?

– Je vous le promets, lâcha-t-il d'une voix étouffée.

Il baissa la tête, se drapa dans sa cape de bure et sortit à grandes enjambées.

– Vous n'y êtes pas allé de main morte, soupira frère Vincent qui regrettait secrètement les propos que son supérieur venait de tenir.

– Il le fallait, répondit le père Leroy. Les familles féodales druzes [1] craignent que la contestation paysanne ne gagne leurs fiefs : dans les districts mixtes, elles radicalisent leurs positions à l'égard des sujets chrétiens. Au lieu d'œuvrer à calmer le jeu, que faisons-nous ? Nous prêchons la révolution ! Comme si une poignée de paysans pouvait transformer le pays ! Le sort des chrétiens est en danger, et nous, nous soutenons leurs luttes fratricides !

– Nous nous devions de réagir, mon père, protesta Roukoz. Vous savez très bien dans quelle situation insupportable nous nous trouvions. Pourquoi remettre en question la victoire des paysans sur les féodaux ?

– Vous n'avez rien compris ! répliqua le supérieur d'un ton sec. Les choses risquent de dégénérer ! Je vous dis que les chrétiens sont en danger et vous me parlez d'une tempête dans un verre d'eau !

Mon grand-père eut le sentiment que le sol se dérobait sous ses pieds. Il regarda frère Vincent avec consternation. Ils avaient rêvé d'une révolution, d'une république – la première en Orient ! –, ils n'avaient récolté que cela : « Une tempête dans un verre d'eau » !

---

1. Présents au Liban, en Syrie et en Israël, les Druzes pratiquent, depuis le XIᵉ siècle, une religion initiatique issue du chiisme ismaélien des Fatimides.

6

Le feu sous la cendre

Mon grand-père aimait Beyrouth. A l'époque, elle se présentait sous la forme d'un tissu urbain serré, organisé en quartiers et traversé par un réseau de venelles et d'impasses. A l'ouest, l'imposante *qichla* ou caserne impériale, édifiée en 1853 par les Ottomans, surplombait la place Assour et donnait l'impression de la surveiller jour et nuit [1]. De charmantes maisons coiffées d'un toit pyramidal en tuiles rouges coloraient l'ensemble et donnaient à la ville un cachet méditerranéen. Malgré les événements que connaissait la Montagne, Beyrouth était en plein essor : les vapeurs affluaient au port, chargés de marchandises qui, une fois débarquées, étaient transportées par des *tartavanes* – des litières légères portées par des mulets –, une route carrossable menant jusqu'à Damas était en chantier et, avides d'affaires, de nombreux commerçants et hôteliers locaux et étrangers s'établissaient *intra* et *extra-muros*. Mon grand-père, au fond, n'éprouvait pas à l'égard de Beyrouth cette crainte qui étreint le montagnard – tout comme, du reste, le provincial qui monte à Paris – et le pousse à rentrer au bercail à peine son travail terminé pour écourter son supplice : il avait *apprivoisé* la ville, si bien qu'il était capable d'en reconnaître sans peine chaque église, chaque mosquée, chaque quartier, et se comportait, dans la vie quotidienne, en véritable citadin – même s'il lui

---

1. La caserne deviendra le Grand Sérail, siège du haut-commissaire français, puis de la présidence du Conseil. La place Assour sera rebaptisée « place Riad Solh ».

arrivait de reprendre l'accent de son village natal quand il se trouvait en présence d'un fils du Kesrouan, histoire de bien lui montrer qu'il ne reniait pas ses racines.

Roukoz ne vécut pas longtemps seul dans sa maison de la place des Canons : il fit bientôt la connaissance d'une jeune fille de Jezzine prénommée Leila. Comment rencontra-t-il celle qui devait devenir son épouse ? Etait-ce à l'occasion d'une mission dans le Sud ou par l'entremise d'un ami commun ? Qu'importe ! Leila avait seize ans. C'était une de ces femmes dont on ne saurait dire quel trait en particulier rehausse la beauté, mais dont l'ensemble des lignes est d'une harmonie telle qu'on ne pourrait rien y changer. Issue d'une famille modeste, elle n'avait pas fait d'études, mais était douée d'une intelligence peu commune. Roukoz s'apprêtait à demander sa main à ses parents lorsque survinrent des incidents graves qui mirent le Liban en émoi et finirent par gagner Damas, provoquant l'intervention de l'Europe.

Ce jour-là, mon grand-père se trouvait, comme chaque lundi, au consulat de France pour y traduire le courrier. Le comte Stanislas de Bentivoglio d'Aragon trempa ses doigts dans la bassine posée derrière lui, puis, s'essuyant les mains avec une serviette portant ses initiales, s'approcha de Roukoz :

– Quelles sont les dernières nouvelles, Roukoz ?

Mon grand-père ôta son monocle et déclara d'une voix altérée :

– Les choses vont mal, monsieur le consul. Je crains le pire !

Les dernières dépêches faisaient état d'incidents graves entre Druzes et chrétiens. Roukoz en était d'autant plus désolé qu'il avait le sentiment d'avoir involontairement contribué à la tragédie. Car la révolution des paysans qu'il appuyait avait, comme le prévoyait M. Leroy, exacerbé la méfiance des féodaux druzes à l'égard des paysans chrétiens. L'incontrôlable Tanios Chahine s'était lui-même rendu à Baabda, dans la région du Metn, à la tête de trois cents hommes armés, provoquant ainsi la colère de Khourchid Pacha qui ne pouvait tolérer qu'Amico sortît des limites du Kesrouan sans son assentiment. « Le drapeau de la guerre a été déployé et il n'y a plus moyen de le replier », lui avait répliqué le fanfaron en évacuant les lieux. Ces facteurs, conjugués avec des déclarations incendiaires des deux bords, avaient mis le feu aux poudres. Avec la complicité de Khourchid Pacha qui ne tenait pas les chrétiens dans son cœur, les Druzes, appuyés par les bachi-bouzouks de l'armée ottomane, avaient investi les localités de Baabda et de Hazmieh, causant la mort d'une trentaine de personnes et l'exode de centaines de familles.

– Où va s'arrêter cette œuvre de destruction ? soupira M. de Bentivoglio. Personne ne peut le prévoir...

– Nous devons réagir, martela mon grand-père. Notre inaction est coupable !

– Ce qui me tracasse, c'est que les Turcs laissent faire, mettant en pratique la maxime politique des vieux Romains : *Divide et impera*. L'intrigue est leur arme favorite : ils sèment la discorde dans la Montagne afin de l'affaiblir par la division. Les Anglais soutiennent les Druzes contre les chrétiens. Et les Druzes du Hauran se disent prêts à porter secours à leurs frères au Liban !

– Les réfugiés arrivent en masse à Beyrouth, renchérit mon grand-père. Je les ai vus entassés au pied de ma demeure, place des Canons. La mère Gelas, la supérieure de la maison des filles de la Charité, a recueilli les malades dans son dispensaire. Elle est débordée...

– Nous irons voir Khourchid Pacha, décréta le consul. Avant qu'il ne soit trop tard.

– Ne vous fiez pas à lui, avertit Roukoz. Quand le diable est né, il distribuait du *moghlé* [1] !

Sensible au langage imagé de son drogman, le comte de Bentivoglio esquissa un sourire.

– Il y a pire que de subir une guerre, dit-il. C'est de n'avoir rien fait pour l'éviter.

---

1. Dessert à base de cannelle et de carvi qu'on offre à la naissance d'un enfant en signe d'allégresse. L'expression signifie à la fois que le sujet est né avant le diable et qu'il se réjouit de sa naissance.

*

Le jeudi 1ᵉʳ juin 1859, le comte de Bentivoglio et mon grand-père furent reçus par Khourchid Pacha à Hazmieh, en même temps que les consuls d'Autriche, de Prusse, de Russie et de Grande-Bretagne. Bien que la tente du gouverneur ottoman fût vaste, il y régnait une forte odeur de tabac.

– Cette situation ne peut plus durer, commença le consul de France en s'asseyant en tailleur derrière la table basse où trônaient une cafetière et des gobelets en cuivre. Il faut que la paix revienne dans la Montagne !

Khourchid Pacha ne répondit pas tout de suite. Il porta à sa bouche le tuyau de son narguilé qui émit un léger glouglou, puis marmonna :

– Je n'assume pas la responsabilité de ce qui se passe.

– Mais vos hommes laissent faire ! objecta le consul.

– Lorsque Tanios Chahine a terrorisé la Montagne, lorsqu'il s'est rendu à Baabda avec sa troupe, vous l'avez bien laissé faire ! observa sir Moore, le consul britannique.

Le comte de Bentivoglio le foudroya du regard et, s'adressant à son hôte, déclara avec force :

– La ville de Deir-el-Kamar est inquiète sur son sort : des massacres y ont été perpétrés ; les promesses que vous avez faites à la population chrétienne n'ont pas été tenues !

– J'ai rapporté à Constantinople les faits tels qu'ils se sont passés, objecta Khourchid Pacha en haussant les épaules. Le gouvernement jugera.

– Entendons-nous, reprit le consul de France. Dans ce pays, l'équilibre entre les communautés est fragile. Il nous appartient de le sauvegarder.

– Je n'ai d'influence que sur les Druzes et les musulmans, et vous en avez sur les chrétiens. Alors, retenez-les, je retiendrai les autres.

– Et s'ils ne vous écoutent pas ? demanda le consul.

– Alors, sauve qui peut !

7

Leila

– Monsieur le consul, réveillez-vous !
– Quoi ? Que se passe-t-il ? demanda M. de Bentivoglio
en sursautant.
– Les Druzes attaquent Jezzine !
– Vous avez vu l'heure qu'il est ?
Mon grand-père était désespéré. Comment expliquer au
consul la véritable raison qui le poussait à le réveiller de si
bonne heure ? Il se mordit les lèvres. Leila ! Qu'était-elle
devenue ? Où se cachait-elle ? La situation était dramatique : au lendemain même de la rencontre du corps
consulaire avec Khourchid Pacha, sept cents Druzes du
Hauran avaient encerclé Jezzine. La résistance s'était organisée dans la ville, sous la houlette d'Abou Samra Ghanem
dont les hommes, après avoir repoussé plusieurs attaques
druzes, avaient investi et brûlé les villages de Niha et de
Aramoun. Les dernières nouvelles en provenance du vice-
consul de France à Saïda, M. Durighello, faisaient état du
décès de Mgr Boutros Boustani, un prélat maronite très
respecté, et d'une dizaine de prêtres, sauvagement assassinés à Mansourieh par les cavaliers druzes de Qassem
Imad.
« Pauvre Leila ! » songea Roukoz en triturant sa moustache.
Tous les massacres du monde ne pouvaient l'empêcher
de penser à sa fiancée ! Que faire ? Comment lui venir en

aide? Son impuissance ajoutait à sa colère. Seul, il ne pouvait rien : il fallait que la France réagît.

– Monsieur le consul, levez-vous, reprit-il en secouant son maître. Les Druzes attaquent le monastère du Saint-Sauveur, et vous dormez!

*

La route était escarpée. Flanqué de cinq cavaliers français que le consul, cédant à son insistance, avait consenti à mettre à sa disposition, Roukoz avait préféré couper à travers champs pour éviter d'être repéré par les Druzes et les bachi-bouzouks qui leur prêtaient main-forte. L'objectif déclaré de l'expédition était d'inspecter les dégâts survenus au monastère du Saint-Sauveur et d'établir un rapport sur la question. Mais mon grand-père entendait bien profiter de l'occasion pour s'enquérir de sa fiancée et, le cas échéant, lui porter secours.

Au bout d'une heure de marche, le convoi arriva en vue de ce couvent qui avait toujours été considéré comme un lieu d'hospitalité pour toutes les communautés religieuses de la région. Roukoz écarquilla les yeux : des flammes se dégageaient du monastère; des volutes de fumée enténébraient le ciel. Scandalisés par ce spectacle, les cavaliers armèrent leurs mousquets et, sans mesurer les risques qu'ils couraient, foncèrent en direction du couvent. Ce qu'ils virent les laissa sans voix : les corps mutilés ou carbonisés de religieux, de femmes et d'enfants jonchaient le sol. Les Druzes avaient forcé les portes de l'endroit et, après en avoir massacré tous les occupants, s'étaient retirés en emportant les biens qui s'y trouvaient.

– Maudits soient ceux qui ont commis ce carnage, maugréa un officier en serrant les poings.

– Contenez votre colère, capitaine, répliqua Roukoz en tenant son ceinturon à deux mains. Mille malédictions n'ont jamais déchiré une chemise!

A la faveur de la nuit, le convoi pénétra dans Jezzine en arborant ostensiblement le drapeau français pour éviter d'être pris sous le feu des belligérants. La ville paraissait déserte. Mais derrière chaque volet clos, on devinait la présence d'un guetteur. Sans tarder, Roukoz se rendit au domicile de Leila. Personne ! Il eut beau cogner de ses deux poings la porte cloutée, appeler sa fiancée, les mains en porte-voix, au risque de réveiller tout le voisinage, nul ne lui répondit. Il avisa un prêtre qui traversait la rue en soulevant les pans de sa soutane pour aller plus vite.

– Je vous en prie, mon père, aidez-moi ! Connaissez-vous les habitants de cette maison ?

– Allez voir du côté de Binwateh, lui conseilla-t-il. Je sais qu'ils ont des amis dans ce village sunnite. Ils sont probablement allés se réfugier chez eux...

Binwateh ! Roukoz remonta en selle, fit signe aux cavaliers de le suivre et lança sa monture en direction de ce village situé non loin de Machmouché. Une demi-heure plus tard, le convoi arriva à destination. Roukoz demanda à rencontrer le chef du village. C'était un vieil homme, issu d'une famille sunnite très connue dans la région. Il reçut mon grand-père en pleurant : deux jours plus tôt, sa femme avait été martyrisée par les Druzes. « Ils voulaient l'obliger à révéler l'endroit où se cachaient les chrétiens qui avaient trouvé refuge dans le village, expliqua-t-il en hoquetant. Imaginez... Imaginez qu'ils lui ont écrasé les seins avec le pilon d'un mortier à viande ! Mais elle n'a pas parlé, non, elle n'a pas parlé ! » Incapable de contenir son émotion, Roukoz le serra contre lui.

– Et les réfugiés ? Que sont-ils devenus ?

– Nous les avons cachés dans les réserves de grains. Nous avons obstrué les entrées avec des piles de matelas. Les assaillants n'y ont vu que du feu !

Roukoz supplia son hôte de l'y conduire.

– Vous seul, exigea le chef du village.

Mon grand-père demanda aux Français de l'attendre et emboîta le pas au vieil homme en priant le Ciel pour que Leila fût au nombre des réfugiés. Sa prière fut exaucée. Les larmes aux yeux, il retrouva sa fiancée, accroupie dans un coin en compagnie de sa mère et de son jeune frère. Incrédule, elle se leva et s'approcha de Roukoz.

– Toi ?

– C'est bien moi, mon amour.

Elle se jeta dans ses bras en sanglotant. Son père avait trouvé la mort aux portes de Jezzine.

– Je t'emmène, lui dit Roukoz à l'oreille.

– Je ne peux pas abandonner ma mère et mon frère !

– Qu'ils viennent avec toi ! fit-il en séchant ses larmes.

C'est ainsi que Roukoz retrouva Leila au terme de sa folle équipée et qu'il la transporta, sous bonne escorte, jusqu'à Beyrouth. Elle s'installa, avec les autres membres de sa famille, dans la maison de mon grand-père, place des Canons, et ne remit plus jamais les pieds à Jezzine. Elle lui donna bientôt deux enfants : Abdo, un amoureux de la nature qui, très tôt, choisit de s'établir à Reyfoun et d'y gérer une ferme, et Elias, mon père, qui devint médecin comme on entre dans les ordres.

8

Le débarquement

Le comte de Bentivoglio décacheta la lettre que le ministre des Affaires étrangères, M. Thouvenel, lui avait adressée de Paris en date du 20 juillet 1860, et la lut à voix haute :

En présence de cette guerre d'extermination qui se propage si rapidement en Syrie et de l'attitude coupable gardée par la plupart des autorités turques, le gouvernement de l'Empereur a pensé envoyer des navires pour préserver les villes du littoral. Il a proposé au gouvernement de S.M. britannique de s'unir à lui pour envoyer un corps de troupes en Syrie. Le cabinet de Londres s'est empressé d'accueillir cette proposition; il nous a fait savoir qu'il ne lui était pas possible de fournir un contingent de troupes, mais il augmentera ses forces maritimes pour protéger les côtes, et il nous approuve d'envoyer des troupes chargées d'agir dans l'intérieur. L'occupation serait réglée par une convention à Beyrouth; les autres puissances seront appelées en même temps que la Turquie. Le départ des troupes s'effectuera, d'ailleurs, sans attendre la signature de la convention. J'ai provoqué l'adhésion des divers cabinets aux mesures dont je viens de parler, et j'ai tout lieu de croire, d'après ce que je sais déjà de leurs dispositions et des sentiments avec lesquels ils ont appris les événements de Syrie, qu'ils seront unanimes dans leur assentiment.

Mon grand-père poussa un soupir de soulagement. Il était temps ! En deux mois, la guerre civile avait gagné tout le pays, de Bkassine à Zahlé, en passant par Rachaya et Hasbaya, provoquant la mort de plus de dix mille personnes dans les deux camps.

– Sommes-nous au bout de nos tourments ? demanda-t-il au consul.

– Pour ce qui nous concerne, nous n'en sommes qu'au début !

*

Beyrouth, comme un sémaphore sur la rive est de la Méditerranée. Surplombée par des cimes laiteuses – « Liban » vient de *laban* (lait caillé) – et des collines plantées de pins parasols et d'oliviers, Beyrouth, ville médiane entre mer et montagne, entre Orient et Occident, entre tradition et modernité ; Beyrouth, dont les bras ouverts portent des stigmates... Roukoz aimait se réveiller tôt pour voir le soleil se lever sur sa ville, comme un amant qui contemple sa belle au petit matin. Ce jour-là, il flaira quelque chose d'inhabituel. De nouvelles odeurs, des bruits inaccoutumés troublaient l'atmosphère. Que se passait-il ? Un vacarme assourdissant en provenance de la rue lui donna bientôt la réponse. Il se pencha par-dessus la balustrade. Un sourire lui plissa les lèvres. Les troupes françaises dépêchées par Napoléon III pour pacifier la Montagne libanaise avaient investi la place des Canons. Il vit les soldats de l'Empereur, épuisés par douze jours de traversée, bivouaquer là, faire un somme ou casser la croûte, tandis que les officiers cherchaient sur une carte leur prochaine destination, sans doute la Forêt des Pins, bien plus vaste que les jardins de la place, et observa les artificiers qui installaient leurs obusiers à l'ombre des ficus et des sycomores. Coiffés de képis, de chéchias garance ou de shakos à pompon, vêtus d'habits-vestes à jupes courtes ou de dolmans, hussards, spahis, zouaves, chasseurs à pied et cavaliers avaient fière allure !

Mon grand-père porta son regard sur la mer. Une trentaine de vaisseaux se trouvaient en rade, au milieu d'une multitude d'esquifs chargés d'hommes et de matériel. Le débarquement annoncé se déroulait comme prévu. Enfin, la délivrance !

*

Neuf mois après l'arrivée des huit mille soldats français envoyés par l'Empereur « pour faire rentrer dans l'obéissance des sujets aveuglés par le fanatisme », le comte de Bentivoglio rencontra le général marquis Charles de Beaufort d'Hautpoul, commandant le corps expéditionnaire de Syrie. Impressionné par cet officier à l'uniforme soutaché, à la barbiche bien sculptée, au regard perçant et au vaste front, Roukoz se crut en présence de Napoléon III lui-même. Après avoir passé en revue la situation dans le pays, le général aborda la question de Tanios Chahine.

– Votre attitude à l'égard de Chahine a été très noble, dit-il au consul. Après son éviction par Youssef Bey Karam, le chef populaire du Liban-Nord, vous l'avez hébergé chez vous et avez obtenu qu'il ne soit plus poursuivi. Malgré toute la sympathie que nous éprouvons à l'égard de ce rebelle, il faut nous rendre à l'évidence : le rôle de Tanios Chahine est terminé [1] !

Mon grand-père grimaça. Ainsi donc s'achevait l'épopée d'Amico ! L'incohérence de son action, son impulsivité et les ingérences étrangères avaient détourné la révolution de son objectif. Il songea au mot de Saint-Just que le frère Vincent se plaisait à répéter : « Ceux qui font des révolutions à moitié n'ont fait que se creuser un tombeau », et regretta amèrement d'avoir consacré tant de temps et d'énergie à défendre un homme qui, en quelque sorte, l'avait trahi.

Revenant sur les événements, le général de Beaufort déclara :

---

1. Tanios Chahine signa un acte de soumission permettant aux cheikhs de rentrer chez eux et de récupérer leurs biens. Evincé par Youssef Bey Karam en mars 1861, il se retira dans son village natal où il mourut le 3 février 1895. Quant à frère Vincent, son nom disparut mystérieusement de la liste des religieux du collège d'Antoura.

– Notre mission touche à sa fin. Nous avons pacifié la Montagne, distribué des vivres, ramené la plupart des réfugiés chez eux, exhorté les Ottomans à châtier les coupables... Les massacres ont cessé et, comme vous le savez, la Commission européenne préconise un statut organique spécial, celui de la *moutassarifiat*, qui confie l'administration du Mont-Liban à un *moutassaref* chrétien, non libanais, nommé par la Sublime Porte avec l'accord des grandes puissances et assisté par un Conseil représentatif composé de sept chrétiens et cinq musulmans.

– Sauf votre respect, mon général, observa Roukoz, la légitime et généreuse intervention du gouvernement impérial nous laisse, à nous autres, Libanais, un grand regret. La vraie sagesse n'interdit pas l'audace. L'heure était belle pour procéder, non à quelques remaniements timides, mais à une organisation générale du Liban en l'affranchissant de la Porte et en le rattachant à la France par une relation bien définie de patronage et de protectorat. Au lieu de l'assistance transitoire et précaire que la France nous apporte, et dont nous lui savons gré, elle aurait pu substituer un appui durable, et la certitude de cet appui aurait fait naître chez nous un sentiment de sécurité et de confiance... En un mot, mon général, nous espérions un dénouement moins écourté, un champ d'action moins circonscrit !

Le général considéra mon grand-père avec étonnement : il parlait comme un homme politique.

– Je vous remercie de votre franchise, monsieur, répondit-il en se croisant les bras. Mais l'Empereur n'a pas cette ambition. Dès le début de l'entreprise, il s'est proclamé le simple mandataire de l'Europe et a attaché une importance extrême à la bonne entente avec l'Angleterre qui, par la voix de son ambassadeur à Paris, lord Cowley, a exigé notre départ à la date prévue. Et puis, sachez que le programme impérial est déjà bien chargé de toutes sortes de questions irrésolues, pleines d'embarras pour le présent comme de périls pour l'avenir. Nous ne pouvons pas être partout en même temps !

– Notre expédition a porté ses fruits, ajouta le consul en adressant un clin d'œil à mon grand-père pour lui signifier d'arrêter là la polémique et de ne pas l'embarrasser davantage. Les plaies finiront bien par cicatriser...

– Je ne le crois pas, monsieur le consul, répliqua Roukoz. La maison de la haine se bâtit avec les pierres des offenses !

II

L'OCCUPATION

« Les miens se meurent et moi, vivant
encore, dans ma solitude je les pleure...
Certains sont terrassés par l'épée, d'autres par la faim, et je suis en ce pays
lointain au milieu de gens heureux dans
leurs lits moelleux. »

Khalil GIBRAN,
« Mon peuple est mort »,
Al Founoun, octobre 1916

1

Elias

Situé au sud-est de la place des Canons, non loin du Petit Sérail, bâtiment de style néoclassique où siégeait le gouvernement du *wilayet*[1] de Beyrouth, l'immeuble Sarkis était un édifice ocre de quatre étages surmonté d'une toiture aux tuiles orangées. L'espace intérieur s'organisait autour d'un hall central qui donnait accès aux autres pièces : le salon (*dar*), la salle à manger (*ta'am*), le séjour (*ou'oud*) et les chambres à coucher. Ce hall était prolongé par une baie vitrée à trois arcades ayant vue sur un vaste balcon doté d'une balustrade en fer forgé et soutenu par des consoles stylisées. C'est là, au deuxième étage, que mon père Elias décida de s'installer après la décision de la municipalité de Beyrouth de raser, en raison de sa vétusté, la maison qu'habitait mon grand-père. C'est là aussi qu'il établit sa clinique : il transforma le hall central en salle d'attente et le séjour en salle d'examen. Alice, ma mère, ne protesta pas. A l'époque – elle n'avait que dix-huit ans –, elle était encore docile et patiente, deux qualités qu'elle finit par perdre avec l'âge. Le contraste entre mes parents était saisissant : mon père, grand et mince. Une moustache courte, bien taillée, lui barrait le visage. Des yeux mobiles, curieux de tout, des lunettes rondes, un front large, très haut, complétaient sa physionomie d'homme de science.

---

1. Province (division administrative dans l'Empire ottoman).

Ma mère, replète, petite de taille. Elle avait les cheveux bruns, une bouche sans lèvres, le nez légèrement effilé et d'épais sourcils qui lui conféraient un air sévère que la douceur suggérée par son teint clair atténuait à peine. Etait-elle belle ? Difficile à dire, tant il est vrai que toutes les mères sont belles aux yeux de leurs enfants !

Rapidement, mon père acquit une renommée qui dépassa les limites de Beyrouth : on venait du Nord, de la Békaa, du Sud, de Damas même, pour le consulter. Cette célébrité n'échappa pas aux autorités ottomanes qui décidèrent de faire appel à lui pour les cas graves qui dépassaient les compétences de leurs infirmiers. Le gouverneur ou *wali* de Beyrouth, atteint d'irritations aux yeux, ne tarda pas à lui demander conseil. Mon père parvint à calmer ses maux grâce à un collyre à base de myrobolans, d'après une vieille recette du savant arabe Al-Razy, plus connu en Occident sous le nom de « Razès ».

Absorbé par son travail de médecin qu'il considérait comme un apostolat – tant et si bien qu'il fit publier dans la presse un encadré annonçant qu'il réservait la journée du jeudi à des consultations gratuites aux plus démunis, ce qui provoqua ce jour-là un afflux de tous les miséreux du pays et la visite de nombreux bourgeois « reconvertis » en pauvres pour les besoins de la cause –, mon père accordait peu de temps aux loisirs. D'ailleurs, à cette époque-là, Beyrouth était peu propice aux folies. Certes, la place des Canons, appelée un temps Hamidiyé – en hommage au sultan Abdulhamid II qui avait inspiré l'aménagement, au cœur de la place, d'un jardin public avec bassins et kiosques à musique –, avait été pavée en 1903 et investie par des stations d'omnibus desservant les quartiers de la capitale et les villages de la montagne ; le tramway avait fait son apparition dès 1906, transformant le site en une véritable gare où convergeaient tous les voyageurs qui « descendaient en ville » ; les souks s'étaient modernisés ; les hôtels et les restaurants s'étaient multipliés. Mais ces mutations, pour importantes qu'elles fussent, ne s'étaient pas accompagnées de ce qu'on appelle « le bien-être ».

Comment s'en étonner? Sans la liberté, quelle place pour le bonheur?

Mon père ne comptait pas beaucoup d'amis, soit qu'il fût difficile dans le choix de ceux-ci, soit que son travail ne lui laissât point la possibilité de s'en faire. Mais il en était un qui, longtemps après sa mort, continua à occuper nos conversations familiales : Alfred Sursock qui, au dire de mon père, était « un de ces êtres raffinés qui avaient réussi à conjuguer les bonnes manières de l'Occident avec les valeurs chevaleresques de l'Orient ». Issu d'une riche famille orthodoxe, huitième fils de Moussa Sursock – qui fut l'ami de Napoléon III et du khédive Ismaïl –, il avait occupé le poste de premier secrétaire à l'ambassade impériale ottomane à Paris, sise au 201, faubourg Saint-Honoré. Pourquoi revint-il subitement à Beyrouth? D'après mon père, il avait été évincé par la Sublime Porte qui désirait donner sa place au fils d'un haut dignitaire ottoman. Résigné, « Sursock bey » était rentré au Liban où sa famille possédait de vastes domaines et un splendide palais. C'est à cette époque-là que mon père fit sa connaissance. Le personnage, qui souffrait de sinusite, lui demanda conseil. Tout de suite, les deux hommes sympathisèrent : le Dr Elias fut séduit par cet être distingué, doté d'une grande culture et d'une imagination sans bornes; M. Sursock dut apprécier chez mon père son sens de l'humain.

Un matin de l'an 1911, un vacarme assourdissant arracha mon père à la lecture de son journal. Il se leva de mauvaise grâce et écarta les rideaux. Ce qu'il vit lui coupa le souffle : Alfred Sursock était assis dans un engin extraordinaire, une sorte de diligence sans cheval portée par quatre roues.

– C'est une automobile! cria Sursock bey, les mains en cornet autour de sa bouche. Descends vite!

Mon père enfila ses vêtements à la hâte et dévala quatre à quatre l'escalier menant à la rue.

– Magnifique! s'exclama-t-il, les mains sur les hanches.

La voiture était un landaulet jaune, à toit ouvrant, équipé de sièges en cuir et de phares ronds comme les yeux d'une chouette.

– C'est une Panhard-Levassor, expliqua Alfred bey.

– Et lui ? demanda mon père en montrant du menton l'homme aux grosses lunettes noires et aux gants blancs assis derrière le volant.

– C'est Walter, mon chauffeur. Une sorte de cocher, mais sans rênes ni fouet. Je l'ai fait venir spécialement d'Angleterre pour piloter cette machine. Tu viens faire un tour ?

– Volontiers !

Mon père se signa, grimpa à bord de l'automobile et s'installa à l'arrière, aux côtés de son ami. La Panhard démarra aussitôt en pétaradant au milieu d'un épais nuage de fumée.

– Où allons-nous ?

– Il y a malheureusement peu de routes carrossables. Nous irons à Sofar...

A peine avait-elle parcouru la distance séparant l'immeuble Sarkis de la cathédrale Saint-Georges que la voiture de Sursock bey se trouva encerclée par une ribambelle de gamins aux pieds nus.

– *Babbor an nar, babbor an nar !* scandaient-ils en agitant les mains.

– Que signifie ce cirque ? demanda mon père en observant d'un air amusé le convoi d'enfants qui escortait le véhicule.

– Ils sont émerveillés par l'engin. Ils l'ont baptisé « le paquebot de feu », à cause de l'échappement !

Mon père éclata de rire.

– Dis-moi, Alfred, que deviendront les chevaux et les mulets si ce moyen de locomotion se vulgarise ?

– On les laissera paître en paix ! fit M. Sursock en balayant l'air du revers de la main. Hier, nous mettions trois jours pour aller de Beyrouth à Tripoli au prix de trois livres-or. Dorénavant, nous ne mettrons plus que trois heures, et cela ne nous coûtera qu'une livre syrienne, c'est-à-dire bien moins qu'un quart de livre-or !

Mon père écarquilla les yeux. Autour de lui, les passants s'écartaient avec déférence comme devant un cortège royal.

– Ils nous dévisagent comme si nous venions d'une autre planète ! observa-t-il.

– Tu n'as encore rien vu ! Il suffit de klaxonner à Furn-el-Chebback pour que les habitants d'Araya sortent de chez eux pour nous saluer au passage !

Une demi-heure plus tard, au terme d'un parcours cahoteux, la valeureuse Panhard arriva au Grand Casino de Sofar, propriété des Sursock. Mon père mit pied à terre, ferma les yeux un moment comme pour reprendre ses esprits, épousseta sa redingote, puis s'approcha du moteur qui ronronnait encore.

– Brave bête ! lâcha-t-il en tapotant le capot à la manière d'un cavalier qui flatte sa monture.

Bien plus tard, Alfred Sursock s'acheta une Lorraine-Dietrich, premier prix du Salon des Champs-Elysées. Mais pendant la Grande Guerre, les Turcs réquisitionnèrent le véhicule et son chauffeur, un Italien nommé Attilio Angelome. Ce n'est qu'au moment de leur retraite du pays que les Ottomans la rendirent à son propriétaire, dépourvue de ses quatre pneus. Lorsque mon père interrogea Alfred sur le manque de civilité des Ottomans, celui-ci lui répliqua en haussant les épaules :

– Ils se sont enfuis en abandonnant leurs bottes sur le champ de bataille : il était normal qu'on me rendît ma voiture sans pneus !

2

« La faute aux Italiens ! »

Une explosion extraordinaire secoua la place des Canons en ce matin du samedi 24 février 1912. Mon père et ma mère, qui prenaient tranquillement le café au salon, se jetèrent à plat ventre, les mains jointes au-dessus de la tête.

– Qu'est-ce que c'est ? balbutia ma mère.

– Les Italiens nous bombardent ! Depuis l'aube, on signale des bâtiments italiens au large de Beyrouth !

– Les Italiens ! Il ne manquait plus que ça !

Mon père se releva et se dirigea vers la porte.

– Où vas-tu ? s'écria ma mère en le retenant par le bras.

– A l'hôpital. Il doit y avoir des blessés. Ma place est là-bas !

– Je t'en prie, ne me laisse pas seule !

– Sois sans crainte : éloigne-toi des fenêtres et ne sors pas ! Tout ira pour le mieux !

Il posa un baiser sur le front de ma mère et disparut.

Cédant à la curiosité, mon père se dirigea vers le port de Beyrouth, histoire de mieux comprendre ce qui s'y passait. Il n'ignorait certes pas que le conflit italo-ottoman en Tripolitaine avait dégénéré, mais il ne saisissait pas pourquoi les belligérants avaient transporté leur guerre au Levant ! Posté à côté du Petit Sérail, il mit sa main en visière au-dessus de ses yeux : deux croiseurs-cuirassés battant pavillon italien bloquaient l'entrée du port et tenaient en joue la canonnière cuirassée *Aunullah* et le torpilleur *Angora*, deux fleurons de la flotte turque. Sur les quais, des marins ottomans s'agitaient au milieu d'une dizaine de badauds armés de couteaux qui s'en venaient jouer les matamores. Tout à coup, le ciel s'embrasa. Les canons des bâtiments italiens se déchaînèrent. Touché de plein fouet par une torpille, l'*Aunullah* prit feu. Il eut beau répliquer, rien n'y fit : enveloppé par les flammes, il s'enfonça dans la mer au milieu des cris ottomans et des vivats italiens. C'est à ce moment précis que mon père eut l'intuition que les Italiens ne s'en tiendraient pas là. Sans tarder, il héla un fiacre et ordonna au cocher de le conduire à l'hôpital américain du Syrian Protestant College. L'établissement, qui dispensait ses cours en anglais et faisait la concurrence à la Faculté Française de Médecine fondée par les jésuites, avait été, en 1882, le théâtre d'une bataille mémorable entre darwiniens et anti-darwiniens qui avait conduit à la suspension des cours et à l'expulsion de deux élèves. Bien que formé en France, mon père était agréé au sein de cette vénérable institution.

A peine s'était-il installé dans le véhicule, qu'une salve d'obus s'abattit sur Beyrouth et ses environs. Désireux d'infliger une leçon au *wali* qui les narguait, les Italiens tiraient au jugé : la Banque ottomane, les entrepôts des douanes, la banque de Salonique, les magasins Orosdi-Back subirent des dégâts considérables. Emballé par le fracas des explosions, l'attelage du fiacre fila comme une flèche. En moins de dix minutes, mon père se retrouva dans la bâtisse du Children's Pavilion, au service des urgences, pour y accueillir les premiers blessés de l'incroyable bataille navale qui venait de se produire sous ses yeux, mais aussi une foule d'étrangers venus se réfugier sur le campus de l'école par crainte de représailles.

– Des émeutiers brisent les vitrines des magasins et s'attaquent à tous ceux qui portent des chapeaux, c'est-à-dire les Européens et les chrétiens, annonça un infirmier.

– Et s'ils attaquent le collège ? demanda mon père en refermant les paupières d'une victime.

– On se croirait au Far West ! s'écria le Dr Ward, le chef du service de chirurgie. Hissez le drapeau blanc sur le toit :

nous devons rester neutres ! *Damn it*, nous sommes là pour secourir les gens, pas pour faire la guerre !

Mon père garda toute sa vie un souvenir ému de cet événement qui fit quarante morts et quatre-vingts blessés. Lorsque, pendant la Grande Guerre, on demanda au *wali* les raisons de la famine qui sévissait dans le pays, il répliqua en haussant les épaules : *El haq aal teliane !* (« C'est la faute aux Italiens ! ») Depuis, cette expression était entrée dans le langage courant des Libanais. Prononcée sur le ton de l'ironie, elle reflète mal l'ampleur des dégâts causés à Beyrouth par l'attaque navale italienne. Témoin de la catastrophe, mon père, lui, n'en parla jamais avec désinvolture. Sans doute par respect pour la mémoire de ceux qu'il n'avait pu sauver.

3

« A peste, fame et bello [1]... »

Le 29 octobre 1914, l'Empire ottoman déclara la guerre aux Alliés. Nommé à la tête de la IVe armée turque en Syrie, Djémal Pacha, alias *As Saffah* – « le Sanguinaire » –, fit occuper militairement le Mont-Liban, violant ainsi le statut privilégié qui lui était reconnu depuis 1861. Dès son arrivée à Beyrouth, l'officier ottoman, qui avait réquisitionné la villa d'Abou Raji Sursock, à deux pas du palais d'Alfred, convoqua le Dr Elias, qui lui avait sans doute été recommandé par le *wali* de la ville, pour soigner une pneumonie qu'il avait contractée durant son voyage. La consultation dura une demi-heure. Satisfait du diagnostic de mon père, « le Sanguinaire » lui délivra un sauf-conduit censé lui faciliter ses déplacements dans le pays.

De retour chez lui, mon père se prit la tête entre les mains : Djémal Pacha méritait bien son surnom. Au physique, il était râblé, avait des traits sévères accentués par des sourcils charbonneux et par son uniforme de maréchal. Il ne cachait rien de ses intentions : dissoudre le Conseil représentatif du Mont-Liban, installer une cour martiale à Aley pour « couper la tête aux agitateurs »... Pour la première fois, mon père éprouva de la honte à prodiguer des soins médicaux aux Ottomans. Sa conscience lui commandait, certes, de soulager la souffrance des

---

1. « De l'épidémie, de la famine et de la guerre... délivrez-nous, Seigneur! » (Invocation des litanies des saints.)

hommes quels qu'ils soient, sans distinction de race ou de couleur, mais l'idée de porter secours à ceux qui occupaient son pays et asservissaient son peuple lui apparut tout à coup intolérable.

– J'ai une bonne nouvelle à t'annoncer, lui dit ma mère en passant un bras autour de son cou.

– Des jours sombres nous attendent, Alice, soupira-t-il.

– Pourquoi dis-tu cela ?

– Djémal Pacha ne m'inspire pas confiance. La famine, provoquée à l'extérieur par le blocus des pays de l'Entente sur le littoral de Syrie et de Cilicie et, à l'intérieur, par le blocus des Ottomans qui veulent isoler le Mont-Liban, risque de décimer la population. Les Libanais sont enrôlés de force dans l'armée ottomane ; les Ottomans ont fermé tous les établissements scolaires français et multiplient chaque jour leurs vexations. Je m'attends au pire !

Il alluma une cigarette et, se tournant vers ma mère, lui demanda :

– Tu avais une bonne nouvelle à m'annoncer ?

– Oui, dit-elle d'un air gêné. Je suis enceinte !

Ma sœur Mona vit le jour huit mois plus tard, à Beyrouth. Conçue au mauvais moment, elle vint au monde à une époque si trouble que ma mère s'empressa de la baptiser le lendemain même de sa naissance pour la placer sous la protection du Très-Haut. Le prêtre qui lui administra le baptême se nommait Abouna Yacoub (le père Jacques). C'était un homme bien bâti portant une longue barbe blanche, semblable à celle qu'arboraient sans doute les prophètes de la Bible. Il avait de beaux yeux pétillants sous d'épais sourcils, de grandes oreilles décollées, et son front dégagé était sillonné de rides profondes. Il était vêtu, comme tous les capucins [1], d'une soutane brune à capuche avec, autour de la taille, une ceinture de corde blanche. Mon père aimait la compagnie de ce saint homme. « Nous sommes complémentaires, se plaisait-il à lui répéter. Quand la science baisse les bras, vous prenez le relais ! » Le père Jacques, de

---

1. Les capucins furent les premiers missionnaires à se fixer au Liban Dès 1625, le père Jean de Saumur s'établit à Saïda, l'antique Sidon.

son côté, appréciait le Dr Elias qui ne rechignait jamais à soigner gratuitement les pauvres qu'il lui envoyait.

Un soir, mon père fut réveillé en sursaut par un messager du père Jacques.

– Vite, vite ! Abouna Yacoub !

– Que se passe-t-il ? Lui est-il arrivé malheur ?

– Venez vite ! Les Ottomans veulent chasser les capucins !

La nouvelle surprit mon père : la paroisse latine comptait aussi des sujets allemands, autrichiens et turcs. Pourquoi s'acharner contre elle ? Il s'habilla à la hâte et emboîta le pas au messager. Lorsqu'il arriva devant l'église Saint-Louis, il vit une dizaine de soldats ottomans postés sur le parvis.

– *Yasak* [1] *!* fit un officier en lui barrant la route.

Mon père ne se laissa pas intimider. Il exhiba son sauf-conduit et pénétra dans le bâtiment. Le supérieur de la Mission, le père Jérôme, était là, les cheveux hirsutes, la mine défaite.

– Que se passe-t-il ? Expliquez-moi ! lui demanda mon père.

– Qui êtes-vous ? aboya un officier ottoman en s'interposant. Mêlez-vous de ce qui vous regarde !

– Je suis le médecin personnel du *wali.*

L'officier changea de ton.

– Nous sommes venus signifier au père Jérôme qu'il est convoqué au Sérail. Il doit évacuer les lieux dès ce soir avec tous les sujets français.

– Pour aller où ?

– A Damas. Un train les attend.

– Mais c'est impossible ! protesta mon père. J'en parlerai au *wali.* Ce sont des prêtres, ils sont inoffensifs !

L'officier resta de marbre :

– Prêtres ou pas, les ordres sont les ordres.

– Mais vous ne vous rendez pas compte ! continua mon père. On n'évacue pas une paroisse comme un bivouac. Il

1. « C'est interdit ! »

faut régler les affaires courantes, transmettre les pouvoirs, préparer les valises... Il nous faut deux jours !

– Je vous donne deux heures !

Tirant profit de ce répit inespéré, le père Jérôme se retira dans la sacristie en compagnie d'Abouna Yacoub et de mon père.

– Nous devons obtempérer, déclara-t-il d'une voix altérée par l'émotion. Durant mon absence, c'est vous, père Jacques, qui prendrez en charge la Mission. Je sais que je peux compter sur vous...

– Votre absence sera courte, j'en suis sûr, dit le père Jacques en le serrant contre lui. Dans l'épreuve qui nous attend, nous serons, vous et moi, près de la Croix.

Mon père sentit les larmes lui monter aux yeux. Pourquoi en voulait-on à ces hommes qui consacraient toute leur vie à servir les autres ? Quel crime avaient-ils commis pour subir ces outrages ?

Scandalisé par la déportation des capucins – quel autre nom donner à cet acte humiliant ? –, mon père perdit le sommeil. Protesta-t-il auprès du *wali* de Beyrouth ? Sans doute. Quelle fut la réponse du gouverneur ? On la devine sans peine : « Je n'y peux rien. Vous n'ignorez pas mon avis sur la question mais je ne suis qu'un simple exécutant. » Mon père écrivit à Rome. On lui répondit que Mgr Giannini, délégué apostolique de Syrie, multipliait les démarches pour obtenir la libération des missionnaires et des religieuses retenus en otages par les Turcs.

Le père Jacques prit la paroisse en main et parvint tant bien que mal à pallier l'absence des prêtres français. Mais des événements tragiques survinrent, qui compliquèrent davantage encore sa lourde tâche : au printemps de l'an 1915, le pays fut envahi par les sauterelles. Mon père, qui se trouvait dans le Sud pour une consultation, fut le témoin de ce fléau qui s'abattit comme la foudre sur une population exsangue, minée par une crise économique aggravée par l'état de guerre en Europe, prisonnière du blocus imposé au Mont-Liban par les Ottomans. Les premiers nuages d'insectes apparurent à l'horizon, le 13 avril

1915, au milieu d'un bruissement sinistre. Comme une tornade, un nuage obscur de quatre kilomètres de long sur quatre de large balaya tout sur son passage. Les sauterelles n'épargnaient rien : les plantes vertes, les arbres et jusqu'aux dures écorces des oliviers cédaient sous leurs mandibules acérées. Les criquets ailés pondaient des millions d'œufs dont sortaient des chenilles qui, à leur tour, ravageaient toutes les récoltes. Comment les repousser ? Les paysans allumaient de grands feux ou faisaient un boucan d'enfer dans l'espoir d'éloigner ces insectes. Peine perdue ! La famine s'installa. Et le typhus, bientôt, se propagea dans le pays, emportant des milliers de citoyens, dont de nombreuses religieuses. Des villages entiers à Jbeil, à Batroun, dans le Ftouh furent décimés. Non content de s'occuper de sa paroisse, le père Jacques se mit à sillonner le pays en compagnie de mon père pour visiter les couvents et venir en aide aux nécessiteux. Spectacle de désolation : des enfants décharnés, aux ventres ballonnés, erraient dans les rues en gémissant, fouillaient les poubelles à la recherche de miettes ou d'épluchures, tuaient les poux pour les manger. Ceux qui, trop fragiles, succombaient, étaient enterrés sur place : la nuit, les chiens venaient les déterrer. A Beyrouth même, les tombereaux de la voirie emportaient chaque matin, vers les fosses communes creusées dans les sables, des centaines de cadavres. Les gens donnaient tout : argent, meubles, terrains, en échange d'une galette de pain !

– Ils nous réclament de la nourriture, se plaignait mon père. Nos vivres ne suffiront jamais... Les réserves des couvents diminuent. Il ne nous restera plus que vos prières à proposer...

– Quand il n'y aura plus rien à faire, je prierai le Seigneur pour qu'il les accueille dans Son royaume, lui répondait le père Jacques. Là-bas, au moins, ils n'auront plus faim !

4

Les martyrs

Mon père fut réveillé le 6 mai 1916, à quatre heures du matin, par des bruits en provenance de la rue. Il se leva et ouvrit les persiennes. Sur la place des Canons, on dressait des potences.

– Le misérable ! marmonna-t-il en songeant à Djémal Pacha.

« Le Sanguinaire » avait tenu parole. Dans une de ses déclarations, il avait promis aux Libanais la cour martiale si d'aventure ils prenaient parti pour l'Entente contre les Turcs. Humilié par sa campagne catastrophique en Egypte où ses troupes avaient été taillées en pièces par les forces franco-britanniques, il s'était juré de pendre un certain nombre d'opposants, histoire de montrer à l'opinion publique que l'autorité des Ottomans n'avait pas été émoussée par la défaite de Suez. Le 21 août 1915, onze nationalistes avaient déjà été pendus après avoir été « jugés » par la cour martiale d'Aley sans même l'assistance d'un avocat.

Ma mère accourut. Elle avait le visage chiffonné, les yeux encore gonflés de sommeil.

– Qu'est-ce que c'est ? demanda-t-elle en nouant le cordon de sa robe de chambre.

– Ils dressent des potences, répondit mon père en lui faisant signe de s'éloigner.

– Qui vont-ils pendre ?

– Des patriotes qu'ils accusent de comploter contre eux, des innocents dont le crime est d'aimer la liberté...

– Tu ne peux rien faire pour eux? Djémal Pacha est un de tes patients : tu pourrais intervenir auprès de lui!

– Tu plaisantes? Même Ohannes Pacha, le *moutassaref* du Mont-Liban, n'a plus son mot à dire!

– Il faut réagir, Elias! On ne peut tout de même pas...

Elle s'interrompit : on frappait à la porte.

– A-t-on idée de déranger les gens de si bonne heure? grommela-t-elle en ajustant les mèches rebelles qui se dressaient sur sa tête. Ils vont réveiller la petite!

Elle ouvrit. L'homme qui se tenait sur le seuil était grand, élégamment vêtu. Il avait les cheveux coupés en brosse, des sourcils circonflexes et de longues moustaches relevées aux pointes. Ma mère remarqua qu'il avait le visage blême et le front en sueur.

– Je suis Philippe Zalzal, le drogman du consulat de France, commença-t-il d'une voix à peine perceptible. Je souhaite voir le docteur, c'est urgent, je...

L'homme n'acheva pas sa phrase : il vacilla sur ses jambes et s'effondra sous les yeux horrifiés de ma mère.

– Elias, au secours!

Mon père accourut. Reconnaissant le successeur de Roukoz au consulat de France, il le porta jusqu'au salon, l'allongea sur le canapé, lui dégrafa le col de sa chemise et lui prit le pouls.

– De l'eau de fleur d'oranger et une compresse, vite! commanda-t-il.

Ma mère obtempéra et gagna la cuisine en levant les bras au ciel. Au bout d'un moment, Philippe Zalzal ouvrit les yeux.

– Ressentez-vous une douleur à la poitrine ou au dos? lui demanda mon père, craignant une attaque cardiaque.

– Je ne suis pas un judas, docteur. Croyez-moi!

Mon père fronça les sourcils : que signifiaient ces paroles? Avait-il perdu la raison?

– Calmez-vous, Philippe! lui dit-il en posant une compresse sur son front.

– Je suffoque, docteur, depuis des semaines, je ne mange plus, je ne dors plus, je suis oppressé... Les gens me montrent du doigt, je n'en peux plus!

– Expliquez-moi, de quoi s'agit-il ?

Le drogman se redressa et, d'une voix faible, se mit à raconter l'épreuve qu'il venait de vivre :

– Lorsque le consul de France, François Georges-Picot, a dû quitter le consulat à la fin d'octobre 1914, à la suite de l'alliance de l'Empire ottoman avec l'Allemagne, c'est le consul général d'Amérique, M. Hollis, qui a pris sa place. Au lieu de détruire les archives avant de partir, à l'instar de son collègue britannique, Georges-Picot, qui était convaincu que la guerre ne durerait qu'une quinzaine de jours, a préféré garder les documents secrets au consulat sous la protection de son homologue américain. Pourtant, les instructions de l'ambassadeur de France à Constantinople, Maurice Bompard, aux consulats de France de l'Empire ottoman étaient claires : il était prescrit aux consuls de ne laisser dans leurs postes, en caisses scellées, que les archives non politiques ; il leur était expressément recommandé d'incinérer avec leurs chiffres tous les documents de nature à compromettre les gens du pays avec lesquels leurs consulats étaient en relation !

– Que s'est-il passé ?

– Les Ottomans ont profité du départ des Français pour perquisitionner les locaux du consulat. M. Hollis n'a pas su – ou n'a pas voulu – leur tenir tête. Ils ont brisé les scellés, mis la main sur les documents qu'ils cherchaient et vidé l'armoire secrète, encastrée dans un mur, où se trouvaient les dossiers les plus « sensibles »...

– De quoi s'agissait-il ?

– De lettres compromettantes pour de nombreux nationalistes libanais ou syriens, de courriers adressés par nos compatriotes aux autorités françaises pour leur demander de les délivrer du joug ottoman !

Mon père se mordit les lèvres.

– Les auteurs de ces lettres ont été arrêtés, déférés devant la cour martiale de Aley et condamnés à mort pour « collusion avec l'ennemi ». Ils sont sur le point d'être pendus sous votre fenêtre ! acheva Philippe Zalzal en se prenant la tête entre les mains.

– Mais vous, quel est votre rôle dans tout ça ? répliqua mon père. Pourquoi vous mettez-vous dans cet état ?

Le drogman lâcha un long soupir :

– On m'accuse d'être un judas, d'avoir trahi la France et les Libanais, d'avoir dévoilé aux Ottomans l'emplacement de l'armoire secrète où se trouvaient les archives... Or, il n'en est rien : après le départ du consul, j'ai été exilé à Adana, puis à Damas. Je ne suis revenu au Liban que grâce à l'intervention d'un ami, Michel Sursock, qui entretient de bonnes relations avec les Ottomans. Lorsque Azmi bey, le *wali* de Beyrouth, a décidé de mettre la main sur les archives françaises, il m'a convoqué et sommé d'être présent au moment de la perquisition. J'ai obéi, mais je n'ai pas parlé, je vous jure que je n'ai pas parlé !

– Mais pourquoi vous accuserait-on d'une abomination pareille ? demanda mon père en plissant les yeux.

– La thèse de la trahison convient à tout le monde : en m'accusant, Georges-Picot évite de s'expliquer sur sa propre imprévoyance, et le consul américain se lave les mains. Il leur fallait un bouc émissaire, voilà tout !

Mon père secoua la tête. Fallait-il croire le drogman ? Comment démêler le vrai du faux ? Deux mille ans après, l'acte de Judas demeurait inexpliqué. Avait-il réellement trahi ? Comment justifier son suicide ? Etait-ce seulement la cupidité ? Ne se méprenait-il pas sur la véritable mission du Christ ? Croyait-il lui forcer la main ? Un brouhaha monta de l'extérieur. Mon père alla à la fenêtre et l'ouvrit. Devant les gibets, des carrioles s'étaient arrêtées. Un à un, menottes aux poignets, vêtus d'une camisole blanche, les condamnés mettaient pied à terre. Ils étaient quatorze. Mon père reconnut Omar Hamad, Pietro Paoli, Georges Haddad, Abdel-Ghani Arayssi, de Beyrouth, et Saïd Fadel Akl de Damour. Les autres, dont il avait lu les noms dans le journal, étaient originaires de Saïda, Hasbaya, Damas et Jérusalem. Deux officiers, un commandant et un colonel, étaient au nombre des condamnés : ils étaient reconnaissables à leur uniforme et au kalpak qu'ils avaient été autorisés à garder. Le premier à monter sur l'échafaud fut Pietro Paoli. Il se laissa passer la corde au cou et, avec un courage inouï, donna lui-même un coup de pied à l'escabeau sur lequel il se dressait. Vint le tour de Saïd Fadel Akl. Le menton droit, il apostropha la foule :

– La mort pour la patrie et l'indépendance est une naissance, tandis que la vie sans indépendance est une mort. Vivent les martyrs !

Omar Hamad lui succéda. Il grimpa sur l'escabeau et, avisant Réda Pacha, le gouverneur militaire du Mont-Liban, au milieu des militaires qui assistaient aux exécutions, lui lança en français :

– Va dire à ton gouvernement oppresseur que cette action sera un jour la cause de sa ruine !

Abdel-Ghani Arayssi se montra tout aussi courageux. Fondateur du journal *Al Moufid*, il s'était rendu célèbre par ses pamphlets contre les Ottomans.

– La gloire des Arabes viendra, s'écria-t-il en levant les yeux au ciel. Les royaumes ne se construisent que sur les crânes des héros. Les nôtres formeront la base de l'indépendance du Liban !

La chaise bascula. Mais comme la corde n'avait pas été bien ajustée, l'homme se balança piteusement en poussant des grognements saccadés. Un soldat turc se rua alors sur lui et le pourfendit d'un coup de sabre.

Horrifié par ce spectacle, mon père referma la fenêtre et se retourna. Philippe Zalzal [1] était toujours là, prostré, le front baissé.

– Je ne suis pas un traître, docteur. Vous me croyez, n'est-ce pas ?

Mon père s'approcha de lui et lui releva la tête.

---

1. Philippe Zalzal ne fut jamais poursuivi et, ironie du sort, son fils épousa la fille d'un des quatorze condamnés ! Le 6 mai, le Liban commémore la fête des Martyrs ; un monument a été érigé, place des Canons, à la mémoire des victimes du « Sanguinaire ».

5

Le père Jacques

Deux jours plus tard, on avertit le Dr Elias que les Ottomans avaient emmené le père Jacques *manu militari* et s'apprêtaient à le déférer devant la cour martiale. Encore sous le choc des pendaisons qui avaient eu lieu sous son balcon, mon père courut jusqu'à l'église Saint-Louis-des-Capucins en priant Dieu de porter secours à son ami. Il le savait : Djémal Pacha ne reculerait pas devant la mise à mort d'un homme d'Eglise. N'avait-il pas déjà exécuté le prêtre de Sin-el-Fil, le père Youssef Hayeck?

— Ils l'ont emmené à Aley! lui annonça une religieuse en pleurant.

Mon père ne se le fit pas dire deux fois. Il emprunta un fiacre et ordonna au cocher de le transporter à toute vitesse jusqu'à Aley en lui promettant de doubler le prix de la course s'il y parvenait avant la tombée de la nuit.

Arrivé devant le siège de la cour martiale, mon père demanda à voir le père Jacques.

— *Yasak. Ziyarether yasaktir* [1]!

— Je suis son médecin. Il souffre d'une pneumonie aiguë. Je dois le voir à tout prix.

— Vous avez une autorisation?

— J'ai ça! fit mon père en exhibant le sauf-conduit que Djémal Pacha lui avait délivré.

Le document fit son effet : à la seule vue du nom de Djémal Pacha, le factionnaire manqua de s'évanouir. N'in-

---

1. « C'est interdit. Les visites sont interdites. »

sistant plus, il autorisa le médecin à pénétrer dans le bâtiment.

Mon père s'engagea dans un long couloir mal éclairé d'où se dégageait une forte odeur d'urine. Il appliqua un mouchoir contre son nez et fit le tour du bâtiment. Au bout d'un moment, il trouva la pièce où le prêtre était interrogé.

– Etes-vous bien le père Jacques, capucin?

– Tu le dis, je le suis.

– Etes-vous français?

– Non. On m'appelle Abouna Yacoub.

– Aimez-vous les Français?

– J'aime la vertu partout où je la trouve, même sur le groin d'un pourceau!

Mon père glissa un œil par l'entrebâillement de la porte. Le prêtre se tenait bien droit face à l'officier qui l'interrogeait.

– Nous avons trouvé ces caisses de documents chez vous à l'église, dit le Turc en désignant des cartons. Que contiennent-elles?

– Je ne sais pas!

– Comment sont-elles parvenues jusqu'à vous?

– Je les ai trouvées quand j'ai pris la direction du couvent et je les ai laissées sur place, là où elles étaient.

– Menteur! hurla le Turc en levant son bâton pour le frapper au visage.

– Je n'ai jamais menti, répliqua le père Jacques. Et je préfère mourir pour avoir dit la vérité plutôt que de vivre dans le mensonge!

Désarçonné par ces paroles prononcées sur un ton déterminé, l'officier renonça à poursuivre l'interrogatoire.

– Allez-vous-en! hurla-t-il en lui montrant la porte du doigt. Disparaissez de ma vue!

Le prêtre sortit sans saluer. Croisant mon père dans le couloir, il lui adressa un sourire triomphal qui voulait dire : « Ils ne nous auront pas [1]! »

---

1. Considéré par le patriarche Arida comme « une des gloires du Liban », le père Jacques a été déclaré vénérable par le Vatican. Il a laissé de nombreuses œuvres, dont l'hôpital de la Croix et l'hôpital Saint-Joseph. Sa statue trône au milieu d'une place à Jal-el-Dib, au Mont-Liban.

6

Les voisins d'Alice

– Mon Dieu! s'écria ma mère en levant les bras au ciel.
Des musulmans dans l'immeuble!

Mon père l'observa d'un air consterné.

– Et alors?

Maman baissa les yeux. La nouvelle de l'installation
d'une famille sunnite de Beyrouth, les Sidani, au troisième
étage de l'immeuble Sarkis, avait fait sur elle l'effet d'une
bombe. Non qu'elle fût habituée à vivre sans voisins, mais
elle acceptait mal l'idée de cohabiter avec des gens « de
l'autre bord », ayant sans doute des idées et des coutumes
différentes des siennes. Comment lui en tenir rigueur? Ma
mère avait été élevée dans une famille catholique et fait ses
études chez les Dames de Nazareth, connues pour leur
éducation stricte. Dans ce milieu, elle n'avait jamais eu
d'amies musulmanes et avait vécu dans l'ignorance totale
de l'islam et de ses enseignements. Par fanatisme, elle ne
sortait jamais les mardis sous prétexte que ce jour de la
semaine est maudit depuis le mardi 29 mai 1453, date de la
chute de Constantinople, capitale religieuse de l'Orient
chrétien! Mon père, lui, avait noué, grâce à son métier de
médecin, des relations solides avec des familles sunnites,
chiites et druzes. Il lui importait peu de connaître la religion de ses patients et prodiguait ses soins à Ali, Mohamed, David ou Georges, avec le même dévouement.
Etait-ce à son séjour en France qu'il devait cet esprit de
tolérance? Je le crois. A Paris, à l'époque de ses études de

médecine, il avait rencontré toutes sortes d'étudiants et compris l'idée de « laïcité », chère à la République. A Mont-parnasse, il s'en allait souvent flâner avec deux de ses compatriotes inscrits à l'académie Colarossi : Youssef Hoayek et Khalil Gibran, qui connurent plus tard la célé-brité. Dans le milieu qu'ils fréquentaient évoluaient des artistes d'horizons très différents : Suzanne et Lia, deux juives de Roumanie, Olga, une Russe qui avait connu Tols-toï, une blonde Italienne prénommée Rosina... « La tolé-rance est l'amour malade de son orgueil », répétait Gibran dont mon père aimait la compagnie, bien qu'il le trouvât trop tourmenté, comme tous les poètes. A la mort de Gibran en 1931, mon père fut d'ailleurs l'un des premiers à accueillir sa dépouille au port de Beyrouth et escorta le cortège funèbre de la place des Canons jusqu'à Bécharré, village natal de l'auteur du *Prophète*...

A la différence de ma mère qui considérait les pratiques religieuses des musulmans avec un regard circonspect – et oubliait volontiers que certaines traditions chrétiennes prêtaient à sourire, comme l'interdiction de balayer le mer-credi saint, appelé « le mercredi de Job », sous peine d'être dévoré par les fourmis ! –, mon père participait volontiers à leurs fêtes. Pendant le ramadan, il acceptait toujours les invitations à l'*iftar*. Il aimait l'ambiance qui accompagnait généralement ce repas pris à la fin de la journée de jeûne, composé de plats traditionnels comme la soupe de len-tilles, le *fattouch* [1], la *moghrabieh* [2], servis avec du jus d'abricot. La nuit, lorsque le *moussaharati* sillonnait les rues en tapant sur son tambourin et en récitant des versets du Coran pour réveiller les fidèles et les inviter au *souhour*, le dernier repas avant l'aube, et que la voix du muezzin retentissait pour rappeler qu'« Allah est grand, il n'est nul autre Dieu qu'Allah », il ne se plaignait jamais d'avoir été arraché à son sommeil. Pour lui, le jeûne du ramadan était plus qu'une prescription du culte musulman : une manifes-

---

1. Salade au pain.
2. Plat composé de boulettes de farine de semoule, servi avec des pois chiches, du poulet et des oignons.

tation de fraternité, une invitation à l'aide aux plus démunis dont on partageait, à travers le jeûne, la souffrance.

– Je suis heureux que nous ayons des musulmans pour voisins, reprit mon père. Tu apprendras au moins à les connaître !

Le lendemain matin, mon père rencontra M. Sidani dans les escaliers. Sans cérémonie, il l'invita à déjeuner.

– A-t-on idée ? tempêta ma mère. Ils viennent à peine de s'installer que tu les invites déjà ? Et tu oublies la famine dans le pays ? Nous avons à peine de quoi nourrir notre fille et monsieur invite les voisins à déjeuner !

La réponse de mon père fusa, implacable :

– Si c'est le prix pour t'aider à te débarrasser de tes préjugés, je n'hésite pas à le payer !

A l'heure convenue, les Sidani frappèrent à notre porte. Ma mère n'ouvrit pas tout de suite, soit qu'elle hésitât à franchir le pas, soit qu'elle voulût se donner de l'importance en les faisant patienter. Sur le seuil, un homme d'une trentaine d'années, trapu, vêtu d'un costume sombre et coiffé d'un tarbouche, et une jeune femme aux yeux clairs, portant une robe ample aux manches longues et, autour de la tête, un foulard noir.

– Je suis Kamal Sidani, dit l'homme en se découvrant. Et voici Najla, ma femme.

– Soyez... soyez les bienvenus ! bredouilla ma mère.

– Installons-nous au balcon, proposa mon père. On étouffe à l'intérieur !

Notre voisin posa son tarbouche sur la table basse et commença à remercier mes parents de leur attention. De sa voix calme, il se présenta : issu d'une importante famille sunnite de Beyrouth, il avait embrassé le métier d'avocat et décidé de quitter le quartier de Ras-Beyrouth pour s'installer place des Canons afin d'être plus proche du palais de justice.

– Mon ambition est de devenir magistrat, confia-t-il à mon père. Mais être à la solde des Ottomans ne m'enchante guère : je préfère l'indépendance de l'avocat !

– Il n'est pas facile d'être avocat par les temps qui courent, observa ma mère.

– A qui le dites-vous ! dit Najla en secouant la tête. Lorsque mon mari se rend au tribunal pour défendre un accusé, je ne sais jamais s'il reviendra sain et sauf !

– Les Ottomans préfèrent prononcer leurs sentences de manière expéditive, expliqua Kamal. Pour eux, les avocats sont des empêcheurs de tourner en rond !

Il poussa un profond soupir et, balayant l'air du revers de sa main, enchaîna :

– La justice sous l'occupation est une notion illusoire, une vue de l'esprit. Le jugement est toujours écrit à l'avance ; les officiers dictent leur loi aux magistrats. J'attends avec impatience le jour où les Ottomans débarrasseront le plancher, pour me réconcilier avec la justice !

– Kamal ! s'écria Najla en lui pinçant le bras. Tu ne vas pas recommencer !

– Si ! Il n'y a pas de honte à dire ce qu'on pense. J'affirme haut et fort qu'il est temps que l'occupation ottomane prenne fin !

– Mon mari s'enflamme trop rapidement, bredouilla-t-elle en se tordant les doigts. Il oublie que sous l'occupation il vaut mieux tenir sa langue !

Ma mère éclata de rire.

– Nous sommes entre voisins, dit-elle d'une voix rassurante. Nous pouvons parler à cœur ouvert...

– Et puis, il prêche des convertis, ajouta mon père. Critiquer l'occupation n'est pas un délit, c'est un devoir !

Les deux couples conversèrent pendant plus d'une heure et apprirent à mieux se connaître. Najla était éduquée et pratiquait le métier de sage-femme que sa tante paternelle lui avait appris. Elle parlait peu, mais était attentive à tout. Sa sobriété plut à ma mère.

Vint le moment de passer à table. Ma mère avait préparé une assiette de *taboulé* – un festin en cette époque de pénurie ! – et s'était abstenue de servir du vin.

– Le salut viendra de l'Europe, observa mon père en prenant place. Seules, la France et l'Angleterre pourront déloger les Ottomans !

– Je n'en suis pas certain, objecta Kamal. La révolte arabe proclamée par le chérif Hussein et menée par ses fils, Abdallah, Fayçal et Zeid, avec le concours du colonel Lawrence, a l'air de porter ses fruits.

– Si c'est pour constituer un royaume arabe, non merci! objecta ma mère.

Un lourd silence accueillit cette réplique. Ma mère n'avait exprimé là que le sentiment d'un grand nombre de chrétiens qui redoutaient, à tort ou à raison, que la domination ottomane ne fût remplacée par un « royaume arabe » qui imposerait l'islam à tous ses sujets, mais elle avait prononcé cette phrase avec une spontanéité qui trahissait toute la méfiance qu'elle nourrissait à l'égard des musulmans.

– Cette idée de « royaume arabe » me paraît utopique, enchaîna mon père pour sortir ma mère d'embarras. Pourquoi ne pas donner à chaque Etat de l'Empire ottoman sa propre autonomie?

Préférant ne pas s'appesantir sur une question qu'il savait sensible, maître Sidani déclara avec diplomatie :

– Nous sommes au moins d'accord sur l'essentiel : bouter l'Ottoman hors de nos terres. C'est déjà tout un programme!

Le déjeuner fini, les Sidani prirent congé.

– Je suis très heureuse d'avoir fait votre connaissance, dit Najla à ma mère. J'espère que nous deviendrons amies.

Ma mère ne répondit pas. Elle garda longtemps sa main dans la sienne, comme si, par ce geste, elle scellait un pacte avec sa voisine et, à travers celle-ci, avec toute la communauté musulmane.

Lorsqu'ils furent sortis, elle s'adossa contre la porte d'entrée et, considérant mon père avec un regard où se mêlaient honte et soulagement, déclara en haussant les épaules :

– Tu avais raison!

7

L'immeuble Sarkis

L'immeuble Sarkis accueillit bientôt de nouveaux locataires. Au premier étage, Samuel. Il appartenait à la petite communauté israélite de Beyrouth, principalement concentrée dans le quartier de Wadi Abou Jmil. Il était ventru – un ventre si volumineux qu'il donnait l'impression de déborder de son pantalon –, avait les joues flasques, le menton adipeux, et son visage rosé se crispait à chaque mouvement de son corps comme sous l'effet d'une sourde douleur. Il ahanait et soufflait en marchant et lorsqu'il s'affalait dans un fauteuil, il s'y encastrait si bien qu'il lui fallait déployer un effort surhumain pour parvenir à s'en dégager. Samuel n'était pas marié et ne gênait jamais personne. Il faisait la navette entre sa maison et sa boutique de verreries située à l'entrée du souk des bijoutiers. Quand il croisait papa dans l'escalier, il lui parlait immanquablement de ses neveux de New York qui avaient réussi dans l'immobilier. « Un jour, j'irai leur rendre visite », lui disait-il en levant l'index au ciel.

Au quatrième, vivait un artiste arménien appelé Zadig. Etait-ce son vrai prénom ou un pseudonyme ? Je ne le sus jamais. Il était petit, avait les yeux globuleux et le nez proéminent. Il s'habillait très mal, moins par avarice que par dégoût des apparences – ces apparences qui, pourtant, étaient la raison de vivre de nombre de Libanais, prêts à se priver de tout pourvu qu'ils fussent en possession d'une belle voiture. Zadig faisait partie de l'attachante communauté arménienne qui, au lendemain des massacres de 1915, s'était installée en nombre à Beyrouth, dans le quartier de Bourj Hammoud, mais aussi à Anjar, dans la Békaa. Violoniste de talent, il consacrait deux heures par jour à répéter des morceaux connus ou de sa propre composition. Entre ses doigts, l'archet prenait vie : point de grincements, ni de miaulements insupportables, mais un flot continu de notes harmonieuses qui m'émouvaient jusqu'aux larmes. Ce rituel ne dérangeait personne, hormis ma mère qui, de mauvaise foi, attribuait ses migraines à la musique de ce voisin « sans-gêne ».

Zadig avait une épouse d'origine tcherkesse, Jenset, très belle avec ses grands yeux bleus et sa chevelure blonde qui tombait en cascade sur ses épaules – je lui dois mes premiers émois quand, à l'âge de la puberté, on fantasme sur une femme – , et un fils unique, prénommé Varouj, un rouquin aux joues tavelées d'éphélides, très tôt passionné par les sciences.

Il faisait bon vivre dans l'immeuble Sarkis. Le concierge, un Egyptien prénommé Naguib, s'occupait de l'entretien du bâtiment. Il ne possédait pas la langue de Molière, mais, histoire de nous épater, truffait ses propos de locutions françaises glanées ici et là : « J'en ai marre » était sa formule favorite. Prononcée avec l'accent égyptien où le « g » remplace le « j » (*Gan ni marre*), elle eût déridé un croquemort.

Michel, mon oncle maternel, était un habitué de l'immeuble. Nous l'appelions « Tonton ». Il avait de petits yeux rusés et scrutateurs, et une calvitie précoce lui dégageait le front. J'admirais sa manière de choisir avec raffinement vêtements et accessoires : il portait des lunettes ovales cerclées de métal, un costume gris rayé, un nœud papillon, des supports-chaussettes, des derbys en cuir bicolore et, pour sortir, un feutre mou entouré d'un ruban et un long parapluie à manche recourbé. Il avait l'étrange manie de plaquer ses deux paumes contre ses hanches comme pour empêcher son tronc de s'affaisser. Il ne travaillait pas (« Le travail, c'est le refuge de ceux qui n'ont rien de mieux à faire », se plaisait-il à répéter, citant Oscar Wilde) et passait son temps à lire. Véritable rat de bibliothèque, il vouait une admiration sans bornes à Baudelaire, Balzac et Flaubert et était capable de réciter près de deux mille vers, emmagasinés dans sa mémoire depuis l'enfance. Il traînait si souvent chez nous – ce qui agaçait parfois mon père – qu'il finit par devenir l'une des figures légendaires du quartier. Très superstitieux, il multipliait les mises en garde : toucher du bois pour éloigner le mauvais œil, ne pas ouvrir une armoire la nuit, garder couvert le mortier servant à la préparation du *kebbé* [1], ne pas essayer le chapeau d'un autre... Les sens en alerte, il guettait le moindre signe, la moindre imprudence. Comme s'il se sentait investi d'une mission : nous préserver du malheur. Nous l'aimions bien, Tonton. D'après maman, son père aurait voulu le prénommer « Jupiter ». Heureusement pour lui, le curé de la paroisse s'était opposé à ce choix sous prétexte que, jusqu'à nouvel ordre, Jupiter n'était pas reconnu par l'Eglise.

---

1. Viande hachée avec du blé concassé appelé *bourghol.*

8

Les comploteurs

– *Sé wa dou !*

Mon père lut les chiffres qu'affichaient les minuscules dés qu'il venait de lancer et, d'une main experte, avança les dames. Toute la matinée, il avait essayé de battre maître Sidani à la *tawlé* – le trictrac –, mais sans succès. Pour sérieux qu'il fût dans ses manières et ses lectures, mon père s'autorisait une fois par mois un moment de « relâchement » et se rendait au café de Verre, à l'ouest de la place des Canons, pour y boire de l'arak. Malgré la guerre et la famine, l'endroit ne désemplissait pas : ne sachant où aller, les vieux s'en venaient lire les nouvelles en se partageant le même journal, ou oublier leurs tracas en jouant aux cartes. La moyenne d'âge avoisinait les soixante-dix ans, ce qui n'indisposait nullement mon père qui aimait la compagnie des vieux, à condition qu'ils ne fussent pas trop bavards.

– J'ai encore gagné ! annonça Kamal en se frottant les mains.

Mon père referma rageusement le couvercle du boîtier et maugréa :

– Je n'ai jamais connu un être aussi chanceux que toi..

– Tout est dans le style ; la chance est secondaire ! rétorqua l'autre, l'œil goguenard.

Mon père fit craquer ses doigts et jeta un regard circulaire autour de lui. De sa place, au fond du café, il avait une vue d'ensemble sur la grande salle. Dans un coin, un groupe de jeunes attira son attention. Leur manière de converser à voix basse en lançant des coups d'œil furtifs par-dessus leurs épaules laissait deviner la teneur de leurs propos.

– Ce ne sont pas des habitués, observa-t-il.

– Je les connais, chuchota Kamal. Ce sont des militants proches du Comité syrien. Ils discutent probablement des échéances à venir...

– Ils ne manquent pas de toupet. Se réunir ici !

– Où veux-tu qu'ils aillent ? Les universités sont fermées, les clubs surveillés. Ici, ils se fondent dans la foule.

– Tu parles ! Rien n'échappe aux Ottomans ! Je...

Mon père n'acheva pas sa phrase.

– Sauve qui peut ! Les Turcs !

Un jeune homme, probablement chargé par ses camarades de faire le guet à l'extérieur, venait de pénétrer dans le café en agitant sa casquette dans tous les sens. Sur-le-champ, le groupe de « comploteurs » s'éparpilla dans tous les sens en bousculant tables et chaises. Par réflexe, mon père bondit hors de son siège. Avec des yeux exorbités, il aperçut une douzaine de *zaptiyé* armés de matraques et de fusils qui barraient l'entrée du café. Kamal ne se le fit pas dire deux fois : il tira son voisin par la manche de sa veste et l'entraîna vers l'arrière. Mon père se laissa faire, sans trop comprendre ce qui lui arrivait. Jouant des coudes, au milieu des cris, des bris de verres et de bouteilles, les deux hommes se faufilèrent jusqu'à la cuisine.

– Vite, vite, par ici ! hurla Kamal en montrant la porte de service.

– Non ! répliqua mon père en le retenant. La porte de service est certainement surveillée, fuyons plutôt par là !

Il monta sur une chaise et, à l'aide d'un couteau trouvé par terre au milieu des plats renversés, démonta le grillage du soupirail qui éclairait la cuisine.

– *Yalla !* commanda-t-il.

Les deux hommes se hissèrent à la force du poignet jusqu'à l'ouverture et se retrouvèrent dans une ruelle étroite. Courbés comme sous la mitraille, ils détalèrent et gagnèrent l'immeuble Sarkis par l'arrière pour échapper aux gendarmes qui quadrillaient la place des Canons.

– On l'a échappé belle! lâcha maître Sidani en s'épongeant le front. Ils nous auraient certainement coffrés avec
les autres!

– Toi, peut-être, mais pas moi, répliqua mon père, à
bout de souffle, en exhibant son sauf-conduit.

Kamal le considéra, interloqué.

– Tu ne m'en as jamais rien dit! Puisque tu ne risquais
rien, pourquoi m'as-tu suivi?

– Je ne pouvais pas te laisser seul, répondit mon père en
haussant les épaules.

9

La fin des Ottomans

Assis dans le salon arabe aux fauteuils bas tapissés de brocart, le *wali* de Beyrouth, Ismaïl Haqqi bey, fumait tranquillement le chibouk en considérant ses trois convives : le président de la municipalité de Beyrouth, Omar Daouk, Alfred Sursock et mon père qui, cédant à l'insistance de son ami, avait fini par accepter l'invitation du gouverneur – qui était aussi son patient.

– Comment jugez-vous la situation ? demanda Alfred en allumant un cigare.

– Je ne suis pas inquiet, répondit Ismaïl bey. La chute de Jérusalem le 11 décembre dernier n'est qu'une des péripéties de cette guerre. Avec les Allemands, nous avons encore des ressources insoupçonnées.

Il claqua des doigts. Son serviteur accourut, une carafe d'eau à la main.

– Et le roi Fayçal ?

Le *wali* esquissa un sourire narquois.

– C'est un naïf. Il s'est laissé berner par les Anglais. Ils lui ont promis monts et merveilles. Mais la divulgation des accords Sykes-Picot par lesquels la France et l'Angleterre se divisent la région sans tenir compte des promesses qu'elles lui ont faites va certainement calmer son ardeur...

Mal à l'aise depuis le début de la soirée, mon père se leva. Alfred l'imita.

– Il se fait tard, Ismaïl bey. Vous nous excuserez..

De retour chez lui, mon père ne trouva pas le sommeil. Lui qui croyait imminente la fin de l'Empire ottoman ! La désinvolture d'Ismaïl bey était préoccupante. Possédait-il des informations rassurantes ou bluffait-il devant ses invités ? Il se prit la tête entre les mains. La situation dans le pays devenait insoutenable. Le moral des Libanais était au plus bas. Des milliers de volontaires avaient rejoint Chypre pour se battre aux côtés de l'Entente et risquaient de se retrouver face à face avec leurs concitoyens enrôlés de force par les Turcs. Les femmes restées au foyer avaient le plus grand mal du monde à subvenir aux besoins de leurs enfants ; et les établissements scolaires étaient toujours fermés sur ordre des Ottomans. La nouvelle de l'entrée d'Allenby en Palestine lui avait mis du baume au cœur, mais là, l'attitude du *wali* remettait tout en question !

Soudain, on frappa à la porte. Il consulta l'horloge : minuit ! Qui, à cette heure tardive ?

– Elias, ouvre vite !

C'était Kamal.

– L'armée ottomane a perdu ! Les Anglais sont sur le point de libérer Damas !

– Impossible ! J'étais à l'instant même chez le *wali* !

– Lis ! C'est une dépêche qu'un journaliste du quotidien *Al-Ikbal* vient de me faire parvenir !

Mon père chaussa ses lunettes et parcourut le document que son voisin venait de lui remettre. Le texte faisait état de l'effondrement de l'Empire ottoman, de la défaite des troupes germano-turques sur le front du Proche-Orient et de l'entrée imminente en Syrie des troupes menées par le colonel Lawrence et le major Stirling.

– Ce n'est pas vrai, Kamal ! Pince-moi !

– Si c'est vrai !

Mon père se jeta dans ses bras. Les deux hommes se serrèrent longtemps en pleurant de bonheur.

– Que se passe-t-il ? demanda ma mère, réveillée par le vacarme.

– Le cauchemar est terminé, Alice, dit mon père. Nous sommes libres ! Libres, tu entends, libres, libres !

N'y tenant plus, il courut à la fenêtre, l'ouvrit et, à pleins poumons, poussa un formidable cri de victoire.

10

Les femmes d'Alfred

Le lourd portail en fer qui défendait l'entrée du palais Sursock pivota sur ses gonds en grinçant. Mon père se retrouva devant un escalier double. Comme à l'accoutumée, il emprunta la volée de droite. Arrivé sur le perron, il poussa la porte et se retrouva dans un vaste hall encadré par quatre ensembles de triples arcades aux piliers de marbre, orné d'un immense tapis et de meubles orientaux.

– Monsieur Alfred vous attend, déclara le majordome en le débarrassant.

Mon père hocha la tête. De bonne heure, son ami lui avait fait savoir qu'il souhaitait le rencontrer d'urgence pour une affaire touchant à sa sécurité. « Que craint-il encore ? » s'était demandé mon père. Les Ottomans avaient pris la poudre d'escampette, abandonnant armes et uniformes sur le champ de bataille. Le 8 octobre, la VIIe armée britannique, commandée par le général Bulfin, avait fait son entrée à Beyrouth sous les acclamations, bientôt suivie par les chasseurs d'Afrique et par la célèbre compagnie des légionnaires d'Orient. Le colonel de Piépape, commandant le régiment français en Syrie et en Palestine, avait été nommé gouverneur militaire de Beyrouth et accueilli en libérateur. Le 30 octobre, l'armistice avait été signé dans l'île de Moudros à bord de l'*Agamemnon* et la plupart des hommes politiques libanais en exil, comme Béchara el-Khoury, Emile Eddé ou Daoud Ammoun, étaient rentrés au bercail... Sursock bey entretenait d'excellentes relations avec les Français qui avaient appris à le connaître lors de son séjour à Paris : il n'avait donc aucune raison de s'inquiéter !

Mon père esquissa une moue et se dirigea vers le salon. Alfred était là, assis dans un fauteuil, les bras ballants, la mine défaite.

– Alfred, que se passe-t-il ?

– Je t'en prie, Elias, sauve-moi !

– Que se passe-t-il ?

– Djémal Pacha ! balbutia Alfred, terrorisé. Djémal Pacha !

Quoique l'Empire ottoman fût en miettes, le nom de ce personnage redoutable continuait à susciter l'émoi : trop de crimes étaient attachés à son nom, trop de morts entachaient son souvenir.

– Que crains-tu ? Les Turcs sont partis, on le dit en Afghanistan !

– Tiens ! dit Alfred en lui tendant une carte postale.

Oubliant ses bonnes manières, mon père émit un sifflement d'admiration. La carte représentait une superbe jeune fille tout de blanc vêtue. Elle était brune, avait un regard de braise, un nez délicat, des lèvres sensuelles et un menton retroussé. Mon père savait à quel point Alfred Sursock aimait les femmes, qui le lui rendaient bien. A Beyrouth comme à Paris, il avait toujours été très entouré. Mais bien qu'il fût à l'orée de la cinquantaine, il ne songeait toujours pas à se marier : jaloux de sa liberté, il ne concevait pas qu'on pût l'aliéner en *s'enchaînant*, toute sa vie, à une seule femme. Que ne suivait-il l'exemple de son frère aîné qui, après une vie tumultueuse, avait fini par « se caser » ? Georges, qui avait mené grand train à Paris avant de revenir à Beyrouth, s'était entiché de Mistinguett, la vedette française du music-hall, qu'il avait convaincue de le suivre. Mais la malheureuse n'avait pas réussi à poser le pied sur le sol libanais : craignant un scandale, Moussa Sursock, leur père, s'était précipité au port de Beyrouth pour sommer l'artiste de rebrousser chemin ! Georges avait fini par épouser sa cousine Emilie, une femme remarquable, au grand dam de l'Eglise orthodoxe qui, voyant d'un mauvais œil les unions entre cousins germains, avait excommunié le couple. Sans hésiter, Emilie avait alors offert un vaste terrain à l'archevêché orthodoxe de Beyrouth pour obtenir la levée de l'excommunication!

– Qui est-ce? Une nouvelle conquête? Un chagrin d'amour?

Alfred haussa les épaules.

– Lis plutôt ce qui est écrit au verso de la carte, balbutia-t-il.

Mon père obéit et lut à voix haute :

> *Mon bien cher Alfred,*
> *Je t'ai envoyé une lettre et une carte il y a quinze jours, mais je n'ai pas reçu de réponse. Je suis inquiète. Oh, Alfred, si au moins tu étais près de moi, je serais si heureuse! Mon mari est devenu insupportable, égoïste et avare, et ma vie, hélas, est bien triste.*
> *Sache que mon affection pour toi ne changera jamais. Oh, ces tristes paroles sur papier me semblent si froides quand mon âme saigne de douleur!*

– Elle est mariée! s'exclama mon père en retournant la carte.

– Oui, soupira Alfred.

– Je connais son époux?

– Oui.

– Qui est-ce?

– Djémal Pacha!

Mon père sursauta. Il fronça les sourcils et répéta :

– Djémal Pacha? Le fameux Djémal Pacha?

– Lui-même!

Le Dr Elias ne sut quelle attitude adopter : fallait-il en rire ou en pleurer? Il se laissa choir dans un fauteuil, à côté de son ami, le souffle coupé, les yeux exorbités.

– Tu es fou!

– Je te le jure, Elias, je n'y suis pour rien : c'est elle! Je l'ai rencontrée à Constantinople pendant la guerre et, depuis, elle n'arrête pas de m'écrire! Que veux-tu que je fasse? Si je l'éconduis, elle risque de se venger en m'accusant de la harceler; si je succombe à ses avances, son mari m'égorge!

– C'est ennuyeux, dit mon père en se tordant les doigts. On ne badine pas avec Djémal Pacha. Même à distance, il peut encore être nuisible. S'il découvre votre idylle, tu es un homme mort !

– Merci pour ton soutien, Elias ! marmonna Alfred en versant du whisky dans le grand verre posé devant lui. Je suis dans de beaux draps !

Mon père se ressaisit. Il se leva, arpenta la pièce en faisant mine d'admirer les tapisseries anciennes qui ornaient les murs, puis, revenant à sa place, annonça d'un ton ferme :

– J'ai la solution.

– Dis-moi vite !

– Tu dois te marier.

– Me marier ? Tu divagues !

– C'est la seule solution pour apaiser les ardeurs de cette femme, crois-moi ! Il faut qu'elle comprenne, une fois pour toutes, que ton cœur est pris, qu'elle n'a plus aucune chance, que la page est tournée !

Alfred se prit la tête entre les mains. Il croyait avoir définitivement renoncé à entrer dans « la cage dorée ». Mais si cette solution lui garantissait la vie sauve, elle méritait réflexion.

– Ne précipitons pas les choses, déclara-t-il en se levant. Je dois me rendre chez mon cousin à Naples. Dès mon retour, je me mettrai en quête d'une épouse !

– Tu m'en fais le serment ?

Alfred leva la main droite et déclara sur un ton solennel :

– Je le jure !

Alfred Sursock n'attendit pas son retour au Liban pour tenir sa promesse. A Naples, à l'occasion d'un dîner, il rencontra donna Maria, fille du duc Francesco Serra di Cassano et belle-sœur de son cousin Nicolas Sursock. Maria avait été fiancée pendant dix-huit ans à un certain Fabio Caracciolo di Forino, mais elle n'avait pu l'épouser à cause de son propre père qui n'appréciait pas le prétendant. A la mort du duc, croyant la voie libre, Maria avait relancé son fiancé. Cruelle déception : à bout de patience, Fabio avait intégré l'ordre de Malte et fait vœu de chasteté. Alfred bey consola Maria – qui avait alors trente-neuf ans ! – et s'empressa de demander sa main. Elle accepta avec joie, malgré les réserves de la duchesse (« Encore un Libanais, orthodoxe de surcroît ! »), personnage exubérant qui inspirera à Malaparte un chapitre féroce de *Kaputt* intitulé : « Golf handicaps ».

De retour à Beyrouth, Alfred annonça à mon père l'heureuse nouvelle.
– Fallait-il aller à Naples pour trouver la femme de ta vie ?
– J'étais dans de bonnes dispositions, voilà tout ! répliqua Sursock bey en haussant les épaules.
Sans tarder, il envoya son faire-part de mariage à l'épouse de Djémal Pacha. Quelle fut sa réaction ? Le Dr Elias ne le sut jamais. Ce n'est que plus tard, bien plus tard, en rangeant les archives de sa famille, que la fille unique d'Alfred, devenue lady Cochrane, trouva une lettre encore scellée, envoyée à son père par l'épouse du « Sanguinaire ».
– Papa n'a pas eu le courage de l'ouvrir, me confia-t-elle en décachetant la lettre avec soixante ans de retard.
Le ton de Mme Djémal Pacha avait changé :

Alfred,
Je reçois à l'instant votre faire-part de mariage. Toutes mes félicitations ! Je vous souhaite éternel bonheur et éternel amour dans votre nouvelle vie. Dans votre dernière lettre, ce grand projet n'était pas à l'ordre du jour. C'est probablement en passant à Naples que votre destin vous a attiré vers cette bellezza napoletana... Adieu, cher ami !

– C'est la lettre d'une femme triste, mais digne, observa lady Cochrane.
– Mieux vaut une femme triste qu'un homme mort ! lui dis-je en replaçant la lettre dans l'enveloppe.

III

LE GRAND-LIBAN

O mon enfance ô ma folie.

Georges SCHÉHADÉ,
Poésies II

1

La proclamation

Assis au balcon, Alfred Sursock et mon père devisaient devant une bouteille d'eau de rose et un bol de pistaches, à peine troublés par le chant du muezzin et les cloches du beffroi qui se répondaient bruyamment. Le croissant de la mosquée et la croix de l'église se détachaient sur un ciel clair : on eût dit qu'ils se superposaient.

– La proclamation du Grand-Liban est pour demain, déclara Alfred d'un ton faussement indifférent. Le général Gouraud a choisi le Cercle du Parc pour y annoncer la nouvelle aux Libanais !

Mon père pouffa dans son verre.

– Le cercle du Parc ! Un casino pour proclamer le Grand-Liban !

– Tu sais très bien que ce lieu n'a jamais accueilli le moindre joueur ! Pendant la guerre, j'avais convaincu le *wali* de Beyrouth de me donner en bail une vaste forêt pour y construire un champ de courses, un cinématographe et un casino. Féru de jeu et de chevaux, Azmi bey n'avait pas hésité à me suivre. Ce projet que les gens jugeaient utopique a quand même permis à quatre cents familles libanaises de survivre puisque chaque ouvrier recevait 25 piastres turques ainsi qu'un quart de *jérayé* de blé, et était exempté de service militaire ! Depuis 1918, je loue le bâtiment du cercle de jeu au haut-commissaire, mais il en a changé la destination !

– Heureusement pour la France ! gloussa mon père. Une

armée qui prend ses quartiers généraux dans un casino, ça ne fait pas très sérieux !

Sursock bey éclata de rire.

– Aimerais-tu assister à la cérémonie ? demanda-t-il, reprenant un ton posé.

Le visage de mon père s'épanouit.

– Tu pourrais m'y faire inviter ?

– Mais bien sûr ! dit Alfred en haussant les épaules. Gouraud est un ami. Depuis qu'il rêve d'acquérir les droits sur cette propriété pour y installer durablement le haut-commissariat de France, il multiplie les égards en ma faveur. Autant en profiter !

Le 1ᵉʳ septembre 1920, les deux amis se rendirent comme convenu au cercle du Parc, devenu depuis la Résidence des Pins, siège de l'ambassadeur de France au Liban. Il y avait foule sur le perron de la bâtisse. Comme le général Gouraud n'était pas encore arrivé, Alfred en profita pour faire visiter les lieux à mon père. Le style de l'édifice était indéfinissable : néoarabe ? arabo-gothique ? baroque colonial ? Difficile à dire ! Les façades étaient en pierre de taille jaune ; les colonnes, dont le fût était d'une seule pièce, ainsi que les voussoirs des arcades, étaient en marbre rouge en provenance des localités d'Ehden et de Beit-Méry. Les arcades, quatre de chaque côté, et la balustrade, étaient entièrement sculptées. La porte d'entrée, réalisée par l'atelier Tarazi, était imposante. Au rez-de-chaussée s'ouvraient, de part et d'autre du vestibule, deux grandes pièces initialement destinées au baccarat et à la roulette. Mon père remarqua l'influence italienne sur le décor.

– Messieurs, le général est arrivé ! annonça tout à coup un officier en leur montrant la sortie.

Les deux amis interrompirent leur visite pour se mêler à la foule. Mon père reconnut sans peine le patriarche Hoayek, impressionnant avec sa barbe blanche, le mufti de Beyrouth, Mustafa Naja, Michel Chiha, Daoud Ammoun, Charles Corm – commerçant de renom et néanmoins poète –, et bon nombre de prélats et de notables libanais...

Deux minutes plus tard, le général Gouraud, en uniforme blanc, fit son entrée, flanqué d'une demi-douzaine de spahis marocains vêtus de capes rouges. Mon père le voyait pour la première fois : il avait le nez volontaire, les yeux clairs, et de longues moustaches dorées surmontant une barbiche soigneusement taillée. Il salua ses invités avec la main gauche – il avait perdu l'autre aux Dardanelles – et s'installa dans un fauteuil placé sur le perron, entre le patriarche et le mufti, tout un symbole dans un pays où musulmans et chrétiens s'efforçaient de faire bon ménage !

Alfred Sursock tressaillit : l'heure était historique. Le Grand-Liban – qui comprenait, outre le Mont-Liban, les cazas de Baalbeck, de la Békaa, de Rachaya et de Hasbaya, les sandjaks de Saïda et de Beyrouth, ainsi qu'une partie du sandjak de Tripoli – avait été l'objet d'âpres débats. Pas moins de trois délégations du Mont-Liban avaient fait le voyage jusqu'en France pour exposer les doléances des Libanais à la Conférence de la Paix à Paris, en insistant sur la nécessité d'un Liban autonome et sur le refus de l'unité syrienne voulue par les nationalistes arabes... Lui-même avait été pressenti pour représenter la communauté orthodoxe au sein de la troisième délégation présidée par le vicaire patriarcal, Mgr Abdallah Khoury, mais, au dernier moment, des ennuis de santé l'avaient empêché d'embarquer pour la France. Depuis la confirmation, par les accords de San Remo, du « Mandat » conféré à la France par la Société des Nations sur la Syrie et le Liban, et la bataille de Maïssaloun où le roi Fayçal avait été défait par Gouraud, les espoirs d'un royaume arabe ou d'une Grande-Syrie s'étaient évanouis. La proclamation du Grand-Liban portait assurément un coup dur, fatal peut-être, au nationalisme arabe.

Gouraud se leva et, de sa voix vibrante, prononça un discours grandiloquent qui électrisa l'assistance :

> « C'est en partageant votre joie et votre fierté que je proclame solennellement le Grand-Liban et qu'au nom de la République française je le salue dans sa grandeur et dans sa fortune, du Nahr-el-Kébir aux

portes de la Palestine, et aux crêtes de l'Anti-Liban. Voulant devenir un grand peuple, vous avez des devoirs à remplir. Le premier de tous, le plus sacré, est l'union qui fera votre grandeur comme les rivalités de race et de religion avaient fait votre faiblesse... Le Grand-Liban est fait au profit de tous. Il n'est fait contre personne. »

Montrant un drapeau tricolore avec un cèdre en son milieu – le drapeau du Grand-Liban –, il ajouta :

« En saluant les deux drapeaux frères, je crie avec vous : Vive le Grand-Liban, vive la France ! A jamais unis ! »

Mon père sentit les larmes lui monter aux yeux. Le Liban, comme Etat autonome et définitif, était enfin reconnu. Mais quel avenir pour une nation-mosaïque formée d'une multitude de communautés religieuses aux idées souvent contradictoires, composée d'individus dont l'appartenance confessionnelle primait trop souvent l'appartenance nationale ? D'un geste de la main, mon père balaya cette question. L'heure n'était pas aux doutes. Il fallait considérer le Grand-Liban comme la consécration d'un Etat libanais indépendant, sans y voir les germes des conflits à venir. Et, dans ce drapeau qui flottait derrière le général Gouraud, il ne fallait regarder que le cèdre, en oubliant les couleurs de la France dont le Mandat sur le Liban était la négation même de l'indépendance.

Mon père posa une main sur l'épaule de son ami.

– Dis-moi, tout compte fait, de Djémal Pacha ou du général Gouraud, qui préfères-tu ?

– A ton avis ? dit Alfred en lui pinçant la joue.

2

L'adieu

– Vite, docteur, vite ! Monsieur Alfred se meurt !

Mon père abandonna les quatre patients qui l'attendaient au salon et emboîta le pas au majordome de Sursock bey. Un quart d'heure plus tard, il était au chevet de son ami. Il lui prit le pouls, l'examina à la hâte, puis, d'une voix tremblante, s'écria :

– Appelez vite une ambulance ! Il faut l'emmener immédiatement à l'hôpital pour procéder à une ponction par trocart et à un lavage du sinus. Il n'y a pas une seconde à perdre ! Pourquoi ne m'a-t-on pas averti plus tôt ?

Alfred souffrait d'une sinusite aiguë qui l'empêchait de respirer. Le pus s'était accumulé au-dessus de son nez et de ses yeux ; une forte fièvre lui brûlait le corps.

– J'étouffe, Elias, je t'en prie, murmura-t-il en lui serrant la main.

– Tiens bon, Alfred. L'ambulance de la Croix-Rouge doit arriver d'une minute à l'autre.

– Je compte sur toi et sur ma sœur Isabelle pour vous occuper de ma femme et de mon bébé, balbutia-t-il d'une voix presque inaudible en montrant du menton donna Maria qui pleurait dans un coin.

Ce furent ses derniers mots. Pris de convulsions, il ne tarda pas à succomber. Une demi-heure durant, le Dr Elias essaya de le ranimer. Rien n'y fit. Bien qu'il fût habitué aux situations les plus tragiques, mon père ne put s'empêcher d'éclater en sanglots. Il rentra à la maison, la chemise en eau, le visage défait.

– Je viens de perdre un frère, dit-il à maman.

Isabelle Sursock s'occupa avec amour de donna Maria et de la petite Anasthasia. Elle quitta même sa superbe maison de Tabaris pour venir habiter chez elles après le décès de sa propre fille, Yvonne, emportée dans des circonstances tragiques : au dire de mon père, la fillette avait pour gouvernante une Française qui l'avait emmenée à l'âge de douze ans chez une chiromancienne. Celle-ci avait examiné la main d'Yvonne, puis l'avait refermée en déclarant d'une voix grave : « Inutile, elle n'a pas d'avenir. » Sans tarder, la gouvernante avait présenté sa démission, craignant que la prédiction de la chiromancienne ne se réalisât. Isabelle avait alors engagé une nurse anglaise, véritable garde-chiourme qui avait tôt fait de dicter sa loi à toute la famille. Peu de temps après, la petite Yvonne attrapa la typhoïde. Faisant fi des recommandations de mon père, la nurse décréta qu'il fallait l'emmener en Egypte pour l'aider à se rétablir. Là-bas, à Mena Park, elle obligea la fillette à faire du cheval pendant deux heures, histoire de la remettre en forme. Mal lui en prit : atteinte de méningite, la petite Yvonne mourut quelques jours plus tard !

Avec courage, Isabelle, qui avait déjà perdu un autre enfant en bas âge, surmonta sa douleur. Elle demanda à ses sœurs de renoncer aux biens hérités de leur propre père au profit de la petite Anasthasia qu'elle rebaptisa « Yvonne » en souvenir de sa fillette disparue et qu'elle envoya bientôt en pensionnat à Westgate-in-Kent pour lui assurer une éducation soignée.

De son côté, le Dr Elias veilla jusqu'au bout sur la fille d'Alfred. Après son mariage avec un officer britannique, sir Desmond Cochrane, « Yvonne » se lança, à la tête d'une association, dans un combat difficile : préserver le patrimoine de Beyrouth, menacé par le béton et l'incurie. Fidèle à la mémoire de son père, elle n'abandonna jamais son palais

3

L'enfance

– Nous l'appellerons Philippe.
– Et si c'est une fille ?
– Ce ne sera pas une fille.

Bien qu'il fût d'ordinaire très ouvert d'esprit, mon père ne concevait pas qu'après un premier enfant de sexe féminin ma mère pût *récidiver*. Au Liban, la naissance d'un garçon était « obligatoire » pour assurer la survivance de la lignée et la postérité du géniteur. *Ham el banat lil mamat*, prétend même un proverbe local : « Les filles causent des soucis à leurs parents jusqu'à la fin de leur vie » ! Il racontait avec ironie l'histoire de cet homme, père de huit filles, qui, en désespoir de cause, avait appelé la dernière *Kafa*, c'est-à-dire : « Assez ! », pour mettre un terme à la série. Dieu l'avait finalement écouté : son neuvième enfant fut un garçon.

– Et pourquoi pas Roukoz ?

Mon père n'ignorait pas la coutume qui consistait à appeler le premier garçon de la famille comme son grand-père, mais il avait préféré me choisir un prénom occidental en se disant que si un jour, par accident, j'étais appelé à émigrer en France, au Brésil, en Amérique ou en Australie, mon intégration serait plus facile. Il savait que les Libanais, ambitieux et avides d'aventures comme leurs « ancêtres » phéniciens, avaient toujours le regard braqué sur le large, prétextant de l'exiguïté de leur territoire pour aspirer à un ailleurs plus vaste ; il craignait surtout que dans cette région du monde où les trois religions mono-théistes étaient appelées à cohabiter, il n'y eût pas de paix possible.

Ma mère me donna naissance le 19 avril 1922. Comme il se jugeait incapable d'accoucher sa propre femme, mon père attendit anxieusement dans le hall que Najla eût fini son travail. Quand mon cri retentit dans la maison, il écrasa sa cigarette et retint son souffle. Mme Sidani ouvrit la porte du séjour et lui tendit le nouveau-né, enveloppé dans une large serviette. Mon père me prit dans ses bras comme on porte un objet fragile et précieux, et posa un baiser ému sur mon front sans même se préoccuper de savoir si j'étais une fille ou un garçon. Ce n'est qu'au bout de cinq bonnes minutes qu'il fit discrètement glisser la serviette pour vérifier si son vœu avait été exaucé.

Un an plus tard, un troisième enfant naquit, un garçon prénommé Joseph – ou Joe. Ma mère souffrit le martyre durant cette dernière grossesse et décréta, au grand dam de mon père qui rêvait d'une famille nombreuse, qu'on s'en tiendrait là.

*

Mon enfance sous le Mandat français fut – pourquoi le nier ? – une enfance heureuse. Dès la fin de la Grande Guerre, la France s'attela à reconstruire le Liban, affaibli par le blocus, la famine, les épidémies et les vexations des Ottomans. Beyrouth se transforma. La place des Canons s'embellit : au lieu du petit jardin situé au nord, on construisit trois vastes jardins bordés de larges trottoirs. En 1930, un monument sculpté par l'ami de mon père, Youssef Hoayek, représentant deux pleureuses, l'une chrétienne, l'autre musulmane, se tenant les mains au-dessus d'une urne funéraire, fut érigé là, pour rappeler les souffrances endurées pendant la guerre. La place de l'Etoile, le secteur Foch-Allenby, la rue Weygand se métamorphosèrent. Un imposant Palais municipal fut édifié en 1927 dans le style néomauresque, et le Grand Sérail transformé en siège du haut-commissariat. Soucieuse de donner au Liban une place économique dans la région, la France remit le port de Beyrouth en état de fonctionner et organisa, dès 1921, une foire internationale qui accueillit plus de mille exposants venus d'une dizaine de pays.

A l'école des jésuites comme à Antoura, la langue française était incontournable. Gare à celui qui s'autorisait un mot d'arabe durant la récréation ! Un bout de bois, baptisé « signal », était systématiquement remis à l'étourdi qui contrevenait à cette consigne. J'en fis l'amère expérience lorsque, un jour, bousculé par un camarade, je lui lançai un tonitruant : *Khalass !* (« Arrête ! ») qui n'échappa point à la vigilance du surveillant. Nos cours d'histoire évoquaient les exploits de Charlemagne et de Napoléon ; et nos leçons de littérature étaient consacrées à Corneille et Racine, dont je finis par apprendre les œuvres par cœur tout en regrettant que Baudelaire, Balzac et Flaubert – que Tonton me faisait lire en cachette – ne fussent pas au programme. Nous apprîmes à réciter les noms des fleuves français – mais point ceux du Liban, que j'ignore encore – et à énumérer, dans l'ordre, les départements de l'Hexagone. Les forts en thème avaient les faveurs du maître qui n'hésitait pas à les gratifier de prix d'excellence, alors que ceux qui éprouvaient du mal à s'exprimer dans la langue de Molière se retrouvaient bannis comme des pestiférés. Sur nos copies d'examen, interdiction nous était faite d'inscrire nos noms : notre devise suffisait. J'optai pour *Ars longa, vita brevis* (« L'art est long, la vie est courte »), tandis qu'un ami, Alberto Slim, choisit tout simplement : « Vive Jezzine ! » en hommage à son village natal.

Nos enseignants étaient des jésuites dynamiques portant des noms de chevaliers : Jean-Baptiste Costa de Beauregard, Christophe de Bonneville, Alban de Jerphanion, Tancrède de Chambost... Le plus pittoresque d'entre eux s'appelait Auguste Bergy, alias « la Bergère », un passionné de paléontologie qui passait le plus clair de son temps, un sac sur le dos, à chercher fossiles et silex dans la nature. Il prétendait avoir découvert dans les environs d'Antélias un crâne vieux de cinq mille ans qu'il avait humblement baptisé « le crâne bergyen »... Il fallait toujours qu'à son arrivée en classe, il trouvât un bonbon posé sur son bureau. S'il n'y en avait pas, il nous reprochait d'être « égoïstes et ingrats » ; s'il y en avait deux, il sortait de ses gonds et nous accusait de vouloir le soudoyer !

Chaque matin, accompagné de Ziad, le fils de Kamal Sidani, un garçon vigoureux, aux cheveux frisés et au visage arrondi orné d'une fossette au menton, je me rendais à pied à l'école des jésuites de l'Université Saint-Joseph qui acceptait d'accueillir les élèves des grandes familles musulmanes soucieuses de parfaire l'éducation de leurs enfants. Cette cohabitation se faisait d'ailleurs sans heurts, à condition que les pères jésuites ne fissent pas d'excès : maître Sidani se trouva un jour contraint de protester auprès du père Costa de Beauregard, recteur de l'université, à cause d'un poème composé par son fils sous le titre : « O Vierge Marie » ! « Je veux bien qu'il s'adapte, mais tout de même, je ne souhaite pas qu'il renie sa religion ! » lui dit-il. Touché par les propos de l'avocat, le recteur finit par demander à un uléma de venir expliquer le Coran aux enfants mahométans, tandis que leurs camarades maronites, catholiques et orthodoxes suivaient ensemble les cours de catéchisme dispensés par un père jésuite.

De cette époque bénie, époque d'insouciance, je garde des souvenirs épars : les fêtes religieuses rythmaient notre vie. Il y avait Noël, avec l'immense crèche, le sapin enguirlandé et la dinde gavée de noix ; la Sainte-Barbe où nous savourions des bols de blé concassé parfumé à l'eau de fleur d'oranger et où nous faisions, masqués, le tour des commerçants du quartier ; le dimanche des Rameaux (la *Chaaniné*) où nous portions nos plus beaux habits et allions à la messe armés de cierges enrubannés ; le jeudi saint où il nous fallait visiter sept églises ; le vendredi saint et sa *kebbé haziné*, « boulettes tristes » mangées en signe de deuil ; Pâques, avec les délicieux *maamoul* [1] que ma mère confectionnait et les œufs durs

---

1. Gâteaux de semoule aux pistaches ou à la pâte de dattes.

colorés à la pelure d'oignon que nous entrechoquions avec rage ; la fête de la Croix avec ses feux de joie (ou *abboulé*) : l'eau chauffée sur le bûcher avait, d'après Tonton, des vertus curatives qui laissaient mon père sceptique. Chaque samedi, nous allions chez les pâtissiers Bohsali, Araïssi ou Samadi acheter du *knéfé*[1], de la *mouhallabié*[2] et autres douceurs arabes, puis à la fontaine Antabli boire une limonade, du *sousse*[3] ou du *jellab*[4] qu'on nous servait avec des pignons, des pistaches ou des amandes. J'accompagnais parfois ma mère aux souks : souk des bijoutiers, souk Ayass, souk el-Nouriyé, souk Sursock, souk el-Franj, souk Tawilé... Dans ce capharnaüm aux mille couleurs et senteurs, je ne savais plus où donner de la tête. Pour me convaincre de ne pas lui fausser compagnie, maman me montrait du menton les bédouines (*nawar*) qui faisaient la manche : « Ce sont des voleuses d'enfants », me prévenait-elle en me pressant la main.

Je me souviens aussi d'un duel avec Ziad Sidani à cause d'une obscure histoire de billes. Nous allâmes à pied jusqu'à la plage du Saint-Simon et, là, sous l'œil de mon frère Joe, chargé d'arbitrer la partie, nous nous mîmes dos à dos, puis fîmes quelques pas en avant. Subitement, nous nous retournâmes. Ziad déroula la ceinture qu'il tenait à la main ; je brandis comme un fléau d'armes un vieux stéthoscope emprunté à mon père. Des badauds s'attroupèrent. Je les entendis même parier sur moi.

– Misérable Croisé, je m'en vais te tailler en pièces ! grommela Ziad en faisant tournoyer sa ceinture au-dessus de sa tête.

– Saladin, me voici ! répliquai-je, reprenant à mon compte la célèbre phrase prononcée par le général Gouraud lorsqu'il pénétra à Damas et visita le tombeau du sultan ayyubide.

---

1. Gâteau de semoule au fromage.
2. Flan à base de lait, de riz et d'eau de fleur d'oranger.
3. Jus de réglisse.
4. Jus de raisins secs ou de dattes.

La bataille s'éternisa. Le soleil se coucha avant que l'un de nous deux ne prît le dessus sur l'autre. « Egalité ! » annonça Joe en levant le bras au ciel. Nous rentrâmes à la maison, fourbus et couverts d'ecchymoses. Horrifiés de nous voir dans cet état, nos parents nous privèrent de dessert pendant deux jours.

Les filles m'occupèrent très tôt l'esprit. Etait-ce la frustration de n'en rencontrer aucune au collège des jésuites ? Ou bien les histoires d'amour – probablement inventées – que Mona racontait à ses amies et que j'écoutais fébrilement, l'oreille collée contre la cloison qui séparait ma chambre de la sienne ?

A peine nos cours terminés, Ziad et moi courions jusqu'à l'école des Dames de Nazareth – qui ressemblait à une forteresse avec ses tours et ses créneaux, ce qui nous donnait l'illusion d'être des émules d'Ivanhoé montant à l'assaut d'un château-fort pour libérer les prisonnières qui y étaient séquestrées – et nous postions devant la sortie.

– Onze, disait mon voisin en jaugeant du regard une écolière.

– Treize et demi, rectifiais-je en la dévisageant d'un œil connaisseur.

Nous passions, chaque jour, une heure entière à « noter » les filles de l'école qui, en retour, nous jetaient des regards méprisants ou baissaient la tête en rougissant. Mais le manège ne dura pas longtemps. Mère Royer finit par nous repérer et nous pourchassa, une règle à la main, en nous traitant de « satyres » et de « dégénérés ». Nous arrivâmes à la maison, essoufflés, ruisselants de sueur et, les mains sur les cuisses, éclatâmes de rire pour évacuer notre peur.

4

Marlène Dietrich

Mon premier film, je le vis au cinéma Chef-d'œuvre, place des Canons. Comment oublier ce moment-là ? Assis aux côtés de ma mère, je ne pus m'empêcher de me boucher les oreilles pour ne plus entendre la musique assourdissante qui accompagnait les gesticulations d'un comique américain de l'époque. Les mouvements accélérés des personnages m'amusèrent au plus haut point, mais je ne compris pas très bien pourquoi on marchait à l'écran plus rapidement que dans la vie. Dans la salle, les spectateurs participaient au spectacle : chaque fois que l'héroïne faisait son apparition, les épaules nues et les yeux langoureux, sifflets et commentaires fusaient à l'arrière au grand dam de ma mère qui jugeait ces réactions néfastes pour mon éducation. Tout à coup, un cri fusa :

– *Chatfé ya chabéb !*

D'instinct, ma mère leva les pieds et m'ordonna de l'imiter. J'obéis, à la fois amusé et inquiet. J'entendis un « Splash ! » et vis un filet d'eau couler sous les banquettes : pour rafraîchir la salle, le machiniste avait pris l'habitude de lancer des seaux d'eau en pleine séance !

Conscients de l'impact négatif que pouvait avoir le cinéma sur la jeunesse, les jésuites réagirent sans tarder : ils nous interdirent d'aller voir certains films « mis à l'index » et poussèrent le zèle jusqu'à poster des mouchards à l'entrée des cinémas pour démasquer les élèves désobéissants.

Un soir, Ziad vint me trouver dans ma chambre. Il paraissait perplexe.

– Qu'est-ce qui ne va pas ? lui demandai-je.

– Ils passent *Morocco* de Josef von Sternberg au cinéma Cosmographe, avec Gary Cooper et Marlène Dietrich.

– Et alors ?

– Tu sais bien que « Dix heures dix » nous a interdit de le voir, à cause des jambes de Marlène...

« Dix heures dix », c'était le père Alban de Jerphanion, surnommé ainsi parce qu'il marchait les pieds ouverts comme les aiguilles d'une montre quand elles marquent 10 h 10. Pour attachant qu'il fût, l'homme était intraitable sur les questions de morale : il nous conseillait, pour parfaire notre éthique, de lire *Nos actes nous suivent* de Paul Bourget, *Combat de la pureté* du père Hoornaert sj, *Les Eléments de notre destin* de Daniel-Rops ou bien *La Conscience de soi* de Louis Lavelle. Il disait : « Il y a des devoirs relatifs au corps parce que le corps a une répercussion sur l'âme. Pour la tempérance, il faut du repos, des vacances, des récréations à chaque journée, mais la tempérance la plus recommandable, c'est la chasteté... »

– Tu te rends compte ? continua Ziad d'un ton révolté. Pour une paire de jambes, il nous interdit de voir le film !

– Laisse tomber ! Tu le verras plus tard, ton film, quand nous serons grands !

– S'il te plaît, Phil, aide-moi !

Ziad avait prononcé cette phrase sur un ton suppliant qui m'obligea à céder. Toute la nuit, nous réfléchîmes ensemble au moyen de contourner l'interdiction de « Dix heures dix ».

Le lendemain matin, un samedi, à quatorze heures, tandis que nos parents faisaient la sieste, nous entrâmes dans la chambre de Mona. Ma sœur nous reçut avec un sourire entendu et nous remit deux robes et deux paires d'escarpins.

– Tu as les chapeaux ? demanda-t-elle.

– Oui, oui, je les ai.

J'avais pris, dans l'armoire de maman, les deux chapeaux qui m'avaient paru les plus adaptés au stratagème que nous avions mis en place.

– Habillez-vous sans faire de bruit! chuchota-t-elle en détournant son regard.

Un quart d'heure plus tard, nous nous contemplâmes dans la glace. Nos yeux s'écarquillèrent : nous étions méconnaissables avec nos robes rouges et nos chapeaux.

– On dirait des folles échappées d'Asfourié [1]! fit Ziad en s'esclaffant.

Je lui donnai un coup de coude dans les omoplates qui étouffa son rire.

Cinq minutes avant le début du film, nous nous présentâmes, escortés de Mona, devant le guichet du cinéma.

– Trois billets, un pour moi et deux pour mes copines, dit-elle en essayant de contenir son embarras.

Tandis que Ziad se mordait les lèvres pour ne pas pouffer, je jetai un regard prudent autour de moi. Le « mouchard » – en l'occurrence l'un des surveillants des Moyens externes – était bien là, adossé à un mur. Un calepin à la main, il toisait les adolescents qui se présentaient à la caisse. A notre vue, il détourna le regard, dégoûté de voir des filles assister à un film aussi dégradant, et maugréa une phrase presque inaudible qui ressemblait à : *O tempora, o mores!*

– Merci, monsieur, dit ma sœur en prenant ses tickets.

Elle se dirigea vers la salle, flanquée de ses deux « copines » qui souffraient le martyre à cause des escarpins qui leur serraient les orteils comme des étaux. Ce n'est qu'une fois à l'intérieur que nous ôtâmes nos chapeaux et nous déchaussâmes, soulagés d'avoir échappé à la vigilance de la sentinelle de service.

– *Ballach él félém ya chabéb!*

Une voix monta du fond de la salle pour nous signaler que le film commençait. Pendant toute la durée de la pro-

---

1. Etablissement psychiatrique très connu au Liban, fondé en 1900 par le missionnaire suisse Théophile Waldmeier.

jection, nous eûmes droit aux commentaires d'une poignée d'habitués qui, non contents d'anticiper les répliques des acteurs, apprises par cœur, ponctuaient de sifflements et d'applaudissements chacune des apparitions de Marlène Dietrich. C'était encore l'époque où les spectateurs *vivaient* les films, retenaient les dialogues, s'identifiaient aux acteurs. On mettait de la brillantine pour ressembler à Clark Gable, on arborait un feutre pour imiter Humphrey Bogart, on revoyait dix fois *Horse Feathers* des Marx Brothers pour apprendre à jouer du piano comme Chico, on bombait le torse comme Johnny Weissmuller, alias Tarzan...

Nous sortîmes du film si éblouis que nous oubliâmes nos chapeaux dans la salle. La nuit était tombée. Nous courûmes jusqu'à la maison en soulevant les pans de nos robes pour aller plus vite.

– J'aimerais tant ressembler à Gary Cooper! soupira Ziad en se déshabillant dans les escaliers.

– Pour l'instant, tu ressembles davantage à Marlène Dietrich! lui répondis-je en lui pinçant les jambes.

5

Le fusil

Chaque dimanche, la haute société beyrouthine se retrouvait au Phare. Les voitures, tirées par des chevaux richement harnachés, s'arrêtaient devant la mer, mais leurs passagères n'en descendaient pas. Coiffées de grands chapeaux ornés de plumes, de fleurs ou de rubans, vêtues de robes élégantes fabriquées par les grands couturiers parisiens Paquin, Doucet, Callot sœurs ou Poiret, elles se saluaient avec un large sourire. Il y avait là la marquise de Freige, mesdames Sursock, Bustros, Pharaon, Trad... tous les grands noms de la *society* de l'époque! Les hommes arrivaient à cheval. Ils mettaient pied à terre et s'en venaient offrir à ces dames des chocolats et des fruits confits achetés chez Camille Trouillet, le plus grand confiseur de la ville. Ce rituel m'amusait. Après la messe de dix heures, je courais jusqu'au Phare pour admirer ce spectacle haut en couleur. L'après-midi, j'allais assister aux exercices de tir de l'Armée française du Levant, postée non loin de là. Les troupiers se la coulaient douce : le temps était loin où, pour mater la révolte druze en Syrie et au Liban, la France engageait des combats sans merci contre un adversaire redoutable!

Un jour, je fus abordé par un officier français à la peau bronzée.

– Que fais-tu là, petit?

– J'observe les manœuvres, avouai-je en baissant la tête.

– Je suis le capitaine Gérard, dit-il en me serrant vigoureusement la main.

– Et moi, le sergent Philippe, fis-je en souriant.

– Aimerais-tu devenir soldat? me demanda-t-il, l'air amusé.

– Oui!

– Fais voir si tu peux toucher la cible flottante, là-bas! poursuivit-il en me tendant son fusil.

– Je... je ne sais pas tirer!

– C'est très facile, petit. Dès que la cible est dans ta ligne de mire, tu appuies sur la détente ici!

Le fusil était lourd. Tout excité à l'idée de tirer pour la première fois, je fis l'effort considérable de le porter. Je bornoyai et fixai en tremblant la cible qui dansait sur les flots. Le coup de feu partit, me projetant en arrière.

– Pas possible!

L'officier se frappa le front. La chance aidant, j'avais fait mouche dès la première fois! Deux tirailleurs sénégalais qui avaient assisté à la scène accoururent et me donnèrent en riant une tape d'encouragement dans le dos.

– Ma parole, tu es doué! balbutia le capitaine Gérard. Pour un coup d'essai, ce fut un coup de maître!

Il reprit son fusil, le posa sur ses genoux, sortit un canif de sa poche et se mit à graver des mots sur la crosse de son arme. Ayant achevé sa tâche, il me fit signe de m'approcher :

– Je te l'offre en guise de récompense, petit. Tu le mérites bien!

Je pris l'arme en rougissant et remerciai le capitaine d'un hochement de tête. Ce n'est qu'une fois chez moi, dans ma chambre, que j'eus le courage de lire ce qu'il m'avait écrit :

Du capitaine Gérard au sergent Philippe, tireur d'élite, ce 20 mai 1931.

6

L'eau bénite

– Tu sais servir la messe ?

La question du père Hedde me surprit.

– Je sais chanter, mon père, mais servir la messe, non, je n'en ai jamais eu l'occasion.

– Il faudra t'y mettre, mon brave.

J'appréciais le père Antoine Hedde qui était à la fois l'économe du collège, professeur de rhétorique, guide des pèlerinages en Terre sainte et metteur en scène. Comme il avait beaucoup de succès auprès de la gent féminine, on l'appelait non sans ironie « le confident de ces dames ». Un jour, à l'occasion de la projection au collège du film *Les Cinq Sous de Lavarède* avec Fernandel, un malin s'amusa à cocher le mot « Lavarède » sur l'affiche et à le remplacer par « l'avare Hedde » – ce qui provoqua la fureur de notre économe !

Le lendemain matin, le père Hedde m'emmena à l'église Saint-Joseph, construite en 1874 par le père Pailloux et temporairement occupée par les Ottomans en novembre 1914. Debout derrière l'autel, il m'expliqua comment procéder. La chose était facile : il suffisait de bien accompagner les paroles du prêtre et de répondre à ses signaux. Affublé d'une robe blanche, il me fallait poser la Bible sur ma tête pendant que le prêtre y lisait la parole de Dieu, lui tendre le vin au moment de la consécration, maintenir le petit plateau sous le menton des fidèles lors de la communion, circuler dans l'église avec un panier pour faire la quête. Le reste du temps, je devais brandir un cierge ou faire danser l'encensoir. Cet exercice me convenait : j'allais devenir, aux yeux de mes camarades, un initié, un *pur*.

Une semaine plus tard, je servis ma première messe en présence de tout le collège. Il faisait très chaud ce matin-là. Le khamsin soufflait sur le Liban. Le ciel était ocre ; la poussière rendait l'atmosphère lourde, irrespirable. Au beau milieu de l'office, je ressentis une grande soif. Je n'avais rien bu depuis le réveil. Ma bouche était sèche, j'étouffais sous ma robe blanche. Comment me désaltérer ? Faire un saut jusqu'à la sacristie ? Impossible : tous mes camarades me surveillaient. Aucun faux pas ne m'était permis.

> .. *dulcis hospes animae,*
> *dulce refrigerium,*
> *in labore requies,*
> *in aestu temperies.*

Les mots du père Hedde me mirent mal à l'aise : *dulce refrigerium* ? Comment pouvait-il invoquer la fraîcheur alors que je mourais de soif ? J'essuyai d'un geste furtif mon front inondé de sueur.

Vint le moment de lire l'Evangile. Tandis que la chorale des « Petits chanteurs de l'Université » dirigée par le père Geoffroy entonnait un chant liturgique, accompagnée à l'orgue par Bertrand Robillard, je m'approchai du père Hedde, le grand Livre posé sur ma tête. Il chaussa ses lunettes, s'éclaircit la gorge et commença sa lecture d'un ton véhément :

> « Quiconque boit de cette eau
> aura soif de nouveau ;
> mais qui boira de l'eau que je lui donnerai
> n'aura plus jamais soif ;
> l'eau que je lui donnerai
> deviendra en lui source d'eau
> jaillissant en vie éternelle. »

Les paroles du Christ à la Samaritaine étaient admirables, mais elles ne faisaient qu'augmenter ma soif. Je me mordis les lèvres : comment avais-je pu être aussi négligent ? Je revis la cruche d'eau posée sur le buffet de notre salle à manger. Que n'en avais-je bu quelques gorgées avant de quitter la maison !

Vint l'heure du sermon. Le père Hedde affectionnait ce moment où, sortant du rituel de la messe, il pouvait donner libre cours à son inspiration et à ses propres connaissances en théologie. Il monta en chaire, ajusta son étole brodée et, d'une voix grave, amorça son homélie du jour par une citation de Bossuet :

> « La main du Seigneur vous a fait boire la coupe de sa colère ; elle est remplie d'un breuvage qu'il veut faire boire aux pécheurs. »

L'aurait-il fait exprès que le père Hedde ne s'y serait pas pris autrement ! « Boire, coupe, breuvage » ? C'en était trop. Du coin de l'œil, je regardai avec envie la burette que j'avais moi-même remplie avant la messe. Ma vue se troubla ; je sentis mes jambes flageoler. Je m'évanouis au pied de l'autel, provoquant un fou rire général. Seul, le prêtre garda son sérieux. Il suspendit la messe, me porta dans ses bras et m'emmena en toute hâte jusqu'à l'infirmerie du collège.

– Excusez-moi, mon père, je vous ai déçu, lui dis-je, ayant repris mes esprits.

– Pas du tout, répondit le père Hedde en posant sa main sur mon front. Ce sont des choses qui arrivent.

Mes yeux s'illuminèrent.

– Vous voulez dire que vous me gardez ?

– Bien sûr que je te garde !

Il me tapota la joue et se dirigea vers la porte. Au moment d'en franchir le seuil, il se retourna et me dit en clignant de l'œil :

– La prochaine fois, rince-toi la dalle avant l'office !

7

Giordano

A seize ans, ma sœur était déjà une jeune fille très courtisée. Avec ses traits délicats, son teint pâle, ses cheveux blonds coupés court, elle ressemblait à l'actrice Thelma Todd. Ma mère, qui la jugeait immature, n'encourageait pas ses sorties : elle ne tolérait pas que sa fille fût suivie du regard par les passants et était prête à égorger tout individu qui aurait osé la « siffler ». Mona, elle, s'amusait d'exciter la convoitise des hommes : sûre du charme qu'elle exerçait, elle répondait aux compliments par des sourires mystérieux et excellait dans l'art de rejeter les hommes après les avoir aguichés. A ce jeu-là, elle sortait toujours gagnante. Jusqu'au jour où un Italien nommé Giordano Pedotti fit irruption dans sa vie.

– Amoureuse d'un Italien ! *Ya ard ncha'é ou blaaini !* Que la terre s'ouvre et m'avale ! hurla ma mère en levant les bras au ciel et en les agitant dans tous les sens, à la manière des pleureuses.
– Entichée d'un chauffeur ! renchérit Tonton, les poings sur les hanches.
Je ne dis rien : du haut de mes dix ans, je n'avais pas voix au chapitre.
Mona éclata en sanglots. Comment riposter aux tirs nourris de la famille ? Elle n'était pas encore majeure, certes, mais elle se sentait suffisamment mûre pour son âge. Comment leur faire comprendre que Giordano était

un homme très convenable, qu'il n'y a pas de sot métier, et que les Italiens n'ont rien à envier aux Libanais ? Comment, surtout, leur expliquer ce sentiment indicible qu'elle avait éprouvé pour la première fois de sa vie, lorsque son amoureux l'avait serrée contre lui avant de déposer un baiser timide sur ses lèvres ? Ils ne comprendraient pas. Les larmes constituaient la meilleure des défenses.

– Que lui trouves-tu, hein ? Tu as refusé les meilleurs partis de Beyrouth, congédié l'un après l'autre des prétendants fortunés pour les prétextes les plus futiles...

Ma mère était rouge de colère. Elle affina sa voix et se mit à singer sa fille :

– Un tel a le nez trop long, un tel est grand de taille, un tel est trop petit...

– Je ne vais quand même pas me marier à seize ans !

– Où est le problème ? Toutes les filles de bonne famille se marient tôt !

– Pas moi, répliqua Mona. Je ne me marierai que lorsque je trouverai l'homme qu'il me faut !

Ma mère secoua la tête, et reprit d'une voix terrible en pointant un index accusateur en direction de Mona :

– Tu es la honte de la famille, tu vas nous couvrir de ridicule ! Qu'est-ce que je vais dire à mes amies, hein ? Que ma fille est devenue folle ? Que nous la renions ?

Ma sœur subissait les assauts de maman sans broncher, trop occupée à se demander qui avait bien pu éventer son secret, qui avait pu la surprendre en compagnie de l'Italien. Mais comprenant le peu d'intérêt qui s'attachait à cette question – « Le pays est si petit que tout se sait toujours », songea-t-elle –, elle se résolut enfin à organiser sa défense :

– Arrête, maman, dit Mona en relevant la tête. Tu exagères ! Tu parles comme si nous étions les descendants des Bourbons !

– Ne sois pas insolente ! s'écria Tonton en s'interposant entre sa sœur et sa nièce.

– De quoi tu te mêles ? rouspéta Mona. On n'est plus au Moyen Age !

– Oui, mais on n'est pas en Europe ou en Amérique, répliqua ma mère. Ici, nous avons des coutumes, des traditions. Tout n'est pas permis !

Puis, se tournant vers l'oncle Michel, elle s'écria en le foudroyant du regard :

– C'est ta faute ! Tous ces livres subversifs que tu ramènes à la maison et que tu mets entre les mains des enfants, des livres écrits par des maniaques, des détraqués mentaux, comme ce Baudelaire ou l'autre, comment s'appelle-t-il déjà, celui de *Madame Bovary* ?

– Flaubert, et il n'est pas subversif comme tu dis, soupira-t-il avec lassitude.

– Je m'en vais te les brûler, moi, ces livres sataniques, tu vas voir !

Elle alla à la bibliothèque, prit un livre au hasard et le lança rageusement en l'air. A la manière d'un gardien de but, Tonton fit un plongeon pour attraper l'ouvrage au vol.

– Pas ça, Alice ! s'écria-t-il désespérément en s'écrasant contre le buffet. Pas *Le Père Goriot* quand même !

Le Père Goriot ou pas, ma mère n'en avait cure. Il lui fallait se défouler, *expulser* toute la colère qui bouillonnait en elle.

– Je ne veux plus de livres à la maison, décréta-t-elle en levant l'index.

*

La Delahaye était garée au sud de la place des Canons, loin des regards indiscrets. C'était l'heure de la sieste : pas une âme qui vive dans les rues de Beyrouth.

– Mes parents ne veulent plus que je te fréquente, dit ma sœur en ôtant son chapeau cloche.

Giordano Pedotti éclata de rire. Il caressa la joue de Mona du revers de la main et déclara de sa voix enjouée :

– Pourquoi ? Ils ont honte de moi ?

Que répondre à cette question ? Ma sœur préféra mentir :

– Ils trouvent que je suis trop jeune...

– Trop jeune ! s'esclaffa l'Italien. Mais il n'y a pas d'âge pour aimer, Mona !

Ma sœur se tut. Ce qu'on lui demandait était au-dessus de ses forces : comment rompre cette liaison naissante, comment tuer cet amour dans l'œuf ? Pourquoi ne se mettaient-ils pas à sa place, pourquoi ne cherchaient-ils pas à comprendre ? Elle observa son ami avec tendresse : il avait tout pour lui plaire. Son visage fin était hâlé ; ses cheveux gominés lui donnaient l'air d'un acteur de cinéma. Sa chemise aux manches courtes, toujours déboutonnée, révélait un corps musclé. Mona se mordit les lèvres pour réprimer un soupir de contentement. Giordano paraissait sûr de l'effet qu'il exerçait sur les femmes : il se savait beau et semblait s'en délecter. Il y avait chez lui une assurance peu commune chez les jeunes de sa génération.

– Tu peux les tranquilliser, tes parents. Bientôt, je serai riche, dit-il tout à coup.

Il avait prononcé ces mots d'une voix grave, inhabituelle chez lui, comme pour mieux souligner le sérieux de son propos.

– Tu comptes dévaliser la Banque de Syrie et du Liban ? ironisa Mona.

– Non, non, je ne blague pas. Je vais monter un film.

– Quoi ?

– Un film !

– Ici ?

– Oui, ici, au Liban.

– Tu veux rire !

– Pas du tout ! J'ai déjà écrit le scénario avec un ami. Je me suis acheté une caméra d'occasion de type Kinamo, et j'ai appris à bien la manier. Je dois encore réunir un peu d'argent avant de commencer le tournage...

Mona fronça les sourcils, incrédule. Pourquoi Giordano se lancerait-il dans une telle entreprise ? Cherchait-il à l'épater ou ambitionnait-il vraiment de se faire une situation ? Dans les deux cas, elle n'aurait pas à se plaindre. Mais où comptait-il trouver l'argent nécessaire pour les costumes, les décors, la pellicule, le montage et le cachet des acteurs ?

– Peux-tu m'aider ? demanda-t-il.

– Bien sûr, fit-elle sans réfléchir. Combien te faut-il ?

– Dix livres-or pour boucler le budget.

– Et le reste ?

– Je l'ai obtenu.

– D'où ?

– Un ami, Rachid Ali Chaabane, alias Aboul Abed, employé au cinéma Cosmographe. Il a accepté de financer le projet avec ses économies. Et puis, ma patronne, Mme Tabet, m'encourage beaucoup.

Mona avait eu l'occasion de rencontrer « la patronne » à l'occasion d'un bal organisé dans l'un des hôtels huppés de la capitale. Riche héritière d'une famille beyrouthine, abandonnée par son mari parti avec une roturière, Mme Tabet avait de beaux restes : ses cheveux en chignon, son large front, son port altier lui conféraient une grande élégance que lui jalousaient la plupart des femmes de son âge. « Quand on a de l'argent, il n'est pas difficile de se faire belle », disait ma mère qui enviait ses toilettes et ses robes en velours. « Elle doit certainement avoir quelqu'un dans sa vie », observait mon père, pensif.

– Quand te faut-il l'argent ?

– Au plus vite ! Je dois tourner dans une semaine.

– As-tu choisi les acteurs ?

– Oui.

– Ils sont connus ?

Giordano sourit.

– Je ne suis pas la MGM ! J'ai réuni des amis : Vlado Rizk, Mustapha Kolaylat et Emile Abou Rached. Ils ont accepté de jouer gratis ! Nous répétons chaque soir dans un hangar près du port.

Il marqua une pause, puis, posant une main sur l'épaule de Mona, la secoua doucement :

– Tu te rends compte, Mona, ce sera le premier film produit et réalisé au Liban, tu te rends compte ?

Ma sœur passa une journée entière à se demander comment assurer à Giordano la somme qu'elle lui avait promise. L'argent de poche que notre mère lui donnait suffisait à peine à couvrir ses menus achats. A qui s'adresser ? Ses frères, son oncle, des amis ? Elle le savait : personne ne lui prêterait la moindre piastre avant de connaître l'usage qu'elle en ferait. Brusquement, une idée lui vint à l'esprit. Sa dot. Il lui fallait prendre les dix livres-or promises dans le *samad*, un coffre où, depuis son plus jeune âge, notre mère, suivant la tradition, déposait argent, bijoux, dentelles, en perspective du grand jour. N'écoutant que son courage, elle profita de l'absence de maman pour ouvrir le coffre et soustraire de la cassette qui s'y trouvait la somme souhaitée. « Si elle découvre que j'ai volé ces dix livres pour les donner à Giordano, je suis morte », se dit-elle. Mais avait-elle le choix ? Son cœur avait répondu à la place de la raison lorsque le bel Italien lui avait demandé de l'aider. Elle ne pouvait plus faire marche arrière. Et puis, cet argent de la dot lui était destiné. Elle n'était donc pas, à proprement parler, une « voleuse ». Au moment de quitter la maison, un doute l'effleura. Et si toute cette affaire n'était que mensonges ? Et qu'adviendrait-il si Giordano la quittait, une fois l'argent en poche ? Elle réfléchit un instant, puis, se décidant, prit un crayon et griffonna sur un bout de papier les mots suivants :

Je soussigné Giordano Pedotti, de nationalité italienne, reconnais avoir emprunté à Mona la somme de dix livres-or, et m'engage à les lui rembourser si, par malheur, je la quittais.

Elle relut le papier en se rongeant les ongles. Outre qu'il sauvegardait ses droits, ce document avait l'avantage de rendre Giordano prisonnier de son amour. La quitterait-il qu'il serait obligé de débourser les dix livres empruntées ! Elle se félicita d'avoir tout prévu et sortit en courant. Quinze minutes plus tard, elle retrouva Giordano, occupé à astiquer les chromes de la voiture de service, dans un coin du quartier Sursock, à proximité de la maison de Mme Tabet.

— Voici l'argent, lui dit-elle en lui tendant les dix pièces promises.

— Tu es un ange ! dit Giordano en les fourrant dans sa poche. Je...

Il n'acheva pas sa phrase.

– Giordano ! Où êtes-vous ?

Une voix féminine avait retenti. L'Italien blêmit et se mit à gesticuler.

– Vite, vite, disparais ! chuchota-t-il. C'est la patronne !

Prise de panique, Mona s'éloigna en courant. Ce n'est qu'une fois chez elle qu'elle se rendit compte avec regret qu'elle avait oublié de lui faire signer la reconnaissance de dette.

Le tournage commença au début du mois de février. Invitée sur « le plateau », Mona fit preuve d'une grande assiduité et imagina mille stratagèmes pour pouvoir se libérer de la surveillance maternelle et accompagner le projet de son amoureux. Armé de sa vieille Kinamo, coiffé d'une casquette à la visière retournée, Giordano prenait son rôle très au sérieux. Il distribuait les ordres, dirigeait les acteurs, réglait costumes et décors avec la précision d'un métronome. « Il est promis à un bel avenir », se dit Mona, béate d'admiration. Le film étant muet, l'équipe ne se soucia point des klaxons et des applaudissements qui saluaient son passage sur les lieux du tournage, au cœur même de la place des Canons ou dans un café de Raouché, près de la grotte aux Pigeons...

Au bout d'une semaine, Giordano décréta que le tournage était terminé. Le film racontait les aventures cocasses d'un émigré libanais, Elias Mabrouk, qui, de retour d'Amérique, retrouvait son pays et sa famille.

– Quel titre lui donneras-tu ? lui demanda Mona.

– « Les aventures d'Elias Mabrouk », tout simplement !

– Quand sera-t-il prêt ?

– J'ai monté avec Aboul Abed un laboratoire de fortune. Nous allons développer nous-mêmes le film...

– Et comment comptes-tu le distribuer ?

– Tu verras ! dit-il en lui baisant la main.

Le 14 mars 1932, Giordano convia le Tout-Beyrouth à assister à la première de son film au cinéma Empire. Tirant profit du carnet d'adresses de sa patronne, il distribua des dizaines de cartons d'invitation et, pour ne rien laisser au hasard, envoya au ministre des Finances une lettre pour demander que les recettes de son film fussent exemptées de taxes. Quant à Aboul Abed, fort de son expérience au Cosmographe, il se chargea de coller les affiches et d'appeler les Beyrouthins à assister à la projection en agitant une cloche.

Pour rien au monde, Mona n'aurait manqué l'événement. Comment s'y prendre ? Mentir à maman pour assister à une projection dans une salle bondée où elle ne pouvait pas passer inaperçue était impensable. Que faire ? La providence vint à son secours. Mes parents et l'oncle Michel l'invitèrent à les accompagner à la première ! Elle tomba des nues : pourquoi ce revirement ? Par quel miracle Giordano était-il devenu subitement plus fréquentable ?

– Il paraît que c'est un film produit en Italie, dit ma mère.

– Un grand cinéaste qui aime le Liban, renchérit Tonton.

Mona soupira. C'était trop beau pour être vrai : ils n'avaient pas fait le lien entre le chauffeur et le metteur en scène ! Elle se tut, mit sa plus belle robe et alla en famille assister au film qu'elle avait elle-même « coproduit ». Dès les premières minutes de la projection, elle comprit que Giordano avait gagné son pari : les spectateurs, pliés en deux, riaient à gorge déployée. Ce fut un triomphe.

Premier film dans l'histoire du cinéma libanais [1], *Les Aventures d'Elias Mabrouk* rapporta à son auteur cent livres-or. Mais ma sœur ne toucha pas une piastre. Grisé par le succès, Giordano devint plus distant à son égard et finit par lui avouer qu'il ne l'aimait pas. Les mauvaises langues racontent même que sa patronne le prit pour amant.

---

1. « *Beno o male, Pedotti è considerato il padre del cinema libanese* » (Brochure de l'Institut culturel italien au Liban).

8

Horace

– Ne crois-tu pas que le petit perd son temps ? demanda ma mère en posant les assiettes dans l'évier.

Mon père replia son journal et répliqua sans hésiter :

– C'est du théâtre, voyons ! Ce n'est pas une perte de temps. Le théâtre, ça forme la personnalité, ça améliore l'élocution, ça permet de vaincre la timidité... D'ailleurs, si c'était une perte de temps, le collège n'aurait pas proposé aux amateurs de théâtre des cours d'art dramatique et n'aurait pas monté une pièce pour la fête de fin d'année !

Ma mère revint à la charge :

– Quand même, des séances de trois heures, trois fois par semaine, rien que pour répéter une pièce, c'est trop !

– Que crois-tu ? protesta-t-il. La pièce est difficile, ils ont choisi une pièce de Corneille, *Horace*, adaptée en arabe. Ce n'est pas évident pour des gamins de leur âge !

Ma mère secoua la tête et lâcha avec amertume :

– Qu'est-ce qu'il lui a pris, tout à coup, de s'intéresser au théâtre ? Ce n'est pourtant pas son genre !

– Pas son genre, pas son genre, *dakhilék*, je t'en prie ! Il s'est pris de passion pour le théâtre, voilà tout ! Quel mal y a-t-il à cela ? Tu aurais peut-être préféré le voir au Café de Verre en train de jouer aux cartes avec les voyous du quartier ?

– Je n'ai pas dit ça ! rouspéta ma mère. Mais il y a dans la vie des choses plus sérieuses que le théâtre !

– Plus sérieuses ? Comme quoi, par exemple ? Il ne peut tout de même pas passer sa vie à étudier !

– Il y a la lecture, la musique classique... Même le sport, tiens, même le sport est plus sérieux que le théâtre !

– Tu radotes, Alice !

– Non, je ne radote pas, s'écria-t-elle en levant l'index. Que ferais-tu, hein, si Joe décidait tout à coup de devenir acteur ?

Mon père se tut un moment, comme pour imaginer la scène : comment réagirait-il, au fond, si Joe lui annonçait un jour qu'il voudrait devenir comédien ? Il avait beau aimer le théâtre et le cinéma, il avait beau admirer des acteurs comme Harry Baur ou Fernandel, il ne pouvait pas tolérer, non, l'idée que son fils sacrifiât une carrière de médecin, d'avocat ou d'ingénieur pour monter sur les planches !

– Nous n'en sommes pas encore là ! répondit-il sèchement.

Ma mère battit en retraite.

– C'est comme tu veux ! *Nabbahtak* ! Je t'ai averti ! marmonna-t-elle en sortant.

Resté seul, mon père se dit que ma mère n'avait peut-être pas tort, qu'il valait mieux sonder les intentions de Joe. Il résolut de le questionner à la première occasion.

Le lendemain matin, à l'heure du petit déjeuner, Joe eut droit à un véritable interrogatoire.

– Dis-moi, Joe, que feras-tu plus tard ?

Mon frère fronça les sourcils. Bien qu'il fût bien bâti, il avait encore, avec ses joues rondes et pleines, ses cheveux mal coiffés, ses oreilles décollées, la physionomie d'un enfant.

– Tu veux dire quand je serai grand ? demanda-t-il à mon père.

– Oui, oui. Quel métier feras-tu ?

– Je ne sais pas encore, papa. Peut-être ingénieur. J'ai tout mon temps pour me décider !

– Tu es chez les moyens, objecta mon père. Les enfants de ton âge savent en général ce qu'ils feront plus tard, n'est-ce pas, Phil ?

– Oui, répondis-je. Il faut se décider à l'avance pour être bon dans les matières qui nous serviront plus tard. Moi, par exemple, j'ai décidé de devenir avocat : je me concentre sur l'arabe et le français. A quoi bon étudier les sciences ?

Mon père n'en demandait pas tant. Mon raisonnement qui consistait à éliminer les matières « inutiles » lui parut hasardeux, mais il préféra ne pas me contredire devant mon frère.

– Es-tu content à l'école ? demanda-t-il encore. Tes maîtres sont-ils satisfaits de toi ?

– Ouais, fit Joe en faisant la moue. Je n'ai pas à me plaindre, et eux non plus, je crois !

– Et les activités parascolaires ? enchaîna mon père, parvenant à son but.

– Tu veux dire le théâtre ?

– Oui, le théâtre, dit-il en haussant les épaules.

Le regard de Joe s'illumina.

– C'est très excitant, papa. Nous avons comme professeur le père Hedde. Il a créé une troupe baptisée « La Jeune Comédie » qui a déjà joué *Les Femmes savantes* et *Le Pauvre sous l'escalier*. C'est un vrai meneur, un excellent metteur en scène...

– Tu ne trouves pas que tu en fais trop ?

– Tu sais, papa, c'est du Corneille, ce n'est pas une pièce à la portée de n'importe qui. Vous verrez quand vous assisterez à la pièce !

– C'est pour bientôt ?

– Deux mois de répétitions, et nous serons fin prêts !

Deux mois durant, Joe répéta. Trois fois par semaine, il avalait son déjeuner à la hâte pour se rendre au théâtre où la troupe, sous la houlette du père Hedde, se préparait pour le grand jour. Joe prenait son rôle très au sérieux. Mais il se refusait à nous donner des détails et cultivait le mystère, un peu comme un écrivain qui, par superstition, préfère ne pas parler de son roman avant de l'avoir achevé. Mes parents prirent leur mal en patience : les absences prolongées de Joe les indisposaient, c'est vrai, mais ils avaient confiance en lui et ne craignaient pas qu'il prétextât de ces cours pour fuir la maison, comme **Mona** à l'époque de son idylle avec le cinéaste italien. Contre toute attente, voyant approcher la date de la représentation, mon père devint très enthousiaste à l'idée d'aller applaudir son fils, soit qu'il éprouvât tout à coup de la fierté en imaginant son rejeton acclamé par la foule (il voyait déjà les **parents** d'élèves, à la sortie, qui le congratulaient pour la prestation de Joe), soit qu'il comprît qu'il ne servait à rien de faire la tête puisque le spectacle allait avoir lieu de toute façon et qu'il valait mieux se montrer positif pour ne pas **décourager** le fiston. Il se mit à faire la promotion de la pièce, à en parler en toute occasion, à vanter les mérites de son fils et ceux du père Hedde, et à louer le collège qui permettait aux élèves de « s'épanouir » en suivant des cours d'art dramatique. Ma mère, elle aussi, dissipa les scrupules qui la tourmentaient et se mit de la partie : elle réserva les **deux** premières rangées de la salle, et distribua des invitations à tous les parents, voisins et amis en prenant soin d'insister : « Vous verrez, c'est une très bonne pièce. Joe, *yo'borné* [1], s'est beaucoup donné pour qu'elle soit réussie ! » Ma sœur et moi étions aussi enthousiastes que nos parents : nous invitâmes nos connaissances et fîmes des efforts considérables pour ne pas contrarier l'acteur avant la représentation par crainte de le déconcentrer. Joe, quant à lui, avait ce même air serein qui s'affichait sur son visage quand il rentrait, le soir, du théâtre et ne paraissait pas perturbé par l'imminence du spectacle.

Le grand jour vint enfin. Toute la famille, endimanchée comme pour la fête des Rameaux, débarqua au théâtre avec une heure d'avance, histoire d'accueillir les invités. Nous occupâmes, avec les convives, les deux premières rangées qui nous avaient été réservées, et dûmes parlementer auprès du directeur pour installer des sièges supplémentaires au fond de la salle à l'intention des retardataires qui venaient en convoi de Jezzine ou de Reyfoun pour assister à la pièce. Avant de sonner les trois coups, le

---

1. Littéralement : « Qu'il m'enterre ! » Terme familier exprimant l'affection.

père Hedde prit la parole et souhaita la bienvenue aux parents d'élèves en insistant sur les vertus du théâtre. A ces mots, mon père donna un coup de coude à ma mère pour lui rappeler qu'il avait raison. Elle secoua la tête comme pour lui dire qu'il avait toujours raison. Et le rideau se leva. Au milieu d'un décor féerique, Sabine, interprétée par une adolescente au joli minois, sans doute une des élèves de l'école des Dames de Nazareth, reconnaissables entre toutes à leur accent chantonnant, déclama en arabe les premiers vers de Corneille :

> *Approuvez ma faiblesse, et souffrez ma douleur*
> *Elle n'est que trop juste en un si grand malheur.*

La pièce trouva rapidement son rythme. Bien qu'elle fût traduite, elle était agréable à suivre, servie par la mise en scène magistrale d'un père Hedde bien inspiré. Au fur et à mesure que de nouveaux acteurs entraient en scène, costumés et grimés, les occupants des deux premières rangées s'agitaient sur leurs sièges. « C'est Joe ! » chuchotait Tonton. « Non, non, ce n'est pas encore lui ! » lui répondait Varouj. « Silence, devant ! » grondait Samuel. Acte I, scène 1, scène 2, scène 3... Joe n'apparut pas. Etait-il déguisé en femme ? Ne l'avait-on pas reconnu ? Acte II, scène 1, scène 2, scène 3... « Il va venir », chuchotait mon père d'une voix rassurante en serrant la main de ma mère. Acte III, scène 1, scène 2, scène 3... La nervosité gagna nos rangs. Où diable était-il ? Avait-il été remplacé à la dernière minute ? Avait-il eu un malaise ? Acte IV, scène 1, scène 2... Ma mère se tourna vers moi, et me lança un regard interrogatif. Je haussai les épaules. Joe ne m'avait rien dit à propos de la pièce. Il m'avait simplement avoué qu'il s'appelait Procule. Où était donc ce Procule ? Qu'attendait-il pour intervenir ? Scène 3, scène 4... A la scène 5, un soldat de l'armée de Rome, coiffé d'un casque de légionnaire, fit son apparition, armé de trois épées. « C'est Joe ! » m'écriai-je en tendant le bras en direction de l'acteur. Des applaudissements nourris saluèrent mon cri : n'y tenant plus, les deux premières rangées de la salle laissèrent éclater leur joie mêlée de soulagement à la vue de celui qui avait su se faire attendre.

Rome, unique objet de mon ressentiment!
Rome, à qui vient ton bras d'immoler mon amant!
Rome qui t'a vu naître et que ton cœur adore!
Rome enfin que je hais parce qu'elle t'honore!

Tandis que Camille – interprétée par une superbe brune aux yeux bleus prénommée Salma – avouait à son frère ébahi qu'elle était l'amante de Curiace, Joe, alias Procule, se tenait immobile à l'arrière-plan, le menton fier, prêt à intervenir. Mon frère, on le sentait, mettait tout son cœur dans son rôle, mesurait chaque geste, retenait sa respiration avec calcul, récitait en mémoire les paroles des protagonistes pour rester dans le rythme de la pièce... On eût dit que chaque fibre de son être était *vouée* à ce travail. La scène s'acheva sans que mon frère ne prononçât un traître mot. Mais à la scène 6, les choses s'animèrent : Horace, furieux contre sa sœur Camille, alias Salma, la poursuivit jusque dans les coulisses et la terrassa d'un coup d'épée en criant :

Ainsi reçoive un châtiment soudain
Quiconque ose pleurer un ennemi romain!

Scandalisé, Procule s'avança alors en direction du meurtrier et, d'une voix de stentor, eut ces mots terribles :

Maza faalta ya Horace?

Ce qui signifie .

Horace, que venez-vous de faire?

Des applaudissements émus crépitèrent aux deux premiers rangs, saluant les premières paroles de l'acteur Joe. Et les dernières. Ou presque, puisque mon frère, hormis une autre phrase sans intérêt (« Vous deviez la traiter avec moins de rigueur ») et une vague apparition muette à la scène 7, disparut complètement de la pièce après avoir rempli son contrat.

Lorsqu'on ralluma les lumières, à la tombée du rideau, un silence de cimetière s'installa dans nos rangs. Silence de honte, d'embarras, de stupeur ? Silence d'incompréhension surtout : fallait-il répéter une année durant, trois fois par semaine, trois heures par jour, pour réciter une seule phrase ? Le théâtre était-il donc difficile à ce point-là ? *Ya ard ncha'é wou blaaini !* se dit sans doute ma mère, que je vis, toute troublée, le nez dans son sac à la recherche d'un improbable mouchoir. Comment allait-elle faire face aux sarcasmes de ses amies, aux railleries des commères d'Achrafieh ? Comment leur expliquer les apparitions éphémères de ce fils qu'elle présentait, la veille encore, comme l'attraction principale de la soirée ? Mon père, lui, resta assis, les bras ballants, comme atteint d'une crise d'apoplexie. A sa vue, je me dis que Pierre Corneille, s'il était vivant, lui aurait volontiers consacré une pièce ayant pour thème un acteur raté qui déshonore son père...

L'affaire fit le tour de la ville. Pour éviter le ridicule, mes parents optèrent pour la « fuite en avant » et se mirent à raconter l'anecdote en riant, ce qui eut pour conséquence de faire passer mon frère pour un idiot. L'était-il vraiment ? Rien n'est moins sûr : Joe finit par me confesser qu'il était monté sur les planches par amour pour Salma, la belle brune aux yeux bleus.

Trente ans plus tard, tandis que Joe conduisait paisiblement sa voiture place Sassine, il éclaboussa par mégarde un piéton. Il s'arrêta net et passa la tête par la portière pour lui présenter ses excuses. Le piéton, un ancien camarade de classe, reconnut mon frère.

– *Maza faalta ya Horace ?* s'esclaffa-t-il en levant les bras au ciel. Horace, que venez-vous de faire ?

Blessé dans son amour-propre, Joe ne put s'empêcher de cracher un juron :

– *Yélaandine el sé'aa !*

9

Les filles

Pour fuir la chaleur de Beyrouth, nous passions l'été au Grand Casino de Sofar, propriété des Sursock, à une trentaine de kilomètres de Beyrouth. Les Sidani venaient souvent nous rendre visite et déjeuner avec nous à la terrasse de l'hôtel. A peine le repas achevé, nous allions, Ziad et moi, à la chasse aux lézards. Parfois, nous engagions des batailles de pommes de pin contre les enfants du village, au grand dam de ma mère qui redoutait ces « jeux de vilains », ou attachions un grillon avec une ficelle pour le faire tournoyer. Un jour, se produisit un incident à la fois malheureux et cocasse qui inaugura – je l'avoue sans rougir – la série de mes amours ratées. Au cours d'une promenade, nous avisâmes dans un verger attenant à une ancienne maison à arcades deux adolescentes portant une écharpe noire autour de la tête et un tablier rose. Perchée sur une échelle adossée à un arbre, l'une cueillait des pommes et les transmettait à l'autre qui les déposait dans une caisse en bois posée à ses pieds.

– On peut vous aider ? lâcha Ziad d'un ton narquois.

– Pourquoi pas ?

La réponse nous surprit : dans cette région druze marquée par des coutumes immuables, les filles ne parlaient jamais aux étrangers. Nous retroussâmes nos manches et accourûmes au secours des deux adolescentes prénommées Imane et Hanane. Une heure durant, sous un soleil brûlant, nous les aidâmes dans leur cueillette et, histoire de les impressionner, remplîmes de pommes une dizaine de caisses. Une tendre complicité s'installa bientôt entre nous : elles répondaient à nos taquineries par des grimaces et s'esclaffaient quand nous perdions l'équilibre en essayant de décrocher un fruit inaccessible. Sans être franchement belles, elles avaient un charme sauvage accentué par leur teint cuivré, leurs sourcils épais et leurs grands yeux de jais.

Tout à coup, la fenêtre de la maison s'ouvrit brutalement. Un homme à la moustache en croc et aux traits durs apparut dans l'encadrement et s'étira en bâillant avec cet air béat de celui qui vient de se réveiller du sommeil du juste. Dès qu'il nous vit, il se rembrunit.

– Imane, viens ici ! s'écria-t-il d'une voix terrible.

La plus âgée des adolescentes se figea, terrorisée. Elle consulta sa sœur du regard en essuyant ses mains avec son tablier, puis gagna sa maison en courant. Elle revint quelques minutes plus tard, le visage décomposé.

– Mon père vous donne deux minutes pour vider les lieux, nous dit-elle en baissant les yeux.

– Pourquoi ? protesta Ziad. Nous n'avons rien fait !

– Mon père vous dit qu'il n'a pas de filles qui parlent à des garçons.

Interloqués, nous ne sûmes quoi répondre. Fallait-il battre en retraite ou faire les matamores ?

– Il reste trois pommiers. Dès que nous aurons terminé, nous partirons, dis-je d'un ton ferme.

Imane et Hanane ne parurent pas convaincues par ma décision.

– S'il vous plaît... Notre père est boucher. Il ne plaisante pas !

N'écoutant que notre honneur, Ziad et moi haussâmes les épaules et partîmes à l'assaut d'un nouvel arbre. Mal nous en prit : le père réapparut bientôt à la fenêtre, un grand couteau de boucher appelé *satour* à la main, et nous fixa d'un air menaçant.

– Il va se fâcher, allez-vous-en ! supplia Hanane.

– Il n'osera jamais nous faire du mal, répliqua Ziad en tendant la main pour cueillir un fruit. Je ne...

Il n'acheva pas sa phrase : un juron furieux l'interrompit.

– *Barra ya zo'ran !*

Le père était sorti de la maison en faisant tournoyer le *satour* autour de sa tête. Nous ne nous le fîmes pas dire deux fois. Abandonnant nos pommes, nous filâmes comme des zèbres et parcourûmes en un clin d'œil les quatre cents mètres qui nous séparaient de l'hôtel, laissant derrière nous deux adolescentes en larmes. Jamais, de ma vie, je n'avais couru aussi vite.

– Je crois que nous venons de battre le record de Jesse Owens, dit Ziad en portant la main à son cœur pour en contenir les battements.

10

L'Astre de l'Orient

L'année 1934 fut une année noire. Au port de Beyrouth, un hangar prit feu, causant la mort d'une quinzaine de personnes ; à Araya, huit membres d'une même famille périrent asphyxiés au fond d'un puits. Et puis, la tragédie de *Kawkab el Charq*, l'Astre de l'Orient. Situé au sud de la place des Canons, l'Astre de l'Orient occupait le premier étage d'un immeuble vétuste qui accueillait, au rez-de-chaussée, le café Abou Afif, réputé pour son incomparable assiette de fèves à l'huile ou *foul*. Mon père et maître Sidani s'y rendaient parfois, lorsque le Café de Verre était trop bondé, pour y jouer aux cartes ou une partie de trictrac.

Le jour de la catastrophe, mon père se trouvait au balcon de sa maison, accoudé à la balustrade, et suivait des yeux le cortège funèbre qui accompagnait la dépouille d'un *abaday* du quartier, Elias Halabi, de l'église jusqu'à sa dernière demeure. Originaires de Gemmayzé ou de Batsa, les *abaday* faisaient la loi. Ils avaient pour nom : Hajj Nkoula Mrad, Béchara Louis, Elias Abou Akar, Rached Koleilat, Nkoula et Ghandour Zreik, Abou Taleb al Naamani : fauteurs de troubles, chefs de quartier, ils dépendaient de certains députés qui comptaient sur eux comme *méftéh intikhabi* ou « clé électorale » à Beyrouth. Armés d'un *khaizaran* – une cravache – ou d'un couteau à cran d'arrêt, ils étaient coiffés d'un tarbouche et portaient une sorte de soutane appelée *kombaz*. Le plus redoutable d'entre tous :

Mitri el Ekdi, ancien inspecteur de police reconverti en caïd...

Halabi était mort dans son lit. Heureuse fin pour un *abaday* qui comptait de nombreux ennemis. Il disait : « J'ai plusieurs morts sur la conscience, mais je n'ai qu'un seul regret. » Lequel ? Le jour où il avait « éliminé » le fils Naqib, un policier prénommé Boulos l'avait pourchassé pour l'arrêter. « Lâche-moi, Boulos. Ne te mêle pas de cette histoire. C'est un simple règlement de comptes... », l'avait-il prévenu. Boulos n'avait rien voulu entendre. A bout de patience, Elias Halabi avait alors dégainé son pistolet et lui avait expédié une *mlabssé* – une « dragée » – dans la bouche, le tuant sur le coup.

Soudain, un homme qui fumait le narguilé à la terrasse de *Kawkab el Charq* reconnut un de ses débiteurs au milieu de la procession.

– *Wlé, wén mossriété wlé ?* Où est mon argent, salaud ?

Non content d'invectiver le malheureux, l'homme enjamba la balustrade du balcon, bondit du premier étage et atterrit dans la rue pour lui demander des explications. C'est alors que l'incroyable se produisit : un grondement sourd retentit. Avec des yeux exorbités, mon père vit s'effondrer l'immeuble *Kawkab el Charq* comme un château de cartes. Que s'était-il passé ? Il n'ignorait pas qu'Abou Afif, enrichi par sa recette de fèves, avait entrepris des travaux dans son café pour l'agrandir. Avait-il porté atteinte à la solidité de l'immeuble en éliminant un pilier ? Comment diable la municipalité de Beyrouth lui avait-elle donné l'autorisation demandée ? Mon père quitta la maison en toute hâte et se rendit sur les lieux de la catastrophe. Il se fraya un passage au milieu des badauds et, retroussant ses manches, se mit à déblayer les décombres à la recherche de survivants. Les secouristes de la Croix-Rouge le rejoignirent bientôt et entreprirent de transporter les victimes à l'Hôtel-Dieu de France. Tout à coup, mon père entendit des cris jaillissant des profondeurs. Il prit la pelle que lui tendait un ouvrier et se mit à creuser avec acharnement. Sa détermination fut récompensée : deux hommes étaient encore en vie. L'un s'était caché sous la table de billard, l'autre se trouvait dans la salle de bains dont le plafond avait résisté. Il les tira hors des gravats et les porta jusqu'à l'ambulance où il leur prodigua les premiers soins.

Du balcon de la maison, j'avais assisté à la scène. Un sentiment de fierté s'empara de moi : mon père était, j'en étais sûr à présent, un véritable héros. Je résolus de raconter son exploit à mes camarades de classe. Pouvaient-ils ne pas me croire ?

Soudain, un brouhaha me parvint. Je vis des gendarmes évacuer une centaine d'écoliers qui assistaient au film *Fra Diavolo* avec Laurel et Hardy, au cinéma Roxy, à quelques pas de *Kawkab el Charq*. Les enfants chahutaient. Criaient-ils de peur ou de dépit pour protester contre l'interruption de la projection ?

L'accident fit grand bruit et provoqua une polémique qui prit une tournure politique : qui était responsable de la catastrophe de l'Astre de l'Orient qui avait fait quarante-trois morts et des dizaines de blessés ? Le fin mot de l'histoire revint à l'humoriste Omar Zeeni : *Méch maakoul yhéd el kaoukab sahn el foul!*, ce qui signifie : « Incroyable qu'une assiette de fèves ait provoqué la chute d'un Astre ! »

11

Le jésuite volant

Un matin, mon père reçut la visite d'un drôle de jésuite qui souhaitait s'enquérir au sujet de questions médicales qui l'intéressaient. Le père Antoine Poidebard imposait le respect. Il avait le visage buriné, une barbiche blanche et des yeux perçants. Excellent aviateur, il avait pris part à la Grande Guerre, sur le front lorrain, et effectuait régulièrement des missions de renseignements pour le compte de l'Armée française. Emu par la cause du peuple arménien, il avait participé à la mission d'Arménie en 1904 et s'était occupé des réfugiés arméniens dans les camps du Liban. Il avait été affecté à la mission militaire française du Caucase comme officier interprète, avant de participer à des recherches archéologiques aériennes en Syrie. L'avisant dans la salle d'attente, je le saluai avec déférence :

– Tu es chez les jésuites, n'est-ce pas ? me demanda-t-il.

– Oui, dis-je. Nos maîtres nous parlent souvent de vous, de vos exploits.

Il sourit.

– Aimerais-tu m'accompagner un de ces jours ?

La proposition me surprit.

– Oui ! Mais je ne sais pas piloter un avion : je n'ai que seize ans ! fis-je bêtement.

– C'est moi qui prendrai les commandes ! précisa le père Poidebard. Tu seras à l'arrière !

Il me tendit le bras.

– Tope là !
Ma main claqua contre la sienne.

Le jour venu, je prétextai d'une « retraite spirituelle » au
couvent de Ghazir pour quitter la maison de bonne heure
sans éveiller les soupçons de mes parents. Le père Poidebard m'attendait en contrebas d'Achrafieh, un grand sac
sur le dos. Nous prîmes le train à crémaillère qui, depuis
1892, reliait Beyrouth à l'aéroport de Rayak, dans la
Békaa, et fîmes le trajet en compagnie d'un groupe de soldats français en garnison à Alep. A peine arrivé, le prêtre
enfila une combinaison beige et coiffa son casque en cuir.
D'un geste autoritaire, il me remit mon équipement et
m'invita à l'imiter. J'obtempérai en me demandant si je
n'allais pas regretter cette aventure et s'il ne valait pas
mieux y renoncer avant qu'il ne fût trop tard.

Le père Poidebard s'installa aux commandes du Potez 25
TOE, tandis que je prenais place à l'arrière. Un quart
d'heure plus tard, l'avion décolla. Je fermai les yeux longtemps et ne les ouvris que lorsque l'avion se stabilisa. La
sensation que j'éprouvai alors me remplit d'extase. De là-
haut, je dominais le monde. J'eus l'étrange impression
d'avoir moi-même des ailes, d'être détaché de l'engin à
bord duquel je me trouvais, d'être libre, délicieusement
libre. Je le savais : la moindre panne pouvait se révéler
fatale. Mais ce sentiment d'être en sursis, à la merci du
moindre dérèglement de la machine, loin de m'inquiéter,
exacerbait chez moi la sensation de liberté absolue qui
m'animait. Un funambule sans filet n'est-il pas le plus
libre, le plus fou aussi, de tous les hommes ?

Soudain, l'avion perdit de l'altitude et plongea hors de la
masse nuageuse où il s'était engouffré. Avec des yeux
agrandis par la surprise, j'aperçus la presqu'île de Tyr,
magnifique, avec ses deux jetées médiévales et ses maisons
basses. D'après les explications que le prêtre m'avait don-
nées avant le décollage, la cité s'étendait à l'origine sur
deux îles réunies en une seule par Hiram Ier. Ce n'est qu'au
cours du siège de la ville, en 332 av. J.-C., que l'île fut ratta-
chée à la terre ferme par une digue construite par

Alexandre le Grand qui ne parvenait pas à prendre la ville par la mer. Au large du site, je repérai un triangle blanc qui se détachait sur l'étendue bleue : un voilier rentrant au port, sans doute. Le père Poidebard actionna alors l'Altiphote à pellicules qu'il avait monté sur le rebord de la tourelle de l'avion et se mit à photographier le paysage.

Deux heures plus tard, l'avion se posa à Rayak. Fourbu mais heureux, je remerciai le prêtre et m'empressai de rentrer à Beyrouth avant la tombée de la nuit. Inquiète de mon retard, ma mère m'attendait au balcon.

– Je n'aime pas que tu fasses le voyage jusqu'à Ghazir, me dit-elle en me caressant les cheveux. Les routes ne sont pas sûres : je ne veux pas que tu prennes de risques inutiles !

Je ne pus m'empêcher de sourire. « Si tu savais ! » me dis-je en l'embrassant. En montant à bord de l'avion, j'avais certes pris un risque. Inutile, ce risque ne l'était pas.

IV

L'INDÉPENDANCE

« La liberté, Sancho, est un des dons les plus précieux que le ciel ait faits aux hommes... Pour la liberté, aussi bien que pour l'honneur, on peut et l'on doit aventurer la vie. »

Miguel DE CERVANTES,
Don Quichotte

1

Cheikh Pierre

Située au numéro 86 de la place des Canons, la pharmacie était gérée par un jeune homme féru de football : Pierre Gemayel. De retour d'Allemagne et d'Italie où il avait été impressionné par l'ordre et la discipline de la jeunesse de ces deux pays, celui qu'on appelait « Cheikh Pierre » avait fondé le 21 novembre 1936 avec Charles Hélou, Georges Naccache, Chafic Nassif et Emile Yared, un groupe nationaliste qu'il avait baptisé « Kataëb », les Phalanges libanaises, et qui s'était donné pour devise : *Dieu, Patrie, Famille.* Cheikh Pierre était grand et mince. Il avait le visage allongé, le front haut, les yeux brillants et les cheveux noirs coiffés en arrière. Il avait un charisme qui contribuait à convaincre bon nombre de jeunes de rallier les rangs de son mouvement. Dans son officine, trônait le portrait de l'émir du Liban, cheikh Bachir Chéhab, et une photo représentant le champion de culturisme Mohamed Kaaki, alias Abou Zaccour. Il ouvrait sa pharmacie dès huit heures et s'installait sur un tabouret surélevé, derrière une table en demi-cercle jonchée de journaux et de papiers divers. Près de lui était posé un téléphone qu'il utilisait sans cesse pour distribuer les ordres à ses partisans. Dès l'âge de quatorze ans, Joe adhéra aux Phalanges et devint rapidement le protégé de leur chef. Mon père voyait d'un mauvais œil l'engagement de mon frère dans ce mouvement qu'il jugeait « fasciste », considérant qu'il valait mieux rester à l'écart de la politique, source de tous les

maux. Joe lui rétorquait que, à l'idéologie pansyrienne du
Parti populaire syrien (le PPS) et à la poussée communiste
après la victoire du Front populaire en France, il fallait
bien opposer des convictions nationalistes et réclamer la
liberté et l'indépendance du Liban dans ses frontières
internationalement reconnues : « L'indépendance d'un
pays doit être une création continue, l'affirmation
constante d'une perpétuelle volonté d'être et de durer »,
disait-il, citant cheikh Pierre. Celui-ci l'envoya chez un tailleur arménien nommé Tavitian qui lui fournit l'uniforme
des Kataëb : chemise kaki, souliers noirs, guêtres blanches,
pantalon bleu marine, cravate kaki et béret bleu marine
avec le sigle du mouvement : un cèdre à forme géomé-
trique triangulaire. Il prêta bientôt serment devant le
conseil d'honneur du mouvement, se vit remettre la carte
n° 17, puis suivit un entraînement intensif de deux mois au
stade de Furn-el-Chebbak, assuré par un excellent instruc-
teur nommé Joseph Khoury, responsable des défilés et des
manifestations sportives.

Peu de temps après, un incident marqua l'entrée de Joe
dans l'arène politique. Le 18 novembre 1937, le ministre
libanais de l'Intérieur décida d'interdire tous les mouvements confessionnels paramilitaires, dont les Kataëb,
l'Unité nationale fondée par Toufic Aouad, et la formation
des Najjadés (« les Secouristes ») qui réunissait la jeunesse
sunnite, affirmait l'arabité du Liban et espérait l'adhésion
du pays à une fédération arabe. Pierre Gemayel annonça à
mon frère que cette interdiction n'empêcherait pas la tenue
d'un meeting le 21 novembre, précédée la veille d'une
retraite aux flambeaux, pour célébrer le premier anniversaire de la création des Phalanges.

– Mais les Français ont placé le siège du mouvement
sous scellés, protesta mon frère. Le chef de la Sûreté générale, le commissaire Colombani, a promis d'étouffer le
mouvement dans l'œuf !

Pierre Gemayel le regarda dans les yeux.

– Je te croyais plus courageux, Joe.

Ces mots suffirent à revigorer mon frère. Sans tarder,
cheikh Pierre entra en contact avec les autres formations

interdites. Il fut convenu que les Phalanges viendraient de Saïfi, les Najjadés de la rue de l'Emir-Bachir, et l'Unité nationale de la place Debbas. « Nous convergerons tous vers la place des Canons, leur dit-il. Un lieu hautement symbolique ! »

Le jour venu, les Kataëb se retrouvèrent seuls. Soumis à des pressions, les deux autres mouvements avaient jeté l'éponge. Peu avant dix heures, mon frère alla retrouver Pierre Gemayel à son domicile, rue de l'Université-Saint-Joseph. A la tête d'un groupe de partisans, le chef des Phalanges se dirigea d'un pas sûr vers la place où l'attendait la foule. Arrivé devant le cinéma Empire, il sortit de sa poche son sifflet d'arbitre et donna le coup d'envoi de la manifestation. Sur-le-champ, des dizaines de jeunes convergèrent vers le monument des Pleureuses en chantant l'hymne national libanais. C'est à ce moment précis que les gendarmes qui surveillaient l'esplanade décidèrent d'intervenir. Ils tirèrent des coups de feu en l'air, puis se jetèrent sur les manifestants qu'ils rouèrent de coups de crosses et de matraques. Courageusement, un ami arménien prénommé Krikor se précipita sur Pierre Gemayel et fit bouclier de son corps pour le protéger. Peine perdue touché à la tête, cheikh Pierre fut traîné jusqu'à sa pharmacie pour y être soigné. Mais les gendarmes firent bientôt irruption dans l'officine, arrêtèrent le chef des Phalanges, et le jetèrent en prison en même temps qu'une centaine de partisans.

Apprenant que Gemayel avait été blessé et arrêté, les habitants du quartier Gemmayzé descendirent dans la rue. Ils occupèrent le poste de gendarmerie, brûlèrent des voitures, coupèrent les lignes de téléphone, dressèrent des barricades, et accueillirent les renforts de police à coups de pierres. Joe, qui s'était mis à jeter des pavés sur les gendarmes, faillit échapper à la prison grâce à l'intervention de Salamé, le coiffeur de la place des Canons : ayant remarqué qu'un officier français avait repéré mon frère et le montrait du doigt en exhortant ses hommes à le capturer, Salamé l'entraîna de force dans son salon, le posa sur une chaise en face du miroir, noua une serviette rose autour de son cou, lui mit sur les joues du savon qu'il fit mousser à l'aide d'un blaireau et fit semblant de le raser. Mais le subterfuge échoua : en passant devant le coiffeur, l'officier français s'arrêta net et fronça les sourcils. Il avait déjà vu quelque part ce « client » trop jeune pour se faire couper la barbe. Il plissa les yeux : le pantalon de mon frère était déchiré, la manche de sa chemise tachée de sang. Il entra en trombe dans le salon de coiffure, saisit Joe par l'oreille et l'emmena ainsi, tout couvert de mousse et la serviette autour du cou, rejoindre les autres prisonniers.

Ayant vu, de ma fenêtre, mon frère monter dans le fourgon de police, j'avertis immédiatement mon père et maître Sidani. Notre voisin n'hésita pas : bien qu'il eût l'esprit ailleurs – sa femme venait de lui donner une fille, prénommée Nour –, il entra en contact avec le ministre de l'Intérieur Habib Abi Chahla, un ami de longue date, pour lui demander d'intervenir.

– Je regrette que ce garçon se soit laissé embrigader par ce mouvement subversif qui canalise la crème de notre jeunesse vers des buts confessionnels et encourage le chaos et la guerre civile, lui répondit le ministre sur un ton outré.

– Son père veillera personnellement à ce qu'il ne se mêle plus de politique, lui assura maître Sidani avec fermeté.

Il se fourrait le doigt dans l'œil. A peine relâché grâce à l'intervention du ministre, Joe se précipita à l'Hôtel-Dieu de France où Pierre Gemayel avait été transféré sur ordre du général Martin, inspecteur sanitaire. Le front bandé, le chef des Phalanges était sorti au balcon et saluait ses partisans qui, comme un seul homme, entonnaient l'hymne national libanais. Joe en eut les larmes aux yeux : il lui plaisait de se battre sous les ordres de ce chef dur comme un roc.

2

Le match

Les jésuites n'appréciaient pas les Américains qui le leur rendaient bien. Entre le collège de l'Université Saint-Joseph de Beyrouth et celui de l'American University of Beirut, fondée en 1866 par les biblistes américains sous le nom de Syrian Protestant College, le torchon brûlait depuis longtemps. Le président de l'AUB, Howard Bliss, fils du fondateur de l'institution, était voué aux gémonies par les Français pour avoir piloté en coulisse la mission King-Crane de la Société des Nations, qui avait été très hostile à l'entreprise coloniale française. L'Université américaine, qui avait été la première à introduire le football au Liban en 1900, remportait la plupart des compétitions sportives inter-scolaires et inter-universitaires, au grand dam de nos enseignants, qui acceptaient mal cet affront.

Un jour, le père Tresca – un jésuite remarquable dont je garde un souvenir ému – me convoqua dans son bureau. Nous aimions tous ce prêtre d'origine basque, à peine plus âgé que nous. Très doué pour la peinture, il était l'auteur d'une belle fresque exposée à l'entrée de la Bibliothèque orientale et ne manquait aucune occasion d'illustrer ses cours de littérature par des dessins au tableau. C'est lui qui, en juin 1938, avait lancé un bimensuel baptisé *Nous du collège*, destiné à recueillir toutes sortes d'articles à propos de notre vie scolaire. Ce fut au sein de son équipe de rédaction que je fis mes premiers pas dans le journalisme, commentant nos parties de « balle au camp », les randonnées du père Bergy, les pièces de théâtre du père Hedde ou les « perles » de nos enseignants (« Taisez-vous, sinon je vous fais mardi matin une interrogation surprise ! » ou bien : « C'est du joli : il y a la moitié de la classe qui bavarde et la seconde moitié qui écoute ce que l'autre dit » !)...

Sur un ton grave, les doigts croisés sur sa table, le prêtre m'annonça une nouvelle incroyable : l'équipe de football des Grands internes (GINT) et des Grands externes (GEX) du collège de l'USJ allait rencontrer la redoutable équipe de *War City* (le prêtre, qui prononçait mal l'anglais, l'appelait *Varcity*) composée des meilleurs joueurs du collège de l'AUB.

– C'est David contre Goliath, dit-il en caressant sa barbiche.

– C'est du suicide, rectifiai-je d'une voix sépulcrale.

Ce qui ne devait être qu'une rencontre amicale prit bientôt l'allure d'un défi. Stimulé par le recteur du collège, le père Jacques Bonnet-Eymard, alors âgé de trente-sept ans, le père Tresca nous convoqua dans la cour de récréation et nous demanda de « prendre nos distances ». Puis il nous passa en revue comme un général inspectant ses troupes à la veille d'une bataille décisive, les mains derrière le dos, l'air grave, le menton levé.

– La victoire est à notre portée ! s'écria-t-il d'un ton déterminé.

Sa voix retentit dans la cour, si puissante que le jardinier, occupé à balayer les feuilles mortes, s'arrêta net, comme pétrifié.

– Nous nous entraînerons tous les jours, la nuit s'il le faut, pour remporter le match qui, dans un mois, nous opposera à l'équipe des *Varcity* !

Le hasard voulut que l'épicier Rachid [1], qui tenait boutique en face de l'entrée du collège, passât par là, un panier de provisions destiné aux cuisines sous le bras. A l'écoute de la harangue de notre maître, il haussa les épaules.

---

1. Bien des années plus tard, Rachid s'exila en France et ouvrit à Versailles une boutique qu'il baptisa « Au Cèdre du Liban »

– Cela fait dix ans que vous parlez de les battre! lâcha-t-il d'un ton narquois. Il faut vous rendre à l'évidence : vous êtes trop faibles pour eux!

Le père Tresca, qui n'appréciait guère le personnage, le foudroya du regard et, d'un geste de la main, l'invita à vider les lieux en se jurant de convaincre la questure de ne plus traiter avec lui.

– Ne prêtez pas attention à cet énergumène, maugréa-t-il, vexé d'avoir été tourné en dérision devant nous. Rira bien qui rira le dernier!

Un mois durant, nous nous entraînâmes comme des Spartiates. Sous les ordres du père Tresca, nous nous pliâmes à toutes sortes d'exercices : tirs au but, centres, coups de pied arrêtés, courses, gymnastique... rien ne nous fut épargné. Nous passâmes des heures entières à shooter le ballon contre un mur pour apprendre à mieux cibler nos passes, et à jongler avec la lourde balle en cuir véritable pour mieux l'apprivoiser. Nous dûmes aussi nous plier à un régime alimentaire très strict, mis au point par le cuisinier du collège, histoire de garder la forme sans prendre de kilos superflus. L'athlétique Edmond Naïm, le demi Alberto Slim, l'ailier gauche Haidar Barazi, le gardien Bridi – que nous surnommions « Di Lorto » en référence au fameux goal de l'équipe de France – montraient l'exemple : nous suivions, bien déterminés à résister jusqu'au bout aux assauts de l'équipe adverse.

Absorbés par la préparation du match, nous négligeâmes nos études. Nos résultats scolaires accusèrent un net recul, mais nos professeurs, conscients de l'importance de l'enjeu, se montrèrent indulgents et nous gratifièrent de notes que nous n'eussions pas imaginées dans nos rêves les plus fous. Une victoire sur les Américains méritait bien ce geste de clémence!

Une semaine avant le jour J, le père Tresca me convoqua dans son bureau.

– La date fatidique approche, me déclara-t-il, l'air soucieux. Il nous faut mieux connaître l'adversaire, détermi-

ner ses points faibles, ses points forts. Débrouille-toi pour
espionner l'équipe *Varcity* à l'entraînement. Je veux un rapport complet !

– Mais...

Il me donna une tape sur la joue et quitta son bureau
sans me laisser le temps de réagir. « Espionner l'adversaire ? C'est vite dit ! » Je me pris la tête entre les mains.
Comment espionner les élèves de l'AUB sans me faire repérer ? Et d'abord, comment faire pour pénétrer dans
l'enceinte de l'université ?

De retour chez moi, je me frappai le front : mon père
pouvait facilement m'ouvrir les portes de l'établissement !
Sans doute Tresca s'était-il adressé à moi parce qu'il savait
que mon géniteur opérait à l'Hôpital américain et qu'il y
avait ses entrées, mais, par délicatesse, il avait préféré ne
pas m'en parler ouvertement.

– Papa, puis-je t'accompagner au travail ?

– Tu veux dire à l'hôpital ? me demanda-t-il, surpris par
ma requête.

– Oui ! Je m'ennuie à la maison. Je promets de ne pas te
déranger !

– *Ahla w'sahla*, fit-il en haussant les épaules. Sois le
bienvenu si ça t'amuse !

Arrivé à l'hôpital, je demandai à mon père la permission
de visiter les lieux. Au bout d'un moment, je finis par trouver le terrain de sport où s'entraînait l'équipe *War City*. Le
coach était un grand blond au visage rosé. Il distribuait ses
ordres en anglais à onze adolescents, vêtus de maillots
blancs et de longs shorts noirs, qui galopaient derrière le
ballon avec une farouche résolution. Tapi derrière une haie
de troènes, je sortis mon calepin et me mis à noter les
caractéristiques de chaque joueur. Le petit brun, prénommé Mounir, était le pivot de l'équipe ; il était gaucher
et quadrillait infatigablement le terrain. Le rouquin, baptisé Stanley en référence au grand joueur britannique
Stanley Matthews, était imbattable sur les balles aériennes :
le cou tendu comme une girafe, il interceptait tous les
centres. L'ailier droit de l'équipe se faisait appeler Leonidas – comme le meilleur buteur brésilien de la dernière

Coupe du monde – et manquait rarement sa cible. Quant au gardien de but, prénommé Sam, diminutif de Samir, il s'envolait toujours sur les corners pour boxer le ballon de ses deux poings joints, et plongeait invariablement sur le côté droit lors des séances de tirs au but... Au moment où je rangeais mon stylo, je sentis une présence dans mon dos. Je tressaillis : pris en flagrant délit d'espionnage, j'étais bon pour le lynchage !

– Où étais-tu ? Je te cherche depuis une demi-heure !

C'était mon père. Soulagé, je bredouillai :

– J'avais égaré mon stylo... je viens tout juste de le retrouver !

Mon rapport me valut les félicitations du père Tresca qui dressa un portrait de chaque joueur adverse, agrémenté d'une fiche signalétique comportant sa position sur le terrain, ses points forts et ses faiblesses. Nous dûmes mémoriser ces informations aussi bien qu'une pièce de Racine ou de Corneille, et subîmes un examen en bonne et due forme destiné à contrôler notre connaissance de l'ennemi. A l'aide de croquis savamment dessinés sur un tableau noir, le prêtre nous expliqua enfin le mécanisme du système « 4-3-3 » (c'est-à-dire : quatre défenseurs, trois demis et trois attaquants) qu'il avait choisi d'adopter pour notre équipe.

Deux jours avant le match, le père Tresca fut reçu pendant une heure par le père recteur qui l'assura de son soutien et lui souhaita bonne chance. Sentant monter la pression, le prêtre me convoqua à nouveau dans son bureau.

– Demain, comme le veut la coutume, les joueurs adverses vont s'entraîner sur notre terrain, me déclara-t-il en joignant les doigts.

– Je le sais bien, dis-je en haussant les épaules. Ils veulent s'habituer à la pelouse du terrain, prendre leurs marques, leurs repères... C'est ennuyeux !

– Très ennuyeux, en effet, confirma Tresca. Mais j'ai une idée. Prévenez vos parents que vous rentrerez tard ce soir : j'ai besoin de vous !

La nuit venue, le père Tresca m'emmena au stade des jésuites, situé en contrebas d'Achrafieh, muni d'une brouette remplie de chaux et d'une brosse. Arrivé sur le terrain, il déroula un long fil blanc et se mit à prendre des mesures. Ayant achevé sa tâche, il dessina à la chaux des lignes bien plus espacées que les lignes initialement tracées sur la pelouse.

– Efface les anciennes lignes de touche avec ta brosse à mesure que je trace les nouvelles ! m'ordonna-t-il.

J'obéis sans comprendre. Au bout d'une heure, Tresca se redressa et, les poings sur les hanches, admira le résultat : nous avions changé la configuration du terrain en en reculant les limites.

– Pourquoi tout ce travail ? demandai-je, déconcerté.

Le prêtre posa l'index sur ses lèvres pour me signifier de ne pas insister.

Le lendemain matin, comme convenu, l'équipe *War City* s'en vint s'entraîner sur la pelouse des jésuites après avoir pris soin de poster des guetteurs aux abords du stade pour éviter les espions dans mon genre. Pendant six heures consécutives, ses joueurs prirent leurs marques, répétèrent ce qu'ils avaient appris et mirent au point les corners, tirés à partir de l'angle du terrain, exercice où ils excellaient et qui provoquait, une fois sur deux, un but de la tête marqué par Leonidas ou par Stanley. Pendant ce temps, nous rongions notre frein. La défaite n'était pas permise. Toute la famille, tout le collège allaient assister au match, le match du siècle, et nous ne pouvions pas les décevoir !

La veille du jour J, Tresca nous réunit dans la cour :

– Dieu est avec nous, nous assura-t-il d'un ton solennel. Ayez confiance !

– Pourquoi serait-il avec nous et pas avec les autres ? demanda un effronté.

– Parce que nous sommes catholiques ; les Américains sont protestants, voilà pourquoi !

– Mais Ziad est musulman ! objecta un malin en montrant du menton mon voisin qui laçait ses chaussures à crampons.

– Ziad *minna wou fina*! répliqua le prêtre dans un arabe approximatif.

Nous applaudîmes, tout surpris de constater que notre maître avait appris cette locution libanaise qui signifie à peu près : « Il est issu de nous et fait partie de nous »!

Peu avant minuit, Tresca m'emmena une nouvelle fois au stade des jésuites. Il recommença son manège, mais en sens inverse. Tandis qu'il redessinait à la chaux les lignes que j'avais effacées, je me mis à gommer celles qu'il avait tracées deux jours plus tôt. Au bout du compte, le terrain rétrécit et reprit ses proportions initiales. Comprenant enfin ce que Tresca manigançait, je le regardai, incrédule.

– C'est pour la bonne cause! me dit-il en poussant sa brouette vers la sortie.

Le jour du match, dans les vestiaires, le père Bonnet-Eymard vint nous remonter le moral et nous donner ses dernières consignes.

– Gardez l'esprit sportif, les enfants. Ne répliquez pas aux provocations. Rien ne doit interrompre la partie!

Le père recteur avait raison de nous mettre en garde : la plupart des parties disputées au Liban se terminaient en pugilat, dans le désordre général, et j'avais encore en mémoire un match où notre champion de lutte gréco-romaine, Edmond Zeeni, exaspéré de voir son idole Edmond Rebeiz impunément maltraitée par un défenseur syrien, était descendu sur le terrain et avait assommé la moitié de l'équipe adverse, provoquant une bataille rangée entre les supporters des deux camps!

Nous récitâmes une courte prière et entrâmes sur la pelouse sous les ovations d'un public survolté. Au rythme d'une marche militaire française, nous défilâmes dans notre tenue bleue en brandissant le fanion du collège, puis prîmes position sur le terrain. Invité par le père recteur, Pierre Gemayel, en sa qualité de président de la Fédération de football et de fondateur du Cercle de la jeunesse catholique, donna le coup d'envoi et regagna sa place à la tribune d'honneur, aux côtés de son frère Gabriel, de

Joseph Nalbandian, le jeune goal de la sélection nationale, de Maroutian Ardavazt, alias « Ardav », le fameux dribbleur, et de Toufic Barbir, l'un des meilleurs demis du pays.

Rapidement, nous prîmes le dessus sur l'adversaire. Désorientés, les joueurs de *War City* bottaient en touche, rataient leurs corners et manquaient tous leurs centres. Assis sur son banc, le père Tresca savourait l'instant. Son stratagème avait fonctionné : tous les repères pris par l'équipe adverse le jour de son entraînement sur le terrain élargi étaient faussés ; les joueurs en blanc, incapables de trouver leurs marques, multipliaient les erreurs, faisaient des passes démesurément longues, expédiaient le ballon dans les gradins... L'entraîneur adverse mordillait sa casquette, furieux contre ces incapables qui accumulaient les maladresses. Avaient-ils bu ? Avaient-ils attrapé un coup de soleil ? Mille questions lui traversaient l'esprit.

Cinq minutes avant la fin du match, « Di Lorto » fit un long dégagement. Le ballon survola la moitié du terrain et atterrit à mes pieds. D'instinct, sans lever les yeux, je fis une passe à Alberto Slim qui, d'une talonnade, glissa le ballon à Ziad, reconnaissable au bandeau blanc qui lui ceignait le front. Mon voisin fonça en direction de la cage adverse et dribbla deux défenseurs avant d'être lâchement fauché dans la surface de réparation. Un sifflet strident retentit, plongeant le stade dans un silence de cathédrale.

– Penalty !

Ziad se releva en grimaçant, récupéra le ballon et le posa sur le point indiqué par l'arbitre. Après avoir échangé un long regard de défi avec Sam, le gardien adverse, qui, debout sur sa ligne, avait posé ses mains gantées sur ses cuisses, prêt à bondir, il recula de trois pas pour prendre son élan.

– N'oublie pas la consigne ! lui dis-je à mi-voix pour lui rappeler que Sam avait toujours le réflexe de plonger du côté droit.

Mon voisin respecta la consigne et marqua l'unique but de la partie qui s'acheva dans l'euphorie. Oubliant ses sarcasmes, l'épicier Rachid enjamba le parapet qui séparait la tribune de la pelouse et, les bras levés, traversa toute la largeur du terrain pour aller embrasser le père Tresca qui avait sauvé l'honneur des jésuites et, par la même occasion, celui de tous les commerçants qui traitaient avec eux. Porté en triomphe sur nos épaules, notre coach fit le tour du stade sous les ovations, tandis que les joueurs adverses pleuraient à genoux, le front contre le sol.

De retour au vestiaire, je glissai au père Tresca .

– Vous les avez bien eus !

Le prêtre se mordit les lèvres pour me signifier de la boucler, puis, s'adressant à son équipe, déclara d'une voix solennelle :

– Cette victoire est le fruit de votre labeur, de votre ténacité. Je vous l'avais bien dit : Dieu n'abandonne jamais les bons catholiques !

– Mais c'est un musulman qui nous a donné la victoire ! observa un malin en posant une main sur la tête de Ziad.

Sans laisser au prêtre le temps de répondre, les joueurs répliquèrent en chœur, en imitant son effroyable accent :

– Ziad *minna wou fina* !

3

Le Jour

Ma retraite au collège d'Antoura porta ses fruits : j'obtins mon bac avec mention. Fort de ce bagage, je me crus invulnérable, capable d'atteindre tous les sommets, de réaliser tous mes rêves, de devenir, comme maître Sidani, un avocat réputé. Mais le 6 octobre 1940, mon père fut renversé par une voiture à cent mètres de la maison. Samuel qui, de son balcon, avait assisté à l'accident, appela en toute hâte la Croix-Rouge qui envoya une ambulance. Atteint de plusieurs fractures, mon père fut emmené à l'Hôtel-Dieu. Son état de santé exigeant le repos et de longues séances de rééducation, il fut transporté, à l'initiative de son ami, le père Chanteur, à l'hôpital de Bhannés où il séjourna une année entière. Pauvre papa ! Lui si dynamique, si dévoué, en était réduit à faire, à longueur de journée, des exercices répétitifs et monotones. Mais il était vivant, et c'était l'essentiel.

Pour moi, ce drame marqua un tournant : je dus revoir mes ambitions à la baisse et me mis à chercher du travail pour subvenir aux besoins de la famille, brutalement privée des rentrées d'argent de mon père qui, trop soucieux d'exercer son métier avec désintéressement, nous laissait peu d'économies. Mon frère Joe poursuivait sa scolarité et il n'était pas question qu'il abandonnât l'école ; ma sœur Mona avait entamé sa troisième année de pharmacie à l'Université Saint-Joseph et il était absurde qu'elle arrêtât ses études. D'ailleurs, l'eût-elle voulu qu'elle se serait heurtée au refus catégorique du professeur Jouvet dont elle était la protégée et qui lui prédisait un brillant avenir. Quant à ma mère, obligée de faire la navette entre Beyrouth et Bhannés pour demeurer au chevet de mon père, elle me délégua la conduite des affaires familiales.

Mon premier emploi fut à la Banque de Syrie et du Liban où l'on me confia le poste de caissier. Une véritable torture pour un jeune homme comme moi qui rêvait de liberté ! Je passais mes journées à compter l'argent des autres, à additionner des chiffres, à contrôler les opérations de mes collègues, à détecter les erreurs de calcul, sans que la moindre fantaisie ne vînt égayer mon quotidien. Démotivé, je me faisais constamment sermonner par M. Rahmé, mon supérieur :

– Tu arrives toujours le dernier au travail, me disait-il sur un ton de reproche.

– Oui, mais je repars toujours le premier ! lui répondais-je en levant l'index.

Un matin, tandis que je fumais paisiblement une cigarette dans les couloirs, un jeune homme bien mis m'aborda.

– Que puis-je faire pour vous ? lui demandai-je.

– Je viens présenter une demande pour travailler à la banque, me confia-t-il en rougissant.

– Vous êtes fou ! m'écriai-je en le secouant. A-t-on idée de venir s'enfermer dans une prison pareille ? Vous êtes encore jeune, vous avez la vie devant vous ! Dehors, il y a tellement de belles choses... Profitez-en ! Allez, ouste, ne perdez pas votre temps ici !

Le pauvre garçon repartit en courant comme s'il avait vu le diable en personne.

Trois mois plus tard, je présentai ma démission. J'avais rencontré à un dîner Michel Chiha, ancien député de Beyrouth et père de la Constitution libanaise de 1926, dont le nom était souvent cité par mes enseignants au collège. Soucieux de donner du sang neuf au quotidien francophone *Le Jour*, qu'il avait fondé en 1934 pour soutenir les thèses du Bloc constitutionnel – qui réclamait l'accession du Liban à l'indépendance – créé par son beau-frère, Béchara el-Khoury, et pour contrer les attaques du quotidien *L'Orient* de Georges Naccache, proche d'Emile Eddé, fondateur du Bloc national, il m'invita à rejoindre son équipe de rédaction. Je ne me fis pas prier : depuis ma tendre enfance, depuis mes débuts dans le *Nous du collège* du père Tresca, le journalisme me tentait.

A la rédaction du *Jour*, dont le siège se trouvait à quelques pas de l'immeuble Sarkis, de l'autre côté de la place des Canons, je fis la connaissance de Charles Hélou, un journaliste et avocat de talent qui tenait une rubrique politique intitulée « La Semaine ».

– Que savez-vous faire ? me demanda-t-il avec un grand sourire.

– Je suis là pour apprendre.

– Ecrire tous les jours, exprimer ce que l'on sait, ce que l'on croit, ce que l'on souhaite, s'adresser à des lecteurs qui occupent les rangs les plus divers dans la hiérarchie politique, sociale ou religieuse, entendre parfois répéter, par des inconnus, ce que l'on a soi-même pensé, médité, exprimé : ce n'est point une profession seulement, ni même une vocation, c'est une raison de vivre !

Il me tendit une feuille et un stylo et, histoire de tester mes aptitudes, m'invita à rédiger un article à propos du traité franco-libanais de 1936 – qui ne fut jamais ratifié par la France.

– Ne faites pas comme Georges Naccache ! s'esclaffa-t-il.

Je l'interrogeai du regard.

– Au moment d'entrer au journal *Le Réveil*, on lui demanda d'écrire un papier à propos des relations entre l'Angleterre et la Russie. Peu après, son examinateur se vit remettre un texte entièrement écrit en alexandrins !

Je souris : il fallait se lever de bonne heure pour me voir composer des quatrains à la gloire du traité franco-libanais !

Ayant reçu ma copie, quelques instants plus tard, Charles Hélou la lut avec attention, un crayon à la main, et hocha la tête d'un air satisfait.

– Je vous félicite, dit-il enfin en pliant le papier.

Dès lors, il me prit sous son aile et, au fil des jours, m'initia au beau métier de journaliste.

Comme mon salaire était insuffisant, je me mis bientôt en quête d'un projet qui m'aiderait à arrondir mes fins de mois. A l'époque où mon frère répétait *Horace*, la belle Salma lui avait malicieusement signalé la présence d'un acrostiche dans la scène 3 de l'acte II de la pièce :

S'attacher au combat contre un autre soi-même
Attaquer un parti qui prend pour défenseur
Le frère d'une femme et l'amant d'une sœur,
Et, rompant tous ces nœuds, s'armer pour la patrie
Contre un sang qu'on voudrait racheter de sa vie,
Une telle vertu n'appartenait qu'à nous ;
L'éclat de son grand nom lui fait peu de jaloux.

Lues verticalement les initiales de chaque vers composaient un « gros mot », à savoir... « *Sale cul* » ! Cette découverte, que mon frère s'était empressé de me rapporter, m'avait laissé perplexe. Je ne savais pas Corneille facétieux : s'était-il livré sciemment à ce jeu poétique cher à François Villon ? Quoi qu'il en fût, cet acrostiche m'encouragea à me prêter moi-même au jeu et à essayer d'en tirer profit. Je pris contact avec le boulanger de Gemmayzé et lui demandai de me fabriquer des beignets selon une recette que j'avais découpée dans un livre de cuisine emprunté à ma mère. Au dixième essai, le boulanger réussit à confectionner un délicieux beignet qui n'avait rien à envier à celui des meilleurs pâtissiers de Paris. J'emportai une centaine de pièces chez moi, au grand étonnement de ma famille, et me mis à glisser à l'intérieur de chacune d'elles de petits papiers contenant des acrostiches de ma composition ou empruntés aux poètes français. A première vue, le poème d'amour paraissait impersonnel :

Je ne saurais nommer celle qui sait me plaire
Un fat peut se vanter, un amant doit se taire
La pudeur qu'alarmait l'impétueux désir
Inventa sagement le voile du mystère,
Et l'amour étonné connut le vrai plaisir.

Mais en lisant les initiales de chaque vers dans le sens vertical, on découvrait le doux prénom de la dédicataire : « Julie », mais aussi : Laura, Noha, Lamia, Salma, Samira... Baptisés « beignets d'amour » et vendus au prix de deux piastres pièce, mes gâteaux connurent auprès des adolescentes un succès tel que je résolus de les commercialiser par l'intermédiaire d'un marchand ambulant à la sortie des écoles pour filles comme les Dames de Nazareth, les Franciscaines et les Sœurs de Besançon. Mais les religieuses – dont mère Royer qui ne m'avait pas oublié ! – ne tardèrent pas à s'émouvoir de la présence de billets jugés « subversifs » à l'intérieur des beignets et présentèrent une plainte auprès de la municipalité de Beyrouth qui, jugeant que l'atelier de fortune que j'avais aménagé à la maison n'était pas conforme aux normes sanitaires et n'avait pas obtenu les autorisations nécessaires, m'intima l'ordre de cesser *illico* la production de mes « beignets d'amour ». La mort dans l'âme, avec le sentiment d'être incompris et d'avoir été victime d'une injustice, je finis par renoncer à mon projet, plongeant dans le désarroi des milliers d'écolières en mal d'amour.

Pour exaltante qu'elle fût, cette aventure ne me détourna pas de mon nouveau boulot. Armé de mon stylo et de mon Rolleiflex, je sillonnais le pays pour couvrir l'actualité selon le bon vouloir de mon rédacteur en chef. Bien que mon père se rétablît et reprît tant bien que mal son travail, j'abandonnai mes études : le journalisme était devenu ma religion.

4

La guerre fratricide

– La guerre est à nos portes. Des avions de la Luftwaffe à destination de Bagdad ont fait escale à Rayak. Après l'affaire de la Crète et l'insurrection contre la Grande-Bretagne en Irak, de Gaulle et Churchill n'ont plus le choix : ils doivent déloger les vichystes de Syrie et du Liban. Une guerre fratricide se prépare. Je compte sur vous pour couvrir les opérations !

Charles Hélou alluma une cigarette et leva les yeux au plafond. L'heure était grave : depuis l'occupation de la France par les Allemands en mai-juin 1940, le Proche-Orient avait été le théâtre d'une lutte d'influence entre les Alliés et les nazis. Au Liban le haut-commissaire Puaux avait été remplacé par le général Dentz, un officier dévoué au maréchal Pétain. Au lendemain de la réunion Darlan-Hitler à Berchtesgaden, Vichy avait autorisé les avions allemands à utiliser les aérodromes de Syrie et du Liban, et accepté de livrer aux nationalistes irakiens pro-nazis les stocks d'armes entreposés au Levant sous contrôle de la commission d'armistice. D'après mes propres informations, un représentant du Führer, le dénommé Werner Otto von Hentig, se trouvait dans la capitale libanaise, et une agence d'information nazie s'était installée à l'hôtel Métropole, place des Canons, non loin de chez nous. Une base militaire allemande avait même été créée à Nerab, près d'Alep, sous les ordres du colonel von Manteuffel, et employait quelque deux cents techniciens. Désireux d'en avoir le cœur net, je m'étais rendu sur place, armé de mon Rollei. Mais à une centaine de mètres de la base, un soldat allemand portant l'uniforme de l'Afrikakorps m'avait intercepté à un barrage et empêché d'aller plus loin :

– *Es ist verboten weiterzn gehen !*

Au sein de l'Armée française du Levant, on signalait déjà des défections : le colonel Collet et ses escadrons tcherkesses avaient quitté la Syrie pour rallier les troupes anglogaullistes basées en Palestine. Et les jésuites avaient dû se passer des services du père Tresca qui, répondant à l'appel du 18 Juin, avait rejoint de Gaulle à Londres pour s'engager dans les Forces françaises libres.

– Qui soutenez-vous ? demandai-je à mon patron. Les autorités françaises présentes à Beyrouth reçoivent leurs ordres de Vichy ; les FFL sont en Palestine et se préparent à franchir la frontière aux côtés des Britanniques. Avez-vous choisi votre camp ?

Charles Hélou me regarda dans les yeux.

– Nous avons toujours refusé la défaite de la France. Nous soutenons la résistance, n'en déplaise au général Dentz et à l'Armée française du Levant ! Notre parti pris est clair : en 1936, nous étions le seul journal de langue française d'Orient à avoir condamné la conquête italienne de l'Ethiopie ; en 1938, nous avons pris position contre l'Anschluss et avons protesté contre le démembrement de la Tchécoslovaquie au bénéfice de l'Allemagne...

– En résumé, vous êtes pour le général de Gaulle.

– Nous sommes pour de Gaulle, oui, dussions-nous finir en prison !

Le 8 juin 1941, sur ordre du général Catroux, des avions arborant la croix de Lorraine larguèrent des tracts proclamant l'abolition du Mandat et l'indépendance de la Syrie et du Liban. Geste sincère ou surenchère nationaliste pour s'assurer le soutien des populations ? Le même jour, FFL, Anglais et Australiens pénétrèrent en territoire libanais, puis se déployèrent en deux colonnes : l'une ayant pour objectif Damas, l'autre Beyrouth. Paniqués à l'idée de subir les bombardements de l'aviation alliée, les Beyrouthins aménagèrent des abris de fortune, peignirent en bleu les phares de leurs voitures et masquèrent leurs fenêtres pour le *black-out*. Certains quittèrent même la capitale pour aller se réfugier dans la montagne. Mon père, lui, choisit de rester : à l'Hôpital américain, les premiers blessés affluaient déjà. Craignant la destruction de la capitale, le président libanais Alfred Naccache, contre l'avis du général Dentz qui l'avait pourtant nommé, proclama alors Beyrouth ville ouverte.

Présent sur le champ de bataille, je couvris la plupart des opérations militaires : Marjeyoun, Jezzine, Machghara, Saïda... Comment oublier les scènes insoutenables que je vécus, à plat ventre, le doigt sur le déclencheur de mon Rollei, ces cris de douleur ou de désespoir qui s'élevaient dans les deux camps, cette odeur de plomb et de chair calcinée qui empuantissait l'atmosphère ? De tous les combats, celui de Damour fut pour moi le plus éprouvant. Dès l'entrée des Alliés, le 2ᵉ bataillon du 6ᵉ REI[1] prit position dans le secteur de Damour et organisa la défense de ce verrou stratégique qui commandait l'accès à Beyrouth. Le 19 juin, au moment où je photographiais le chef de bataillon Bisset en train d'inspecter les tranchées que ses hommes venaient de creuser, un sifflement strident retentit, suivi d'une puissante déflagration qui me projeta à terre.

– Tous aux abris ! hurla Bisset.

Je vérifiai mon appareil : il avait résisté à l'impact de la chute. Rampant sur les coudes, je gagnai la tranchée la plus proche. Il était temps ! Une pluie d'obus s'abattit sur la position des vichystes, obligeant les légionnaires à se terrer.

– Les Australiens attaquent ! hurla un éclaireur.

Les soldats du 2ᵉ bataillon armèrent aussitôt leurs fusils et, bravant le danger, sortirent à la rencontre de l'assaillant. Je risquai un regard hors de ma tranchée : un bataillon australien, escorté de sept chars, progressait en direction des hommes de Bisset. C'est à ce moment-là qu'un doute m'effleura : que faisais-je là, au milieu de cette

_____

1. Régiment étranger d'infanterie.

guerre qui n'était pas la mienne ? J'étais fou de croire que mon statut de correspondant de guerre me préserverait du malheur : la mitraille ne faisait pas la différence entre un officier de Dentz et un inoffensif reporter du *Jour* ! J'eus une pensée pour ma mère : elle me croyait à Ghazir, en retraite spirituelle chez les jésuites. Si elle savait !

– Feu à volonté ! aboya Bisset.

Cinq à six Australiens tombèrent comme des quilles ; un de leurs chars, touché de plein fouet par un canon de 25, tressauta et s'immobilisa. Appelée en renfort, la marine britannique entra alors en action. Depuis le large, les bâtiments de la Royal Navy canonnèrent au gros calibre les positions du 2ᵉ bataillon. En cinq heures, trente mille obus labourèrent le terrain autour de nous. Recroquevillé au fond de ma tranchée, les deux mains croisées sur le casque qu'on m'avait prêté, je fermai les yeux.

« A la première occasion, me dis-je, je fous le camp ! »

Vers cinq heures du matin, quatre bataillons d'infanterie australiens montèrent à l'assaut de la position, baïonnette au canon. Un corps à corps sauvage et sans merci s'engagea. Submergée, à court de munitions, la compagnie finit par se rendre. Je vis alors des légionnaires jeter leurs armes et sortir de leurs abris, les bras en l'air. Je les imitai en montrant ostensiblement mon appareil photo pour faire comprendre à l'assaillant que je n'étais pas soldat.

– *What are you doing here ?* me demanda un capitaine australien en me dévisageant avec surprise.

– *I'm a reporter, don't shoot !*

– C'est dangereux, enchaîna-t-il dans un français approximatif. Vous ne devriez pas être là !

Il ordonna à ses hommes d'embarquer les prisonniers à bord d'un camion bâché, puis revint vers moi.

– Nous étions venus combattre les nazis, nous avons trouvé des Français, maugréa-t-il en ajustant son chapeau de feutre relevé sur le côté. *It's insane !*

Je dégrafai ma mentonnière de cuir et enlevai mon casque.

– *War is always insane, captain.*

Le 11 juillet, le général Dentz, suivant les instructions de l'amiral Darlan, demanda l'armistice aux Britanniques. A minuit, le cessez-le-feu entra en application et, le 12 juillet, la convention de Saint-Jean-d'Acre mit officiellement fin aux hostilités en Syrie et au Liban. Au total, sept mille tués ou blessés chez les Alliés, quelque deux mille six cents victimes chez les vichystes, bilan terrible d'une guerre fratricide dont je fus le témoin.

De retour au journal, après trente-quatre jours passés au front, je reçus les félicitations de Charles Hélou qui m'informa que Michel Chiha avait décidé de faire paraître, en même temps que *Le Jour*, un quotidien de langue anglaise, intitulé *Eastern Times*, histoire de rendre hommage aux Britanniques qui avaient largement contribué à la victoire. Je haussai les épaules : nous avions déjà assez de boulot comme ça !

Je gagnai mon bureau et me mis à ranger les dépêches qui s'étaient accumulées sur ma table pendant mon absence. Tout à coup, je sursautai. Un télégramme envoyé de Damas par l'agence Reuters en date du 16 juin 1941 faisait état de la destruction de plusieurs chars d'assaut français aux portes de la ville. Je me mordis les lèvres : au nombre des victimes, se trouvait un lieutenant dont le nom ne m'était pas inconnu : « Tresca, Louis. »

5

Helleu

Assis au fond du café de la République, à l'est de la place des Canons, je sirotais une limonade en réfléchissant au sujet de mon prochain reportage. Autour de moi, les gens étaient agités. Seuls, Amiouni et Zingo, les champions de « carambole » (ou billard), gardaient leur calme : armés d'une *staïké* (de l'anglais *stake*) démontable, ils poussaient les boules en tirant la langue. Parfois, ils plaçaient une soucoupe au milieu de la table, histoire de « pimenter » la partie. Gare à qui la touchait par inadvertance : il devait y déposer une copieuse amende !

Sur toutes les lèvres revenait le nom du représentant de la France libre au Levant, Jean Helleu. Depuis sa nomination, cet ancien ambassadeur de France à Ankara multipliait les actes de répression à l'égard des Libanais. Conseillé par Gautier, le directeur de la Sûreté générale, et par Jean Baelen, son chef de cabinet politique, il considérait la décision du Parlement libanais, prise lors de sa séance du 8 novembre 1943, d'amender la Constitution libanaise de façon unilatérale « pour la rendre parfaitement compatible avec l'indépendance véritable » comme un affront au prestige de la France. Au lendemain de son élection à la présidence de la République et de sa victoire sur son rival francophile Emile Eddé, le chef du parti Destour, Béchara el-Khoury, s'était attelé à défier le Mandat. Il avait nommé à la présidence du Conseil Riad Solh – un militant de l'arabisme, condamné à mort par contumace par la France lors de la révolte druze de 1925-1927, puis exilé à Kamichli en 1935 – avec qui il avait scellé un Pacte national reconnaissant l'indépendance et le « visage arabe » du pays et répartissant les trois présidences entre les maronites, les chiites et les sunnites. Il n'avait pas hésité à réunir à Chtaura des délégués libanais et syriens pour examiner la possibilité de « soustraire à la tutelle française » les Services des intérêts communs comme l'administration des Douanes, les ports, les aéroports et les chemins de fer...

– Vous allez voir, disait un vieillard en reposant bruyamment sa tasse de café. Helleu ne va pas se laisser faire. Il l'avait bien dit lors de sa nomination : « Le Mandat restera en vigueur jusqu'à ce que la Société des Nations y mette fin et l'indépendance ne sera effective qu'après la conclusion d'un traité avec la France. » *Allah yéstor!* Attendez-vous au pire !

– Mais non, répliquait son ami. La France n'osera jamais un coup de force au Liban. Elle a déjà assez de soucis comme ça avec les nazis. Et puis, les réformes que nous réclamons vont dans le sens de la promesse d'indépendance faite par Catroux en 1941 !

– Tu veux rire ! Les promesses des puissants ne sont que du vent. Où sont les promesses faites au chérif Hussein et au roi Fayçal ? *Kabbér aaklak!* Soyons sérieux !

Pour ma part, je penchais pour la première opinion. Connaissant le tempérament de Helleu que j'avais eu l'occasion de rencontrer à l'occasion de réceptions ou de dîners, n'ignorant pas que son goût immodéré pour l'alcool le rendait impulsif, j'avais l'intime conviction qu'il ne reculerait pas et qu'il ferait tout pour mater ce qui, pour lui, n'était qu'une « révolution d'opérette ». Le délégué de la France Libre savait pertinemment que le représentant des Anglais à Beyrouth, le général Edward Spears, n'était pas étranger à cette « révolution », mais cette réalité, au lieu de l'inciter à la prudence, l'encourageait à intervenir avec plus de fermeté encore pour signifier aux Britanniques que le Liban était la chasse gardée de la France et qu'il leur fallait cesser leurs immixtions dans les affaires intérieures libanaises.

Je réglai l'addition d'un geste machinal, tout en réfléchissant sur les mesures que j'aurais prises si j'avais été à la place de Helleu. Démettre le président Béchara el-Khoury? Ce n'était pas assez. Il fallait frapper les esprits. Je fermai les yeux pour imaginer la scène : dans son bureau, Helleu, engoncé dans un costume sombre orné d'une pochette, un verre de whisky à la main, entouré de ses conseillers Baelen et Gautier :

HELLEU *(ennuyé)*
Je suis dans l'embarras. Il ne faut plus se laisser marcher sur les pieds. Il y va du prestige de la France!

BAELEN *(sûr de lui-même)*
Dans les situations critiques, seule une action énergique peut dissuader les opposants de poursuivre leurs actes de déstabilisation. Toute hésitation de la part des autorités risque d'être interprétée comme une attitude de faiblesse, un encouragement à aller plus loin!

HELLEU
Que proposez-vous?

BAELEN *(catégorique)*
Coffrons les responsables libanais et qu'on n'en parle plus!

HELLEU
Que dira le peuple?

GAUTIER *(emphatique)*
Au Liban, il n'y a pas de peuple, monsieur.

HELLEU
Il nous faudra trouver un remplaçant à Béchara el-Khoury!

GAUTIER *(levant le doigt)*
Je n'en vois qu'un seul.

HELLEU

Qui ?

GAUTIER

Emile Eddé ! Il a toujours cru aux bonnes relations entre la France et le Liban.

HELLEU

Et s'il n'accepte pas ?

GAUTIER *(rassurant)*

Il acceptera.

« Votre monnaie, *estéz* ! »

J'ouvris les yeux et remerciai le garçon d'un hochement de la tête. L'épreuve de force me paraissait inéluctable. Helleu se trouvait dos au mur. Il allait sévir sans pitié. Fort de ces convictions, je me levai et sortis dans la rue. La place des Canons était paisible. Le tramway traversait la rue en grinçant, noir de monde, avec ses voyageurs clandestins accrochés aux rambardes des portes, en équilibre instable sur le marchepied ; de ravissantes jeunes filles déambulaient en grignotant du *bizr* [1] ; à la terrasse d'un immeuble, une ménagère battait ses tapis, tandis que sa voisine remontait à l'aide d'une corde – pour éviter de se déplacer – le petit panier en osier où l'épicier du coin avait déposé ses emplettes ; le marchand de café faisait sa tournée : d'une main il tenait un samovar, de l'autre deux tasses vides qu'il entrechoquait comme des castagnettes... J'eus le sentiment que cette quiétude était fragile.

---

1. Pépins de citrouille ou de pastèque séchés.

6

Le coup de force

Le jeudi 11 novembre 1943, vers deux heures du matin, je fus réveillé par un coup de téléphone. C'était mon rédacteur en chef.

– Allez vite à Kantari, m'ordonna Charles Hélou. Les troupes françaises encerclent la maison du président Béchara el-Khoury !

Je bondis hors de mon lit, m'habillai à la hâte, pris mon Rolleiflex et sortis en courant. Contrairement à *L'Orient* qui était partisan du Mandat, *Le Jour* était indépendantiste et proche du parti Destour : nous ne pouvions pas fermer les yeux sur un pareil événement ! Un quart d'heure plus tard, je parvins en vue de la maison de cheikh Béchara. Autour du siège de la présidence, des véhicules de l'armée française étaient garés. Je me postai derrière un arbre et braquai mon Rollei en direction de la porte d'entrée. Des tirailleurs sénégalais, baïonnette au clair, montaient la garde. Mes pronostics s'étaient vérifiés : Helleu avait bel et bien décidé d'arrêter les principaux dirigeants du pays !

A la lumière des réverbères, Béchara el-Khoury sortit bientôt, encadré par deux inspecteurs français de la Sûreté générale. Trapu, la tête massive barrée par une moustache, le crâne dégarni, il portait un costume trois-pièces de couleur sombre. Un jeune homme – son fils Khalil, sans doute – essaya de le retenir, mais il fut bousculé par les soldats, blessé au visage et refoulé à l'intérieur de la villa. Le président descendit le large escalier menant à la rue et s'engouffra dans une des voitures postées devant la maison voisine. Un capitaine et un inspecteur prirent place à ses côtés. Tous feux éteints, sous bonne escorte, le véhicule s'ébranla, emprunta la rue des Arts-et-Métiers et se dirigea vers la rue de Damas. La scène dura trois minutes tout au plus, au cours desquelles je parvins à prendre quatre photos. Comment oublier ce moment ? Mon doigt collé au déclencheur, j'étais à la fois excité à l'idée d'immortaliser l'instant historique que je vivais et amer de ne pouvoir intervenir pour empêcher l'humiliation que subissait mon président.

– Hé, toi, là-bas ! Halte là !

J'aperçus dans le viseur de mon appareil photo un Sénégalais qui pointait son doigt sur moi. Sans demander mon reste, je pris mes jambes à mon cou. Désireux de faire taire le témoin gênant que j'étais, le soldat se mit à me pourchasser dans les rues désertes de Beyrouth. Eperonné par la peur, je gagnai la rue Weygand et traversai les souks en allongeant mes foulées pour aller plus vite. Mais mon poursuivant finit par me rattraper et m'agrippa par le collet en m'injuriant. D'un coup de coude, je me dégageai de son étreinte et m'enfuis, lui laissant ma veste entre les mains. Un taxi se trouvait là. A l'intérieur, le chauffeur somnolait, la tête rejetée en arrière, la bouche ouverte. Sans hésiter, je le poussai hors de son véhicule, pris sa place et démarrai en trombe. L'homme s'affala sur la chaussée sans comprendre ce qui lui arrivait.

Je pris la route de Kesrouan et, parvenu à Zouk, abandonnai le taxi et continuai à pied jusqu'à Reyfoun où je fus accueilli par mon oncle Abdo. Il avait l'air d'un vrai paysan, avec son *cherwal*, ses pommettes roses et ses mains calleuses. Sa ferme était vaste, peuplée de vaches, de moutons et de poulets. En contrebas, accrochés aux versants de la montagne, des gradins artificiels contenus par des murs en pierre sèche et plantés de pommiers et de figuiers : ce système de terrasses permettait aussi bien le maintien des sols sur la pente que l'évacuation canalisée des eaux de ruissellement... Abdo avait en permanence, dans sa grange, une trentaine de couchettes destinées aux voyageurs et aux ouvriers qui l'aidaient dans ses travaux, et son grenier regorgeait de provisions (ou *mouné*) en prévision de l'hiver, comprenant du *kichk* (blé cuit et séché mélangé à du lait caillé de brebis ou de chèvre) et du *debs* (mélasse de caroube). Il illustrait bien le proverbe local : *Fallah mekfi, sultan mekhfi* : « Un paysan qui se suffit à lui-même est un sultan caché. » J'aimais cette ferme, ce lieu paisible bercé par le cricri des cigales qui occupaient les pins parasols et le coassement des grenouilles en provenance de l'étang. La nuit, la lune baignait l'endroit de sa douce clarté. Il suffisait de lever les yeux au ciel pour se sentir plus serein, plus léger, comme délesté de tous ses soucis.

– *Ach jébak ka zalmé ?* Quel bon vent t'amène ? s'exclama Abdo en me serrant contre lui.

– J'ai besoin de me faire oublier pendant deux ou trois jours, lui dis-je.

– Pas de problème. Tu dormiras dans le *qabou*. Là-bas, nul ne viendra t'inquiéter !

– J'ai des photos à faire parvenir à mon journal à Beyrouth. Aurais-tu quelqu'un pour s'en occuper ?

– *Wallaou ! Ana khartouchét fardak* [1] *!* Je m'en occuperai moi-même.

Soulagé, je lui remis la bobine, lui donnai l'adresse de mon journal, lui demandai de tranquilliser la rédaction et ma famille, puis gagnai le *qabou*, un soubassement voûté qui servait de cave et d'étable. L'endroit était spacieux, mais mal aéré. Une odeur de purin empuantissait l'atmosphère. Je m'allongeai sur une *hassiré* – une natte en vannerie de jonc – et, les mains croisées sur mon précieux Rollei, fermai les paupières.

Le lendemain, vers quinze heures, Abdo rentra de Beyrouth. A sa mine soucieuse, je compris que quelque chose de grave s'était produit.

– *Tfou !* fit-il en crachant sur le côté. Les Français ont arrêté tout le monde : cheikh Béchara, Riad Solh et les

---

1. Littéralement : « Je suis la cartouche de ton revolver. » L'expression signifie : Je suis à ta disposition.

ministres Camille Chamoun, Sélim Takla, Adel Osseirane et Abdel-Hamid Karamé. Ils les ont emmenés vers une destination inconnue.

– Et les gens ? Que disent les gens ?

– Ils sont outrés. Ils ont décrété la grève générale. Les écoles sont fermées, des manifestations spontanées groupent les étudiants, les intellectuels et les ouvriers. Les commerçants ont baissé leurs rideaux de fer !

Je ne pus m'empêcher de sourire : qui avait dit qu'il n'y avait pas de « peuple » au Liban ?

– Et mes photos ? Tu as pu les remettre au journal ?

– Les Français encerclent l'immeuble où se trouvent les locaux du *Jour* ; ils fouillent tous ceux qui y pénètrent... Je n'ai pas osé !

– Et maman ?

– Elle est dans tous ses états ! Ta sœur compte participer à une manifestation organisée par les femmes pour stigmatiser les agissements de la France, ton frère est allé rejoindre les Phalanges pour protester contre l'arrestation de cheikh Pierre, et toi, tu es en cavale !

– Pauvre maman ! soupirai-je. Qu'a-t-elle fait au bon Dieu pour mériter des enfants pareils !

7

Rachaya

Le 12 novembre, à l'aube, on frappa à la porte de notre maison. Mon père ouvrit. Un inspecteur de la Sûreté générale, vêtu d'un pardessus gris et chaussé de bottes à tige, se tenait sur le seuil, l'air grave. Papa tressaillit : lequel de ses enfants venait-on arrêter ?

– M. Helleu vous prie de nous suivre.

– Moi ? demanda-t-il en se frappant la poitrine.

– N'ayez crainte, c'est pour une consultation.

– A la Résidence des Pins ?

– Je ne peux pas vous en dire plus. Suivez-nous !

Mon père s'habilla à la hâte, tranquillisa ma mère, puis, sa mallette de médecin sous le bras, emboîta le pas à l'inspecteur français et monta à bord de la Citroën qui l'attendait devant la maison. Pendant tout le trajet, mon père et l'inspecteur ne dirent mot. Soucieux, les mains croisées sur sa mallette, mon père passa en revue les événements que le pays venait de vivre. Dans la foulée de l'incarcération des principaux dirigeants libanais, Jean Helleu avait publié un arrêté qui déclarait les amendements constitutionnels « nuls et non avenus » et décrétait la dissolution du Parlement libanais. Réagissant à ces mesures, les députés s'étaient réunis malgré la présence des soldats sénégalais qui ceinturaient la place de l'Etoile. Ils avaient rédigé un mémorandum de protestation contre l'agression perpétrée contre l'Etat et la Constitution, et décidé le changement des couleurs nationales en remplaçant le drapeau français frappé d'un cèdre par un nouveau drapeau, inspiré de l'emblème autrichien : trois bandes horizontales, deux rouges encadrant une blanche avec un cèdre au milieu. Mais ils avaient fini par être expulsés de l'hémicycle par les soldats français sous les acclamations de centaines de Libanais qui scandaient : « *Badna Béchara, badna Riad !* Nous voulons Béchara, nous voulons Riad ! » Nommé par Helleu en remplacement de cheikh Béchara, le chef du Bloc national, Emile Eddé, se trouvait bien isolé : le Liban tout entier se dressait contre les agissements du délégué de la France libre, ressentis comme un « outrage à la nation », et réclamait le retour immédiat de ses dirigeants. Aux dernières nouvelles, un gouvernement provisoire présidé par Habib Abi Chahla et composé d'une poignée de députés s'était constitué et, suivant les conseils de l'émir druze Majid Arslane, avait trouvé refuge à Bchémoun, un petit village situé à une dizaine de lieues de Beyrouth. Une garde nationale avait été formée et des jeunes des Phalanges et du mouvement Najjadé s'étaient unis pour assurer la liaison entre Bchémoun et la capitale.

Au bout de deux ou trois heures, la voiture s'arrêta devant un ancien bâtiment.

– C'est là, déclara l'inspecteur.

Mon père mit pied à terre et fronça les sourcils : c'était la citadelle de Rachaya.

– La nuit dernière, le président Béchara el-Khoury a éprouvé un malaise. Il souffre de violentes migraines. Il a réclamé un médecin, nous avons fait appel à vous.

Mon père frémit. Il hocha la tête d'un air entendu, puis suivit l'inspecteur à l'intérieur de la citadelle. L'endroit, étroitement surveillé par les soldats français et sénégalais, était plongé dans un silence de cimetière. Mon père gravit un vieil escalier aux marches déjetées et à la rampe en fer forgé, et déboucha sur un passage bordé d'arcades. Dans le couloir, il croisa un homme petit de taille, le visage barré par une fine moustache, portant un tarbouche incliné : c'était Riad Solh qui faisait sa promenade matinale sous l'œil vigilant des sbires qui l'escortaient. Mon père le salua avec déférence.

– C'est ici, dit l'inspecteur en ouvrant une porte en bois.

Mon père se retrouva dans une vaste pièce bien éclairée par deux fenêtres. A gauche, un lit étroit ; à droite, un canapé sur lequel trois coussins étaient posés. Un homme était assis à la table qui trônait au milieu de la salle. Bien qu'il fût de dos, mon père le reconnut sans peine : cheikh Béchara.

– Excellence...

Le président se retourna.

– Je suis le docteur Elias, à votre service, dit mon père en s'inclinant.

Béchara el-Khoury se leva et, s'approchant de mon père, le serra contre son cœur.

– Je vous connais de réputation. Je suis content de vous voir !

– Et moi donc, Excellence. Nous étions inquiets pour vous ! Vous souffrez de migraines, m'a-t-on dit.

Le président sourit.

– Ne croyez pas tout ce qu'on vous raconte. C'est une ruse pour obliger les Français à me transférer à l'hôpital ou à dépêcher un médecin de l'extérieur ! Je suis content que le choix se soit porté sur vous !

– Puis-je vous être utile ? lui demanda-t-il à mi-voix.

– Racontez-moi d'abord ce qui se passe en ville !

Mon père posa sa mallette sur le lit, l'ouvrit, en sortit quelques instruments et, tout en faisant mine d'ausculter son illustre patient, lui fit le récit des événements. Cheikh Béchara accueillit avec émotion la constitution d'un gouvernement provisoire à Bchémoun.

– Et les Anglais ? demanda-t-il à mon père.

– Spears vous soutient sans réserves. Il a pris votre famille sous sa protection. On raconte qu'il aurait disposé des blindés autour de Bchémoun pour défendre Abi Chahla et ses amis. Le gouvernement de Londres a demandé au Comité d'Alger le rappel de Helleu et votre libération immédiate. Le général de Gaulle serait sur le point d'envoyer le général Catroux au Liban pour rétablir le calme dans le pays.

– J'ai confiance en Catroux. Avec lui, on s'entendra.

Il prit sa plume, la trempa dans l'encrier posé sur la table et griffonna quelques mots sur un bout de papier qu'il tendit à mon père.

– Vous le remettrez à Habib Abi Chahla à Bchémoun, chuchota-t-il en le pliant en quatre.

Mon père glissa le papier à l'intérieur de sa chaussure.

– N'oubliez pas de...

Cheikh Béchara s'interrompit. La porte venait de s'ouvrir.

– Vous avez fini ? demanda l'inspecteur.

– Oui, oui, murmura mon père en rangeant son stéthoscope.

– Il va mieux ?

– Il faudra que je le suive de près : son état est préoccupant. S'il ne s'améliore pas, il faudra le transporter à l'Hôtel-Dieu.

Cheikh Béchara défit son col et s'allongea sur son lit en grimaçant, histoire de bien montrer à l'inspecteur qu'il n'était pas rétabli.

Mon père sortit, sa mallette sous le bras.

– Vous boitez ? lui demanda l'inspecteur.

– Une ancienne blessure, fit mon père d'un air gêné.

– Que vous a-t-il raconté ?

– Oh, pas grand-chose. Il m'a parlé de ses migraines...

– C'est tout ?

– C'est tout. Je ne me mêle pas de politique, vous savez.

– Je compte sur votre discrétion, fit l'inspecteur en levant l'index.

– Soyez sans crainte !

A peine arrivé à la maison, mon père convoqua Joe.

– Quelles nouvelles de Philippe ?

– Toujours à Reyfoun, chez l'oncle Abdo. Les Sénégalais le cherchent partout. Il a pu faire parvenir ses photos à l'agence Reuters. Au Caire, à Londres, elles ont été publiées en première page. La communauté internationale est scandalisée. Helleu ne perd rien pour attendre !

Mon père alluma une cigarette et demanda à mon frère de s'asseoir à ses côtés.

– Tu sais, Joe, que je n'ai jamais vu d'un bon œil ton adhésion aux Phalanges. Mais ce qui se passe actuellement justifie que nous nous mobilisions tous contre Helleu. J'ai besoin de toi.

Mon frère considéra mon père avec incrédulité.

– Je suis à ta disposition, papa.

Mon père réfléchit un moment, comme s'il soupesait les risques de la mission qu'il voulait confier à son fils, puis, se décidant, déclara d'un ton solennel :

– J'ai rencontré Béchara el-Khoury. Il est à Rachaya avec Riad Solh et les ministres. Il m'a confié un message pour Abi Chahla. Tu m'avais dit que tu faisais la navette, avec tes amis phalangistes, entre Beyrouth et Bchémoun. Comme ma santé ne me le permet pas, et pour éviter d'être démasqué, je souhaite que tu ailles toi-même remettre le message au chef du gouvernement provisoire.

Il extirpa la lettre de sa chaussure et la remit à Joe. Stupéfait, mon frère demeura un moment sans voix, puis balbutia :

– Tu peux compter sur moi, papa.

Mon père le prit dans ses bras et le serra longtemps contre sa poitrine, à la fois fier de voir son fils prêt à assumer la mission qu'il lui confiait, et ému à l'idée qu'une telle mission pouvait le perdre.

Le lendemain matin, mon frère revint de Bchémoun. Dans la maison de cheikh Hussein el-Halabi, située sur les hauteurs du village, il avait rencontré Habib Abi Chahla et lui avait remis le message du président.

– Il te remercie pour ton aide, dit Joe à mon père. Il m'a confié cette lettre à l'intention de cheikh Béchara.

Mon père la cacha dans la doublure de sa veste et guetta toute la journée l'arrivée de l'inspecteur. Vers dix-huit heures, une Citroën s'arrêta devant l'immeuble Sarkis. Une ordonnance avertit mon père qu'il était « attendu ».

Une semaine durant, mon père servit d'intermédiaire entre le président et les insurgés de Bchémoun qui s'échangèrent ainsi informations et directives. Comment fit-il pour garder son sang-froid, pour ne pas renoncer à cette mission qui aurait pu lui coûter cher? Etait-ce le patriotisme qui lui donnait des ailes ou cette conscience d'être un acteur – même de second rôle – dans le film de l'Indépendance?

8

La Libération

Mona rejoignit la foule, place des Canons. C'était sa première manifestation. Malgré les cris de ma mère, elle avait
répondu à l'appel du Comité organisateur présidé par
Honeiné Tarché et par l'écrivain Evelyne Bustros, leader
du mouvement féministe. Ma sœur regarda autour d'elle :
il y avait là des personnalités connues – épouses de
ministres ou de députés –, des femmes de la haute société,
mais aussi des épouses de commerçants et d'artisans,
unies par la même soif d'indépendance. Encadrées par un
long cordon d'étudiants qui se tenaient la main, les mani-
festantes traversèrent la place et se dirigèrent vers le siège
de l'ambassade américaine pour y rencontrer le consul
George Wadsworth. En chemin, elles furent rejointes par
un groupe de jeunes musulmanes, vêtues de noir et voilées.
C'est alors que l'incroyable se produisit : d'un seul geste, les
femmes musulmanes levèrent leur voile, comme pour
montrer qu'elles n'avaient pas peur d'être reconnues, ou
pour affirmer leur liberté. Ma sœur en eut les larmes aux
yeux.

Le lendemain, ce fut au tour de Joe de prendre part à
une manifestation d'étudiants devant la légation britannique. Il y avait là des élèves du collège de la Sagesse, des
Makassed, de l'école des Frères, de l'Université Saint-
Joseph, de l'Université américaine, qui réclamaient en
chœur la liberté pour leur pays et la libération de leurs

dirigeants. Tout à coup, vers dix heures, deux camions firent irruption, chargés d'une trentaine de tirailleurs sénégalais armés jusqu'aux dents. Les militaires mirent pied à terre et, sans hésiter, ouvrirent le feu sur la foule! Les manifestants se dispersèrent dans une panique indescriptible. Mon frère compta six morts, dont un adolescent de la famille Makhzoumi, tombé dans le quartier de Basta, et près de cinquante blessés. Avisant un étudiant atteint à la jambe, il l'aida à se relever et le transporta jusqu'à l'hôpital de l'Université américaine.

– S'il te plaît, j'ai perdu ma chaussure, balbutia le jeune homme, épouvanté.

– Et alors? L'infirmière te donnera des pantoufles!

– Tu ne comprends donc pas? Grâce à la chaussure égarée, les soldats français risquent de me retrouver. Un peu comme Cendrillon!

Joe revint sur les lieux du massacre. Des dizaines de parents désemparés erraient dans tous les sens à la recherche de leurs enfants qui n'étaient pas rentrés. Il retrouva la chaussure perdue et la rapporta au blessé qui se confondit en excuses. Mon frère lui tapota la joue en disant :

– Valait mieux la récupérer que d'avoir Gautier pour prince charmant!

*

A peine remis de ses émotions, Joe fut confronté, deux jours plus tard, à un incident encore plus grave. Alors qu'il se rendait à Bchémoun pour remettre une lettre à Habib Abi Chahla, il se retrouva pris entre deux feux, au milieu d'un accrochage opposant la garde nationale aux unités de l'armée française qui tentaient de se frayer un passage vers le village. Il vit les blindés français se heurter aux barricades dressées par les patriotes et assista à la mort de Saïd Fakhreddine, terrassé alors qu'il attaquait un char près de Aïtate. Contre toute attente, les Français se replièrent subitement sans demander leur reste. Que s'était-il passé? Avaient-ils reçu l'ordre de se retirer pour éviter un carnage ou avaient-ils été avertis de la présence des tanks britanniques postés par Spears autour de Bchémoun pour protéger le gouvernement provisoire ? Cet incident divisa les Libanais. Il suscita l'enthousiasme des uns qui composèrent en l'honneur de l'émir Majid Arslane, connu pour ses moustaches recourbées, ces vers enflammés :

> *Kermél aakfét charbo*
> *Francis badna nharbo !*
>
> Au nom de sa moustache en croc
> nous voulons combattre les Francs !

ce qui ne manqua pas de provoquer les sarcasmes des autres, représentés par le poète Emile Rizkallah :

> *Mich maaqoul sba'aa el Marn*
> *Ykhafou min klab Bchémoun !*
>
> Impossible que les lions de la Marne
> Craignent les chiens de Bchémoun !

et la riposte des premiers, par la voix de l'écrivain Assaf Khoury :

> *Bchémoun ramz istiqlalak*
> *Loubnanak ilha madyoun.*
> *Btéstéhél qataa lssanak*
> *Bserméyét ibn Bchémoun !*
>
> Bchémoun, symbole de ton indépendance,
> Ton Liban lui est redevable.
> Tu mérites qu'on te coupe la langue
> Avec la chaussure du fils de Bchémoun !

Au matin du 23 novembre, l'oncle Abdo vint m'annoncer que les détenus de Rachaya avaient été relâchés la veille. Avec sa diplomatie habituelle, le général Catroux avait réussi à calmer le jeu et convaincu le Comité d'Alger de faire « un geste généreux d'oubli et de réparation ». Sans tarder, je quittai Reyfoun et regagnai Beyrouth. La place des Canons était noire de monde. Des milliers de Libanais acclamaient les héros de l'indépendance en agitant leur nouveau drapeau, reproduit sur soie, étoffe ou papier. Je vis Riad Solh, son tarbouche incliné sur la tête, porté en triomphe par ses partisans et, au balcon du Petit Sérail qui donnait sur la place, cheikh Béchara saluer la foule en délire. Ziad était là, radieux, en compagnie de sa petite sœur Nour qui applaudissait sans comprendre. Joe me repéra et vint m'embrasser.

– C'est un grand jour pour le Liban, me dit-il.

– C'est le début de l'indépendance! renchérit une voix dans mon dos.

Je me retournai : c'était papa. Jamais je ne l'avais vu ainsi : les cheveux en bataille, la chemise ouverte, le visage en sueur. Nous nous enlaçâmes tous les trois en pleurant comme des mômes.

– Je suis heureux, dit papa. Nous sommes enfin libres, libres pour de bon!

V

LA *DOLCE VITA*

> « Autrefois il y avait les fêtes
> Et les fêtes n'étaient pas des fêtes
> Les fêtes étaient le quotidien. »
>
> Guy ABÉLA,
> « Autrefois »,
> *Oud*

1

Jean-Claude

Le professeur Jouvet attendait ma sœur à la sortie de l'amphithéâtre. Chimiste de formation, il avait accompli son service militaire au Liban en 1929 et avait décidé de ne plus rentrer en France – dont l'économie était en crise – pour enseigner à l'Université Saint-Joseph. Après la guerre, il avait résolu de consacrer sa thèse à une question épineuse : le pétrole au Levant, ce qui lui avait valu les menaces du général Spears qui jugeait ce sujet « tabou ». Le professeur Jouvet avait quand même publié ses travaux sous un titre moins explicite : *Les roches bitumineuses au Levant.* Le général Spears n'y avait vu que du feu !

– Bonsoir Mona, comment avez-vous trouvé mon cours ?

Comme chaque soir, le professeur Jouvet l'assaillait de questions et, une demi-heure durant, la retenait pour lui parler de tout et de rien, du temps, de la France, du dernier livre qu'il avait lu. Mona l'écoutait d'une oreille distraite. Non qu'elle le trouvât désagréable, mais elle avait du mal à rester debout si longtemps et à l'écouter parler sans qu'elle pût placer un mot.

– Vous ai-je dit que mon fils Jean-Claude sera là en novembre ?

– Non, vous ne me l'avez pas dit, fit-elle en haussant les épaules.

Elle ne connaissait pas Jean-Claude. Mais à force d'entendre le professeur Jouvet parler avec fierté de son fils, elle avait fini par tout savoir à son propos, qu'il avait été pensionnaire à Dijon, qu'il était sur le point d'entamer des études de physique, qu'il aimait la danse et le ski.

– J'aimerais bien que vous le rencontriez, ajouta-t-il. Il souhaite s'acheter une voiture. Vous possédez toujours la Vauxhall, n'est-ce pas ?

– Oui, mais depuis l'accident de papa, nous ne l'utilisons pratiquement plus !

– J'aimerais que Jean-Claude l'essaie pour voir si elle lui convient.

La Vauxhall était encore en très bon état : elle devait être traitée avec les égards dus aux voitures neuves. Mona hésita. Mais pouvait-elle refuser cette faveur au professeur Jouvet que sa mère encensait à longueur de journée et qui l'avait convaincue de suivre des études de pharmacie ?

– Pourquoi pas ? fit-elle en affichant un sourire contraint.

Le professeur la remercia d'un hochement de tête, puis aborda un autre sujet. Au bout d'un moment, perdant patience, Mona consulta sa montre.

– Déjà huit heures ! Que vont dire mes parents ?

– Je ne vous retiendrai plus ! N'oubliez surtout pas de leur transmettre mes amitiés.

– Je n'y manquerai pas !

Enfin libérée, Mona s'éloigna en courant sous l'œil affectueux de son professeur.

*

Mona se sentit rougir lorsque Mme Jouvet lui ouvrit la porte de sa maison.

– Vous voilà donc ! Mon mari m'a beaucoup parlé de vous ! Il paraît que vous êtes l'une de ses plus brillantes élèves !

– Vous êtes trop aimable...

– Entrez, je vous prie. Jean-Claude n'est pas encore prêt. Il est dans son bain.

Mona pénétra dans le salon en essayant de contenir sa gêne. La pièce était simplement meublée. Au mur étaient accrochés des tableaux de Georges Cyr, un peintre français établi au Liban depuis une dizaine d'années.

– Chère Mona !

Le professeur fit son entrée et salua son élève avec chaleur.

– Jean-Claude sera à vous dans un instant, déclara-t-il en grimaçant. Il est malheureusement toujours en retard.

« Premier défaut », songea Mona en se calant dans son fauteuil.

Vingt minutes plus tard, Jean-Claude apparut enfin. Il était blond, d'une blondeur éclatante qui fit sursauter ma sœur qui ne pensait pas qu'on pût être blond à ce point-là. Il n'était pas grand, mais il avait de l'allure et ses yeux bleus pétillaient d'intelligence.

– Voici Jean-Claude ! annonça triomphalement le professeur.

Mona lui serra la main sans se lever.

– Alors, c'est vous, la fameuse Mona ?

– Oui, c'est moi !

– Et vous possédez une Vauxhall ?

– Jean-Claude ! chuchota Mme Jouvet en le pinçant. Tu n'as pas un autre sujet de conversation ?

Jean-Claude se ressaisit. Il dit à Mona tout le bien qu'il pensait du Liban, qu'il envisageait de passer deux ou trois mois dans le pays, histoire de se « ressourcer », avant de commencer des études de physique à Paris ou à Grenoble.

– Connaissez-vous la France ? demanda-t-il, s'intéressant enfin à son invitée.

– Non. Mais j'aimerais tellement la connaître ! Toutes mes lectures, les chansons que j'aime, évoquent la France. Est-elle aussi belle qu'on le dit ?

– Plus belle encore ! Sauf le climat. Je n'aime ni la pluie ni le froid. Alors, forcément, il y a des moments où l'on rêve de tout lâcher pour venir au Liban !

Il se gratta le front, puis demanda :

– Alors, on l'essaie, cette Vauxhall ?

Mona sortit les clés de son sac et se leva. Le professeur et son épouse la raccompagnèrent jusqu'au palier.

– Il faudra revenir, Mona. Vous savez bien que nous avons une affection particulière pour vous ! dit le professeur Jouvet.

– Bien des choses à vos parents, ajouta sa femme en arborant un large sourire.

Mona et Jean-Claude gagnèrent la place des Canons. La voiture était garée sous un réverbère, au pied de l'immeuble Sarkis.

– Elle est chouette, votre bagnole ! s'exclama-t-il. C'est tout à fait le style qui me plaît. Je peux l'essayer, n'est-ce pas ?

Mona lui tendit les clés à contrecœur. Elle ne pouvait revenir sur la parole qu'elle avait donnée au professeur ! Jean-Claude prit le volant et invita ma sœur à s'asseoir à ses côtés. Il démarra et se dirigea vers la rue de Damas.

– Aley, c'est par où ?

– Tout droit, dit Mona en se carrant dans son siège.

Jean-Claude appuya sur l'accélérateur et emprunta la route indiquée. Pied au plancher, les mains crispées sur le volant, il lança le véhicule à toute allure sur les routes tortueuses menant à la montagne. Grisé par la vitesse, il négocia les virages avec une telle vigueur que Mona manqua cent fois de s'évanouir.

Au bout d'une heure de course, il ramena la vaillante Vauxhall là où il l'avait prise. L'ayant garée non sans mal, il se tourna vers Mona et lui dit d'une voix décidée :

– Elle est formidable, cette bagnole. Je compte m'acheter la même !

Mona lâcha un soupir : « Deuxième défaut : c'est un fou du volant ! »

– Et si nous allions prendre un café ?

La proposition de Jean-Claude lui parut incongrue après la folle équipée qu'il venait de lui faire vivre.

– Je connais un très bon café à Raouché, murmura-t-elle sans conviction.

– Allons-y ! Mais en chemin, il faudra que je passe à la fac chez mon père : je dois lui demander de l'argent pour pouvoir t'inviter.

Mona réprima un sourire narquois.

– C'est bon !

Jean-Claude redémarra. Arrivé devant la faculté de pharmacie, il mit pied à terre et s'éloigna en courant. Cinq minutes plus tard, il s'en revint tout penaud.

– Il donne un cours. Impossible de l'interrompre !

– C'est bon, je t'invite ! déclara-t-elle en lui faisant signe de monter.

« Troisième défaut, songea-t-elle, il est incapable de gérer son argent. » Elle fit le compte : trois défauts en moins de deux heures, c'en était trop. Mais il y avait chez le jeune homme une fraîcheur, une spontanéité qui la séduisaient. Et puis, ces cheveux blonds... Et puis, la France !

Ils prirent un café au bord de la mer, en face de la grotte aux Pigeons.

– Tu sais, il y a des amoureux transis qui se suicident en se jetant du haut de cette falaise, expliqua ma sœur en lui montrant du doigt l'immense rocher qui, comme une arche, enjambait les flots. Serais-tu capable de mourir pour une femme ?

Mona posa sa question et esquissa un sourire entendu, comme si elle prévoyait la réponse négative du Français. A l'évidence, un être aussi insouciant que lui ne pouvait concevoir pareille idée.

– Bien sûr, répondit-il sans sourciller. C'est même la seule mort qui soit digne d'un homme.

Mona resta bouche bée. Par cette réponse, Jean-Claude avait conquis son cœur.

*

Une semaine plus tard, Mona et Jean-Claude passèrent le réveillon chez les Sursock qui avaient convié, pour l'occasion, un groupe de jeunes gens « à marier ». Ils se retrouvèrent tous les deux à la même table. A minuit, donna Maria invita ses convives à danser. Le Français et ma sœur ne se le firent pas dire deux fois : ils passèrent la soirée sur la piste.

Fin janvier, Jean-Claude repartit pour la France. Mona, qui avait tenu à l'accompagner jusqu'à l'aéroport, mesura alors à quel point elle était attachée à ce garçon qu'elle n'avait pourtant fréquenté que quelques jours. Un soir, à dîner, elle demanda à mon père :

– Que dirais-tu si j'épousais un étranger ?

Ma mère pouffa dans son assiette.

– On ne plaisante pas avec ces choses-là ! As-tu oublié ton aventure avec cet Italien, comment s'appelait-il déjà, Pedotto ?

– Pedotti ! rectifia Tonton en souriant.

– Et si c'était un Français ?

Mon père eut un sourire amusé.

– Tu veux parler de Jean-Claude ?

– Oui, dit-elle en rougissant.

Mon père ne sut que répondre. Que sa fille fût amoureuse d'un étranger l'indisposait, mais que cet étranger fût le fils du professeur Jouvet, voilà qui méritait réflexion.

– Tu l'aimes ?

– Oui, papa. Je l'aime.

Joe éclata de rire.

– Tu en pinces pour un Français, petite cachottière !

– Tais-toi, Joe ! ordonna mon père en le foudroyant du regard.

Mona se mordit les lèvres, comme si elle regrettait tout à coup d'avoir avoué son amour pour Jean-Claude au risque de provoquer l'ire de ses parents et les railleries de son frère.

– Si tu l'aimes, je n'y vois pas d'inconvénient !

Ma mère sursauta. L'attitude de son mari était inattendue : respectait-il vraiment le choix de leur fille ou cédait-il plutôt à l'orgueil de la voir mariée au fils d'un grand professeur français ?

– Mais nous ne savons rien de lui ! protesta ma mère, d'une voix étranglée par l'émotion.

– Nous pas, elle si ! répliqua-t-il sèchement.

Mona et Jean-Claude s'écrivirent pendant trois mois. A Pâques, le jeune homme revint à Beyrouth et, par le biais de ses parents, demanda officiellement la main de ma sœur. Mon père accepta sans hésiter, malgré le regard ombrageux de ma mère. Le couple se maria à l'église Notre-Dame-du-Liban, à Harissa, puis partit pour Grenoble. Ils eurent deux filles, Stéphanie et Florence. Un jour, par curiosité, ma sœur demanda à son mari :

– Toi d'habitude si hésitant, comment as-tu fait pour te décider si vite à m'épouser?

Jean-Claude lui répondit simplement .

– J'ai eu peur de te perdre.

2

Le nu

– Assieds-toi, maman. J'ai une mauvaise nouvelle à t'annoncer !

Lorsque mon frère Joe lui apprit qu'il s'était inscrit à l'Académie libanaise des beaux-arts qui venait de s'installer dans le bâtiment de Lazarieh, place des Canons, ma mère manqua de s'évanouir.

– Tu es fou ? Que comptes-tu y étudier ? lui demanda-t-elle, scandalisée.

– La peinture !

Ma mère savait mon frère doué pour le dessin – enfant, il gribouillait sur les murs du salon ; adolescent, il ornait son cahier de caricatures et portraiturait tous les membres de la famille –, mais elle ne soupçonnait pas qu'il pût *succomber* à cette passion.

– La peinture ? Tu comptes devenir artiste ?

Le mot « artiste », à l'époque, avait une connotation péjorative. Même les filles de joie de Souk el-Awadem – le quartier réservé de Beyrouth – étaient qualifiées d'« artistes ».

– Il n'y a pas de mal à cela. La classe de peinture compte des personnes très respectables. Et puis notre professeur n'est autre que César Gemayel, le grand peintre...

– Quelle famille ! gémit ma mère. Si ton père t'entendait, il te renierait !

– Mais toi, maman, tu ne me renies pas parce que tu m'aimes, n'est-ce pas ? fit Joe en la serrant contre lui.

Joe était le benjamin de la famille : elle éprouvait une immense tendresse à son égard. Elle l'embrassa sur le front et n'insista plus.

*

Assis derrière son chevalet, affublé d'un tablier bariolé de couleurs, Joe maudissait la chaleur suffocante qui régnait dans cette salle exiguë aux murs couverts de graffiti. Une odeur de tabac, de peinture et de sueur empuantissait l'atmosphère. Devant lui, assise sur un tabouret, une femme d'un certain âge, vêtue d'une robe noire à longues manches, fixait le plafond d'un air absent.

– Tout va bien ? demanda César Gemayel en circulant au milieu de ses élèves.

– Il fait trop chaud, gémit Farid Aouad en essuyant ses lunettes.

– Si vous fumiez moins, vous auriez moins chaud ! répliqua le maître en toussant dans son poing.

– Nous ne progressons plus, ajouta Joe en agitant son pinceau. Nous peignons la même femme depuis deux mois ! Comment deviner son corps derrière l'étoffe de sa robe ? On a beau avoir de l'imagination, on a du mal à deviner les courbures de son corps !

– Joe dit vrai, confirma Chafic Abboud. Nous exigeons de vrais modèles !

César Gemayel lâcha un long soupir et posa une main sur son large front.

– Où vous croyez-vous, mes enfants ? A l'Académie Julian à Paris ? Où vais-je vous dénicher un modèle nu ? Vous savez très bien que la nudité est un sujet tabou dans notre pays ! Nul n'a jamais exercé ce métier !

– Sauf votre permission, maître, je crois avoir la solution, dit Joe en levant le doigt.

– Je vous donne carte blanche, mais ne me décevez pas !

Le soir même, vêtu d'un pardessus et coiffé du chapeau de feutre de Tonton pour ne pas être reconnu, Joe alla écumer Souk el-Awadem à la recherche d'un modèle. Avant de s'aventurer dans ce lieu à la réputation sulfureuse, peuplé de péripatéticiennes originaires d'Europe centrale, il avait pris soin de demander conseil à Naguib, le concierge égyptien, connu pour être un client assidu des maisons de passe.

— Monsieur a décidé de se dévergonder ? demanda-t-il à Joe, l'œil goguenard.

— Non, non. Je suis juste à la recherche d'un modèle pour mes peintures !

— Ma femme ne convient pas ? dit l'autre en se frottant les mains à l'idée de se faire quelques piastres de plus. Elle a un beau visage malgré ses cent kilos...

— Non, Naguib, ce n'est pas le visage que je souhaite peindre, c'est le reste...

Naguib ne comprit pas où Joe voulait en venir.

— Evitez Marika Spiridon, conseilla-t-il. Elle est très surveillée par les agents de la Sûreté : la plupart des politiciens la fréquentent... Optez plutôt pour Ivana... Elle est très docile.

Joe arpenta Souk el-Awadem en baissant la tête. Arrivé près d'un cabaret aux lampions rouges, il se fit accoster par une matrone à la poitrine opulente :

— On débauche, trésor ? fit-elle en minaudant.

Décontenancé, Joe la questionna d'une voix à peine perceptible .

— Je cherche Ivana.

— Tu es de la police ? lui demanda-t-elle, les poings sur les hanches, en changeant de ton.

— Non, non. Je suis... un client !

— Retournez-vous : elle est de l'autre côté de la rue !

Joe la remercia et alla à la rencontre d'Ivana. C'était une jeune fille de vingt-cinq ans, très grande, au teint pâle et aux cheveux platinés.

— Tu montes ? lui demanda-t-elle d'une voix aguichante.

— Non, mademoiselle, répondit Joe en prenant son courage à deux mains. Je suis juste venu vous demander de poser comme modèle pour notre atelier de peinture...

Ivana parut surprise par la proposition de ce client pas comme les autres.

– On ne me l'avait pas encore faite celle-là ! dit-elle avec le sourire. J'en ai vu des clients : des détraqués, des marins, des officiers, des politiciens... Mais c'est la première fois qu'un obsédé comme toi me propose de poser pour lui !

N'y tenant plus, Joe pivota sur ses talons, bien décidé à rebrousser chemin.

– Attends ! Combien es-tu prêt à payer ?

– Le même tarif que vos clients habituels, bredouilla mon frère.

– J'accepte !

Joe lui donna rendez-vous le lendemain à onze heures au pied du bâtiment de Lazarieh, prit congé et, au pas de course, se dirigea vers la place des Canons. « Mon Dieu, faites que personne ne m'ait vu ! » murmura-t-il, rouge de honte.

L'entrée d'Ivana à l'atelier fut saluée par une salve d'applaudissements et des sifflements admiratifs. César Gemayel eut le plus grand mal à rétablir l'ordre dans sa classe. Vêtue d'une robe légère, la jeune fille s'allongea sur le sofa et adopta une pose suggestive.

– Déshabille-toi ! ordonna Joe, soudain enhardi.

Ivana obtempéra. Elle ôta sa robe, mais demeura en sous-vêtements, refusant d'aller plus loin.

– Au travail ! commanda César Gemayel, l'air imperturbable.

Les artistes s'exécutèrent et commencèrent à esquisser les formes du modèle. Mais, très vite, ils durent se rendre à l'évidence : Ivana ne tenait pas en place, changeait de pose toutes les cinq minutes.

– Ce n'est pas possible, gémit Farid Aouad en remontant ses lunettes sur son nez. Elle a la bougeotte. J'ai recommencé trois fois le même croquis !

– Nous ne tournons pas un film, Ivana ! s'écria Joe. Il faut rester immobile !

– C'est un supplice, protesta-t-elle en se levant. Ce que vous me demandez est inhumain ! Je ne suis pas faite pour ce travail !

César Gemayel résolut d'écourter la séance de pose. Déçu par la prestation de sa « protégée », Joe la congédia non sans lui avoir payé, comme convenu, le tarif d'une passe.

— Mais vous, maître, comment faites-vous pour peindre vos nus ? demanda Chafic Abboud.

— J'ai la chance d'avoir Maryam, qui pose pour moi depuis des années, répondit-il.

— Ne pourrait-elle pas poser pour nous ?

César Gemayel réfléchit un moment, comme s'il hésitait à « partager » son modèle. Maryam était entrée à son service en 1937. Elle posait pour lui, tantôt en bédouine, tantôt dans le plus simple appareil, et, en dehors des heures de pose, l'aidait à ranger son atelier et à distribuer le courrier. Il aimait son corps, le vénérait même, et sentait l'inspiration sourdre en lui lorsqu'elle laissait tomber ses vêtements. Maryam était son secret. Lorsque des clients venaient choisir un tableau dans son atelier, il la cachait dans une pièce contiguë. Et lorsque des curieux grimpaient sur une échelle dans l'espoir de lorgner le modèle par la fenêtre, il déplaçait Maryam pour la soustraire aux regards indiscrets...

— Pourquoi pas ? dit-il enfin, surmontant ses appréhensions. Elle viendra dès demain. Mais promettez-moi une chose...

Un silence entendu se fit.

— Ne lui manquez pas de respect !

Maryam pénétra dans la salle et s'assit sur le canapé, l'air gêné. Elle avait les cheveux bruns et de beaux yeux noirs. Elle dégrafa sa robe et se mit en maillot, laissant apparaître une peau diaphane et un corps aux formes pleines, très bien proportionné. Au bout d'un moment, et sans que personne ne lui eût adressé la parole, elle se dénuda complètement, dévoilant des seins bien ronds et des fesses volumineuses, mais fermes. Joe, qui n'avait pas encore eu l'occasion de voir une femme en tenue d'Eve, se sentit rougir. Il avala sa salive et se mordit la lèvre inférieure pour contenir son embarras. Du coin de l'œil, il observa ses camarades : la plupart d'entre eux étaient tout aussi troublés que lui. Sans mot dire, les élèves se mirent au travail. Au départ, ils évitèrent autant que possible de fixer le modèle, se contentant de regards furtifs pour mémoriser une courbe ou une forme. Mais, très vite, enhardis par l'aplomb de Maryam, ils s'adaptèrent à la situation.

Trois heures plus tard, les jeunes artistes posèrent pinceaux, fusains et palettes avec la satisfaction du devoir accompli. « Merci, *sitt* [1] Maryam ! », dirent-ils avec déférence tandis qu'elle se rhabillait, subjugués par le professionnalisme de cette femme qui n'avait pas bougé d'un pouce durant toute la pose, un peu comme ces yogis qui, parvenus à une maîtrise totale de soi, arrivent à dompter leur corps.
– Alors ? demanda César Gemayel, les poings sur les hanches.
– Reviendra-t-elle demain ? s'enquit Joe en rangeant son chevalet.

Mon frère ne ferma pas l'œil de la nuit. Il revit Maryam, immobile comme une statue, la tête inclinée sur le côté, le regard perdu dans le vague. Il se leva, verrouilla la porte de sa chambre, alluma une bougie, prit une feuille de papier et se mit à la dessiner.

Maryam revint le lendemain, puis le surlendemain, et finit par devenir le modèle attitré de l'Académie libanaise des beaux-arts, à raison de cinq poses par semaine. Plus qu'une égérie, elle devint le *moteur* de toute une génération de peintres, au grand dam des prudes de la ville qui, très vite, vouèrent aux gémonies cette « délurée » qui osait s'exhiber dans le plus simple appareil. L'affaire fit le bonheur des commères d'Achrafieh. Apprenant la nouvelle par une amie, ma mère n'en crut pas ses oreilles. Pour en avoir le cœur net, elle s'empressa de demander des explications à Alexis Boutros, le fondateur de l'Académie.
– C'est exact, confirma-t-il avec flegme. A l'instar des plus grandes académies du monde, nous disposons d'un modèle pour permettre à nos élèves de peindre des nus.

---

1. Equivalent de « dame ». Se dit par respect pour une femme.

– Comment ? hurla ma mère. Mais mon fils Joe est chez vous ! *Méch beyéss témmo ella émmo* : seule sa mère a embrassé sa bouche ! Comment osez-vous mettre un nu devant son regard innocent ? *Ya aïb el choum* : c'est scandaleux !

– C'est de l'art, madame, rectifia Alexis Boutros. La nudité est l'expression la plus pure de la beauté qui est l'œuvre visible, parfaite et manifeste de Dieu.

Cette explication hautement métaphysique n'apaisa pas ma mère. Habituée à gouverner la famille comme un général de brigade, elle intima à mon frère l'ordre de renoncer à ses cours de dessin. Il eut beau protester, arguer que les cours n'avaient rien d'obscène, affirmer que le peintre, comme le médecin, ne prête pas attention à la nudité de son « sujet » : rien n'y fit. Il dut céder pour avoir la paix.

De Maryam, il subsiste plusieurs tableaux. L'un d'entre eux, signé César Gemayel, s'intitule *Femme lisant au lit*. On y voit Maryam, allongée sur le ventre, les fesses charnues, le sein à peine visible, la jambe gauche en l'air, et une chute de reins à faire damner un saint. En admirant cette œuvre, comment ne pas songer à la puissance de l'art, capable de *fixer* la beauté et de soustraire la fraîcheur d'un corps à l'emprise du temps ? Comment, surtout, ne pas saluer la mémoire de Maryam, le premier des modèles nus, immortalisée par une cohorte de peintres renommés, revanche éclatante de celle qu'on montrait du doigt sur toutes ces effarouchées qui se drapaient dans leur vertu et dont il ne reste plus rien !

3

Désirée

Tonton – l'ai-je dit ? – n'était pas marié. Ma mère, qui acceptait mal cette situation, s'évertuait à lui présenter les filles de ses amies dans l'espoir qu'il trouvât enfin l'élue de son cœur. Un jour, l'oncle Michel rencontra au Cercle de la jeunesse catholique une jeune femme prénommée Désirée. Ce fut le coup de foudre : il nous annonça avec émotion sa décision de l'épouser. Mon père accueillit la nouvelle avec circonspection : Désirée était d'humeur maussade (« Elle ne sourit même pas au pain chaud », disait-il), n'aimait pas la lecture et passait son temps à disputer des parties de « pinacle-colonne » avec les dames de son quartier. Bien qu'il fût enthousiaste à l'idée que son beau-frère se rangeât et fondât un foyer – réduisant ainsi ses visites au nôtre –, il regardait avec scepticisme cette union de deux contraires. Ma mère, pour sa part, était si heureuse qu'elle défendait Désirée avec fougue et ne lui trouvait que des qualités.

La cérémonie nuptiale étant prévue le 10 mai à seize heures, toute la famille se mobilisa pour décorer la cathédrale Saint-Georges, distribuer en ville les cartons d'invitation et orner les voitures destinées à escorter les invités en klaxonnant. Mais ce que mon père pressentait arriva : Désirée changea d'avis deux jours avant la cérémonie et rendit la bague de fiançailles à un Tonton désemparé.

– Que vais-je dire aux gens ? demanda-t-il à ma mère.

Nous avons envoyé les invitations, toute la ville se prépare à assister à mon mariage !

– *Ya jorsétna !* fit ma mère en levant les bras au ciel. C'est la honte ! Nous allons devenir la risée du Tout-Beyrouth ! C'est ta faute...

– Je te jure, Alice, que je n'y suis pour rien. Je ne comprends pas la réaction de Désirée. Tout allait pour le mieux entre nous !

– Vous n'étiez pas faits l'un pour l'autre, voilà tout, observa mon père. *La takrahou charran, laalahou khair* : à quelque chose malheur est bon. Mieux vaut une rupture qu'un mariage raté ou un divorce !

Ma mère le foudroya du regard pour lui signifier qu'elle ne partageait pas du tout ses idées.

– Que vais-je devenir ? reprit Tonton en se cachant le visage.

Ma mère tordit sa lèvre entre ses doigts et réfléchit un long moment. Comment éviter les ragots des commères d'Achrafieh ?

– Je crois avoir trouvé la solution, lui annonça-t-elle enfin.

– Dis-moi vite ! s'exclama Tonton, reprenant espoir.

– La sœur d'une de mes amies se prénomme Désirée. Elle est à marier. Il te suffira de demander sa main et de l'épouser le 10 mai, comme prévu.

– Mais je ne la connais même pas ! objecta l'oncle, scandalisé.

– Moi, je la connais. Ce n'est pas une beauté, mais elle a de l'esprit. Fais-moi confiance !

C'est ainsi que l'oncle Michel sauva la face. Au curé de la paroisse et à tous les invités, il fit savoir que la cérémonie nuptiale tenait toujours.

– Je n'ai rien changé au programme : cathédrale Saint-Georges, 10 mai, seize heures, avec Désirée.

Ladite Désirée n'était pas tout à fait la même, mais qu'importe : l'honneur était sauf et c'était l'essentiel !

4

Le gourou

– Tu es fou ! murmura Tony en s'épongeant le front. J'ai une femme et des enfants, moi !

J'avais pour habitude de faire mes reportages tout seul et de prendre moi-même mes photos avec mon Rollei. Mais pour rencontrer Dr Dahesh, littéralement : « le Surprenant », j'avais jugé bon de me faire escorter par le photographe le mieux bâti du journal. Car sur Dahesh circulaient toutes sortes d'histoires : né à Jérusalem en 1912, de son vrai nom Salim el-Achi, il s'était fait connaître par ses talents de médium en Syrie et au Liban, avant d'aller se spécialiser dans l'hypnose en France et en Italie. Chassé d'Egypte et d'Irak pour escroquerie, il était revenu à Beyrouth. On l'assimilait à Raspoutine, on prétendait qu'il envoûtait les gens, qu'il avait embobiné un grand nombre d'adeptes dont un médecin et un consul très respectables. On disait même qu'une proche de Béchara el-Khoury était tombée sous sa coupe et que, pour le punir, le président l'avait déchu de la nationalité libanaise et s'était juré de l'expulser hors du pays.

– Il ne va quand même pas te dévorer !

Le courage de Tony était inversement proportionnel à son gabarit. Au moment de descendre de sa voiture, garée à proximité de la villa habitée par le Dr Dahesh, dans le quartier Kantari à Beyrouth, il se mit à trembler de tous ses membres. Je l'observai avec amusement.

– Drôle d'escorte, lui dis-je en ouvrant la portière.

– Tu... tu es sûr...

– Mais oui, Tony. Allons-y !

– Tu sais, Phil, on dit des choses à propos de ce type... C'est une sorte de mage, un sorcier. On dit qu'il manipule le cerveau, qu'il possède des pouvoirs surnaturels. Des gens seraient devenus fous à cause de lui ; il a brisé de nombreux foyers. Tous les parents interdisent à leurs enfants de s'approcher de sa maison !

– Nous ne sommes plus des enfants ! Montons !

D'un pas mal assuré, le photographe m'emboîta le pas en serrant très fort son appareil photo contre sa chemise.

Arrivé devant l'entrée, ornée d'une plaque portant en arabe le nom « Dahesh », je frappai trois coups. La porte tourna sur ses gonds rouillés en grinçant.

– Vous désirez ?

La personne qui avait prononcé ces mots d'une voix caverneuse était une femme d'un certain âge, tout de blanc vêtue, l'œil droit recouvert d'un bandeau noir.

– Partons, chuchota Tony en me pinçant le bras. Elle a l'air d'un pirate !

– Nous sommes les journalistes, bredouillai-je en essayant de contenir mon émotion. Nous avons pris rendez-vous.

– Suivez-moi !

Nous nous retrouvâmes dans un vestibule obscur peuplé d'animaux empaillés. Un escalier en colimaçon menait au second étage ; nous l'empruntâmes.

– Vise les tableaux ! chuchotai-je.

Les murs étaient recouverts d'un nombre incalculable de toiles de tous formats, peintes par les plus grands artistes européens. Je crus reconnaître un Manet. « Est-ce une copie ? » me dis-je, incrédule.

– Veuillez patienter ici, dit la dame au bandeau noir en montrant du doigt un salon exigu.

Des volets en bois empêchaient la lumière d'entrer par les fenêtres. Seule, une bougie éclairait l'endroit, plongeant la salle dans une atmosphère de recueillement.

– Partons ! répéta Tony.

– Trop tard, répliquai-je en prenant place dans un fauteuil en cuir.

Tout à coup, dans un coin du salon, nous avisâmes un homme qui somnolait.

– Je le connais, chuchotai-je. Il s'appelle Iskandar Siriani. On raconte qu'il a donné toute sa fortune à Dahesh. Le pauvre... il n'a plus rien !

Des pas résonnèrent sur le parquet. Et la porte du salon s'ouvrit sur un personnage trapu. Il avait la tête ronde, le front dégarni, le cou massif. Une fine moustache ourlait ses grosses lèvres, et des sourcils broussailleux ombraient ses yeux noirs. Je sursautai : j'imaginais différemment mon hôte. Je m'attendais à voir un vieillard à la barbe flottante, pareil à Merlin l'Enchanteur. Et voilà que je me retrouvais face à un homme grassouillet, comparable au boucher de la rue Gouraud.

– Soyez les bienvenus, dit le Dr Dahesh en dardant son regard dans mes yeux. Etes-vous là pour parler de moi ou de ma collection de peintures ?

La question me surprit.

– De vous, bafouillai-je, jugeant que les lecteurs attendaient du « sensationnel » et se fichaient un peu des toiles qui décoraient sa demeure.

– Vous avez tort : un jour, je construirai un musée portant mon nom. Il accueillera tous les tableaux que je possède...

Je haussai les épaules :

– Les gens s'intéressent davantage à votre pouvoir surnaturel !

L'homme partit d'un grand éclat de rire, un rire sardonique qui résonna dans toute la villa. Tony manqua de s'évanouir.

– Placez une pièce de cinquante piastres dans votre main et montrez-la-moi, ordonna Dahesh.

Il avait prononcé cette phrase sur un ton si autoritaire que je lui obéis sans réfléchir. Je sortis une pièce de monnaie de ma poche et la tendis à mon hôte.

– Lisez ! me dit-il.

Je fronçai les sourcils. Comme par enchantement, mon prénom s'était dessiné sur la pièce.

– Incroyable ! balbutiai-je, éberlué.

– A présent, regardez-moi fixement !

– Surtout pas, murmura Tony en tremblant, il va t'hyp-
notiser !

Je me ressaisis et arrachai ma main à l'étreinte de mon
hôte.

– Je suis là pour une interview, déclarai-je d'une voix
assurée. Je reviendrai un autre jour pour me prêter à vos
expériences !

Dahesh parut surpris par ma réaction. Il éclata de rire.

– Allons-y ! déclara-t-il en s'asseyant. Vous avez dix
minutes.

A ce moment précis, la femme borgne fit son apparition.
Elle nous proposa un sirop de mûres.

– Surtout pas, chuchota Tony. Ils risquent de nous
droguer !

Nous refusâmes poliment. Visiblement vexée, elle se
dirigea vers Iskandar Siriani qui somnolait toujours dans
son fauteuil. Elle le secoua vigoureusement et l'invita à la
suivre. Il obtempéra sans rechigner. Répondant à mes
questions, Dahesh se mit à retracer son parcours, à évoquer ses prouesses et son amour de la peinture.

– On dit que vous irritez les autorités. On dit même
qu'elles comptent vous poursuivre pour charlatanisme.
Que répondez-vous à ces rumeurs ?

La question déplut tellement à Dahesh qu'il se leva de
son siège et, d'un geste de la main, me fit signe qu'il ne
souhaitait pas aller plus loin.

– Une photo, s'il vous plaît, fis-je en donnant un coup de
coude à Tony qui, tétanisé par notre hôte, avait oublié de
faire son métier.

– Allez-y, mais vite ! grogna le personnage en posant
pour le photographe.

Jugeant qu'il nous avait accordé suffisamment de temps,
Dahesh me tendit la main.

– N'ayez pas peur, je ne vais pas vous manger !

Il éclata de rire. Nous descendîmes l'escalier en colimaçon comme si nous avions le diable aux trousses et sortîmes en courant dans la rue.

– Je te l'avais bien dit, balbutia Tony en s'épongeant le
front. Cet homme est démoniaque.

L'article parut dans *Le Jour* du 4 septembre. Pour mieux illustrer mon texte, et comme Tony, gêné par l'obscurité ou par la peur, avait raté la plupart de ses photos, j'avais fait poser Tonton dans la cuisine, un turban sur la tête. Déjà irritée parce que j'avais osé interviewer l'homme que tous les parents redoutaient, ma mère piqua une crise de nerfs à la vue du cliché.

– Pourquoi mêles-tu mon frère à tes histoires ? Et si on le reconnaissait sur la photo ?

– Pas de risque : avec son accoutrement, on dirait un fakir hindou !

Le contenu de l'article ne passa pas inaperçu. Dahesh et les membres de sa secte apprécièrent moyennement mon reportage qu'ils jugèrent « inepte » et « tendancieux », et noyèrent la rédaction de lettres de protestation, de droits de réponse et de rectificatifs. Il faut dire que je n'y étais pas allé de main morte, décrivant le « mage » sur un ton désinvolte et ironique. Je reçus des menaces, des coups de fil anonymes. Un adepte du gourou essaya même de m'intimider en fonçant sur moi avec sa voiture devant le siège du *Jour* !

Je perdis la trace de Dahesh. On raconte que, pour fuir les persécutions dont il était l'objet au Liban, il s'installa aux Etats-Unis et fonda un musée portant son nom, le Dahesh Museum, considéré aujourd'hui comme l'un des meilleurs musées d'art de New York. Nul n'est prophète en son pays.

5

Journal de l'an 1945

L'année 1945 s'ouvre sous de favorables auspices. Hier, j'ai fait la connaissance d'une jeune fille de la famille Bustros. Elle s'appelle Emilie, elle ne fait rien de sa vie à part écrire des poèmes qu'elle ne montre à personne. Au bal masqué du réveillon, j'étais déguisé en Richelieu, mon frère en Groucho, des Marx Brothers, elle en Cléopâtre. Toute la soirée, Richelieu et Cléopâtre ont discuté, bu et ri, comme s'ils se connaissaient depuis toujours. En partant, elle m'a laissé son adresse. C'est une belle aventure qui commence. J'ai donc pris la résolution d'écrire mon journal pour immortaliser notre histoire. Je me sens heureux tout à coup. Je ne pense qu'à elle, à ses yeux, ses doigts, ses cheveux. Est-ce cela, l'amour ? Comment le savoir ? C'est la première fois que j'expérimente cette sensation. Il était grand temps.

7 janvier

J'ai revu Emilie. Je la trouve séduisante malgré ses hanches un peu fortes. Nous sommes allés flâner dans la Forêt des Pins, œuvre de l'émir Fakhreddine. Magnifique promenade. Gérard de Nerval a salué, dans son *Voyage en Orient*, ce « bois de pins parasols plantés, il y a deux siècles, pour empêcher l'invasion des sables qui menacent le promontoire de Beyrouth. Les troncs rougeâtres de cette

plantation régulière... semblent les colonnes d'un temple
élevé à l'universelle nature et qui domine d'un côté la mer,
et de l'autre le désert, ces deux faces mornes du monde... ».
Emilie paraît pure, innocente : elle a un côté ingénu qui
m'émeut. J'imagine, sans les avoir lus, ses poèmes.

29 janvier

Ce matin, je suis descendu dans la rue pour prendre part
aux manifestations organisées en faveur de la création
d'une armée nationale. Au milieu d'une foule compacte qui
chantait l'hymne national libanais, j'ai scandé : « Pas de
liberté ni d'indépendance sans armée ! » Nous avons défilé
devant le Parlement et devant le Petit Sérail, place des
Canons, où le chef du gouvernement nous a affirmé qu'il
avait engagé des négociations avec la France pour le transfert de l'armée. Bien que la guerre m'ait appris à me méfier
des militaires, de leur logique obtuse et de leur propen-
sion à vouloir gouverner le pays à la cravache, je dois
reconnaître que l'indépendance véritable suppose que
l'armée française, qui continue de commander les Troupes
spéciales formées d'autochtones, passe le relais à l'Etat
libanais.

Soirée avec Emilie au Colorado : ambiance intime,
orchestre dynamique.

30 janvier

Drôle de pays où les rumeurs se propagent comme une
traînée de poudre. Il suffit qu'un individu invente une histoire et la raconte à un autre pour que cette histoire circule, déformée, grossie. On appelle cela « le téléphone
arabe ». Est-ce en Orient seulement que ce phénomène
existe ? Je l'ignore. Ce que je sais c'est que mon peuple est
affreusement crédule.

On dit que le président Béchara el-Khoury, parti à Haïfa
pour soigner une fracture à l'épaule survenue à la suite
d'une chute à Beit-Méry, serait en réalité atteint de dépression nerveuse, et aurait fait le voyage jusqu'en Palestine
pour y être traité par des spécialistes britanniques. Cer-

tains prétendent que les démêlés d'une de ses proches avec Dahesh l'auraient affecté à un point tel qu'il en aurait perdu la raison ; d'autres affirment que Dahesh lui aurait jeté un sort pour le « punir » de lui avoir déclaré la guerre. Il paraît que le ministre Henri Pharaon qui s'est rendu à Haïfa pour lui faire signer des décrets l'a trouvé dans un état lamentable : le Président craint tout le monde, se cache derrière la porte, sous le lit, signe les documents sans même les lire... Son cas me fait penser à celui du président français Paul Deschanel qui était tombé du train qui le conduisait à Montbrison et avait été retrouvé par un cheminot, errant à l'aveuglette en pyjama. Les rumeurs les plus farfelues avaient alors circulé à son propos : il aurait tenté de grimper à un arbre lors d'une promenade dans le parc du château de Rambouillet, reçu une délégation diplomatique dans le plus simple appareil, signé des décrets du nom de Napoléon... Un doute m'effleure : la politique rendrait-elle fou ?

1er février

Emilie m'a invité à prendre le thé chez elle. Elle habite une belle villa entourée d'un vaste jardin. L'intérieur est richement meublé ; des tableaux de peintres italiens ornent les murs lambrissés du salon. Ses parents – un couple guindé qui ne daigne s'exprimer qu'en français – m'accueillent sans affabilité. Croient-ils que leur fille mérite un meilleur parti ? Emilie me fait visiter la maison comme un guide dans un musée. Je n'appartiens pas à ce monde, mais qu'importe : tandis qu'elle me montre les rideaux de sa chambre, j'admire le lobe délicat de son oreille.

Nous prenons le thé dans le salon oriental. Le père fume la pipe ; la mère me toise d'un regard hautain.

– Que faites-vous dans la vie, jeune homme ? me demande-t-elle d'un air pincé.

– Je suis journaliste.

– Journaliste ? Et c'est bien payé ?

– Juste ce qu'il faut.

Une grimace lui déforme le visage.

5 février

Hier, à Yalta, une conférence a réuni Roosevelt, Staline et Churchill. Que nous réservent les grandes puissances? Que représente le Liban pour elles? Metternich disait du Liban : « Ce petit pays qui est si important. » Pour Roosevelt et ses alliés, le Liban n'est probablement qu'un point sur une carte, un accident de l'histoire.

Ma mère jubile. Elle considère que j'ai fait le bon choix et vante à qui veut l'entendre les mérites d'Emilie. Au Cercle de jeu où se disputent les parties de « pinacle-colonne », elle se réjouit à l'idée que son fils épouse « prochainement » une « fille de bonne famille ». Comment la faire taire? Comment lui dire que ses propos peuvent nuire à ma relation avec Emilie, que les commères ne manqueront pas de colporter la nouvelle, que, si les parents d'Emilie l'apprenaient, ils réagiraient très mal?

10 février

Hier, à l'occasion de la fête de saint Maron, le patron des maronites, j'ai assisté à la messe donnée à Beyrouth par l'archevêque Ignatios Moubarak. Dans le salon de l'église, il a prononcé un discours énergique dans lequel il a rappelé que « cinquante ans avant l'Hégire, les maronites sont venus se réfugier au Liban dans le seul but de sauvegarder leur foi et leur indépendance ». Il entend rappeler au gouvernement que les maronites sont jaloux de l'indépendance du Liban et qu'ils ne sauraient accepter les traités interarabes qui pourraient compromettre cette indépendance.

Je couvre Emilie de cadeaux. Il faut que je lui prouve que je suis à la hauteur, que je ne suis pas un tocard. Tout mon salaire du *Jour* y passe, j'emprunte même à Joe. L'amour est aveugle, dit-on. Je pourrais me ruiner pour elle.

15 février

Les Alliés ont bombardé Dresde pendant deux jours, causant la mort de 250 000 personnes. De la « Florence au bord de l'Elbe », il ne reste plus qu'un amas de décombres. Cet acharnement était-il nécessaire ?

27 février

Le Parlement libanais a déclaré la guerre à l'Allemagne et au Japon, histoire de rappeler aux Alliés que le Liban se trouve dans leur camp. Il n'est jamais trop tard !

Avec Emilie, soirée au Chat botté. Je la sens anxieuse. Je l'invite à danser, elle préfère boire.

22 mars

Le pacte de la Ligue des Etats arabes créée le 7 octobre dernier à Alexandrie vient d'être signé au Caire au terme de seize séances de travail. Ce projet était encouragé par les Britanniques qui, en se faisant les promoteurs d'une union arabe, espéraient s'assurer une position privilégiée dans la région. En définitive, l'idée d'une fédération d'Etats arabes, combattue par les chrétiens du Liban, n'a pas prévalu. Le pacte instaure une collaboration poussée entre les membres de la Ligue, mais respecte l'indépendance de chacun. Au café de la République, place des Canons, les discussions sont animées : les champions de l'union arabe sont déçus ; les défenseurs de l'indépendance du Liban à peine soulagés.

Soirée avec Emilie au Méditerranée, un cabaret chic qui ouvre jusqu'à sept heures du matin.

13 avril

La maladie a vaincu le président des Etats-Unis. Franklin Roosevelt est immédiatement remplacé par Harry Truman.

Les journaux subissent les foudres de la censure. *Al Aahd, Al Diyar, As Sayad* ont été suspendus. Où va-t-on ? A quoi sert l'indépendance s'il n'est pas permis de s'exprimer en toute indépendance ? La liberté est indivisible : on ne peut être libre à moitié.

24 avril

Berlin vient de tomber. Place des Canons, c'est l'euphorie. Je suis descendu dans la rue. Emilie m'a retrouvé. Tous les copains sont là. Ils brandissent drapeaux et calicots. Les cloches des églises carillonnent ; les terrasses et les jardins des maisons s'illuminent.

– *Ya ich*, Staline ! Vive Staline ! scande un jeune homme.
– Pourquoi Staline ? me demande Emilie, dépassée par les événements.
– Ce sont les Russes qui ont pris Berlin !

Des feux d'artifice sont lancés à partir de la place. L'euphorie de la population est bien compréhensible : la fin de la guerre signifie la fin des privations !

3 mai

Que d'événements en si peu de temps ! En France, le maréchal Pétain a été emprisonné ; Mussolini a été fusillé ; on apprend le suicide de Hitler. La nuit se dissipe enfin. Mais il ne faut pas qu'à la nuit succède une autre nuit.

4 mai

Emilie se fait distante, ne répond pas à mes appels ou trouve les prétextes les plus futiles pour ne pas sortir avec moi. Pourquoi cette froideur subite ? Est-ce sa mère qui l'influence ? Me suis-je mal comporté à son égard ? J'ai beau chercher. Rien ne justifie son attitude. A moins que..

6 mai

Mes soupçons se vérifient. Toute la journée, j'ai fait le guet devant sa maison. Le soir, une Ford s'est arrêtée dans le jardin. Emilie est sortie, vêtue d'une superbe robe en soie, et s'est engouffrée dans la voiture. J'ai relevé le numéro de la plaque d'immatriculation du véhicule. Je veux en avoir le cœur net.

9 mai

Les choses s'enveniment entre la France et le Liban. Certains fonctionnaires au sein de la Délégation générale continuent à se comporter comme si l'indépendance n'avait pas été proclamée. La tension monte, exacerbée par la réclamation du transfert des Troupes spéciales à l'Etat libanais soucieux de se doter enfin d'une armée nationale.

A l'annonce de la défaite allemande à la radio, les soldats français et des volontaires se sont mis à sillonner les rues de la capitale en scandant : « De Gaulle, nous sommes tes hommes, ce pays est à toi ! » et en brandissant le drapeau tricolore. Ces manifestations coïncident avec le débarquement de huit cents Sénégalais à Beyrouth, à l'insu du gouvernement libanais.

– Les Français sont revenus ! s'enthousiasme l'oncle Michel qui n'a jamais caché sa sympathie pour la France de Baudelaire et qui soutient sans rire que nous ne sommes pas encore prêts pour l'indépendance.

– Non, Tonton. Il s'agit d'une simple opération de relève.

– Tu crois ? me demande-t-il, déçu.

10 mai

Maître Sidani m'a aidé à trouver le nom du propriétaire du véhicule sans chercher à connaître la raison de mes investigations. L'homme est un aristocrate de la famille Pharaon. Il est riche, possède des propriétés à Beyrouth et à Paris. Son yacht mouille dans le bassin de l'hôtel Saint-Georges. A côté de lui, je ne fais pas le poids. Et l'amour dans tout ça ?

11 mai

Mes craintes se confirment. Ce matin, une scène incroyable : je la suis ; elle se rend au Saint-Georges où le fils Pharaon l'attend. Le yacht est amarré devant l'hôtel. Je la vois relever, d'un geste gracieux, le pan de sa robe blanche. L'homme lui prend la main pour l'aider à traverser la passerelle. Le marin descend de l'embarcation et lève les amarres. L'homme prend les commandes. Je me mords les lèvres. Ils sont seuls à bord. Où vont-ils comme ça ? Je serre les poings et, tête basse, reviens sur mes pas. Arrivé place des Canons, j'avise Iskandar Siriani, l'homme que Dahesh a ruiné. Il porte un bermuda kaki et un chapeau colonial. Il a des lunettes noires, fume une longue pipe – une sorte de calumet en ivoire – et brandit un chasse-mouches qu'il utilise pour régler la circulation à la place des gendarmes et pour cogner le capot des voitures qui n'obéissent pas à ses ordres. Parfois, il braque les jumelles qu'il porte en bandoulière vers l'horizon et scrute l'inconnu. Dahesh lui a tout pris, y compris la raison. Une idée me vient à l'esprit. J'accours vers lui.

– Iskandar, prête-moi tes jumelles !
– Jamais ! me réplique-t-il.
– Si tu me les prêtes, je te fais roi de Naples.
– Je veux être roi de Palmyre.
– C'est d'accord. Je te fais roi de Palmyre.
– Juré ?
– Juré !

Muni des jumelles, je redescends vers le port. Debout sur un bollard, je les braque en direction du yacht. Ce que je vois me coupe le souffle : ils s'enlacent sur le pont ; ils sont en maillot de bain. Les mains du jeune homme courent le long de son corps, lui pressent les seins. Etourdi par ce spectacle, je perds l'équilibre et m'affale sur le débarcadère.

– Que se passe-t-il ? me demande un marin en m'aidant à me relever.
– Rien, rien... Juste un coup de soleil.

De retour au journal, je ferme la porte à clé et me prend la tête entre les mains. Est-ce possible ? Comment a-t-elle succombé au charme de cet enfant gâté ? Pourquoi ne m'en a-t-elle rien dit ? Comment se permet-elle de flirter avec lui ? Je suis écœuré, écœuré.

26 mai

L'affaire franco-libanaise a pris des proportions inquiétantes. Il y a quelques jours, sur le parvis de l'église Saint-Louis-des-Capucins, des provocateurs ont conspué les représentants de l'Etat libanais. Le désordre gagne la capitale. On raconte que des soldats d'un régiment palestinien sous commandement britannique seraient mêlés aux incidents. A Damas, des altercations éclatent entre pro et anti-Français. Beyrouth et les autres villes du Liban se mettent en grève. A Saïfi, en contrebas de la place des Canons, cheikh Pierre invite ses partisans à appuyer le gouvernement.

– Mais nous sommes dans l'opposition ! objecte Joe.

– La France ne nous comprend pas, lui réplique cheikh Pierre. Elle craint de perdre pied dans la région et n'a pas confiance en nous. Avant de nous laisser voler de nos propres ailes, elle veut nous façonner une chaîne qui nous maintienne au perchoir.

J'ai beau éprouver de la sympathie pour la France, je dois me rendre à l'évidence : l'attitude de Beynet, le successeur de Helleu, est incompatible avec l'idée même d'indépendance. Sans doute la France ne veut-elle pas se retirer en laissant la région aux mains des Britanniques, comme le souhaite le général Spears, passé maître dans l'art de saper l'influence française au Levant, sans doute aussi désire-t-elle assurer la défense de ses intérêts culturels, économiques et stratégiques par le biais d'un traité, mais pourquoi avoir si mal manœuvré, se mettant à dos les populations du Liban et de Syrie ? Est-ce en débarquant des troupes qu'on propose un traité ? Demain, m'informe Joe, les Phalanges prévoient un défilé qui commencera Corniche du Fleuve pour aboutir place des Canons, afin de marquer le refus de la politique française au Liban.

27 mai

Dès six heures du matin, Joe et moi sommes sur pied. Mon frère m'a convaincu de le suivre. Nous nous rendons Corniche du Fleuve. La présence policière est discrète : les agents de l'Etat libanais semblent encourager la manifestation. Les membres du parti, les sympathisants affluent de toutes parts et prennent position. A dix heures précises, sous un soleil ardent, le convoi s'ébranle. Des hommes de tous âges s'avancent par rangs de quatre dans un ordre impressionnant et, au milieu d'une foule enthousiaste, se dirigent vers la place des Canons. Drapeaux libanais et fanions du parti Kataëb en tête, la colonne progresse. Voitures et cyclistes ouvrent le défilé devant les délégués des provinces qui entourent Pierre Gemayel. Des haut-parleurs installés place des Canons annoncent à la foule l'arrivée du cortège. Notre voix sera-t-elle entendue ?

4 juin

La France bombarde Damas ! Le Parlement syrien est occupé. Au Liban, c'est la grève générale. Churchill aurait demandé à de Gaulle d'imposer un cessez-le-feu. Le Général est dans l'embarras. Lors de ses deux passages à Beyrouth, en 1941 et en 1942, je l'avais vu, place des Canons, superbe, acclamé par une foule en délire. Il ne faut pas que les maladresses de ses délégués au Levant ternissent son image et remettent en question l'amitié franco-libanaise.

27 juin

La charte des Nations unies vient d'être signée à San Francisco. L'ONU remplace la Société des Nations. Elle doit relever ce pari fou : la paix.

1er août

Le délégué de la France, le général Beynet, a annoncé le 8 juillet dernier que la France accepte le transfert des Troupes spéciales aux gouvernements du Liban et de Syrie. Le colonel Fouad Chéhab a été nommé commandant en chef de la Milice. Aujourd'hui, au cours d'une cérémonie officielle, le drapeau libanais a été hissé au siège du ministère libanais de la Défense.

3 août

Faut-il de la chance en amour ? Cette question me taraude. Elle me rappelle les parties de trictrac que mon père dispute avec maître Sidani : le perdant attribue toujours sa défaite à la malchance. En amour, oui, il faut de la chance : trouver la bonne personne, au bon moment, qu'elle soit libre, qu'on lui plaise, que le courant passe. Au Liban, de surcroît, il faut qu'elle soit de la même religion, du même rite, du même milieu social. Dans ces conditions, trouver une partenaire sérieuse relève du miracle. Au journal, je suis certes en contact avec nombre de jeunes filles, mais ces relations ne dépassent pas le stade de l'amitié – si tant est que l'amour soit supérieur à l'amitié, ce qui reste à prouver. Je crains de franchir le pas, de devenir, pour ainsi dire, l'otage d'une femme que je n'aime pas dans cette société conservatrice où le mariage est la sanction obligée de toute liaison ! Je songe à l'oncle Michel. Fallait-il qu'il fût désespéré pour épouser une femme qu'il ne connaissait même pas !

6 août

Ce matin, mon père ne s'est pas réveillé. Celui qui a su m'aimer sans m'étouffer de sa présence, qui, par pudeur, a su garder entre son intimité et la mienne une juste distance, celui qui a su être sévère sans être inique (« Peut-être ne haïssons-nous pas la sévérité quand elle est justifiée par un grand caractère, par des mœurs pures et qu'elle est adroitement entremêlée de bonté », écrit Balzac), s'est éclipsé sans prévenir, discret comme il a toujours su l'être. Ma douleur est immense. Ma mère pleure, les bras croisés sur le ventre, la tête penchée sur les genoux, le seul homme qu'elle ait jamais aimé. Joe, que je croyais indestructible, chiale comme un enfant. J'ai envoyé un télégramme à Mona : « Papa parti à l'aube. » Elle comprendra.

Au Japon, l'impensable s'est produit : les Américains ont lâché une bombe atomique sur Hiroshima !

Deux séismes en un jour, c'est beaucoup.

7 août

Mon père a eu droit à des funérailles nationales : tous ses proches, amis, confrères, patients, les représentants des différentes communautés religieuses et des divers courants politiques se sont retrouvés à la cathédrale Saint-Georges, émus par la perte d'un être d'exception qui a passé sa vie à servir les hommes sans jamais trahir sa vocation, sans jamais se plaindre d'avoir choisi ce métier ingrat qui le mettait en contact permanent avec la souffrance des autres. Le représentant du gouvernement libanais a épinglé sur sa poitrine une décoration, et la France l'a cité à l'ordre de la Nation :

« Le Gouvernement français porte à la connaissance du pays la belle conduite du docteur Elias, praticien de haute valeur, ayant donné en toutes circonstances l'exemple du dévouement et de l'abnégation. »

Allongé dans son cercueil, papa m'apparaît souriant. Est-il heureux de connaître enfin le repos, ou tient-il à nous laisser cette image de lui, comme un ultime message d'amour et d'espoir ?

16 septembre

Le « quarantième » de papa célébré ce matin à Harissa dans la plus stricte intimité. Quarante jours déjà que papa est parti ! Rien ne sera plus comme avant. Il a laissé un grand vide. Sa voix me manque. Mon père me rassurait... Ces mots que j'écris pêle-mêle expriment tout mon désarroi. J'ai perdu une partie de moi-même.

10 octobre

J'ai sous les yeux un article de Georges Naccache publié dans *L'Orient*. Il s'intitule : « Faites taire M. Chamoun ! » Mon confrère y dénonce les déclarations faites par Camille Chamoun, notre ambassadeur à Londres, qui préconise un rôle déterminant de la Grande-Bretagne dans le règlement des problèmes au Moyen-Orient.

Je pense à Emilie, à sa trahison. Je ne m'explique toujours pas son geste. A-t-elle cédé aux pressions de sa famille qui, de toute évidence, ne m'appréciait guère? A-t-elle succombé à un coup de foudre? Je souffre moins d'avoir été trahi que de ne pas savoir *pourquoi* elle m'a trahi. Le lui demander est impensable : mon orgueil ne m'y autorise pas.

30 octobre

A l'Académie libanaise des beaux-arts se tient une exposition d'architecture et de sculpture. Mon frère et moi assistons au vernissage. Il y a là le ministre de l'Education, des députés, des critiques et Gabriel Bounoure, directeur de l'Ecole supérieure des lettres qui a vu le jour le 3 janvier dernier, pareil à un sage chinois avec ses yeux bridés et son crâne dégarni. Esprit remarquable, Bounoure est un *découvreur* : il a guidé les premiers pas des écrivains Georges Schéhadé et Edmond Jabès; il a souligné l'importance d'Henri Michaux dans la *NRF* des années 1930 et publié, dans la revue *Intentions*, des textes de Jouhandeau et de Max Jacob. Cet homme a tout lu, tout compris.

Au milieu de ce parterre de personnalités distinguées, Maryam. Elle reconnaît Joe et l'aborde avec un large sourire :

– *Kifak ya zaïm?* Tu devrais reprendre les cours! Tu nous manques...

Elle se plaque contre lui et pose un baiser sonore sur sa joue. Il rougit de honte.

– Joe!

C'est Chafic Abboud. Les deux amis se donnent l'accolade.

– Que deviens-tu, vieille branche? demande le peintre.

– Je bosse dans une compagnie d'assurances.

– Dans les assurances? *Haram aalék!* Tu es fou de sacrifier ainsi tes talents artistiques!

Mon frère hausse les épaules.

– *El fan ma bi taamé khobz* : l'art ne fait pas manger de pain !

Chafic Abboud secoue la tête et reprend à voix haute :

– Et Ivana ? Quelles nouvelles d'Ivana ?

« *Ya ard ncha'é wou blaaini !* » Joe regarde autour de lui en se mordant les lèvres et, d'un geste de la main, invite son ami à se taire.

22 novembre

C'est la fête de l'Indépendance. Un défilé est organisé place des Canons. Pour la première fois, l'armée libanaise défile sous l'œil satisfait du chef de l'Etat. De la terrasse de l'immeuble Sarkis, Ziad, sa sœur Nour, Varouj et moi assistons à la cérémonie avec fierté.

3 décembre

Ma mère n'a pas pardonné à Mona de n'avoir pas fait le voyage jusqu'au Liban pour assister aux obsèques de papa. Hier soir, pendant le dîner, elle est revenue sur ce sujet douloureux.

– Comment a-t-elle pu l'oublier si vite ? *Aayb*, c'est une honte !

– Mais elle est à trois mille kilomètres d'ici, lui ai-je répondu, prenant la défense de ma sœur.

– Ce n'est pas une raison. Dieu sait combien il l'aimait !

– Et Dieu sait combien *elle* l'aime ! a répliqué Joe, exaspéré. Sa présence ou non à l'enterrement ne veut rien dire du tout !

– Si ! a protesté maman. Il y a des *wéjbét* – des devoirs – à respecter. J'ai noté les noms de tous ceux qui sont venus aux funérailles de votre père. J'irai à mon tour lorsqu'ils seront morts. Que ceux qui ne sont pas venus ne comptent pas sur moi !

– Tu es ridicule, maman. Mona a des obligations à la fac, elle a deux fillettes, un mari... Elle a envoyé deux télégrammes, téléphoné cent fois. Tu ne peux tout de même pas lui en vouloir !

– Je ne lui en veux pas. Je constate qu'elle est égoïste, c'est tout.

Maman est fidèle à elle-même : d'une intransigeance absolue. Sans mon père, qui savait la rendre plus flexible, elle risque de devenir « ingérable ». Mais une mère, il faut savoir l'aimer comme elle est.

31 décembre

Le Tout-Beyrouth est là, dans la grande salle de l'hôtel Normandy, pour le réveillon. Les tables sont décorées de fleurs et de bougies. Les femmes exhibent robes et bijoux. Cette faculté d'oubli et d'adaptation chez le Libanais me fascine. La guerre est à peine finie qu'il festoie déjà !

Je repère Emilie. Elle danse avec son amoureux au milieu de la piste. Je l'observe de loin en fumant nerveusement une cigarette. Ils semblent heureux : elle pose la tête contre son épaule. Rien ne peut plus sauver notre histoire. J'écrase ma cigarette et quitte la soirée, dégoûté. J'ai perdu mon temps. L'année 1945 s'achève dans l'amertume.

6

« Tammouz »

Parmi les journalistes d'expression arabe, il en était un que j'appréciais particulièrement. Il s'appelait Fouad Sleiman. Il avait le visage pâle, émacié, un nez aquilin, les sourcils broussailleux et des yeux d'une grande brillance. Dans les colonnes du quotidien *An-Nahar*, il déversait sa bile, appelait à la révolte, défendait les poètes et les déshérités. Ses articles, signés « Tammouz », l'autre nom attribué au dieu phénicien Adonis, étaient écrits d'une plume acerbe, dans un style nerveux, incisif. Un jour que je buvais un verre au café de la République, je le vis entrer, un journal sous le bras. Je l'abordai en me présentant et l'invitai à prendre un verre avec moi. Il accepta avec joie.

Fouad Sleiman était dans la vie à l'image de ses écrits : révolté et intransigeant. Etait-il anarchiste ? Sans doute : il y avait du Fénéon chez ce personnage. Au fil de la conversation, j'appris à mieux le connaître, à apprécier sa pensée. Nous évoquâmes la condamnation d'Antoun Saadé, le chef du PPS, jugé à huis clos et exécuté le 8 juillet 1949 après un simulacre de procès, pour « complot contre le régime et rébellion armée » ; ainsi que les poursuites engagées contre le patron de Fouad, Ghassan Tuéni, rédacteur en chef d'*An-Nahar*, condamné à trois mois de prison pour avoir critiqué l'affaire Saadé : « Etait-ce un complot ou un procès ? Saadé a-t-il été exécuté ou assassiné ? »

– C'est lamentable, me dit-il. Les juges mutilent la justice et ne souffrent pas qu'on stigmatise leur conduite ; ils bafouent les droits de l'homme et ne tolèrent pas qu'on le leur dise. On se croirait au temps des Ottomans !

En sortant, il me montra du doigt le monument des Pleureuses qui trônait au milieu de la place.

– C'est une honte ! s'exclama-t-il. La place des Canons mérite mieux que cette sculpture qui symbolise la douleur et le deuil !

Je plissai les yeux pour mieux observer le monument exécuté par Youssef Hoayek. Comment ne l'avais-je pas remarqué plus tôt ? Cette sculpture faisait partie de mon paysage quotidien, si bien que je n'avais jamais songé à remettre sa présence en question. A la réflexion, Fouad Sleiman disait vrai : le combat de la liberté ne pouvait pas se réduire à cette image de deux femmes, l'une musulmane, l'autre chrétienne, se tenant les mains en pleurant, en un geste de consolation réciproque. En 1948, un journaliste nommé Salim Slim avait été interné à Asfourié pour avoir mutilé ce monument qui, à ses yeux, symbolisait pleurs et résignation.

– Si personne ne l'enlève d'ici, je viendrai avec un marteau le détruire moi-même, maugréa Fouad Sleiman en écrasant sa cigarette du pied.

Le lendemain, *An-Nahar* publia un article virulent signé « Tammouz » :

> « Si vous passez par la place des Canons et que vous voyez le grand monument fané qu'ils ont planté là-bas, fermez les yeux...
> « Si vous voyez, au cœur de la place où sont morts vos aïeux sur la potence, un rocher triste, figé, ne vous retournez pas : ce n'est qu'un cimetière. »

Le 16 juillet 1951, Riad Solh fut lâchement assassiné à Amman par un commando du PPS. Ce crime plongea le Liban dans la consternation. Dans un article publié dans *L'Orient* en hommage au défunt, Georges Naccache eut ces mots : « Il ne suffit pas de dire qu'en novembre 1943 le duel franco-britannique devait produire l'indépendance libanaise. Il a encore fallu qu'il se trouvât, à l'heure dite, deux hommes qui aient osé dire le " non " que nul n'aurait osé. Riad Solh fut l'un de ces deux-là. Et il a fait, alors, bifurquer notre destin. » Cinq mois plus tard, le 15 décembre, Fouad Sleiman rendit l'âme dans la chambre 314 de l'hôpital de l'Université américaine, terrassé par une maladie incurable. Il n'avait que trente-neuf ans.

Huit ans après, le 6 mai 1959, je fus convié par la municipalité de Beyrouth à l'inauguration d'un nouveau monument aux Martyrs. Au lieu des Pleureuses se tenant les mains, quatre statues de bronze exécutées par l'artiste italien Mazzacurati : debout sur un rocher, la Liberté brandit d'une main un flambeau et enlace de l'autre un adolescent symbolisant la nouvelle génération ; à leurs pieds, deux martyrs qui se relèvent. J'eus une pensée pour « Tammouz ». *Post mortem*, il avait gagné son combat.

7

Le naufrage du *Champollion*

– Cours vite à Ouzaï, le *Champollion* vient de couler!
La nouvelle fit sur moi l'effet d'une bombe.
– Le *Champollion*?
– Je t'en prie! tempêta mon nouveau rédacteur en chef,
Khalil Gemayel, qui avait succédé à Charles Hélou, nommé
ambassadeur du Liban au Vatican, puis ministre. Le
Champollion coule, et tu discutes?
Depuis l'élection à la présidence de la République de
Camille Chamoun, ancien ministre et ambassadeur du
Liban à Londres et à l'ONU, en remplacement de Béchara
el-Khoury, ardent patriote et fin diplomate qui, bien que
réélu en 1948, avait démissionné le 18 septembre 1952
avant la fin de son mandat terni par le clientélisme et le
népotisme, nous étions à court de reportages et passions
notre temps à couvrir les déplacements du nouveau couple
présidentiel, rayonnant de beauté : lui, magnifique avec
son large front, ses cheveux d'or peignés en arrière et ses
yeux perçants; elle, Zalfa, fine, brune, d'une douceur infi-
nie et d'une grande distinction. Je pris mon Rolleiflex et
sortis en courant. Dehors, la tempête faisait rage. Une
pluie drue tombait sur Beyrouth, transformant les routes
en rivières et les ornières en étangs. Un vent violent
balayait tout sur son passage, ébouriffait les palmiers de la
place, décollait les affiches.
– Taxi! A Ouzaï!
Une De Soto jaune, modèle 1949, à plaque rouge

s'arrêta. D'une inclinaison de la tête, le chauffeur m'invita à monter dans son véhicule.

– A Ouzaï, s'il vous plaît! Le *Champollion* vient de couler!

– *Oussoul ya cheikh? Ghorik el Chambignone?* s'exclama le chauffeur, incrédule.

Cédant à la curiosité, il démarra en trombe et, malgré l'averse, arriva à destination en un temps record. Je mis pied à terre et sortis mon Rollei. Ce que je vis me coupa le souffle : le *Champollion*, le *Champollion*, oui, ce navire de 15 000 tonnes qui, depuis 1942, assurait deux fois par mois la liaison Marseille-Beyrouth, gisait comme une baleine échouée, à deux cents mètres de la côte! Une foule nombreuse, maintenue par les piquets de la police, se pressait pour assister à ce triste spectacle. Je crachai un juron : la pluie, le vent, les badauds... difficile de faire son boulot dans de pareilles conditions!

– Que s'est-il passé? demandai-je à un pompier en exhibant ma carte de presse.

– Le paquebot a heurté un banc de sable, me répondit-il en essuyant du revers de sa manche les gouttes qui dégoulinaient sur son visage. La mer est déchaînée et ne permet pas aux secouristes d'intervenir. Une barque qui essayait de s'approcher du navire vient d'être renversée par une lame!

– Y a-t-il beaucoup de passagers à bord?

– D'après les Messageries maritimes, il y aurait 108 passagers, dont 66 pèlerins qui se rendaient en Terre sainte, et 212 marins... Je crains le pire!

– Comment expliquez-vous ce drame?

– Je n'en sais rien, *habibi*, dit le pompier en haussant les épaules. Probablement la tempête. Ou une étourderie du capitaine qui aurait confondu les signaux de la tour de l'aéroport avec ceux du phare de Khaldé... Tout est possible!

Je braquai mon Rollei sur le navire enlisé. C'est à ce moment précis que le *Champollion*, malmené par les lames, se brisa en deux. Avec des yeux horrifiés, je vis les flots s'engouffrer dans la coque et des passagers désespérés se jeter à la mer en criant au secours. Instinctivement, je songeai au *Titanic*. Trente de mes compatriotes avaient péri en 1912 dans les cales du légendaire paquebot. Il fallait coûte que coûte éviter une nouvelle tragédie ! Je baissai mon appareil photo et regardai autour de moi : les poings sur les hanches, pompiers et gendarmes observaient la scène avec impuissance. Des infirmières de la Croix-Rouge, trempées jusqu'aux os, pleuraient de rage. Toutes les tentatives s'étaient soldées par un échec : le câble qui avait été tendu pour relier le navire à la terre ferme avait cédé ; le croiseur britannique *Kenya* appelé en renfort avait rebroussé chemin, craignant de s'enliser à son tour ; et un remorqueur israélien, venu on ne sait d'où, avait préféré battre en retraite.

– Ce n'est pas possible, mon Dieu, me dis-je en serrant les dents. Le navire est à deux cents mètres de nous et nous n'y pouvons rien !

J'eus honte de mon impuissance. Mon rôle de témoin n'avait ici aucun sens : à quoi bon témoigner quand l'homme est réduit à néant par les forces de la nature ? A ce moment-là, j'eus la conviction qu'une vie sauvée vaut mieux que tous les témoignages du monde. Et, passant à l'action, je me déchaussai, confiai mes bottes et mon appareil photo au chauffeur qui m'attendait en voiture, et courus en direction de la mer.

– Arrêtez, vous êtes fou ! C'est interdit !

N'écoutant que mon courage, je rejoignis les pompiers qui, à quelques mètres du rivage, luttaient contre les flots pour repêcher les naufragés. Au bout d'un quart d'heure, sous les projecteurs de l'armée qui avait illuminé le site, nous sortîmes de l'eau un homme recouvert de mazout. Englué, il suffoquait, crachait, vomissait. Je me regardai. J'étais noir comme un charbonnier : le carburant qui s'était échappé par une brèche dans la coque avait recouvert la surface de la mer, provoquant l'asphyxie de la plupart des valeureux passagers qui tentaient de gagner la terre ferme à la nage. On repêcha quinze morts, étouffés par le mazout.

Le lendemain matin, vers onze heures, une vedette monta à l'assaut des vagues et, contre toute attente, réussit à se ranger contre le flanc du navire. Je repris mon appareil photo et le braquai en direction du *Champollion*.

– Incroyable, balbutia quelqu'un derrière moi, dans un français impeccable. Le pilote de cette vedette est un véritable héros !

Je me retournai : c'était Georges Balay, l'ambassadeur de France, venu suivre le déroulement des opérations. Il affichait la mine des mauvais jours : le navire battait pavillon français, et nombre de ses compatriotes se trouvaient à bord. Désireux autant que lui d'en avoir le cœur net, je me renseignai auprès d'un officier de police.

– Il se nomme Baltagi, m'informa-t-il. Radwan Baltagi. C'est le chef pilote du port de Beyrouth !

Ainsi donc, là où le croiseur britannique avait échoué, un modeste pilote libanais réussissait ! Non sans fierté, je rapportai l'information à l'ambassadeur qui esquissa une moue de surprise.

– Le connaissez-vous ? me demanda-t-il, intrigué.

– Tout le monde le connaît !

Coiffé de son éternel tarbouche, Radwan Baltagi était une figure mythique du port de Beyrouth : il était petit de taille, si petit que ses amis, pour le taquiner, le comparaient à l'émir Fakhreddine qui avait fait dire à ses adversaires : « Il est si petit que l'œuf ne se casse pas quand il tombe de sa poche ! »

Six heures durant, en dépit du mauvais temps et de la mer démontée, le pilote fit la navette entre le *Champollion* et le port. A bord de sa vedette, il évacua tous les passagers, les marins et le capitaine, sous les applaudissements de la foule qui, depuis la veille, avait considérablement grossi, et sous l'œil admiratif du président Camille Chamoun et du général Fouad Chéhab – que je réussis à prendre en photo au bord de la plage, au milieu d'une haie de pompiers.

Revenu au journal, je m'empressai de me débarbouiller, de développer les clichés et de rédiger mon article. Pour une fois, j'avais été à la fois spectateur et acteur, et cette double position m'inspira si bien que mon rédacteur en chef publia mon texte dans son intégralité, avec pour titre :

« Un homme d'1,58 m sauve le *Champollion*. »

Quelques jours plus tard, Radwan Baltagi fut décoré de l'ordre du Mérite libanais et reçut la Légion d'honneur des mains de l'ambassadeur de France. A l'issue de la cérémonie, je me présentai à lui et lui fis part de mon admiration pour l'exploit qu'il avait accompli au péril de sa vie. D'une voix grave, il me demanda en serrant les poings :

– Qui a écrit l'article sur le *Champollion* dans ton journal ?

– C'est moi, dis-je avec aplomb. Pourquoi ?

Radwan Baltagi ajusta son tarbouche et me fixa d'un regard menaçant :

– Qui t'a dit que je ne mesurais qu'un mètre cinquante-huit ?

8

Nour et la philo

Nour se tenait dans l'encadrement de la porte, vêtue de son uniforme scolaire, un cahier à la main.

– J'ai besoin de tes conseils, me dit-elle en souriant, la tête timidement penchée sur le côté.

– *Néhna taht amrék!* Nous sommes à tes ordres! répondis-je en l'invitant à entrer.

Elle pénétra dans le salon et s'assit en croisant les jambes à la manière des grandes personnes.

– Peux-tu m'aider à faire ma dissertation de philo?

La demande de l'adolescente me surprit. Depuis le début de sa scolarité chez les Franciscaines – maître Sidani considérait que l'éducation des bonnes sœurs était aussi profitable pour les musulmans que pour les chrétiens –, elle ne m'avait jamais sollicité. Pourquoi moi? Etait-ce mon statut de journaliste qui me rendait « philosophe » à ses yeux?

– Ça dépendra du sujet, fis-je en haussant les épaules.

Elle prit son cahier, l'ouvrit et lut à voix haute :

– « Peut-on être libre en prison? »

J'émis un long sifflement. Décidément, les sujets de dissertation ne s'amélioraient guère! Ils étaient toujours aussi alambiqués : « Faut-il croire que l'histoire a un sens? N'y a-t-il aucune vérité dans le mensonge? Peut-on nous reprocher ce que nous sommes? Le doute est-il un échec de la raison? La conscience n'est-elle tournée que vers elle-même? » Quel esprit tordu était donc l'auteur de ces questions hautement métaphysiques?

Je commençai par interroger mon « élève » :

– Qu'en penses-tu ?

Nour réfléchit un moment.

– Je crois que l'on peut être libre en prison, oui. La liberté est d'abord intérieure.

– Mais si le corps n'est pas libre, l'âme peut-elle l'être tout à fait ?

– Oui, répondit-elle sans hésiter. Les révoltés ne craignent pas d'être enfermés. Loin de les calmer, la prison attise leur refus de l'injustice, exacerbe leur passion pour la liberté !

Je hochai la tête, surpris par la réponse hardie de ma voisine. Elle disait vrai : idéaliste et engagé comme notre grand-père Roukoz, Joe avait été incarcéré plus d'une fois. Jamais la prison n'avait émoussé son désir d'indépendance !

– Allons-y ! dis-je en décapuchonnant mon stylo.

J'étais habitué à ce genre d'exercice. Au collège des jésuites, en classe de rhétorique, j'aidais souvent mes camarades à rédiger leurs narrations. Mais il fallait, chaque fois, se creuser la cervelle pour imaginer des introductions ou des conclusions différentes pour ne pas éveiller les soupçons du père Hedde. « Bravo à celui qui a écrit ce passage pour vous », notait-il ironiquement dans la marge lorsqu'il reconnaissait mon style dans la composition d'un ami.

Coude contre coude, nous rédigeâmes, Nour et moi, une dissertation très soignée comportant aussi bien ses idées « révolutionnaires » que des pensées philosophiques empruntées à Epictète, Spinoza et Sartre.

– Tu crois que ça ira ? me demanda-t-elle, inquiète, après avoir relu le texte.

Son anxiété était compréhensible : sa prof de philo chez les Franciscaines, mère Joseph, était d'une intolérance rare. Elle avait déjà puni Nour pour avoir fredonné dans la cour la chanson de Mouloudji, *Comme un p'tit coquelicot*, jugeant « honteusement lascif » le couplet suivant :

Et j'ai tant appuyé
Mes lèvres sur son cœur

Qu'à la place du baiser
Y avait comme une fleur...

– Ne t'en fais pas, dis-je, optimiste, en lui pinçant la joue. Tout ira pour le mieux !

Dix jours plus tard, le verdict tomba. Nour vint me trouver, sa dissertation à la main. Sur ses lèvres, une moue boudeuse qui n'augurait rien de bon.
– Alors ? fis-je, intrigué.
Elle haussa les épaules et me tendit sa copie. A l'encre rouge, mère Joseph avait noté : « 6/20. Idées subversives. »
– « Subversives » ? m'exclamai-je en me frappant le front.
– Il aurait fallu parler de la foi, des martyrs, des saints qui trouvent la liberté et la paix dans la contemplation et l'amour de Dieu... Nous n'avons rien écrit à ce propos !
Je secouai la tête, consterné.
– Mère Joseph m'a convoquée dans son bureau, reprit Nour. Elle m'a demandé de surveiller mes lectures et m'a strictement défendu de citer dorénavant Jean-Paul Sartre.
– Que lui as-tu répondu ?
Nour me fixa d'un regard mutin.
– Que si en prison on est libre et à l'école on ne l'est pas, c'est donc que l'école est pire que la prison !

9

Le scandale

Dans les cafés, on entendait les habitués commander leur *narguilé* en hélant le garçon : *Nara ya sabé !* La radio diffusait sans discontinuer des chansons de Feyrouz, Sabah, Oum Koulsoum, Abdel Wahab, Abdel Halim, Farid Attrache. *Aley, Bhamdoun, Sofar !* criait un chauffeur de « taxi-service », un mouchoir blanc noué autour de la tête, en racolant les voyageurs devant sa voiture à plaque rouge. *Chiclets, Chiclets !* lui répondait le vendeur de chewing-gum, un gamin de dix ans qui n'avait jamais mis les pieds à l'école. *Boya, boya, boya !* répliquait un autre garçon à peine plus âgé que lui, muni d'une grande caisse en bois, en invitant les passants à se faire cirer les chaussures. *Yanassib ! Boukra el sahab !* répétait inlassablement un vieillard en brandissant comme un éventail des billets de loterie. *Ass sékkine ya battikh ! Assabih el bebbo ya khiar !* clamait un marchand des quatre-saisons en poussant laborieusement sa baladeuse à trois roues chargée de pastèques et de concombres. Des vendeurs de *kaak*, ces galettes sèches recouvertes de graines de sésame et fourrées de thym, circulaient à bicyclette en criant *Kaak, kaak !* tandis que le mercier ameutait les couturières en annonçant : *Ibar, kchétbine...* et vidait les poches de sa veste pour exposer sa marchandise. Tous ces bruits en provenance de la rue ne me perturbaient pas : ils faisaient partie de mon quotidien. Assis dans mon bureau, la fenêtre ouverte, je songeais avec désolation à ma vie sentimentale. J'avais *besoin* d'aimer, d'être aimé, et ce besoin inassouvi me rendait fou, comme un drogué en manque. A l'évidence, ma bonne volonté ne suffisait plus : tous mes efforts avaient été vains. J'avais beau me concentrer sur mon travail pour ne plus penser au désert affectif où je me trouvais, rien n'y faisait : dès que j'étais seul, ma douleur se réveillait... « Ce qui embellit le désert, c'est qu'il cache un puits, quelque part », prétend Saint-Exupéry. Mais où diable était donc ce « puits » ? J'avais hâte de l'atteindre, d'y plonger la tête la première, de m'y noyer !

– Philippe ?

Mon rédacteur en chef m'arracha à mes rêveries.

– Oui, patron, fis-je en portant ma main tendue à mon front comme pour le salut militaire.

– Je compte sur toi pour l'affaire Afaf.

J'eus un haut-le-corps.

– Un reportage sur Afaf, moi ?

Khalil Gemayel sourit :

– Un vrai journaliste doit être capable de couvrir tous les sujets, que je sache !

– Oui, mais tout de même, une pute !

– Beaucoup de rumeurs circulent à son sujet. On dit qu'elle est protégée par des personnalités haut placées. Je compte sur toi pour mener l'enquête !

J'avais du journalisme une idée si haute que je ne concevais pas qu'un reporter pût être un voyeur ou ce qu'on appelle un « fouille-merde ». Mais je devais me rendre à l'évidence : pour atteindre la vérité, qui est l'objectif premier du bon journaliste, il fallait parfois faire abstraction des bons sentiments. Je commençai donc mes investigations. Afaf (« chasteté », en arabe) était d'origine syrienne. Elle dirigeait un vaste réseau de prostitution et louait l'immeuble Bel Air qu'elle avait meublé à grands frais pour y accueillir ses clients. Dès le début de mes recherches, je me rendis compte de l'ampleur du scandale : l'un de mes informateurs, un gendarme à la retraite, me révéla qu'elle recrutait des femmes d'une grande beauté en leur faisant miroiter des sommes alléchantes et qu'un de ses clients était devenu fou en découvrant sa propre fille parmi les prostituées qu'on lui proposait !

– Elle est intouchable. Chaque fois qu'une descente de police est programmée, un coup de fil vient suspendre l'opération ! me dit-il à mi-voix.

– Qui la protège ? lui demandai-je, intrigué.

– Je ne peux pas le dire.

Je sortis un billet de banque que je fourrai dans sa poche. Mon geste lui rafraîchit la mémoire.

– Un procureur, me répondit-il, amusé. Tu te rends compte ?

Cette révélation me laissa sans voix. Je n'aimais pas les procureurs. Je considérais que cette fonction, qui consiste à « défendre la société », jouissait de pouvoirs trop étendus et se faisait juge de l'ordre moral selon des critères mal définis. J'avais souvenance d'un article publié en France à propos des procureurs Ernest Pinard – le persécuteur de Baudelaire et de Flaubert ! – et Quesnay de Beaurepaire qui, en même temps qu'ils s'acharnaient contre les écrivains et journalistes de leur époque au nom des bonnes mœurs et de la morale religieuse, écrivaient en cachette des poèmes licencieux ! Cette tartufferie ne m'étonnait pas au Liban où l'on prêchait l'ordre moral alors que prospéraient cabarets et maisons closes, et où la censure s'acharnait contre des films ou des livres inoffensifs mais fermait les yeux sur les lieux de perdition.

Sans tarder, je demandai à maître Sidani la liste des procureurs du pays. Au bout d'un mois d'enquête et de filatures, je parvins à déterminer l'identité du mystérieux protecteur d'Afaf. Satisfait d'avoir accompli ma mission, je fis part à mon rédacteur en chef des résultats de mon enquête.

– Tu es fou, me dit-il en se frappant le front. Tu veux fermer le journal ? Tes informations sont impubliables !

– Impubliables ?

– Nous ne pouvons pas accuser un procureur, même si nous avons des preuves contre lui. Je ne suis pas suicidaire !

La réaction de mon patron me laissa sans voix. Comment pouvait-on reculer devant la vérité ? Avais-je donc consacré un mois de ma vie à ce reportage pour voir le fruit de mon labeur au fond d'une poubelle ?

Bien déterminé à faire éclater le scandale, j'envoyai mes informations à un de mes amis journalistes qui s'apprêtait à éditer un pamphlet intitulé *Cinéma wa ajaéb (Cinéma et Merveilles)*. Il sut faire le meilleur usage de cette manne, mena sa propre enquête pour vérifier le bien-fondé de mes informations, et publia bientôt son brûlot qui émut le Liban tout entier (des messes furent même organisées dans certaines écoles catholiques pour « exorciser » la débauche qui minait le pays !) et suscita des débats enflammés à la Chambre des députés. Poursuivi par la Sûreté générale, l'auteur fut déféré devant le tribunal de la presse. Avec courage, il déballa alors tout ce qu'il savait à propos de l'affaire. Abasourdi par ses révélations, le tribunal l'acquitta et saisit le Conseil supérieur de la magistrature qui décida de suspendre le procureur incriminé et de le traduire devant le conseil de discipline. Afaf, elle, fut arrêtée à Hazmieh alors qu'elle prenait le chemin de Damas.

J'étais comblé. Par journaliste interposé, j'avais réussi à confondre les coupables. Qu'avais-je tiré de cette affaire ? La satisfaction d'avoir fait triompher la vérité dans un pays où « la racine de la pudeur s'est brisée [1] ».

---

1. *Taq chélch el haya* : l'expression signifie que toute pudeur a disparu.

10

Jennifer

Le Jour commença à péricliter après le décès de Michel Chiha, survenu le 29 décembre 1954. Racheté par Michel el-Khoury, le fils de cheikh Béchara, puis cédé à Georges Omeira qui servait de prête-nom à un puissant groupe financier, le quotidien fut rapidement distancé par *L'Orient* qui put bientôt se targuer d'avoir « le plus fort tirage et la plus forte vente au Liban ». Déstabilisé par les bouleversements au sein de mon journal, frustré de ne pas avoir encore rencontré l'amour, je décidai de noyer mes inquiétudes dans le plaisir. L'époque se prêtait à toutes les folies : le pays, sous le mandat du président Camille Chamoun, marqué par une prospérité sans précédent, offrait toutes sortes de distractions. Sortant de ma réserve habituelle, je devins un noctambule patenté. J'étais partout : un verre de whisky à la main au Capitole, au Dunia, au cabaret Eve où se produisait le ballet *Le Bœuf sur le toit* – comment oublier Sherley, Javine, Gina et Greta ? –, en maillot à la plage de l'Acapulco – où j'eus la surprise de rencontrer Kim Novak, de passage au Liban, et où étaient organisées d'inoubliables soirées à thème : nuits africaine, mexicaine, tropicale, tropézienne... –, au Parisiana où la danseuse du ventre Tahiya Carioca électrisait l'assistance, au spectacle de Juliette Gréco au Kit-Kat, dans les bals costumés, à l'élection de Miss Liban, en compagnie de Françoise Sagan venue signer *Bonjour tristesse* à la librairie Antoine, à la réception organisée en l'honneur de Jean

Cocteau, invité au Festival de Baalbeck où se jouait *La Machine infernale*... C'était la *dolce vita* au quotidien. Dans la rubrique « Mondanités » de *La Revue du Liban*, on ne voyait plus que moi! J'agissais sans réfléchir, sans me poser de questions. Je dansais jusqu'aux premières lueurs de l'aube, jusqu'à l'épuisement. Etait-ce pour extérioriser toutes mes inhibitions? Ou pour me venger de n'avoir pas su aimer?

Je vécus cette phase de ma vie le cerveau embrumé, la volonté en sommeil. Même mon aspect physique changea : mes cheveux, que j'avais pris l'habitude de couper en brosse, ne connurent plus les ciseaux du coiffeur, si bien que je devins bientôt pourvu d'une longue crinière qui eût fait pâlir d'envie un Apache. Les rouflaquettes que je laissais fleurir sur mes joues, à la manière d'Elvis Presley, et mes chemises à long col, habilement déboutonnées, achevèrent de me métamorphoser. Ma mère accepta mal ma transformation et me sermonna plus d'une fois, me taxant de *jéhlén* (« égaré ») et de « noceur ». Je ne l'écoutais pas, tout heureux de transgresser enfin les codes que j'avais scrupuleusement suivis depuis mon enfance.

Ce fut Jennifer qui se chargea de mon éducation sentimentale. J'avais rencontré cette touriste américaine au bar de l'hôtel Saint-Georges. Nous finîmes la soirée dans sa chambre. L'Amérique, pour moi, c'était le pays d'Einsenhower, de John Wayne, de Humphrey Bogart, de Marilyn Monroe, mais aussi une terre d'accueil pour nombre de Libanais émigrés : des clichés sans réelle consistance... Jennifer *donna corps* à cette Amérique, lui conféra un visage, un sourire, une voix.

– C'est la première fois, lui dis-je en rougissant.

– *Really?*

Elle éclata de rire.

– *I can teach you if you want.*

Je hochai la tête en signe d'assentiment. Elle se déshabilla, se coucha sur le lit et, me prenant la main, fit courir mes doigts le long de son corps. Enhardi, je m'accroupis entre ses jambes écartées et, posant mes paumes sur ses seins, me mis à les pétrir.

– *Gently !* m'ordonna-t-elle en griffant le drap.

Je m'allongeai sur elle et collai mes lèvres contre les siennes. Sensation exquise. J'avais enfin embrassé une femme, caressé sa peau, approché ses seins ! A trente ans passés, il était temps ! Je me sentis tout à coup délesté d'un poids insupportable, comme si ce baiser échangé avec la belle Américaine avait subitement effacé toutes ces années de « chasteté » que les enseignements du père de Jerphanion m'avaient imposées. Et je m'en voulus de ne pas avoir eu le courage de me débarrasser plus tôt de ces préjugés qui transformaient mon désir en honte.

Le lendemain matin, à l'aube, tandis que je me rhabillais, je ne pus m'empêcher de contempler le corps nu de Jennifer, léché par les premiers rayons de soleil qui s'insinuaient à travers les rideaux. Elle avait des formes voluptueuses, la poitrine ferme, les jambes bien galbées, les fesses rondes, le dos cambré recouvert en partie par sa chevelure bouclée. Ses pieds étaient grands mais d'une blancheur diaphane qui les rendait presque invisibles, et ses cuisses pleines frémissaient à chaque mouvement de son corps.

– Merci, Jennifer, murmurai-je en posant un baiser sur son front. Merci de m'avoir affranchi !

Jennifer finit par rentrer aux Etats-Unis. Aussitôt, la tempête s'apaisa. Mon excitation céda la place au désabusement. A l'occasion d'un déjeuner au Horseshoe de la rue Hamra avec Joe et Varouj, je leur fis part de l'expérience que je venais de vivre et leur demandai conseil :

– Tu connais la formule : « On fait l'amour par désir. On le fait par vice. On le fait aussi par amour-propre », déclara Joe en levant l'index.

– Tu as fait l'amour par amour-propre, dit Varouj. Lorsque tu l'auras fait par désir, alors ce sera l'amour.

11

La révolte

– Sortez, sortez tous ! La *saoura* a commencé !

Le machiniste suspendit la projection de *Riz amer*, inter-prété par l'inoubliable Silvana Mangano, et nous intima l'ordre d'évacuer la salle. Que se passait-il ? Je savais bien que la tension montait à l'approche de la fin du sexennat du président Camille Chamoun : homme charismatique et fin manœuvrier, Chamoun espérait une reconduction de son mandat malgré les protestations de l'opposition et des partisans du président égyptien Nasser qui multipliaient les actes de provocation dans les universités et dans la rue en prônant l'adhésion du Liban à la République Arabe Unie (RAU). Je n'ignorais pas que nombre de Libanais, craignant pour leur sécurité, avaient acquis des armes, et que l'assassinat du journaliste Nassib Metni, propriétaire du *Télégraphe* et adversaire de Chamoun, avait échauffé les esprits. « Opter pour la reconduction, c'est entrer dans le jeu de l'adversaire : c'est vouloir s'enfermer dans le cercle vicieux de la violence, avait prévenu Georges Naccache dans une " Lettre à Pierre Gemayel " publiée dans *L'Orient* du 6 mai. C'est prolonger une aventure qui peut nous expo-ser, un jour ou l'autre, à l'éclatement du Liban. » Mais j'étais à mille lieues de deviner que les choses allaient dégé-nérer si vite en insurrection !

Je sortis dans la rue en plissant les yeux, incommodé par la lumière du jour. Ce que je vis me laissa sans voix : des wagons du tramway qui traversait la place des Canons avaient été renversés, des barricades avaient été dressées de part et d'autre de la place, des débris jonchaient le sol, des pneus brûlaient encore, dégageant une épaisse fumée noire...

– Sauve qui peut !

Je fus subitement submergé par des vagues humaines qui brandissaient des portraits géants de Nasser et le drapeau de la RAU.

– Nous allons au palais présidentiel ! m'informa une belle étudiante en m'invitant à la suivre.

Elle se prénommait Joumana. Elle était grande, avait de longs cheveux bruns, les yeux noirs et un nez grec qui lui donnait du caractère. Subjugué par son charme, j'obéis sans réfléchir. Je me retrouvai au cœur d'une manifestation dont je n'avais que faire, entraîné par la foule compacte qui se dirigeait vers Kantari. Arrivés près de la cathédrale Saint-Georges, les émeutiers se figèrent. En face d'eux, les Kataëb avaient barré la route et creusé une tranchée. Les manches retroussées, armés de bâtons et de vieux fusils (appelés *bouftil*), ils étaient bien déterminés à contrecarrer cette insurrection qu'ils jugeaient dangereuse pour le devenir même du pays. Cheikh Pierre n'avait-il pas affirmé que « l'arabisme ne peut pas être à la base d'une nation » et dénoncé les ingérences de la Syrie qui « encourage et soutient une révolte armée » ? Avec effroi, je vis mon frère Joe aux premières lignes, les cheveux ébouriffés, le drapeau libanais dans une main, un pavé dans l'autre. « Incorrigible ! me dis-je en essayant de me dégager pour fuir le champ de bataille. Il est de tous les combats ! »

Au moment où les deux camps arrivaient face à face, des coups de sifflet fusèrent.

– *Forqét el sotaach !* s'écria Joumana, épouvantée.

Forqét el sotaach, c'était « la Brigade 16 » des Forces de sécurité intérieure. Son nom faisait trembler les pickpockets qui écumaient Beyrouth et sévissaient dans les trams. Dès que retentissait la sirène des véhicules de la 16, place Debbas, la place des Canons se vidait. C'est que le brigadier Farhat et ses bérets rouges ne faisaient pas dans la dentelle : « On embarque tout le monde, on discute après » était leur devise. Paniqués, les manifestants s'égaillèrent dans tous les sens. Je pris mes jambes à mon cou. Mais incapable de rejoindre ma maison cernée par un cordon de police, j'empruntai la rue Weygand et finis par déboucher sur le quartier Kantari où les agitateurs s'étaient regroupés après avoir saccagé des cafés à Bab Edriss et à Souk Tawilé. « Que suis-je venu faire dans cette galère ? » me dis-je, complètement désemparé. Des coups de feu partirent du palais présidentiel : la garde républicaine et le président lui-même tiraient sur la foule ! Une fois encore, les manifestants se dispersèrent dans le désordre, abandonnant calicots et portraits de Nasser. Bousculée par les émeutiers, Joumana trébucha. Craignant qu'elle ne fût piétinée, j'accourus et l'aidai à se relever.

– Tu es blessée ?

– Non, non, ça ira !

– Décampe avant que les gendarmes ne nous encerclent !

Elle parvint à s'échapper. Moi pas. Pris en tenaille par la police et par l'armée du général Fouad Chéhab, appelée en renfort, je me retrouvai le nez plaqué contre le sol, les mains derrière le dos, comme un vulgaire malfrat.

– Sale nassérien ! Je m'en vais t'apprendre à bien te conduire !

J'eus beau leur expliquer que j'étais journaliste, que je n'étais nullement nassérien et que j'étais là tout à fait par hasard, rien n'y fit : je fus conduit au commissariat en même temps qu'une vingtaine de manifestants et enfermé dans une cellule lugubre et puante. J'eus alors une pensée pour ma mère : qu'allait-elle imaginer si elle apprenait que j'avais été appréhendé au milieu d'une manifestation pronassérienne ? Je l'entendis hurler : *Ya ard ncha'é wou blaaini !* Deux heures plus tard, la porte de la cellule voisine s'ouvrit. Quelques militants Kataëb avaient été arrêtés « pour la forme », histoire de ne pas donner au conflit une dimension confessionnelle.

– Joe !

– Phil ! Qu'est-ce que tu fais là ?

Mon frère écarquilla les yeux. Qu'il fût pris par les gendarmes n'avait rien d'étonnant – il en avait l'habitude ! –

mais que je fusse incarcéré avec des émeutiers de l'autre
bord lui paraissait franchement sordide.

– C'est une erreur, Joe, je te jure !

– Maître Sidani s'occupera de nous, ne t'en fais pas !

Peu avant minuit, grâce à l'intervention de notre voisin,
nous fûmes effectivement relâchés. Ziad et sa sœur Nour
nous accueillirent au bas de l'immeuble Sarkis.

– *El habs lal rjél !* La prison est pour les vrais hommes !
nous dit Nour en secouant sa longue natte.

Ma mère nous ouvrit la porte sans mot dire. A l'expression qui s'affichait sur son visage, nous comprîmes qu'elle
avait honte de nous.

Après une série de troubles graves – poste douanier atta-
qué, ponts sabotés, enlèvements, attentats à la bombe
(annoncés à l'avance par la radio pro-nassérienne !) contre
le Café de Verre, le tramway 112 à Nasra et le magasin
ABC ; mise à sac de la résidence du chef du gouvernement
à Basta ; tentative d'occupation de l'aéroport... – , attisés
par la Syrie et l'Egypte qui envoyaient armes et subsides
aux insurgés, le président Chamoun décida de rétablir la
censure sur la presse locale et internationale, instaura le
couvre-feu de vingt heures à cinq heures et, dans le but
d'« internationaliser la crise », sollicita l'intervention des
Etats-Unis pour rétablir l'ordre dans le pays. La chute du
régime irakien, le 14 juillet 1958, contribua à dissiper les
hésitations du président Eisenhower, soucieux de ne pas
perdre pied au Moyen-Orient.

Le 15 juillet, peu après quatorze heures, Joe et moi assistâmes à l'arrivée des premiers marines de la VIᵉ flotte. Sous
la surveillance de sept navires de guerre et des *jets* des
porte-avions *Saratoga* et *Essex,* mille sept cents fusiliers
marins, escortés par des chars d'assaut et des blindés
amphibies, débarquèrent sur les plages de Ouzaï et de
Khaldé, et se dirigèrent immédiatement vers l'aéroport et
d'autres points stratégiques de Beyrouth pour en assurer le
contrôle.

– On se croirait en 44 sur une plage de Normandie,
déclara Joe en ajustant ses jumelles.

– Te voilà rassuré !

– Tu parles ! Ces incidents ont montré la fragilité du pays et sa perméabilité aux ingérences étrangères. Quel avenir pour le Liban dans ces conditions ? Je ne...

Il s'interrompit brusquement et se frappa le front.

– Pas possible !

– Quoi ? fis-je, interloqué. Que se passe-t-il ?

– Je viens de reconnaître quelqu'un parmi les marines !

– Qui ça ?

– Jennifer ! répondit-il, l'œil goguenard, en désignant une silhouette au hasard.

Vexé, je lui assenai une claque sonore sur la nuque.

Le calme revint enfin dans la rue. Le président Chamoun se résigna à partir et céda sa place au général Fouad Chéhab, élu par 48 voix contre 7 à Raymond Eddé, le fils d'Emile Eddé, chef (*amid*) du Bloc national. Obsédé par Joumana, la belle manifestante, je me mis à sa recherche. Peine perdue. Ce n'est que sept ou huit ans plus tard que je la revis, à la sortie du Grand Théâtre. Elle portait un manteau de vison et accompagnait un monsieur très chic. Elle ne me reconnut pas. Ou fit mine de ne pas me reconnaître.

12

Cedar III

La mauvaise situation dans laquelle se trouvait *Le Jour* obligea bientôt la direction du journal à en suspendre la parution. Que faire ? Aller à *L'Orient* ? L'idée ne m'effleura même pas l'esprit : je ne pouvais quand même pas « passer à l'ennemi » ! Je finis par trouver : l'homme d'affaires Georges Abou Adal avait, en décembre 1956, lancé un hebdomadaire d'excellente facture intitulé *Magazine*. Pour compléter son équipe, il m'accepta comme pigiste. Rapidement, je me rendis compte que le travail au sein d'une revue est bien différent du travail dans un journal : le quotidien exige une disponibilité permanente, une discipline militaire – écrire dans l'urgence, même quand l'envie vous manque –, une faculté d'adaptation aux événements, mais aussi aux impératifs de la mise en page ; un périodique laisse la place à la cogitation, offre un recul que le journal n'autorise pas. L'un est comparable à une course de cent mètres où l'athlète se doit de dépenser immédiatement toute son énergie ; l'autre à une course de fond où il s'agit de gérer au mieux son corps et son temps.

Le premier reportage que je publiai dans *Magazine* fut consacré à un projet fou auquel prit part mon voisin Varouj. Le fils de Zadig travaillait comme laborantin au Haigazian College (la première université arménienne au Liban, fondée en 1955 en mémoire d'un éducateur réputé, le Dr Armenag Haigazian) en étroite collaboration avec un professeur de physique nommé Manoug Manougian.

Un matin, Manoug convoqua ses étudiants au laboratoire pour leur annoncer « une grande nouvelle ». Varouj dévisagea avec attention celui qu'on surnommait « le Magicien ». Avec ses cheveux gominés, son large front, ses yeux noirs, son nez volontaire et ses lèvres charnues, l'homme ressemblait à Marlon Brando. Les étudiants prirent place autour de lui. Il y avait là John Tilkian, Hampartsum Karaguezian, Simon Aprahamian, Garabed Basmadjian, Hrair Kelechian... Ils croisèrent les bras et fixèrent du regard leur jeune professeur. Il les fascinait : titulaire d'un BA en physique et en mathématiques de l'université du Texas, il avait su rester modeste et son abord était facile. La direction de l'université lui laissait les coudées franches, soit qu'elle ne voulût pas contrarier ce brillant enseignant qui était la fierté de la communauté arménienne, soit qu'elle caressât le rêve de le voir un jour, grâce à l'une de ses nombreuses inventions, faire honneur à l'université.

– Ce que je vous propose aujourd'hui est un projet ambitieux, annonça-t-il d'emblée. J'ai reçu l'aval de l'université pour...

Il se tut, comme pour prolonger le suspense. Qu'allait-il encore inventer ? Où allait-il chercher ses idées ? S'agissait-il d'une poulie d'un nouveau type, d'un moteur, d'un.. robot ?

– ... construire une fusée !

Le silence accueillit cette phrase. Les étudiants se regardèrent, sidérés. Varouj fronça les sourcils. Une fusée ! A l'heure où la NASA elle-même rencontrait les plus grandes difficultés pour explorer l'espace, un jeune prof du Haigazian College avait la prétention de construire une fusée !

Hrair et Garabed éclatèrent de rire. Et s'il s'agissait d'une blague ? Manoug Manougian les foudroya du regard. Il prit une craie et écrivit ce mot sur le tableau noir :

« CEDAR »

– J'ai choisi de baptiser la fusée « Cedar » pour bien marquer tout l'amour que je porte à ma patrie d'adoption : le Liban, déclara-t-il avec émotion. Ce sera la plus puissante jamais lancée dans tout le Moyen-Orient !

– Quelles sont ses caractéristiques ? demanda Varouj.

– « Cedar » est un engin sol-air, sans pilote, de longue portée, à combustible solide, lui répondit Manoug. Il est composé de trois étages et il est destiné à l'étude des couches supérieures de l'atmosphère...

Désormais convaincus du sérieux du projet, les étudiants émirent un sifflement d'admiration.

– Chacun d'entre vous aura pour mission de concevoir et de réaliser une partie de ce projet, poursuivit le professeur. D'après mes calculs, la fusée aura 6,80 mètres de longueur et pèsera 1 250 kg. Elle pourra atteindre 256 kilomètres d'altitude et ira à la vitesse de 9 000 kilomètres à l'heure.

Puis il dessina au tableau un schéma ayant l'altitude pour abscisse et la vitesse pour ordonnée.

– Voyez l'Everest, commenta-t-il, en montrant une tache noire au bas du dessin, à gauche.

Les étudiants écarquillèrent les yeux.

– Pourquoi l'Everest ?

– Je l'ai pris comme point de repère. Parce que c'est le plus haut sommet du monde.

Il toussa dans son poing, puis ajouta :

– Nous irons bien au-delà de l'Everest !

*

« *Cedar III : l'espoir du Liban sur les routes de l'Espace.* »

Manoug Manougian sourit en lisant le titre de l'article qu'un journal local consacrait à son projet. Une semaine plus tôt, il avait rencontré, en sa qualité de président de la Rocket Society qu'il avait fondée avec ses étudiants, le commandant de l'Ecole militaire, le colonel Georges Naufal, qui lui avait accordé l'autorisation de collaborer avec le lieutenant Joseph Wehbé, expert en balistique, ancien élève de l'ENSAR [1].

– Pourvu que ça monte ! se dit-il en se grattant le front.

A mesure qu'approchait le jour J, fixé le 21 novembre 1962, veille de la fête de l'Indépendance, le doute s'instal-

---

1. Ecole Nationale Supérieure de l'Armement et des Recherches.

lait. Manoug n'avait certes rien laissé au hasard, mais une défaillance technique, les conditions climatiques pouvaient à tout moment compromettre le succès de l'entreprise. Il se prit la tête entre les mains. Tous les tests précédents (Cedar I, Cedar II...) avaient été concluants ; ses étudiants, encadrés par Varouj, avaient travaillé d'arrache-pied sur le projet, au détriment de leurs propres études, animés par cette volonté d'atteindre l'objectif qu'il s'était fixé ; même le président de la République, le général Fouad Chéhab – dont le mandat, malgré les dérapages du Deuxième Bureau, se distinguait par des réformes hardies –, s'était mobilisé et, suivant l'exemple du député et homme d'affaires Emile Boustani qui avait accordé à la Rocket Society une subvention de 750 livres libanaises, avait alloué au projet un crédit de 15 000 livres ! « L'échec n'est pas permis », soupira-t-il. Et il gagna à la hâte l'entrepôt où la fusée avait été montée sous la supervision de l'expert de l'armée. Vêtu de sa blouse blanche, Varouj était là, plongé dans ses calculs. Les deux hommes vérifièrent les quatre tubes propulseurs et le poste émetteur de l'engin, en priant pour que la science ne les trahît point. En cas de panne ou de dérivation de « Cedar III », ils avaient prévu, par mesure de sécurité, la destruction du système à feu des deuxième et troisième étages par commande radio. Mais ils préféraient ne pas envisager cette hypothèse...

– Le 21 novembre, quatorze heures trente, je compte sur toi ! murmura Manoug en déposant un baiser sur la carène de la fusée.

Je collai mon œil contre l'objectif, un doigt sur le déclencheur de l'appareil. Pour illustrer l'article que je me préparais à publier dans *Magazine*, j'avais demandé à Manoug, à Varouj et à leurs étudiants de poser devant la rampe de lancement de la fusée, installée sur un promontoire à Dbayé. Ils avaient accepté sans rechigner.

– Le ministère des Postes vient de décider d'émettre un timbre spécial en votre honneur, annonça tout à coup le directeur de l'université en brandissant la dépêche qu'on venait de lui remettre.

Manoug fit mine d'accueillir avec satisfaction cette nouvelle qui, au fond, faisait peser sur ses épaules une responsabilité encore plus lourde. Il s'approcha une dernière fois de Cedar III, frappée de l'emblème du Liban, et la caressa avec amour. Il tremblait, comme saisi d'un mauvais pressentiment. Craignant que son anxiété ne se propageât par contagion à toute son équipe, il dévisagea les étudiants qui l'entouraient : tous affichaient un sourire radieux, animés par cette foi qui déplace les montagnes. Il échangea un regard avec Varouj : le laborantin paraissait confiant. Prenant son courage à deux mains, Manoug leva alors le bras et commença le compte à rebours.

– Tu crois qu'ils réussiront ?

Je me retournai. C'était Nour, ravissante avec ses yeux admirablement fendus – dont je n'ai jamais su la couleur exacte, mélange de bleu, de vert et de gris –, ses sourcils bien dessinés, ses cheveux châtain clair qui lui arrivaient jusqu'aux épaules, son nez délicat, sa petite bouche et son cou gracile qui lui conférait l'allure d'une princesse. La blancheur de sa peau illuminait son visage et ses bras nus.

– Que fais-tu là ?

– Varouj m'a invitée.

– Ce n'est pas un spectacle pour enfants, fis-je avec ironie. Allez, ouste !

– Quand donc arrêteras-tu de me taquiner ?

Comme prévu, la fusée prit son envol dans un immense nuage de fumée ; comme prévu, elle s'élança dans les airs au milieu des applaudissements de la foule qui, à une distance respectable de la rampe de lancement, assistait à l'incroyable spectacle. La main en visière, Manoug suivit la trajectoire de Cedar III mais, ébloui par le soleil, finit par la perdre de vue. La fusée franchit l'atmosphère mais, au lieu des 256 kilomètres escomptés, ne s'éleva qu'à 180 kilomètres. Avec effroi, le professeur la vit piquer du nez, amorcer une courbe descendante et s'abîmer en pleine mer, au large des côtes libanaises. Un silence d'hypogée s'installa sur la colline de Dbayé. Nour me serra le bras : que fallait-il penser de « l'exploit » ? Certes, la fusée n'avait pas atteint son objectif, mais elle s'était élevée à une altitude honorable, prouvant ainsi au monde entier que ses constructeurs n'étaient pas des plaisantins. Trop perfectionniste pour se contenter d'une telle performance, Manoug Manougian s'éloigna, les yeux baissés, les poings dans les poches.

Varouj fut le premier à le rattraper.

– Mission accomplie, professeur. Nous sommes allés « bien au-delà de l'Everest » !

Manoug hocha tristement la tête.

– Ce n'était pas assez, Varouj, pas assez !

13

Le mystère Philby

Harold Philby m'occupa l'esprit pendant tout le mois de janvier 1963. J'avais souvent rencontré ce personnage au bar de l'hôtel Saint-Georges, un verre de scotch à la main, sans jamais soupçonner qu'un jour on me chargerait d'enquêter sur sa disparition. Vêtu de son costume de tweed, les cheveux soigneusement peignés, il avait l'air du parfait gentleman. Correspondant de l'*Economist* et de l'*Observer*, celui qu'on surnommait « Kim » vivait à Beyrouth, avec ses quatre enfants et sa troisième épouse. Son père, Henry Saint-John Philby, avait été le conseiller du roi Ibn Saoud qu'il avait aidé à unifier la Péninsule arabique avant de venir s'installer au Liban, à Ajaltoun, non loin de la maison de l'oncle Abdo, où il s'était éteint en octobre 1960.

Dans quelles circonstances Harold Philby avait-il disparu ? Pourquoi sa femme, après avoir signalé sa disparition, avait-elle ensuite demandé l'arrêt des recherches en prétendant qu'il se trouvait « au Kurdistan » ? Etait-il vrai qu'il avait fréquenté l'Institut de Chemlane, cet établissement anglais implanté au Liban et soupçonné de former des espions ? Taraudé par ces questions, je me mis à la recherche de la vérité. Je commençai par interroger la Sûreté générale pour savoir si l'homme était sorti du territoire libanais par air, mer ou terre. Réponse négative : son nom ne figurait sur aucun registre de sortie. Comment diable avait-il gagné le Kurdistan – pour peu que cette version fût vraie ? Je me rendis à l'Institut de Chemlane, situé sur une colline surplombant l'aéroport de Beyrouth. Le directeur, excédé par les déclarations du chef de l'opposition britannique Wilson qui avait sommé le Foreign Office de clarifier les liens de Philby avec l'Institut, choqué par les propos du ministre libanais de l'Intérieur Kamal Joumblatt qui réclamait la fermeture de l'école, m'affirma sur l'honneur que jamais Harold Philby n'avait fréquenté son établissement. Je poussai plus loin mon enquête et réunis, avec le concours d'un agent maritime anglais qui le connaissait bien, les informations relatives à ses fonctions passées. J'appris avec stupeur qu'il avait été membre de l'Intelligence Service durant la Seconde Guerre mondiale avant d'entrer en 1947 au Foreign Office. Nommé en 1950 premier secrétaire à l'ambassade britannique à Washington, il avait été très proche du deuxième secrétaire, un certain Guy Burgess. Rappelé à Londres en avril 1951, celui-ci était passé à l'Est avec le diplomate Donald Maclean, emportant des documents secrets. Du fait de son amitié avec Burgess, Philby avait été soupçonné d'avoir facilité sa défection et celle de son complice. Défendu par MacMillan, il avait été blanchi, mais contraint à démissionner du Foreign Office. Ces informations me troublèrent : avait-il été liquidé par les services de renseignements britanniques ? Si oui, pourquoi sa femme s'était-elle empressée de demander l'arrêt des recherches deux jours après sa disparition ? Pourquoi m'avait-elle déclaré, lorsque je l'avais interrogée à son domicile de Kantari : « Je ne suis pas inquiète. Il reviendra bientôt » ? A l'évidence, il y avait anguille sous roche.

Je me rendis au bar du Saint-Georges et interrogeai un à un les habitués des lieux. N'étant pas de la police, je les mis à l'aise et parvins sans mal à leur tirer les vers du nez. Le barman me confia que, depuis trois mois, Philby s'était mis à boire comme un trou, qu'un soir, il s'était affalé de tout son long dans le hall de l'hôtel. Un vieux pochard qui avait pour habitude de trinquer avec lui me révéla, entre deux hoquets, que Philby lui paraissait soucieux, qu'il lui aurait dit : « Mon passé me rattrape. Je dois m'en aller. » Quel crédit accorder à ces déclarations? L'agent maritime anglais vint à ma rescousse. Au café de la République, il me livra la liste des navires qui avaient quitté le port de Beyrouth le 23 janvier, jour de la disparition de Philby.

– D'où tenez-vous cette liste? lui demandai-je.

– De la Chambre internationale de navigation, me dit-il en tirant sur son cigare.

De son doigt bagué, il m'indiqua un nom sur la liste.

– Expliquez-moi, fis-je, agacé de ne pas comprendre.

– Ce navire a quitté Beyrouth à destination d'Odessa. C'est un cargo russe.

Je ne pus m'empêcher de sourire. Tout s'imbriquait : les fausses déclarations de Mme Philby, le passé de l'espion, ses confessions au bar du Saint-Georges, la nationalité et la destination du cargo... Je remerciai chaleureusement mon ami et gagnai sans tarder la rédaction de *Magazine*.

– Si vous me censurez, je démissionne, déclarai-je à mon rédacteur en chef.

Il ne me censura pas. Mon reportage fit grand bruit et fut repris par la presse britannique. Fier d'avoir réussi à éventer le secret de l'espion anglais, je bénis le jour où j'avais embrassé le métier de journaliste.

Mis au pied du mur, le gouvernement britannique finit par réagir. Le 1er juillet, le Premier ministre Edward Heath révéla avec embarras que Harold Philby était bel et bien l'homme qui avait facilité la fuite de Burgess et Maclean à l'Est, et qu'il se trouvait désormais derrière le rideau de fer. L'homme avait quitté Beyrouth en catastrophe par crainte d'être démasqué et arrêté par ceux qui n'avaient jamais cru à son innocence.

Plus tard, lorsque j'appris la mort de Philby, le 11 mai 1988 à Moscou, j'eus comme un pincement au cœur. Comme si, tout à coup, j'avais la nostalgie de cette époque bénie où les espions s'en venaient prendre un verre au bar du Saint-Georges.

14

Beirut by night

– Abrégez ! Je ne veux pas de thèses de doctorat ! marmonna Edouard Saab en me rendant mon article.

J'accusai le coup. A l'évidence, le personnage n'aimait pas être contredit. Ancien de *L'Orient*, correspondant au Liban de plusieurs journaux étrangers, il avait été appelé par Ghassan Tuéni, en même temps que Jean Chouéri, pour ressusciter *Le Jour*. Dès sa nomination au poste de rédacteur en chef, il m'avait contacté pour me demander de « rentrer au bercail ». Bien que je fusse attaché à *Magazine*, je n'avais pas résisté à la tentation de reprendre du service dans le journal de mes débuts. Edouard Saab était d'un enthousiasme contagieux. Exigeant à l'extrême, il exhortait les journalistes à écrire avec sobriété et aimait à répéter cette consigne de Clemenceau aux rédacteurs de *L'Aurore* : « Faites des phrases courtes. Un sujet, un verbe, un complément. Quand vous voudrez ajouter un adjectif, venez me voir ! »

Six mois durant, Edouard multiplia essais et maquettes. Six mois durant, je lui fournis une multitude de reportages qui ne furent publiés que dans des numéros zéro sans lendemain. Le 4 mai 1965, il nous convoqua au septième étage de l'immeuble de la Coopérative de la presse, à Hamra, pour nous annoncer avec émotion que *Le Jour*, dans sa nouvelle mouture, était enfin prêt à sortir le lendemain avec, à la une, le voyage à Paris de Charles Hélou, mon ancien rédacteur en chef, élu en 1964 à la présidence de la

République : « Le président Hélou chez de Gaulle » fut donc notre premier titre. Au sein de l'équipe rajeunie : Marwan Hamadé, Issa Goraieb, Amine Abou Khaled, Nagib Aoun, Joseph Chami, Antoine Messarra, André Bercoff, Marie-Thérèse Arbid, Joseph Saadé – alias « le caïd » – chargé de la maquette et de la rubrique sportive, et une belle rousse aux yeux verts, Liliane Bitar, chargée de la rubrique « Les potins de la ville », qui devint bientôt une de mes meilleures amies.

Un soir, à l'occasion de la conférence de rédaction, une vive altercation m'opposa à mon rédacteur en chef.

– Ce n'est pas juste, m'écriai-je en frappant du poing sur la table.

– Il vous faudra apprendre à travailler en équipe, Philippe, répliqua Edouard Saab d'un ton sévère. Liliane s'occupera des interviews et vous du reportage sur les nuits de Beyrouth.

– Mais vous ne vous rendez pas compte ? Jane Mansfield et Claudia Cardinale sont au Liban à l'occasion du Festival du cinéma et ce n'est pas moi qui les interviewe !

Mon rédacteur en chef perdit patience.

– Trouvez-vous normal qu'une fille de bonne famille comme Liliane se retrouve dans les cabarets après minuit ? Pour ce qui vous concerne, je crois savoir que vous êtes un familier de ces lieux !

Je n'insistai plus. Mécontent, je ramassai mes papiers et sortis en claquant la porte.

– L'insolent ! glissa Jean Chouéri à Edouard Saab. N'était ton estime pour lui, je l'aurais viré depuis longtemps !

Liliane se mordit les lèvres. Sans le vouloir, elle m'avait contrarié. Comment dissiper le malaise que ce dossier sur « La vie nocturne à Beyrouth » venait de créer entre nous ? Que faire pour remédier à cette situation qui pouvait compromettre notre amitié ? Elle prit congé et alla à ma rencontre.

– Tu m'en veux ?

Je ne répondis pas.

– Tu sais bien que je n'y suis pour rien !

– Tu aurais pu me donner raison, lui dire que tu ne voyais pas d'inconvénient à rentrer tard...

– Qu'est-ce que tu racontes? Tu oublies mes parents? Que diraient-ils, hein, si je rentrais après minuit, sous prétexte d'un reportage sur les noctambules de Beyrouth? Où vis-tu?

Je ne répliquai pas. J'allumai une cigarette et fermai les paupières.

– Je suis prête à te céder ma place et à prendre la tienne, déclara alors Liliane d'un ton déterminé.

J'ouvris les yeux.

– Quoi?

– Je ne peux pas te voir dans cet état. Tu feras l'interview, je ferai le reportage. Tu signeras mon article, je signerai le tien. Ils n'y verront que du feu!

– Pourquoi ne pas jouer franc jeu? Pourquoi ne pas en parler à Edouard Saab?

– Parce qu'il n'acceptera jamais de revenir sur sa décision! Et puis, si je signe mon article sur « La vie nocturne à Beyrouth » et que mes parents découvrent en le lisant que j'ai écumé les cabarets de la ville, je serai...

Je l'interrompis par un baiser sur la joue qui voulait dire « merci ».

*

Je pénétrai dans le vaste hall de l'hôtel Phoenicia et, d'un pas leste, me dirigeai vers le salon où, selon les indications du voiturier, se trouvait Jane Mansfield.

– *You're late!* fit l'actrice de sa voix minaudante en consultant sa montre.

– *Excuse me!* bredouillai-je en m'installant en face de celle qu'on surnommait, à juste titre, « le Buste ». *I'm always late!*

Elle partit d'un grand éclat de rire qui résonna dans l'hôtel tout entier.

– *You're cute!* fit-elle en me pinçant la joue.

Je me sentis rougir. « Bon début! » me dis-je en me promettant de raconter l'épisode aux collègues de la rédaction. Je sortis mon calepin et m'éclaircis la gorge.

– Avez-vous toujours rêvé d'être une vedette ?

– Si je n'étais pas une vedette, miaula-t-elle, je serais restée chez moi, en famille. Je suis très affectueuse, vous savez ?

« Je n'en doute pas », me dis-je en notant sa réponse.

– Quel est votre meilleur rôle ? lui demandai-je en m'efforçant de détourner mon regard de son opulente poitrine.

– J'aime les rôles de prostituée, me répondit-elle sans sourciller. J'aime jouer le rôle de la pute qui tente de se sauver par l'amour, mais qui finit par retomber dans son milieu. C'est une histoire très triste, mais c'est mon rôle préféré, parce que l'héroïne a bon cœur.

Décontenancé par cette réponse, je ne pus m'empêcher de tousser dans mon poing.

– Quelle est votre philosophie dans la vie ?

– Vouloir le bonheur des autres, me dit-elle avec gravité. C'est très important pour être soi-même heureuse !

L'interview s'arrêta là. Profitant d'un moment d'inattention du service de sécurité, une meute de photographes avait encerclé la star. Les flashes se mirent à crépiter de toutes parts. Submergé par la foule, je dus battre en retraite et courus me réfugier auprès de Victor Bercin qui, au micro de Radio Liban, commentait la visite de l'illustre actrice : « Elle est là, chers auditeurs. Elle est vêtue de noir, cela lui va à ravir. Et elle a des formes, comment dire, des formes... enfin... un peu débordantes, si j'ose dire... »

Je lui donnai une tape amicale dans le dos et m'en allai retrouver Claudia Cardinale qui, prévenue de mon arrivée, m'attendait au bar. Elle était magnifique, avec ses cheveux de jais et ses yeux de braise, parfaitement moulée dans une robe blanche aux manches courtes. « Quel âge a-t-elle ? me demandai-je. Vingt-deux, vingt-quatre ans ? » Je l'abordai et déposai un baiser respectueux sur la main qu'elle me tendit.

– C'est la première fois que je me rends au Liban, me dit-elle. Pourtant, j'ai beaucoup voyagé. Je suis née à Tunis. Mes parents avaient quitté l'Italie dès leur mariage... J'ai appris à vivre à l'orientale.

Je m'épongeai le front. Il émanait de cette actrice un charme irrésistible qui me troublait au plus haut point.

– John Wayne m'a beaucoup encouragée à visiter votre beau pays, enchaîna-t-elle. Sur le tournage du film *Le Plus Grand Cirque du monde*, il m'a dit : « L'Extrême-Orient, c'est un rêve, mais le Liban... Tu dois faire un saut au Liban ! » J'ai suivi son conseil et me voici !

– Avez-vous toujours le trac ? lui demandai-je, sans me douter que ma question n'avait aucun lien avec la précédente.

– Plus que jamais. A mon vingt-cinquième film, j'éprouve l'angoisse de mes débuts. Il m'arrive de ne pas fermer l'œil à la veille d'un tournage !

Soucieux de donner plus de « contenu » à l'entrevue, je risquai une question plus intellectuelle :

– Moravia a écrit votre biographie ?

– Non, rectifia-t-elle. Moravia a écrit une étude sur moi. Il brosse mon portrait physique ; il me considère un peu comme un objet...

– Acceptez-vous d'être traitée comme un objet ?

– C'est sa façon de me voir ! dit-elle en s'esclaffant.

Son rire laissa apparaître des dents d'une blancheur éclatante. Ce fut là la dernière image qui s'imprima dans mon esprit : ayant fini de mitrailler Jane Mansfield, les photographes s'en venaient assiéger l'actrice italienne. Je quittai l'hôtel à regret. « Quelle femme ! » me dis-je en me retournant.

Coiffée d'un chapeau pour ne pas être reconnue, flanquée de Tony le photographe, Liliane pénétra au Kit-Kat, le cabaret en vogue, bien décidée à éventer le secret de cet antre à la réputation sulfureuse. A la lumière des lampions rouges, elle se dirigea vers la grande salle. La fumée des cigarettes et des narguilés empuantissait l'atmosphère. Elle s'attabla et, avec une mâle assurance, commanda une bouteille d'arak et deux verres. Sur la piste officiait une danseuse égyptienne très dévêtue répondant au doux nom de Abir. D'abord immobile, elle commença à frétiller au rythme de la *derbaké* [1] : Liliane la vit relever la tête, rejeter

---

1. Tambour arabe (connu aussi sous le nom de *darbouka* ou *derbouka*), fait d'une peau tendue sur l'extrémité pansue d'un tuyau de terre cuite.

en arrière sa longue chevelure noire, avancer une jambe, tendre les bras, avant d'amorcer une danse endiablée. Avec ses formes généreuses, la danseuse captivait l'attention des habitués du lieu : assis dans la pénombre, ils admiraient ses déhanchements avec un sourire béat et n'hésitaient pas à lancer des « Ooof ! » de contentement. Liliane reconnut dans l'assistance l'*abaday* du quartier : un gros moustachu au ventre rebondi, armé d'une cravache. Aboul Zouz – c'était son nom – ne tarda pas à quitter son siège. Incapable de se maîtriser, il se dirigea vers la piste, bien déterminé à voler un baiser à la danseuse qui excitait son désir. Le videur du Kit-Kat le ceintura pour l'empêcher d'aller plus loin. Une empoignade s'ensuivit, qui se termina par l'intervention de la Brigade 16 qui emmena l'*abaday* – une vieille connaissance ! – avec le respect dû à son « rang », sans que la danseuse interrompît son spectacle.

Ayant reçu sa dose de danse orientale, Liliane quitta le cabaret et se rendit au Stéréo Club de la rue de Phénicie. Twist, madison, tamouré... Sur les pistes, les Beyrouthins s'essayaient à toutes les danses, tandis que dans un coin obscur les amoureux s'enlaçaient loin des regards indiscrets. Debout sur les tables, de joyeux fêtards se trémoussaient en agitant les bras dans tous les sens. « Si ma mère voyait ça ! » songea Liliane en commandant un soda.

A L'Eléphant noir, en fin de soirée, l'ambiance était tout autre. Star internationale du jazz, Maurice Rocco jouait du piano debout, accompagné à la batterie par une célébrité locale très appréciée : Johnny Orfali. Liliane se laissa bercer par cette musique envoûtante en prenant des notes sur son carnet.

Les interviews de Jane Mansfield et de Claudia Cardinale, écourtées à cause de la meute de photographes, valurent à Liliane les remontrances d'Edouard Saab qui les jugea « ineptes et peu consistantes ».

– A-t-on idée de demander à Jane Mansfield quelle est sa philosophie dans la vie ? s'écria-t-il, fou de rage. Autant demander à une pin-up si elle a lu la *Critique de la raison pure* de Kant ou la *Phénoménologie de l'esprit* de Hegel !

– Mais monsieur..., bredouilla-t-elle.

– Prenez exemple sur votre collègue! reprit Edouard Saab. Son reportage sur les cabarets et les discothèques est absolument remarquable! Vous voyez bien, Philippe, qu'elles n'en valaient pas la peine, ces starlettes! Vous n'avez rien manqué!

Fuyant le regard furibond de Liliane, je fermai les yeux. Je revis la poitrine plantureuse de Jane Mansfield et le sourire charmeur de Claudia Cardinale, et ces visions me remplirent d'extase.

– Vous aviez raison, monsieur Edouard. Je n'ai rien manqué!

VI

TRAGÉDIES

Sur nos terres où s'acharnent les
chagrins et la haine
Ce n'est pas le temps qui opprime [...]
Mais le glaive à chaque carrefour
Séparant en son obtuse raideur
Ceux qui vivaient unis.

Andrée CHÉDID,
Cérémonial de la violence

1

Samuel

« Les Arabes attaquent Israël. Ils sont aux portes de Jérusalem ! » affirmait la radio. Mais une semaine plus tard, au terme d'un conflit sanglant baptisé « la guerre des Six-Jours », il fallut se rendre à l'évidence : Israël avait gagné, arrachant le Sinaï à l'Egypte et le Golan à la Syrie. Cette tragédie provoqua un exode massif des Palestiniens en direction des pays limitrophes comme le Liban et des manifestations sans fin dans les capitales arabes, dont Beyrouth. Au *Jour*, les avis étaient partagés : certains se gaussaient de la forfanterie des Arabes ; d'autres, considérant l'issue de la guerre comme une humiliation pour la nation arabe, espéraient un sursaut populaire et appelaient au soutien de la cause palestinienne.

Une nuit, nous fûmes réveillés en sursaut par un tintamarre en provenance de la rue. J'ouvris les persiennes. Ce que je vis me coupa le souffle : au milieu de la place des Canons, une poignée de manifestants brûlaient le drapeau israélien en scandant des slogans hostiles à l'Etat hébreu, et lançaient des pierres en direction du premier étage de notre immeuble.

– Joe, amène-toi ! Ils s'en prennent à Samuel !

Mon frère accourut.

– Ils sont fous ! Il n'a rien à voir dans cette guerre, il ne sait même pas utiliser une arme !

– Je ne comprends pas, ajoutai-je. Il est libanais, après tout. Pourquoi cet amalgame ? Comment peuvent-ils lui faire porter la responsabilité de la guerre ?

Avec effroi, je vis un manifestant dégainer un revolver, viser les fenêtres de mon voisin et faire feu. Nous entendîmes, mon frère et moi, un bris de vitres et les cris désespérés de Samuel appelant à l'aide. Sans hésiter, je me précipitai dans ma chambre et sortis d'un placard le vieux fusil que le capitaine Gérard m'avait offert autrefois. Grâce aux bons soins de Naïm Nohra, l'armurier de la place des Canons, il était toujours en état de servir.

– Je m'en vais leur apprendre, moi, à tirer sur Samuel!

– Qu'est-ce que tu fais? me dit mon frère en essayant de m'arracher l'arme des mains. Tu as perdu la tête? La gendarmerie est à deux pas d'ici!

– Où est-elle, la gendarmerie? Comment laisse-t-elle ces excités s'en prendre à un innocent?

Malgré ses supplications, j'ouvris la fenêtre, armai mon fusil, bornoyai et fis feu sur l'homme au revolver que je blessai au bras. Apeurés, les autres manifestants se dispersèrent dans le désordre.

Nous descendîmes chez Samuel. Il était blême et soufflait bruyamment. Il nous montra les dégâts que les balles avaient causés à son appartement, en balbutiant :

– Ce n'est pas juste... Ce n'est pas juste...

On frappa à la porte. D'instinct, je rechargeai mon arme et m'approchai du judas. Deux policiers en uniforme se tenaient sur le seuil.

– Police, ouvrez!

J'obéis, croyant qu'ils venaient constater les dégâts.

– Qui a tiré sur les manifestants? me demanda l'un d'eux, un sergent au ventre rebondi.

– Moi, dis-je en me campant devant lui. Je défendais ce brave homme. Regardez ce qu'ils lui ont fait...

– Vous avez un permis de port d'arme?

– C'est un cas de légitime défense.

– Suivez-nous! maugréa son collègue en confisquant mon vieux fusil.

Jugeant que j'étais dans mon droit, je suivis les gendarmes.

– Avertis maître Sidani et Edouard Saab, dis-je à mon frère en sortant. Explique-leur la situation.

A la préfecture de police de la place des Canons, je fus soumis, deux heures durant, à un interrogatoire en règle. On me questionna sur l'origine de l'arme, sur mes idées politiques, sur la nature de mes fonctions au journal, mais aussi sur les activités de mon voisin, accusé d'être un espion à la solde d'Israël.

— Du train où vont les choses, répliquai-je, tous les juifs de Wadi Abou-Jmil vont passer pour des traîtres ! Ce sont nos concitoyens, merde, des Libanais comme vous et moi !

Le sergent ne l'entendait pas de cette oreille. Il rédigea un procès-verbal accablant que je refusai de signer.

— Où est l'homme que j'ai blessé ? lui demandai-je avec force.

— A l'hôpital !

— J'exige que vous l'arrêtiez !

— On ne peut pas arrêter tout le monde ! marmonna le sergent.

— Ou on arrête tout le monde ou on n'arrête personne ! répliquai-je en me levant.

D'un geste brusque, l'autre policier me força à me rasseoir.

Grâce à l'intervention d'Edouard Saab, je ne dormis pas au poste. Mais le procureur me déféra devant le tribunal militaire qui me somma de comparaître une semaine plus tard. Je me présentai donc à l'audience, flanqué de maître Sidani, vêtu pour la circonstance de sa robe noire d'avocat. Il se lança dans une longue plaidoirie où il expliqua les circonstances de mon « acte de légitime défense » et tenta d'amadouer les juges en prétendant que l'arme du délit avait servi à combattre les vichystes en juin 1941, les Sénégalais de Helleu en novembre 1943 et les sionistes à Malkiyé en juin 1948.

Le talent oratoire de maître Sidani subjugua le tribunal, tant et si bien que le verdict rendu une heure plus tard se montra très clément à mon égard. Ayant bénéficié de circonstances atténuantes, je ne fus condamné qu'à une amende symbolique.

A la sortie de la salle d'audience, le procureur m'aborda en époussetant sa robe rouge :

– Un journaliste comme vous se doit de donner l'exemple, me dit-il d'un ton moralisateur.

J'eus la tentation de lui répondre que j'avais justement donné l'exemple en défendant un innocent, mais maître Sidani, qui avait lu dans mes pensées, m'invita à me taire en se mordant les lèvres.

2

Révélation

La solitude me pesait. Car la solitude n'est ni une tentation ni une amie : la solitude est tragique. Pour me consoler, je me disais que tout compte fait je n'étais pas seul à être seul : maman, séparée de mon père ; Mona, arrachée à son pays natal ; Joe, exilé à l'intérieur de lui-même... La solitude, au fond, ce n'est pas être loin du monde, c'est être privé d'amour. Je commençais à désespérer de trouver la femme de ma vie et, bien que nombre de mes proches (dont Alfred Sursock et Tonton !) se fussent mariés tardivement, soit qu'ils fussent réfractaires au mariage, soit que leur situation pécuniaire ne leur permît pas de fonder un foyer tout de suite, je m'imaginais déjà vieux garçon, aigri et maniaque, quand le destin m'ouvrit tout à coup les yeux et le cœur :

– S'il te plaît, Phil, j'ai oublié les pinces à linge sur la terrasse.

Comment dire non à maman ? Je repliai mon journal et me levai de mauvaise grâce. Je sortis sur le palier et gravis quatre à quatre les marches de l'escalier menant jusqu'au toit. Arrivé devant la porte donnant sur la terrasse, je m'arrêtai net : Nour était là, en train d'accrocher des vêtements sur le fil à linge. Mes yeux s'écarquillèrent : elle était sublime dans sa chemise de nuit transparente qui accusait les formes de son corps. Ses seins tendaient l'étoffe de soie à peine retenue par deux fines bretelles qui glissaient sur ses épaules et qu'elle rajustait d'un geste machinal. Que n'avais-je remarqué plus tôt que la fillette que j'aimais taquiner s'était transformée en femme !

De peur de l'effaroucher, je revins sur mes pas.

– Où sont les pinces ? me demanda ma mère.

– Je n'en sais rien, fis-je en haussant les épaules. Naguib a dû les récupérer !

Cette nuit-là, je fus incapable de dormir. Nour m'occupait l'esprit. J'avais quarante-cinq ans, sept mois et trois jours. J'avais perdu mon temps à vivre sans l'aimer.

*

Une semaine plus tard, tout l'immeuble Sarkis assista à un concert de violon donné par Zadig à l'église de l'Université Saint-Joseph. Je m'arrangeai pour prendre place à côté de Nour. Comment décrire l'émotion qui me saisit dès les premières notes de musique ? Le violoniste jouait *pour nous* ; j'eus la sensation que les va-et-vient de son archet rythmaient les pulsions de mon cœur. Lorsqu'il entama la *Troisième Sonate pour violon seul* de Bach, je sortis un stylo de ma poche et ouvris le programme. J'eus la délicieuse tentation d'y écrire « Je t'aime » et de le passer à Nour. Mais à la dernière minute, par lâcheté (la lâcheté n'est en amour que l'expression de la raison !), je me ravisai. Dans ces moments de recueillement, dans ces instants intimes où l'auditeur retient son souffle et plane, nous étions mal à l'aise. Je gigotais sans cesse ; elle bougeait tout le temps. Sa nervosité inaccoutumée conforta chez moi le sentiment qu'elle ne m'était pas indifférente.

*

Cinq jours à peine après le concert, Nour m'annonça une nouvelle affligeante :

– J'ai obtenu une bourse pour faire mon doctorat de philosophie à la Sorbonne. Je pars dans une heure pour la France !

Je sentis la terre se dérober sous mes pieds.

– La Sorbonne? Pourquoi la Sorbonne? Nous avons d'excellentes facultés ici!

– La Sorbonne, c'est autre chose, me répondit-elle en haussant les épaules. A mon retour, je donnerai des cours à l'Université libanaise. Mon rêve, tu le sais bien, est de devenir prof de philo.

– Où logeras-tu?

– Dans un foyer, du côté de Montparnasse. Couvre-feu à vingt heures.

Je desserrai les dents pour dire « Tant mieux! », mais je me ressaisis.

– Paris n'est pas une ville sûre la nuit. Il vaut mieux éviter les déplacements.

– Qu'en sais-tu? répliqua Nour d'une voix enjouée. Tu n'as jamais mis les pieds là-bas!

– C'est ma sœur Mona qui me l'a dit, mentis-je. Dans certains quartiers, les flics ne s'aventurent jamais de peur de se faire agresser!

– J'aimerais avoir l'adresse de ta sœur, reprit-elle en sortant un calepin de son sac. J'irai la voir à l'occasion.

– Elle habite au 5, rue d'Ulm, tout près du Panthéon. Elle sera très heureuse de te revoir. Tu...

Nour m'interrompit :

– Il faut que j'y aille : le taxi m'attend!

– Déjà?

Je m'approchai d'elle et l'embrassai trois fois, comme le veut l'usage au Liban. Mais mon troisième baiser, volontairement maladroit, effleura ses lèvres.

– Au revoir, Phil, murmura-t-elle en s'essuyant délicatement la bouche.

3

De Mona à Phil

Paris, 3 juin 1968

Mon cher Phil,

    La nuit tombe sur Paris. Du balcon de mon studio, j'observe le Panthéon. Sous le dôme, une petite lumière brille tous les soirs. Qui vit là-haut ? Ne craint-il pas de se retrouver nez à nez avec les spectres des grands hommes que « la patrie reconnaissante » a couchés dans ce mausolée ? Plus loin, la tour Eiffel veille comme un sémaphore. Sans elle, Paris ne serait pas Paris. Sans la place des Canons, notre place, Beyrouth serait-elle Beyrouth ?
    Pardonne-moi cette courte introduction, Phil. Mais il me faut toujours une transition pour passer de ma vie actuelle en France à ma vie passée au Liban ! J'espère que tu vas bien. J'aurais voulu t'écrire plus régulièrement, mais mes cours à l'université m'accaparent. La situation ici est explosive : la police a fait évacuer la Sorbonne, les manifestants se sont heurtés aux forces de l'ordre dans le Quartier latin (tu aurais dû voir la rue Gay-Lussac, hérissée de barricades !) et ont défilé en masse de la République à Denfert-Rochereau, les étudiants ont occupé le théâtre de l'Odéon dirigé par Jean-Louis Barrault, des millions de Français font la grève... On parle déjà de Mai 68 comme d'un phénomène de société, comme d'une révolution. A la faculté de pharmacie, nous avons du mal à maintenir la discipline : il m'est arrivé de

quitter l'amphithéâtre sous les sifflets des étudiants. Nous autres, professeurs, enseignants, symbolisons l'ordre, l'autorité. Les étudiants s'en prennent à nous au même titre qu'au gouvernement! La jeunesse a besoin de s'extérioriser, d'exprimer son mal-être, et cela, je le comprends parfaitement. Mais ce que j'ai du mal à admettre, c'est que certains partis exploitent le malaise des jeunes pour s'attaquer au pouvoir en place et réclamer le départ du général de Gaulle que j'ai toujours admiré et qui, comme tu le sais, a vécu deux ans dans notre pays alors qu'il n'était encore que commandant. Je n'oublie pas ses propos émouvants, prononcés en juillet 1941 : « Les Libanais, libres et fiers, ont été le seul peuple dans l'histoire du monde, à travers les siècles, quels qu'aient été les péripéties, les malheurs, les bonheurs, les destins, le seul peuple dont jamais le cœur n'a cessé de battre au rythme du cœur de la France... » Je trouve injuste et ingrat qu'on « récompense » ainsi ce grand homme.

Que se passe-t-il au Liban? J'ai appris que les jeunes manifestent en toute occasion, que même les élèves du Lycée français ont formé des comités d'action et descendent dans la rue. Cherchent-ils à singer l'Occident ou ont-ils les mêmes aspirations que la jeunesse française? Est-ce le problème palestinien qui échauffe ainsi les esprits?

Dans ta dernière lettre, tu me parles de Nour. Elle est venue chez moi, comme tu l'espérais. Je l'ai à peine reconnue : quand j'étais encore au Liban, elle était haute comme trois pommes! Nous avons dîné dans un restaurant italien. Elle m'a paru très épanouie. Je lui ai parlé de toi pour essayer de sonder les sentiments qu'elle éprouve à ton égard. Elle a beaucoup d'estime pour toi, elle m'a raconté tes aventures au journal, comment les gendarmes t'ont coffré lors des événements de 1958, comment tu t'es battu aux côtés des secouristes lors du naufrage du Champollion, *comment tu as démasqué le protecteur d'Afaf et l'espion Philby. Pourquoi ne me racontes-tu jamais rien?*

Je ne saurais dire si elle est amoureuse de toi. Les femmes chez nous sont tellement secrètes! Ce que je sais, c'est qu'elle mérite que tu te battes pour conquérir son cœur. J'espère que son séjour à Paris ne nous la changera pas, qu'elle gardera en elle cette innocence et cette fraîcheur... A son retour au Liban, prévu en décembre, tu devras agir vite. N'oublie pas ce que me disait Jean-Claude : « J'ai eu peur de te perdre ! »

Stéphanie et Florence sont grandes à présent. L'une songe à intégrer une école d'architecture, l'autre a décidé de devenir médecin, comme papa. Là où il se trouve, notre père peut se consoler de n'avoir pu transmettre le flambeau à ses enfants. Sa petite-fille prendra la relève !

Ce qui me chiffonne, c'est que mes deux filles n'ont pas réussi à assimiler la langue arabe. A part quelques mots comme Kifak ou Habibi, elles sont incapables de s'exprimer dans notre langue maternelle. Elles sont françaises, certes, mais quand on leur parle du Liban, leurs yeux s'illuminent, comme si une partie de leur être appartenait à ce pays. Reste à savoir s'il est légitime de revendiquer son appartenance à un pays sans en connaître la langue !

Comment se porte maman ? Elle m'écrit souvent, mais ne parle jamais de sa santé. Ses lettres sont impersonnelles, plates. Elle n'a jamais su me comprendre. Peut-être ne lui en ai-je pas laissé l'occasion. Quand je ferme les yeux et que je pense à elle, j'ai du mal à me figurer les contours exacts de son visage, je n'arrive plus à capter les intonations de sa voix. Ma mémoire me trahit, mais c'est au temps que j'en veux : je lui en veux de la rendre si vulnérable, de laisser l'oubli s'y insinuer comme un serpent venimeux.

Viendras-tu en France ? Quand je lis les reportages dans Paris Match ou dans Vogue, je pense toujours à toi. Je me dis que tu aurais dû naître en France ou quitter tôt le Liban, comme moi, pour t'installer dans la Ville lumière. Avec tes idées, ton style, ton flair, ton audace, tu aurais pu être un reporter reconnu, une sorte de Joseph Kessel ou d'Albert Londres. Mais bon ! tu as choisi de rester au pays et tu n'as pas l'air de t'en plaindre. Tu auras au moins eu le courage d'assumer ton identité, au lieu de la renier comme ces milliers de Libanais qui, depuis la fin du siècle dernier, partent pour s'installer en Amérique, en Europe, en Afrique ou en Australie, croyant trouver dans l'exil le remède à leurs problèmes. En écrivant ces mots, je me demande si nous avons le droit de juger ces gens-là. Ce que le Liban apporte au monde, c'est la nécessité du mélange, l'urgence du dialogue. Ces exilés sont peut-être des messagers qui s'en vont sur les routes du monde pour être des conciliateurs, pour bâtir des passerelles. Et puis, ne suis-je pas, moi aussi, coupable de reniement ? Qu'ai-je fait pour mon pays ? Par amour pour un homme, je l'ai quitté. Et je n'ai plus jamais eu le temps – ou le courage – de le retrouver. Papa et maman ont vieilli loin de moi ; je n'ai pas su apprendre ma langue à mes propres filles. Quand elles me disaient : « C'est difficile, nous préférons l'anglais ! », je n'insistais pas.

Je me sens égoïste, mais il est trop tard. L'eau a coulé sous les ponts, et je ne peux plus revenir en arrière. A quoi bon regretter ? Les regrets n'ont jamais refait le passé.

Souviens-toi de moi, Phil. Ne laisse pas l'absence séparer nos cœurs et gommer nos souvenirs communs. Ecris-moi. Que les mots nous servent de pont.

> Affectueusement
> Ta sœur qui t'aime,
>
> Mona.

4

Les camarades

– Pas de communistes chez les jésuites !

Anne Mourani se retourna. Trois Volkswagen s'étaient arrêtées devant le portail de l'Ecole des lettres de l'Université Saint-Joseph. Bachir Gemayel, le fils cadet de cheikh Pierre, mon frère Joe et une poignée d'*abaday* en étaient sortis, armés de bâtons et de gourdins. Depuis la guerre israélo-arabe et Mai 68, la jeunesse libanaise avait été « contaminée » par les idées de gauche. Profitant de la crise d'identité que connaissaient les jeunes et de la propagande pro-palestinienne, le Parti communiste libanais – quoique semi-clandestin – avait réussi à embrigader des intellectuels de toutes les classes sociales – dont nombre de « fils de bonne famille » – , provoquant l'émoi des partis de droite comme les Phalanges.

– Sortez d'ici ! aboya Joe. Les communistes n'ont pas leur place à l'université.

– Fascistes ! répliqua Anne.

N'y tenant plus, les compagnons de Bachir se ruèrent sur elle et sur les deux étudiants qui l'escortaient, et les bousculèrent violemment. Bien déterminée à résister, Anne se défendit avec une fougue qui surprit ses adversaires.

L'après-midi, le même cirque se répéta. Mais à une plus grande échelle. Anne avait rameuté tous les gauchistes de l'Université Saint-Joseph qui s'étaient rassemblés dans la cour sous l'œil indulgent du père Abou. De son côté, Bachir avait fait appel à deux dizaines de phalangistes, dont mon

frère. Comme dans les westerns, les deux camps s'obser-
vèrent un long moment en silence, prêts à réagir. C'est
alors que Joe, d'un geste brusque, arracha du mur une
affiche appelant les étudiants de l'USJ à observer un *sit-in*
en solidarité avec le peuple palestinien. Il n'en fallait pas
davantage pour mettre le feu aux poudres. Les poings ser-
rés, les étudiants des deux bords se jetèrent les uns sur les
autres en poussant des jurons à qui mieux mieux. Une
bagarre s'ensuivit, qui provoqua l'intervention musclée de
la Brigade 16 et l'arrestation, dans le camp des gauchistes,
de Sélim Turquieh, alias « Solly », choisi dans le tas parce
qu'il était... juif. Scandalisé par cette arrestation arbitraire,
Samuel – qui connaissait bien les parents de Solly –
demanda à maître Sidani de défendre le jeune homme.
Sans hésiter, l'avocat – qui, par souci d'efficacité, privilé-
giait toujours ses contacts aux plaidoiries, conscient que le
Liban n'était toujours pas un Etat de droit – sollicita
l'intervention de son ami, le président du conseil Abdallah
Yafi, qui l'envoya chez le magistrat Kawas. Comprenant la
situation, celui-ci finit par ordonner la relaxe de Solly.

Pour regrettable qu'il fût, cet épisode – que je jugeais très
révélateur de l'état d'esprit de la jeunesse de l'époque – me
donna l'idée d'organiser une table ronde dans les locaux du
Jour pour essayer de comprendre les aspirations des deux
clans. Tous mes invités (Samir Frangié, Amin Maalouf et
Karim Majdalani à gauche ; Bachir Gemayel, Karim Pakra-
douni et Rafic Ghanem à droite) répondirent présents.
Mais la causerie – qui dura quatre heures – faillit tourner
au pugilat :

Karim Pakradouni (d'un ton docte)

Pour sauver la question palestinienne, il faut substituer
la science à la « parlocratie ». Nous savons tous que notre
défaite de juin 1967 est le fait d'une confrontation entre
une science perfectionnée d'une part, la confusion et le
manque d'organisation de l'autre !

Samir Frangié

La théorie de « la victoire par la science » que tu soutiens
est une fable. Il nous faut une mobilisation populaire pour

faire pression sur le gouvernement, l'amener à instituer le service militaire obligatoire, à fortifier les villages frontaliers, à ouvrir la voie à l'action des fedayin. Si, pour cela, il nous faut manifester tous les jours, eh bien, nous manifesterons tous les jours !

BACHIR GEMAYEL *(d'un ton accusateur)*
Vous n'avez abouti à aucun résultat, sinon à élargir le fossé entre le peuple libanais et les fedayin ! Vous voulez imposer la grève par la force pour démontrer aux gens de l'Université libanaise que vous avez votre mot à dire à l'Université Saint-Joseph ! Vous avez le droit de faire la grève, mais vous n'avez pas le droit de barrer l'accès de l'école aux étudiants qui veulent y entrer. C'est ce qui a provoqué les bagarres !

AMIN MAALOUF *(d'une voix calme)*
Accuser les étudiants chrétiens de vouloir se faire valoir auprès de leurs camarades musulmans des autres universités en essayant de fermer l'Université Saint-Joseph, c'est essayer de s'opposer à une amorce de déconfessionnalisation. Il faut absolument déconfessionnaliser les étudiants et la cause palestinienne elle-même !

RAFIC GHANEM *(exaspéré)*
Vous prétextez que les fedayin polarisent les espoirs d'une grande partie de la jeunesse libanaise et que c'est un moyen de déconfessionnaliser le pays. Mais les fedayin, qu'on le veuille ou non, ont polarisé toute la fraction musulmane alors qu'ils n'attirent qu'une fraction chrétienne marginale. Il ne faut pas se faire d'illusions en imaginant que les fedayin vont faire tomber, comme par magie, les barrières confessionnelles !

AMIN MAALOUF
Ces barrières auraient dû tomber. Ce sont les partis confessionnels chrétiens qui ont empêché que cela ne se produise !

KARIM MAJDALANI *(s'adressant à Bachir)*
Vos « mercenaires » ont agressé les filles à l'Ecole des lettres pour les empêcher de manifester !

BACHIR GEMAYEL *(haussant les épaules)*
Quand ces demoiselles descendent dans la rue, elles doivent s'attendre à recevoir le même traitement que les hommes qui sont dans la rue !

Je compris en transcrivant ces propos que le dialogue entre les Libanais était rompu. Et je me dis, avec mon confrère Georges Naccache, que « le Liban que nous aimons n'est pas fait d'autre chose que de nos différences. Si nous voulons nous sauver, il nous faut d'abord apprendre à aimer nos différences... »

5

Adieu et retrouvailles

L'oncle Michel s'en alla un 1er avril. Nous crûmes d'abord à un canular, mais sa mort était vraie : il s'était écroulé au sortir d'une conférence donnée par Salah Stétié à la faculté des Lettres et ne s'était plus réveillé. Son départ laissa un grand vide au sein de la famille. Son mariage loufoque avec Désirée l'avait certes éloigné un moment, mais au décès de mon père, il était revenu entourer maman de son affection et l'aider à surmonter l'épreuve. Comment l'oublier, Tonton? Il m'avait appris à lire, initié aux œuvres des grands écrivains, inculqué une certaine désinvolture qui, aujourd'hui encore, m'aide à mieux vivre. Et sa superstition n'était, au fond, qu'une façon de se moquer du destin en attribuant à des gestes ou des objets anodins le pouvoir de l'infléchir. Je me souviens que, même sur son lit de mort, l'oncle Michel était élégant : avec son costume rayé, son nœud papillon, ses supports-chaussettes et ses derbys bicolores, il donnait l'impression d'un dandy qui s'en va dîner en ville. Sur sa tombe, au cimetière de Ras-el-Nabeh, j'ai apposé une plaque en marbre où figure ce vers de Baudelaire, son poète préféré :

O Mort, vieux capitaine, il est temps! levons l'ancre!

*

Trois mois après le décès de mon oncle, Nour rentra de Paris auréolée de son titre de docteur en philosophie. Sa thèse, intitulée « Aliénation et émancipation chez Karl Marx », lui avait valu la mention « Très honorable » avec félicitations du jury. Je me rendis à l'aéroport international de Beyrouth pour l'accueillir avec un bouquet de roses que j'eus la plus grande peine du monde à dissimuler pour éviter les regards moqueurs. Les premiers passagers à sortir de la salle de débarquement étaient des hippies hirsutes, la guitare en bandoulière, portant ponchos, djellabas, caftans, vestes à la Mao ou chemises fleuries. « Pourvu qu'elle ne soit pas parmi eux ! » me dis-je, pris de panique.

– Nour !

Je la vis enfin, au milieu d'un autre groupe.

– Phil ! Tu n'aurais pas dû te déranger pour moi ! fit-elle d'un ton enjoué en me confiant sa valise.

– On n'a qu'une seule Nour ! Si pour elle on ne se dérange pas, pour qui se dérangerait-on ?

Bien qu'elle eût coupé ses cheveux, la jeune femme n'avait pas tellement changé : toujours les mêmes yeux vifs, toujours ce même rire espiègle... Mais elle avait acquis une plus grande assurance, perceptible dans ses gestes et dans l'intonation de sa voix.

– J'ai su pour l'oncle Michel. Je suis désolée. De quoi est-il mort ?

– On ne sait pas de quoi il est mort. On ne savait pas déjà de quoi il vivait ! fis-je, reprenant à mon compte la boutade d'un humoriste français.

Fidèle aux prescriptions de Mona, je résolus bientôt de franchir le pas. Ayant appris par Ziad que Nour s'était inscrite à l'Institut culturel italien pour y apprendre la langue de Dante, je m'empressai de m'y inscrire aussi en choisissant les mêmes horaires qu'elle. La classe comptait une vingtaine d'élèves, des jeunes pour la plupart : selon la mode de l'époque, les garçons portaient les cheveux longs à la manière des Beatles et des pattes d'ef, les filles des mini-jupes et des escarpins à talons hauts, pareils à des échasses.

– Phil! Depuis quand t'intéresses-tu à la langue italienne? me demanda-t-elle, surprise.

– J'ai toujours rêvé de lire les poètes italiens en version originale, fis-je en rougissant.

Je m'assis près d'elle. Notre professeur se prénommait Firmato et était originaire de Bologne. Il commença le cours en nous expliquant que ses parents l'avaient appelé ainsi parce qu'il était né en octobre 1918, le jour où le maréchal italien Diaz avait conclu un traité avec les Autrichiens, vaincus à la bataille de Piave. *Firmato Diaz!* (Diaz a signé!) avaient titré les journaux. Croyant que le prénom du valeureux maréchal était « Firmato », une bonne partie de la population avait ainsi baptisé ses nouveau-nés!

– C'est un drôle de bonhomme, glissai-je à Nour en montrant du menton le brave professeur qui gesticulait sur l'estrade.

Elle se mordit les lèvres pour me signifier de me taire. Faisant mine d'être vexé comme un écolier puni, je croisai les bras sur mon pupitre et ne dis plus rien.

A la fin du cours, je proposai de l'accompagner. Nous cheminâmes côte à côte pendant un bon moment.

– J'ai quelque chose d'important à te dire, Nour, bredouillai-je.

– Ne dis rien, répondit-elle en posant un doigt sur mes lèvres. Je sais.

– Qu'est-ce que tu sais?

– Je sais pourquoi tu t'es inscrit au cours d'italien.

Désarçonné, je me tus.

– Tu ne te rends pas compte? reprit-elle en baissant la tête. Moi aussi, j'éprouve des sentiments pour toi. Petite déjà, je t'admirais, je mimais tes gestes en cachette, je volais tes photos dans l'album de mon frère... Avant mon départ, lors du concert de Zadig, j'ai senti que tu me regardais avec d'autres yeux...

Elle s'interrompit, me considéra d'un air soucieux, puis reprit :

– J'ai beaucoup réfléchi, tu sais? Il faut se rendre à l'évidence : notre histoire est sans avenir. Il vaut mieux étouffer notre passion dans l'œuf.

– Sans avenir? Qu'est-ce que tu racontes? m'exclamai-je, révolté.

– Ni mes parents ni ta mère n'accepteront notre union ! Regarde autour de toi : combien de couples brisés à cause de la différence de religion ! Tu connais l'adage : « Celui qui prend femme dans une autre communauté vit et meurt dans les ennuis »... Soyons réalistes !

Je tombai de haut. Jamais je n'avais envisagé cet obstacle. Aveuglé par mon amour, je n'avais même pas réfléchi à la question. Pour moi, les relations étroites que nos deux familles entretenaient, notre proximité, notre ouverture d'esprit réciproque suffisaient à rendre notre union acceptable.

– Tu te fais des idées, Nour. J'ai attendu longtemps avant de trouver la femme de ma vie. Et cette femme, c'est toi !

Elle s'arrêta net et, posant une main sur ma joue, me dit d'une voix à peine perceptible :

– Moi aussi, je t'aime, Phil. Mais donne-moi le temps de me préparer, de préparer ma famille... Ne brûlons pas les étapes !

Il faisait chaud, cette nuit-là. La lumière bleutée de la lune colorait les bâtiments ocre du centre-ville.

– Ce soir, lui dis-je, deux miracles viennent de se produire.

– Deux miracles?

– Le premier est le commencement de notre histoire d'amour.

– Et le second? demanda-t-elle en haussant les sourcils.

– Le second, répondis-je en pointant l'index en direction du ciel, c'est que, dans quelques heures, deux hommes vont marcher sur la Lune !

Nour leva la tête en plissant les yeux, comme pour apercevoir la capsule spatiale *Apollo XI* posée sur la mer de la Tranquillité.

– C'est aujourd'hui ! s'exclama-t-elle en se frappant le front. Comment l'avais-je oublié? Tout s'est bien passé, n'est-ce pas?

– Oui ! Toute la journée, à la rédaction, nous étions sur nos nerfs : « Vont-ils y arriver ? » L'événement est de taille :

sans doute le plus marquant du xxe siècle! Dans quelques heures, tu liras à la une du *Jour* : « La Lune conquise.
Après un fantastique alunissage, Armstrong et Aldrin vont
fouler ce matin le sol lunaire... »

– C'est merveilleux, n'est-ce pas? murmura-t-elle en me
serrant la main.

– C'est merveilleux, oui, répondis-je en la dévorant des
yeux.

6

L'amour caché

Onze mois durant, nous vécûmes dans la clandestinité.
Etait-ce par lâcheté, par crainte de la réaction de nos
familles respectives ? Nous nous croyions libres de nous
aimer sans devoir en référer à quiconque et considérions
que notre amour se suffisant à lui-même, il n'avait nul
besoin de la bénédiction des autres. Pour préserver le
secret, tous les stratagèmes étaient bons : au journal,
j'inventais mille prétextes pour prendre congé et retrouver
Nour à la sortie de l'Université libanaise où elle enseignait.
Elle, de son côté, justifiait ses absences par des recherches
à la Bibliothèque nationale, place de l'Etoile, ou par des
soirées passées en compagnie de Hoda, une de ses amies
d'enfance, complice de nos incartades. En fin de semaine,
nous assistions ensemble à des spectacles, en prenant soin
de quitter la salle peu avant la fin pour échapper aux
regards indiscrets. Charles Aznavour, Léo Ferré, les chan-
sonniers du Théâtre de Dix-Heures : Gaston Chikhani,
Pierre Gédéon et Dudul – qui n'avaient pas leur pareil pour
tourner en dérision nos dirigeants –, l'inénarrable Chou-
chou – notre Chaplin local –, la diva Feyrouz, les comédies
musicales des Rahbani, et, en été, le Festival de Baalbeck
dont le décor féerique accueillait Rostropovitch, Jean-
Pierre Rampal, Herbert von Karajan et Oum Koulsoum...
Que de souvenirs partagés dans le noir, main dans la
main ! Nous assistâmes même à une séance de *zajal*, ces
joutes oratoires organisées dans les villages. Soirée mémo-

rable : la poésie, ici, se met à la portée du peuple. Elle est déclamée dans une langue simple, imagée, devant une bouteille d'arak et un panier garni de légumes, au rythme d'un petit tambourin appelé *daff*. « Ooooof ! » Ce soupir empreint de nostalgie amorce le duel. Attablés côte à côte, les poètes récitent des stances, improvisent des répliques, décochent des pointes à leurs adversaires, rivalisent de métaphores puisées dans le terroir. Le public conquis s'anime, participe, répète inlassablement les *raddat*, les derniers vers de la tirade, repris en refrain. A la tombée du jour, nous eûmes droit à une *dabkeh*, cette danse traditionnelle où filles et garçons, en arc de cercle, se tiennent par la main, épaule contre épaule et, se balançant de gauche à droite d'un mouvement uniforme, sautillent et martèlent le sol de leurs pieds, au rythme du *nay* [1] et du tambourin. Le Liban était là, bien vivant, dans ces manifestations folkloriques.

Parfois, nous allions loin, très loin, du côté de Byblos, et, assis sur les gradins du petit théâtre romain, passions des heures à converser, les yeux rivés vers le lointain. J'aimais ce site magnifique, imprégné d'histoire, qui symbolisait bien mon pays : ouvert sur le monde, comme ce port d'où partaient les navires phéniciens chargés de bois de cèdre ; cultivé, à l'instar du légendaire Cadmus qui transmit l'alphabet aux peuples de la Terre ; creuset, à l'image de ce château dont chaque pierre est le legs d'une civilisation différente ; libre, comme ce vent qui souffle où il veut. A perte de vue, une mer si pure qu'on aurait pu voir, à travers sa robe transparente, l'épave d'un vaisseau ou les ruines d'un vieux port. A l'heure où le soleil décline, les barques des pêcheurs levaient l'ancre pour aller se perdre au milieu de cette vaste étendue clairsemée d'étoiles comme un ciel d'été. La nuit venue, leurs lamparos balisaient l'horizon.

Un jour que nous déjeunions au Byblos Fishing Club, le propriétaire des lieux, Pépé Abed, nous aborda. Je connaissais bien celui qu'on surnommait « le Pirate de Byblos ». Sa casquette de marin, son teint hâlé, ses sourcils épais, sa

---

1. Flûte de roseau.

chemise blanche ouverte sur sa poitrine velue, son beau sourire lui donnaient l'air d'un play-boy. Nul ne venait à Byblos sans faire escale dans son restaurant, sans admirer ses photos en compagnie des stars – d'Ava Gardner à Brigitte Bardot – et sa collection de bijoux anciens, sans laisser son nom sur le livre d'or posé à l'entrée.

– Mel Ferrer est là, nous confia-t-il à mi-voix. Il tourne un film chez moi avec Marie-Josée Nat et Richard Rowntree dans les rôles principaux. C'est l'histoire d'une femme qui vient au Liban pour y exercer la médecine et qui tombe amoureuse d'un conseiller de l'ambassade américaine. Une idylle mouvementée naît entre eux, mais les amants ont le pressentiment que leur bonheur est menacé, qu'il est trop fragile... Nous avons besoin de figurants, un couple dans votre style... C'est bien payé.

J'éclatai de rire.

– Tu sais, Pépé, nous sommes là incognito, lui dis-je en posant une main sur son épaule. Si nous apparaissons dans ton film, le monde entier saura que nous sortons ensemble !

– Vous plaisantez ? fit-il en soulevant sa casquette. Vous sortez en secret, à votre âge ? Oubliez-vous le proverbe : « L'amour, la grossesse et un homme à dos de chameau sont trois choses qu'on ne peut cacher » ?

Nour me consulta du regard, puis répondit d'un air gêné :

– Nous devons encore convaincre nos parents.

Pépé esquissa un sourire.

– L'important n'est pas de les convaincre, dit-il, c'est que vous, vous soyez convaincus !

7

Le défi

– Ziad, j'ai quelque chose d'important à t'annoncer.

Attablé dans le café-trottoir Horseshoe, j'avais subitement décidé de lui dire la vérité, de le préparer à l'idée que je comptais épouser sa sœur.

– Tu es amoureux ? me demanda-t-il d'un air narquois.

Désarçonné, je bredouillai :

– Comment l'as-tu su ?

– Tu es tout troublé, tu trembles, tu transpires... ce sont les symptômes de l'amour. De qui s'agit-il ?

Je portai le verre de *jellab* à ma bouche et me mis à boire à petits traits, pour gagner du temps.

– Alors ? me demanda-t-il, impatient.

Je détachai le verre de mes lèvres et le gardai en suspens au bout de mes doigts.

– Nour, dis-je d'une voix mal assurée.

– Elle s'appelle Nour comme ma sœur ?

– C'est de ta sœur qu'il s'agit.

Ziad se figea. Ses yeux s'écarquillèrent. Je me mordis les lèvres comme un enfant coupable. Allait-il me gifler, m'insulter, me jeter son verre au visage ?

– Et elle ? balbutia-t-il. Elle t'aime ?

– Nous nous aimons, Ziad. C'est sérieux. Nous envisageons de nous marier.

– Mais pourquoi ne m'en avez-vous rien dit ? reprit-il sur le ton du reproche.

– Je voulais être sûr de ses sentiments à mon égard.

Ziad secoua la tête, comme s'il s'en voulait de n'avoir pas soupçonné notre liaison, comme s'il nous blâmait de lui avoir caché la vérité alors qu'il ne nous cachait rien.

— Je ne suis pas contre votre relation, dit-il après un moment de réflexion. Tu n'ignores pas combien je t'apprécie. Nous avons vécu des années ensemble, comme des frères. Mais je crains la réaction de mes parents. Tu sais, ces choses-là ne sont pas fréquentes dans notre famille.

— Tu pourrais intercéder en notre faveur, essayer de convaincre ton père. N'a-t-il pas confiance en moi ?

— Ce n'est pas une question de confiance. Il t'aime bien, tu le sais. Mais l'idée que sa fille épouse un chrétien ne lui a jamais effleuré l'esprit. Chez nous, si la femme change de religion en épousant un chrétien, elle transgresse un interdit et devient renégate. C'est écrit dans la sourate de la Génisse, je crois. Cet acte est une *riddat*, une apostasie !

Ziad posa une main sur son front. Le poids de la nouvelle que je venais de lui annoncer lui pesait. Il était désormais embarqué dans notre histoire, complice forcé d'une liaison interdite. Il lui fallait couvrir sa sœur, la défendre, justifier sa décision... Ce rôle, était-il prêt à l'assumer ? Brusquement, il se leva et, sans me saluer, sortit du café et disparut.

*

Deux heures plus tard, je rencontrai Nour et lui rapportai la conversation. La réaction de son frère la surprit.

— J'en parlerai moi-même à papa, me dit-elle d'un ton ferme. Nous ne sommes plus des enfants !

— En auras-tu le courage ? lui demandai-je en lui caressant la joue du revers de la main.

— Il le faut. Nous ne pouvons plus vivre dans la clandestinité. Pépé avait raison : si nous sommes nous-mêmes convaincus, le reste n'a plus d'importance !

Le soir, à l'heure du dîner, Ziad et Nour ne se parlèrent pas. Mais dans les regards qu'ils s'échangèrent, il y avait une certaine complicité qui encouragea la jeune fille. Assis à l'autre bout de la table, leur père avalait une salade en lisant le journal et commentait l'actualité entre deux bouchées.

– Quelle histoire ! fit-il tout à coup en laissant tomber sa fourchette dans son assiette.

– De quoi s'agit-il ? demanda Ziad, intrigué.

– Un de mes amis sunnites a donné sa fille à un garçon de la famille Husseini, un chiite ! s'exclama-t-il en montrant du doigt la rubrique « Carnet ». A-t-on idée ?

Ziad donna à sa sœur un coup de pied sous la table. Nour baissa la tête. Si son père considérait comme une mésalliance la relation entre un sunnite et un chiite – deux musulmans ! – , comment allait-il réagir s'il apprenait que sa propre fille comptait épouser un... maronite ? La jeune femme jeta sa serviette dans son assiette et quitta la table.

*

– *Ya ard ncha'é wou blaaini !* Que la terre s'ouvre et m'avale !

La réaction de ma mère ne se fit pas attendre. En une seconde, elle avait tout oublié : son amitié pour les Sidani, son admiration pour Nour, son affection pour moi.

– Tu es fou ? Quelle mouche t'a piqué ? Elle est musulmane et tu es chrétien ! Quelle éducation religieuse donnera-t-elle à vos enfants ? Acceptera-t-elle de les baptiser ?

– Je l'aime, maman !

– L'amour ne suffit pas. Nour est comme ta sœur, tu ne peux pas l'épouser !

Je soupirai : si mon père était là, il aurait certainement su quoi lui répondre. Moi, je ne savais pas.

– C'est décidé, maman. Personne ne pourra nous séparer !

– Et ses parents, sont-ils d'accord ?

– Oui, mentis-je.

– Eh bien, tant pis pour eux ! Pour ce qui me concerne, je ne suis pas d'accord.

Elle se prit la tête entre les mains et, après un moment de réflexion, déclara d'une voix calme :

– Je n'ai rien contre eux, mon fils. Je les aime bien, les Sidani. Mais nous sommes différents...

A quoi bon répliquer ? Je haussai les épaules et sortis en claquant la porte. Une fois dans ma chambre, je pris le Coran que mon père m'avait offert pour mes seize ans et cherchai fébrilement la sourate de La Génisse : « Ceux qui, parmi vous, abjureront leur religion et mourront infidèles, vaines seront pour eux leurs actions dans la Vie Immédiate et Dernière : ceux-là seront les Hôtes du Feu où ils seront immortels... » Je hochai la tête. Chez les chrétiens d'Orient, les choses n'étaient pas plus simples : pour qu'un homme pût épouser une femme non chrétienne, il fallait qu'elle se convertît. Le concile du Mont-Liban de 1736 listait parmi les quatorze empêchements dirimants du mariage « la différence de religion » et proclamait que « l'homme peut se marier avec une femme infidèle, à la condition qu'elle devienne chrétienne ». Les codes de l'Eglise jugeaient d'ailleurs comme « dispar », c'est-à-dire dans la disparité des cultes, le mariage célébré entre une personne baptisée et une personne non baptisée, et considéraient cet état comme un empêchement qui invalidait l'union, la rendant nulle ! Je fermai les yeux, consterné. Le mariage civil n'existant pas au Liban, c'était la quadrature du cercle. Comment sortir de cette impasse pour sauver notre amour ?

Le soir, je revis Nour dans un café à Raouché. Nous avions échoué tous les deux.

– Je ne comprends pas, murmura-t-elle en me prenant la main. Si nos deux familles qui paraissaient si unies s'opposent à notre mariage, les autres couples mixtes n'ont donc aucune chance !

Je la serrai contre moi en pestant contre notre société qui ne s'était jamais débarrassée de ses préjugés. Notre échec personnel symbolisait l'échec du pays tout entier, de la coexistence, de l'union nationale – *al wahda al watania* – et de ce qu'on appelait « *al aaich el mouchtarak* » : la vie en commun. Le pacte national, les formules de fraternité et de solidarité ressassées par nos dirigeants me parurent tout à coup terriblement vides et fallacieux, et l'article « Deux négations ne font pas une nation » publié par mon confrère Georges Naccache dans les colonnes de *L'Orient* m'apparut soudain d'une véracité troublante.

— Il ne nous reste plus qu'une seule chose à faire, dis-je d'un ton ferme.

Nour écarquilla les yeux, terrorisée.

— Non, mon amour, ne fais pas ça !

Je souris. Elle avait songé à un suicide à deux, à la manière de Roméo et Juliette. Je l'embrassai dans le cou et lui fis part de mon projet.

Une semaine plus tard, à l'aube, Nour me retrouva dans le hall de l'immeuble, une sacoche à la main. Elle était blême, mal coiffée et tremblait de tous ses membres.

— Courage, mon amour, ne t'en fais pas !

Nous sortîmes dans la rue. Le taxi que j'avais réservé la veille nous attendait à l'endroit convenu.

— A l'aéroport, dis-je au chauffeur.

La voiture s'ébranla. Nour se pencha pour voir si des lumières s'étaient allumées au troisième étage. Elle eut le temps d'apercevoir la silhouette de Ziad, debout dans la pénombre, une main collée contre la vitre, comme pour lui dire au revoir.

A l'aéroport, nous eûmes le plus grand mal à dissimuler notre émotion. Avisant notre mine pâle et nos gestes désordonnés, le douanier nous invita à le suivre et nous fouilla minutieusement.

— Vous êtes fiancés ? nous demanda-t-il en nous rendant nos passeports.

— C'est ma cousine, mentis-je.

Une fois à bord de l'avion, je pris la main de Nour et la portai à mes lèvres. Elle était glacée.

— Regrettes-tu de m'avoir suivi ?

— Ne dis pas de sottises, mon amour !

Une heure plus tard, nous débarquâmes à Chypre. Nous empruntâmes un taxi qui nous conduisit à la mairie la plus proche. Je mis une cravate ; Nour enfila la robe blanche qu'elle avait roulée dans sa sacoche. Seuls, nous dîmes

« oui » à l'officier municipal qui nous délivra sur-le-champ un certificat attestant de la conclusion de notre mariage civil.

– *You may kiss the bride*, nous dit-il dans un anglais approximatif.

Je pris la tête de Nour entre mes deux mains et posai sur ses lèvres un baiser passionné. Elle ferma les yeux. Comme pour effacer, à jamais, notre différence.

Lorsque nous rentrâmes à Beyrouth, deux jours plus tard, nous fûmes accueillis avec froideur. Ma mère était furieuse de voir que j'avais franchi le pas sans tenir compte de son refus ; les Sidani n'en revenaient pas que leur fille eût osé les défier en les mettant ainsi devant le fait accompli. Certes la pratique de la *khatifé* – le rapt – n'était pas inconnue au Liban : elle était surtout en usage dans les villages reculés et avait pour avantage d'épargner aux époux sans fortune des cérémonies coûteuses. Mais qu'elle fût adoptée à Beyrouth par un couple issu d'un milieu bourgeois était presque scandaleux !

Peu à peu, cependant, nos parents finirent par se faire à l'idée de notre mariage. Mieux valait encaisser le coup plutôt que de nous renier ! Nous louâmes une maison à Antélias, avec vue sur la mer. Nour la décora avec goût et réserva une chambre spacieuse à « nos futurs enfants ».

8

L'Orient-Le Jour

J'appris la mort de Nasser en sortant de l'Epi Club où Leny Escudero venait de faire un tour de chant. Je fredonnais *Pour une amourette* lorsque la rue, en un clin d'œil, fut envahie par des milliers de manifestants en pleurs brandissant des portraits du Raïs et scandant des slogans à sa gloire. Jamais je n'avais vu, réunie en un même lieu, une foule aussi considérable, formée de jeunes en keffieh et de militants barbus. Le visage du Liban avait décidément bien changé. Rien ne prêtait à l'optimisme : les accrochages s'étaient multipliés entre l'armée libanaise et les fedayin qui, profitant des accords du Caire de 1969 qui les autorisaient à mener des actions de résistance contre Israël à partir du Liban, avaient créé un Etat dans l'Etat, transformant les camps de réfugiés palestiniens en de véritables poudrières.

Peu de temps après, Georges Naccache décida de vendre *L'Orient* que *Le Jour* avait réussi à détrôner. Ghassan Tuéni s'en porta acquéreur, mettant ainsi un terme à la rivalité légendaire opposant les deux quotidiens. Edouard Saab fut appelé, en même temps que Jean Chouéri, à diriger le journal né de cette fusion : *L'Orient-Le Jour*. Nommé directeur de la publication, Georges Naccache s'empressa de justifier cette jonction : « A partir d'une certaine idée du Liban, nos options fondamentales étaient forcément les mêmes et nous ne nous trouvions guère plus séparés que par des querelles qui sont aujourd'hui définitivement tombées. Il nous faut maintenant répondre à l'attente du lecteur, à sa légitime exigence. » Pour ma part, je ne crus vraiment à la nouvelle que lorsque les deux équipes se retrouvèrent réunies dans les mêmes locaux, ce qui ne manqua pas de provoquer une pagaille indescriptible. Comment absorber tous les journalistes de *L'Orient*? Comment ménager les susceptibilités des uns et des autres? Comment gérer une rubrique comptant une demi-douzaine de rédacteurs dotés des mêmes prérogatives? Jean Chouéri parvint à mettre de l'ordre au sein de la nouvelle entité et, à contrecœur, « remercia » une demi-douzaine de collaborateurs qui faisaient double emploi. Craignant de perdre mon poste, je demandai conseil à Edouard Saab qui m'assura de son soutien tout en m'exhortant à me surpasser pour m'imposer définitivement au sein de la nouvelle rédaction.

– Je vous sens mou, me dit-il en se croisant les doigts.

– Mou, moi? fis-je, piqué au vif.

– Vous êtes devenu pantouflard, Philippe. Où est le baroudeur qui couvrait sous la mitraille l'entrée des Alliés au Levant? Où est le reporter qui retroussait ses manches pour venir en aide aux rescapés du *Champollion*?

Edouard Saab disait vrai. Dans le journalisme, la routine est une ennemie implacable. Autrefois, je me couchais en songeant avec excitation au reportage du lendemain, je me trouvais toujours en première ligne... Etait-ce l'âge qui avait ainsi émoussé mon enthousiasme? Ou bien cette période transitoire – celle qui avait précédé la renaissance du *Jour* – où j'écrivais, pour le numéro zéro, des articles qui n'étaient pas publiés? L'incertitude s'empara de moi. Peut-être était-ce le moment de rendre mon tablier, de changer de vie? Mais non. Le journalisme était pour moi un sacerdoce. Comme les prêtres, comme les saints même, je connaissais une période de doute. J'aimais trop l'odeur de l'encre, le goût du café amer, le bruit des rotatives, le crépitement des machines à écrire, le froissement du papier, les corrections de dernière minute, les conversations à l'aube en attendant la sortie du journal, pour renier ma passion. Certes, comme tous mes confrères, j'étais mal payé et j'étais astreint à un horaire qui me privait des plaisirs de la vie, mais voir chaque matin mon reportage publié dans les colonnes de mon journal me procurait une joie indicible qu'aucun autre métier ne pouvait m'offrir.

— Je vous veux pugnace, me dit mon rédacteur en chef en brandissant un poing.

Je n'aimais pas ce mot : « pugnace ». Mais il exprimait bien ce qui me manquait.

9

La fêlure

– Je viens d'adhérer au Parti communiste.

Je regardai Nour sans comprendre.

– Comment?

– Je viens d'adhérer au Parti communiste, répéta ma femme sur un ton de défiance.

Que lui répondre? La guerre israélo-arabe de 67 et la révolution de Mai 68 continuaient à produire leurs effets sur la jeunesse libanaise qui avait viré à gauche, rêvait de changer le système – ou carrément le monde! – et manifestait en toute occasion, aussi bien pour la cause palestinienne, la presse libre et l'Université libanaise, que contre la cherté de vie, la politique du roi Hussein et la visite de Kissinger! Forte de sa connaissance des idées marxistes – sa thèse faisait autorité –, Nour avait succombé à son tour à la tentation d'entrer au Parti.

Ce jour-là, je ne dis rien, croyant à un caprice. Mais, rapidement, je compris que ma femme avait été happée par la tornade rouge, au point de tout lui sacrifier. Elle devint une véritable pasionaria, se mit à animer des meetings, à distribuer des tracts, à participer à toutes sortes de manifestations, à fréquenter des militantes comme Anne Mourani, Lamia Tabet, Nahla Chahal, Dalal Bizri ou Wadad Mrad...

Un soir, Nour me demanda de l'accompagner chez deux de ses camarades que j'avais déjà eu l'occasion de rencontrer lors de la fameuse table ronde au siège du *Jour* :

Amin Maalouf et Samir Frangié. Ces étudiants à la vaste culture et à l'intelligence aiguë vivaient à Sarba, près de Jounieh, dans un studio qu'ils avaient divisé en deux zones pour éviter les disputes : une zone maoïste, habitée par Frangié ; une autre trotskiste, occupée par Maalouf. Au milieu, dans une sorte de *no man's land*, trônait un portrait du « Che », héros indiscutable qui avait les faveurs des deux camps. Posés sur une table basse, trois livres retinrent mon attention : *La Révolution dans la révolution* de Régis Debray, *La Révolution sexuelle* de Wilhelm Reich et *Les Damnés de la terre* de Frantz Fanon, préfacé par Jean-Paul Sartre lui-même. Toute la soirée, dans une atmosphère polluée par la fumée des Gitanes et des Gauloises, les trois camarades passèrent au crible les idéologies à la mode. Incapable de suivre leurs commentaires abscons, je finis par me retirer en maudissant Marx et Mao.

Le lendemain matin, dans l'autobus qui m'emmenait de Basta à la place des Canons, se produisit un incident révélateur que je n'oublierai jamais :

– L'armée libanaise s'est heurtée aux résistants palestiniens, disait un passager à voix haute. Un avion militaire a bombardé le camp de Bourj Brajneh. De quel droit nos soldats empêchent-ils les fedayin de mener des actions militaires contre Israël ?

– Les Palestiniens se croient chez eux, rétorqua son voisin sur un ton agressif. S'ils pensent que le Liban est une terre de substitution, ils se fourrent le doigt dans l'œil. Qu'ils aillent faire leur guerre ailleurs ! Ils ont le droit de retourner chez eux, et nous, nous avons le droit de rester chez nous !

– Espèce de fasciste ! Vous, les phalangistes, vous avez toujours été des fauteurs de troubles !

– Et vous les cocos, je vous emmerde !

– Arrêtez de vous disputer ! hurla une femme en serrant son bébé contre son sein.

Les deux hommes en vinrent aux mains. Il fallut arrêter l'autobus et l'intervention de la Brigade 16 pour les séparer.

– *Wla kalb !* Sale chien ! hurla le communiste en brandissant un poing. Ce pays ne va pas rester comme ça longtemps, tu verras. Le cèdre vert au milieu du drapeau libanais, il va bientôt devenir rouge !

– *Khayén !* Traître ! Il faudra que tu me passes sur le corps avant de changer mon drapeau ! répliqua le phalangiste, les yeux injectés de sang.

Dans un coin de l'autobus, je vis un vieillard qui pleurait en se mordant les lèvres.

Affligé par cette scène, je me promis d'en parler à Nour pour lui ouvrir les yeux sur les dérapages de ses « camarades ». Arrivé chez moi, je m'assis devant le téléviseur et posai les pieds sur la table basse en attendant son retour de l'université. Le programme était consacré à la belle Georgina Rizk, élue à Miami « Miss Univers 1971 ». Ses beaux yeux clairs, sa démarche aérienne, sa douceur, son élégance justifiaient pleinement le choix du jury. Elle n'avait rien à voir avec ces candidates ingénues qui, à la question : « Citez une grande invention des Phéniciens », répondaient avec assurance : « Le téléphérique » ! Elle interprétait *Parole Parole* de Dalida en duo avec Joe Diverio, un crooner italien qui animait les folles nuits des Caves du Roy.

– Tu es déjà rentré ?

La voix de Nour résonna dans le vestibule.

– Oui, mon amour.

Elle pénétra dans le salon et se pencha vers moi pour m'embrasser.

– Qu'est-ce que c'est ? fis-je en sursautant.

– Quoi ?

– Ce que tu portes autour du cou, ça ! m'écriai-je en montrant du doigt son keffieh noir et blanc.

– C'est le symbole de la lutte du peuple palestinien.

– Je le sais bien, mais pourquoi le portes-tu ?

– Tous les membres du Parti le portent, répliqua-t-elle sans sourciller. En signe de solidarité avec nos frères palestiniens chassés de leurs terres par l'ennemi sioniste !

Cette réponse m'irrita. Dans ma famille, nous avions toujours eu le plus grand mal du monde à canaliser le militantisme de Joe. C'était assez.

– Je veux que tu l'enlèves tout de suite, Nour, lui dis-je d'un ton autoritaire.

– Pardon ?

– Je veux que tu l'enlèves tout de suite ! répétai-je en articulant.

– Tu rêves !

Echaudé par l'incident que je venais de vivre dans l'autobus, je bondis hors de mon siège et me jetai sur ma femme pour lui arracher son keffieh. Mais elle s'y agrippa avec une telle force que je dus m'y prendre à deux mains.

– Laisse-moi ! hurla-t-elle. Tu es fou ? De quel droit ?

– C'est toi qui es folle ! Je ne veux pas de communistes à la maison !

Perdant toute contenance, Nour se mit à me bourrer de coups de poing en vociférant des propos inintelligibles. Je fis de mon mieux pour la calmer mais, incapable de la maîtriser, je la poussai loin de moi. Elle recula, trébucha sur un tabouret et tomba à la renverse. Sa tête cogna le coin de la table basse : elle s'évanouit.

– Nour ! Nour, réponds-moi !

Ma femme avait le crâne tailladé. Pris de panique, j'appelai une ambulance.

Cet incident malheureux marqua ma rupture avec Nour. Dès lors, elle refusa de me revoir malgré les interventions des amis et des proches, et alla s'installer chez Amin Maalouf et Samir Frangié, dans le *no man's land* dédié à Che Guevara.

10

L'étincelle

J'aimais le Horseshoe, avec sa façade vitrée et sa terrasse qui donnait sur la rue Hamra noire de monde. Là, on avait l'impression d'être à la fois hors de la foule et immergé dans Beyrouth, à la fois spectateur et acteur de la comédie humaine; là, des odeurs d'épices, de café, d'huile, de *chawarma* [1] et de *falafel* [2] vous flattaient les narines et vous montaient à la tête. Beyrouth avait un parfum *sui generis* qui enivrait sans écœurer.

Ce soir-là, je bus à la hâte deux ou trois verres de whisky pour tâcher d'oublier ma propre tragédie, celle d'un amour que j'avais attendu longtemps et que j'avais été incapable de garder. Autour de moi, des intellectuels lisaient les journaux ou conversaient bruyamment. Je reconnus Nizar Qabbani, Adonis, le front large, les cheveux en bataille, et Mahmoud Darwich, le regard rêveur derrière ses grandes lunettes, une cigarette au coin des lèvres... Que représentait Beyrouth pour ces poètes arabes? Un lieu propice au commerce des idées et au rendez-vous créateur? Etait-elle pour eux ce que Paris, Tanger et Alexandrie furent pour nombre d'écrivains exilés? Etait-elle, comme l'écrit Darwich, leur « dernière tente », leur « ultime étoile »? Ou bien « champ de perles » et « port de l'amour » comme l'affirme Qabbani? Elle était tout cela à la fois, sans doute, et ceci encore : un havre de liberté.

---

1. Viande rôtie sur une broche verticale.
2. Boulettes à base de fèves concassées et de pois chiches

Arrivé au pied de l'immeuble Sarkis, je vis un camion de déménagement posté devant l'entrée. Des ouvriers y entassaient caisses et meubles. Etait-ce la famille de Nour qui partait, écœurée par notre échec conjugal ? Inquiet, je pénétrai dans le bâtiment. Les déménageurs s'affairaient au premier étage.

– Samuel ? Que fais-tu ?

Mon voisin vint à ma rencontre, le visage défait, les cheveux ébouriffés.

– Je m'en vais, Philippe. Des choses graves vont se produire au Liban. Mes neveux de New York ont reçu des informations alarmantes. Ils m'ont envoyé un billet d'avion et m'ont sommé de partir.

– Et ta boutique ? demandai-je, effondré par cette nouvelle.

– Je l'ai vendue, bradée... Beaucoup de mes amis de Wadi Abou Jmil partent à leur tour. La plupart, comme les Hazzam, ont choisi d'aller s'installer à Milan.

Il me donna l'accolade et essuya une larme du revers de la main.

– Ce pays n'est plus pour nous, me dit-il. Depuis 1948, depuis qu'on fait l'amalgame entre juif et Israélien et qu'on nous prend pour boucs émissaires, je résiste chaque jour à la tentation de partir. Ma mère, mon père sont enterrés au Liban. J'ai vécu toute mon enfance, toute ma vie ici. Ce n'est pas facile de tourner la page !

– Ne t'en va pas, Samuel, lui dis-je en posant une main sur son épaule. Ton départ signifie que nous ne sommes plus « le berceau de toutes les croyances du monde », comme disait Nerval ; ton départ remet en question le message que représente le Liban comme terre de coexistence et de tolérance... Tu comprends ?

Samuel réfléchit un instant, comme s'il hésitait.

– Je comprends, Phil, dit-il en époussetant son chapeau noir. Mais je suis fatigué. Je ne suis pas prêt à mourir pour un message.

Quelques jours plus tard, dans l'après-midi du 13 avril 1975, mon frère Joe m'arracha à ma sieste. Vêtu d'un treillis, il portait une kalachnikov en bandoulière.

– Que se passe-t-il ?

– Les Phalanges ont mitraillé à Aïn-el-Remmaneh un bus transportant des Palestiniens pour venger la mort de deux *chabéb* [1] tués quelques heures plus tôt. Il y aurait trente morts et une vingtaine de blessés. Attends-toi au pire !

– Vous jouez avec le feu, lui dis-je en m'habillant. Les Palestiniens sont mieux armés que vous. L'OLP bénéficie du soutien des Mourabitoun, des communistes, du PSP... Vous n'avez aucune chance !

– C'est de la survie du Liban qu'il s'agit, me répliqua Joe d'un ton solennel. Même à un contre mille, nous nous battrons.

Les escarmouches sporadiques avec les Palestiniens se transformèrent bientôt en guerre ouverte. A *L'Orient-Le Jour*, je suivais les dépêches avec anxiété, inquiet de l'avenir du Liban, mais aussi du sort de deux êtres chers, présents dans des camps opposés : ma femme, engagée aux côtés des partis et groupuscules « de gauche » qui militaient en faveur des fedayin, et mon frère, aux premières lignes avec les Phalanges de cheikh Pierre et les *noumour* – littéralement : les Tigres – de Camille Chamoun qui avaient choisi de contrer les fauteurs de troubles.

Soucieux d'éloigner ma mère de la zone des combats et de lui épargner la vue de son fils derrière les barricades, je l'envoyai à Reyfoun chez Mansour, le fils du bon vieux Abdo – mort centenaire –, qui l'accueillit avec joie. Sage décision : quelques jours après son départ, la place des Canons se vida et devint une ligne de démarcation coupant la capitale en deux : Beyrouth-Est, tenue par les Phalanges et consorts ; Beyrouth-Ouest, par les Palestiniens et leurs alliés musulmans. Ironie du sort : cette place qui était le carrefour du Liban, lieu de toutes les rencontres, était devenue le symbole de sa division ! Comment avait-on pu, en un clin d'œil, transformer cet endroit si animé en un immense cimetière ? Comment avait-on pu effacer ses passants, ses taxis, ses cinémas, ses cafés, ses hôtels, son tramway pour laisser la place aux ruines, aux gravats, aux barricades, au... vide ?

---

1. Jeunes. Souvent employé dans le sens de : Jeunes combattants.

11

Otage

Depuis l'incident de Aïn-el-Remmaneh, la violence n'avait pas de cesse : aux massacres perpétrés par les Palestiniens, les Phalanges avaient répondu par le « Samedi noir » où des centaines de musulmans avaient été sauvagement abattus à bout portant. Deux jours plus tard, les Mourabitoun – la milice sunnite nassérienne – avaient déclenché la « guerre des hôtels » et transformé la zone du Phoenicia en champ de bataille : le Holiday Inn, tenu par les commandos des Phalanges, les *Béjim* (nom formé à partir des initiales en arabe de Pierre Gemayel), avait fini par tomber au terme d'un combat sans merci. « Beyrouth en plein cauchemar », titrait mon journal. Ou bien : « C'est toujours l'enfer ». Les Phalanges avaient alors « nettoyé » le camp palestinien de la Quarantaine. Le lendemain, les Palestiniens avaient mis à feu et à sang le village chrétien de Damour. Cycle infernal de violence. Comment arrêter l'engrenage ? Horrifié par les massacres perpétrés par les deux camps, Varouj décida de prendre le chemin de l'exil et de rejoindre Manoug aux Etats-Unis. Le jour même de son départ fut commis un crime abject qui me bouleversa : le 14 mars 1976, alors qu'il emmenait à l'aéroport le père Gonthier qui était impotent, le père de Jerphanion – notre fameux « Dix heures dix » – fut arrêté à un barrage. Les miliciens kidnappèrent le chauffeur et le cuisinier du collège et obligèrent les deux prêtres à repartir à pied. Le père Gonthier se traîna sur ses béquilles, mais finit par s'arrêter. Le père de Jerphanion parvint jusqu'à la maison Notre-Dame des sœurs des Saints-Cœurs, téléphona au collège pour alerter la direction sur le sort des deux employés captifs, puis s'en revint aider son compagnon qui, à bout de forces, s'était effondré au pied d'un talus. Mais « Dix heures dix » n'alla pas loin : il reçut une balle dans le ventre et s'écroula en gémissant : « Ce n'est rien... » Les secours n'arrivèrent que dans la soirée, trop tard.

Pendant ce temps, Beyrouth agonisait. Maisons détruites, immeubles criblés de balles, pareils à des morceaux de gruyère, routes coupées, barricades... La place des Canons était défigurée, méconnaissable, livrée aux pillards qui avaient mis à sac tous les magasins et bureaux – et qui, du reste, avaient poussé le zèle jusqu'à faire sauter les chambres fortes de la Banco di Roma et de la British Bank, pour faire main basse sur plus de 50 millions de dollars. Ma douleur était sans nom. J'éprouvais un sentiment comparable à celui qui m'avait saisi à la mort de mon père : j'avais perdu une partie de moi-même...

*

– Où allez-vous comme ça, monsieur ? me demandait Naguib, le concierge, en sortant la tête hors de l'abri où il s'était terré avec sa famille.

– Au travail.

– *Magnoun inta walla é ?* Tu es fou ou quoi ?

J'étais fou, oui, de traverser « le ring », le pont de la mort menant aux bureaux de mon journal, et de slalomer pour échapper aux balles des francs-tireurs qui, l'œil collé à la lunette de leur fusil, défendaient l'entrée de cette « zone interdite ». Une collègue de *L'Orient-Le Jour*, Fabienne Thomas, se mobilisa et nous ouvrit les portes de sa maison, près de l'hôtel Bristol. Lorsque les combats empêchaient le passage de l'Ouest vers l'Est, elle nous défendait de rentrer chez nous.

– Ce n'est pas prudent, disait-elle. Restez ici !

Cédant à son insistance, nous passions la nuit chez elle, dans la chambre d'amis ou allongés sur le canapé.

Un matin, alors que je garais ma voiture dans la rue Hamra, à quelques pas des locaux de mon journal, une Jeep des Mourabitoun s'arrêta derrière moi. Dans mon rétroviseur, je vis cinq jeunes à la mine patibulaire et aux cheveux hirsutes, vêtus de battle-dress et armés de kalachnikov. Je tressaillis : allais-je subir le même sort que le père de Jerphanion et ses camarades ?

– *Nzal wla hayawén !*

Le ton n'était pas affable. A l'évidence, ces jeunes manquaient de civilité. J'obéis et mis pied à terre.

– *Idék aala rassak !*

Je nouai les mains derrière ma nuque et appuyai mon front contre le capot de ma voiture.

– *Massihé ?*

Oui, j'étais chrétien. Quel mal y avait-il à cela ?

– *Maché maana !* On t'emmène ! aboya le plus âgé d'entre eux en me fichant le canon de son fusil dans le dos.

Je fus embarqué de force à bord de la Jeep qui démarra en trombe au risque d'éjecter tous ses occupants. On me banda les yeux avec un chiffon noir et l'on me transporta jusqu'au sous-sol d'un immeuble situé à un quart d'heure de l'endroit où mes ravisseurs m'avaient kidnappé. Puis on m'ôta mon bandeau et on m'introduisit dans une salle éclairée par un puissant projecteur. Un *abaday* fit son entrée dans la pièce en arborant fièrement un tee-shirt à l'effigie de Che Guevara. « Pauvre Che, me dis-je. Que de crimes on commet en ton nom ! »

– Que faisais-tu à Hamra, *wlé ?*

Le *wlé* qui ponctuait sa phrase n'était pas indispensable. Il avait simplement pour but de rendre son propos plus grossier et son ton plus menaçant.

– Je suis journaliste à *L'Orient-Le Jour*, je ne suis pas milicien, bredouillai-je.

– Un de tes collègues a tué des musulmans lors du Samedi noir, il a kidnappé des Palestiniens. Tu connais son histoire...

Il parlait sans doute de Joseph Saadé, alias « le caïd », qui avait pris les armes pour venger ses deux fils, lâchement assassinés par les Palestiniens. L'acte du « caïd » était sans doute impardonnable, mais c'était le geste d'un père aveuglé par la douleur.

– Non, fis-je, feignant l'ignorance. Je ne connais pas son histoire...

– Nous avons reçu l'ordre d'abattre trois chrétiens aujourd'hui. Tu seras le premier.

Je me mordis les lèvres. Chaque jour, dans les deux camps, des hommes et des femmes étaient froidement liquidés sous prétexte qu'ils étaient chrétiens ou musulmans : la mention de la religion sur la carte d'identité libanaise empêchait toute dérobade.

– *Haouitak, wlé!* Ta carte d'identité! aboya l'*abaday*.

Je fouillai les poches de ma veste. Je lui tendis ma fiche d'état civil familial. Il la déplia en se curant une dent avec l'auriculaire.

– Tu es le mari de Nour Sidani? s'exclama-t-il.

Une expression d'étonnement s'était dessinée sur son visage.

– Oui, répondis-je en baissant la tête. Mais...

– *Nour aala rassé wou aïné.* « Nour est sur ma tête et sur mon œil. » Pourquoi ne nous l'as-tu pas dit plus tôt?

– Parce que vous ne me l'avez pas demandé!

Un sourire plissa les lèvres de mon interlocuteur. Il claqua des doigts pour appeler son ordonnance.

– *Ya haboub, jéblo kahwé lal khaouaja!*

Le *wlé* s'était transformé en *khaouaja*, titre que seuls les gens respectables méritaient. Son sbire disparut un moment, puis revint avec une *rakwé*[1] et deux gobelets.

– *Sohét jaouza lal sitt Nour!* s'écria le chef en levant son gobelet à la santé du mari de Mme Nour.

Je secouai la tête : quels exploits avait-elle accomplis pour être ainsi connue des miliciens? Jouait-elle un rôle dans le Mouvement national qui réunissait tous les groupes et partis qui soutenaient les Palestiniens?

---

1. Cafetière.

L'énergumène me raccompagna jusqu'à la sortie et commanda à ses hommes de m'escorter jusqu'à ma voiture avec tous les égards dus à mon statut d'époux de *sitt* Nour. Dans la Jeep qui me ramenait à Hamra, j'eus une pensée pour ma femme. Sans le vouloir, elle venait de me sauver la vie !

12

Edouard

Edouard Saab conduisait mal. Tout le monde le savait, sans oser le lui dire. Lorsqu'il proposait de me raccompagner chez moi, je priais la Vierge de Harissa, saint Charbel et saint Christophe de me prendre sous leur protection. Non qu'il roulât vite, mais il avait l'esprit tellement chargé de pensées qu'il oubliait de se concentrer en conduisant.

Le dimanche 16 mai 1976, dans l'après-midi, Edouard Saab sortit à bord de sa voiture avec, à ses côtés, un journaliste du *New York Times*, Harry Tanner. Arrivé non loin du lycée français, il hésita. Fallait-il aller plus loin ? Il connaissait d'autant plus mal les ruelles de Beyrouth que les bulldozers des milices avaient modifié la configuration des lieux, obstruant des passages et en ouvrant d'autres, au gré des plans de bataille. Il bifurqua à droite en direction de l'immeuble Olivetti, dans le quartier syriaque.

– *Are you sure ?* lui demanda Tanner.

Non. Edouard Saab n'était sûr de rien. Il ignorait que l'avenue sur laquelle il allait déboucher était fermée à la circulation à partir de midi, suivant un « code » adopté par les belligérants, et qu'un franc-tireur était chargé de défendre l'entrée de tout véhicule dans cette zone interdite.

– *Damn it ! Where are you going ?*

Flairant le danger, le journaliste américain se cramponna à son siège.

– Je me suis trompé, hurla Edouard Saab en appuyant sur l'accélérateur. Nous ne pouvons plus reculer.

Un coup de feu retentit. La balle transperça le pare-brise et frappa à la tempe mon rédacteur en chef qui mourut sur le coup. La voiture fit une embardée et s'écrasa non loin du Musée National. Abasourdi, Harry Tanner descendit de la voiture à quatre pattes et rampa jusqu'à l'abri le plus proche.

La nouvelle me parvint alors que je rédigeais un article dans les locaux du journal, à la lumière d'une bougie à cause des coupures de courant.

– Edouard Saab est mort, m'annonça Amine Abou Khaled d'une voix brisée par l'émotion.

Mon stylo s'arrêta d'écrire.

– Quoi ?

– Il est décédé sur le coup. Lucien George m'a téléphoné de l'hôpital Makassed. Il n'y a plus rien à faire...

Je me levai et m'approchai de ma fenêtre sans vitre. La nuit était tombée sur Beyrouth. Les balles qui zébraient le ciel ressemblaient à des étoiles filantes. Edouard ! Je fermai les paupières. Je revis son visage, ses yeux, ses mains. Comment accepter son départ ? Comment oublier tout ce qu'il nous avait appris, tout ce qu'il avait apporté à notre journal ? Et quand donc allait prendre fin cette guerre qui fauchait chaque jour des dizaines d'innocents ? Je me retournai. A la lumière de la bougie, je vis mes papiers étalés sur la table. A quoi bon continuer d'écrire après la mort d'Edouard ? L'inanité des mots face à la violence des hommes m'apparut tout à coup d'une évidence indiscutable. « Je vous veux pugnace... » La phrase d'Edouard Saab, son poing levé, me revinrent à l'esprit. Je ne pouvais pas le trahir. Je me rassis derrière mon bureau et repris mon stylo.

13

« La Colline du thym »

Sans faire partie des *Béjim* qu'il considérait comme des
« têtes brûlées », Joe participa à de nombreuses batailles
aux côtés de la brigade 104 des Kataëb, commandée par un
certain Antoine. Il était convaincu de se battre pour la
bonne cause, celle des chrétiens du Liban en guerre contre
les Palestiniens qui croyaient trouver dans le pays du
Cèdre une patrie de substitution. A ses yeux, le conflit
n'était pas confessionnel : les premiers accrochages avaient
opposé l'armée libanaise aux fedayin ; les milices chrétiennes n'avaient fait que prendre le relais de l'armée – qui
s'était divisée – pour faire face aux Palestiniens et aux
groupuscules musulmans qui les soutenaient. Mais mon
frère restait discret sur ses « exploits » militaires, soit qu'il
jugeât qu'il était tenu par le « secret professionnel », soit
qu'il eût honte de nous avouer qu'il avait du sang sur les
mains. La seule bataille qu'il accepta de me raconter à
l'époque fut la fameuse bataille de Tell-el-Zaatar, littéralement : « la Colline du thym », nom poétique qui cadrait
mal avec la réalité.
    Tell-el-Zaatar était un camp de réfugiés palestiniens
situé dans la banlieue de Beyrouth et peuplé de trente-cinq
mille personnes. Pour couper la jonction entre les différents camps palestiniens qui menaçaient les quartiers
chrétiens, les Tigres de Camille Chamoun avaient décidé
d'investir ce lieu transformé en blockhaus. Le 22 juin 1976,
ils pointèrent leurs canons et leurs mortiers en direction

du camp, et arrosèrent les positions ennemies à raison de dix obus à la minute. Le troisième jour, les hommes de Chamoun progressèrent en slalomant entre les mines et durent se battre à l'arme blanche contre les fedayin. Le 27 juin, Joe reçut l'ordre de marcher sur Tell-el-Zaatar pour prêter main-forte aux *noumour*. Armé d'une M 16, il se retrouva sur la ligne de front. C'est là qu'il rencontra Joseph Saadé, notre maquettiste du *Jour*.

– Philippe n'est pas avec toi? lui demanda « le caïd », surpris.

– Phil n'aime pas la guerre, lui répondit Joe en souriant.

Les Palestiniens résistaient avec acharnement; pour faire diversion, ils bombardaient Beyrouth et Jounieh. Une batterie de DCA placée sur un rail tirait sur les Phalanges, puis rentrait à l'intérieur d'une casemate pour échapper à la riposte. Un matin, à l'aube, un membre des *Béjim* vint trouver mon frère :

– Nous allons pénétrer dans le camp par en bas, suis-nous!

– Par en bas?

– Oui, par les égouts.

Flanqué d'un artificier et d'une dizaine de *Béjim*, Joe s'infiltra sous le camp par les égouts. L'odeur était infecte, des rats couraient dans tous les sens. La main sur la détente de son arme, mon frère progressa jusqu'à l'endroit où se trouvaient les canalisations d'eau. Pour obliger l'ennemi à se rendre, il fallait l'assoiffer, le priver de toutes ses sources de ravitaillement. Là-haut, des grondements sourds, des tirs d'armes automatiques. « Si nous sommes repérés, aucune chance de nous en tirer », songea-t-il. L'artificier colla des charges d'explosifs contre les tuyaux et s'affaira un moment. A califourchon, une main posée sur son arme, l'autre sur son casque, Joe le regarda faire en serrant les dents.

– C'est bon, sortons! ordonna l'artificier dès qu'il eut achevé sa besogne.

Le commando rebroussa chemin en courant. A peine était-il sorti de son trou qu'une déflagration d'une violence inouïe fit trembler la terre. Joe poussa un cri de victoire en levant son arme au ciel.

Au cinquante-deuxième jour du siège, les Tigres et les Phalanges lancèrent l'assaut final contre l'ultime poche de résistance qui défendait encore l'entrée du camp. Joe prit part à la bataille. Rapidement, il comprit la difficulté de la mission qu'on lui avait confiée : au combat de rues, les Palestiniens étaient redoutables. Chaque pouce à l'intérieur du camp devait être conquis : des tireurs embusqués faisaient feu et couraient d'un endroit à un autre pour ne pas être repérés. Mon frère ne fit pas de quartier : plié en deux, il se mit à tirer, aveuglément, sur tout ce qui bougeait, tandis que ses camarades balançaient des grenades pour déloger l'ennemi. Au terme d'un combat sans merci, le camp de Tell-el-Zaatar se rendit. Mon frère posa son arme fumante et regarda autour de lui. Spectacle de désolation : partout, des morts, des blessés, des carcasses de voitures, des maisons éventrées. Ecœuré, il plaqua la main contre sa bouche et s'éloigna de ses camarades pour aller vomir. Alors qu'il s'essuyait les lèvres avec le revers de sa manche, il avisa un enfant, recroquevillé sur lui-même dans un trou d'obus, qui le regardait du coin de l'œil avec terreur. Il s'approcha de lui, le prit dans ses bras et le conduisit jusqu'à l'ambulance de la Croix-Rouge. Au moment de le remettre au secouriste, il le fixa d'un air grave. Que pouvait-il lui dire ? Comment lui expliquer la folie des hommes ? Comment ?

14

Marianne

Marianne entra dans ma vie par effraction. Son mari, Olivier, journaliste au *Figaro*, m'avait demandé de l'accompagner dans sa tournée : il souhaitait interviewer les principales personnalités politiques du pays et avait besoin de moi pour l'aider à poser les bonnes questions. Nous commençâmes par nous rendre à Moukhtara pour y interviewer Kamal Joumblatt, le chef des Druzes, qui avait pris la tête du Mouvement national groupant la coalition palestino-islamo-progressiste. Je pris le volant et véhiculai mon ami et sa femme jusqu'au Chouf en exhibant ma carte de presse aux différents barrages qui jalonnaient la route. Assise à l'arrière, Marianne ne disait mot. Dans mon rétroviseur, je la voyais regarder d'un air songeur le paysage qui défilait. Elle était belle, avec ses cheveux blonds et lisses – si lisses qu'il lui suffisait, pour les coiffer, de les rejeter en arrière d'un mouvement de la tête –, son petit nez brillant, ses yeux bleus et vifs, ses sourcils très élevés au-dessus des arcades – signe d'une nature rêveuse et imaginative –, et ses lèvres sensuelles qui allument le désir. Pourquoi avait-elle suivi son mari jusqu'au Liban ? S'ennuyait-elle en France, ou bien préférait-elle courir les mêmes risques plutôt que de mourir d'angoisse loin de lui ? A sa manière de se ronger les ongles, je compris qu'elle était nerveuse. Comment s'en étonner ? Deux ans après le début de la guerre, et malgré l'intervention de la Force Arabe de Dissuasion (FAD), surtout formée de soldats syriens, le pays était toujours plongé dans la violence, en proie aux convoitises des uns et des autres.

Kamal Joumblatt nous reçut dans le *diwan* – le salon oriental de sa demeure –, envahi par ses sujets, reconnaissables à leur *cherwal* noir et à leur bonnet blanc. Il était grand. Une mèche rebelle lui frangeait le front et une moustache grise lui barrait le visage. Il avait le nez busqué, le menton large et un long cou toujours entouré d'une cravate desserrée. L'entretien dura une heure. Initié à la *vedanta advaita* des Indes, cet ancien élève d'Antoura nous parla du druzisme qu'il définit comme « la religion de l'unité essentielle des choses et des êtres ». Il nous parut sceptique quant à l'avenir du pays. A la question : « Le Liban sort de deux ans de guerre. Quelles en sont, pour vous, les conséquences ? », il nous répondit : « Je me demande s'il est vraiment sorti de ces deux années de crise violente. Il y a une espèce de mur moral ou psychique qui sépare encore les communautés. » Il nous déclara que les 50 000 morts et les 100 000 blessés de la guerre de deux ans étaient tombés « pour permettre aux Syriens de venir dire : " Arrêtez le combat ! " et pour justifier que Damas impose son influence au Liban », et lorsque Olivier lui demanda si sa vie était en danger, il eut ces mots : « C'est possible. J'ai déjà échappé à deux attentats. Tout ce qui doit arriver arrivera. »

Quelques jours après, le 16 mars 1977, nous apprîmes l'assassinat de Joumblatt sur une route du Chouf, non loin d'un barrage de la Force Arabe de Dissuasion. Qui avait perpétré ce crime ? Quels ennemis ? Quels faux amis ? Bien plus tard, interrogé par la télévision française, son fils et successeur, Walid, insinuera que ceux qui, en 1981, avaient tué l'ambassadeur de France au Liban, Louis Delamare, étaient ceux-là mêmes qui avaient assassiné son père.

15

L'erreur

Au terme de son séjour au Liban, Olivier m'invita à Kaslik, à l'Automobile et Touring Club du Liban (ATCL), histoire de me changer les idées. Assis en short à la terrasse du restaurant, il sirotait un *jellab*. A côté de lui, Marianne, portant un deux-pièces bleu qui mettait en valeur son corps sculptural. Je ne pus m'empêcher de grimacer. Non que je fusse jaloux de la voir ainsi exposée aux yeux des autres, mais je trouvais qu'une femme en maillot perd de son mystère. Une jupe fendue, un chemisier déboutonné, un soutien-gorge qui transparaît débrident l'imagination, excitent le désir. Le maillot de bain est un éteignoir, un rabat-joie.

Nous conversâmes un moment et repassâmes en revue les personnalités interrogées : Camille Chamoun, Pierre Gemayel et ses deux fils : Amine et Bachir, et, dans l'autre camp, Kamal Joumblatt et Yasser Arafat, alias Abou Ammar, coiffé de son éternel keffieh. Olivier me parut satisfait d'avoir réussi à rencontrer les principaux acteurs de la guerre, mais en même temps inquiet quant au rôle mal défini que jouait la Syrie dans le pays.

Le serveur nous interrompit pour aligner sur la table les différents plats qui composent le *mezzé* : *hommos* [1], *mtabal* [2], *taboulé, kebbé...* Ce rituel m'impressionnait toujours : la cuisine libanaise est un bonheur pour les yeux aussi bien

---

1. Purée de pois chiches.
2. Purée d'aubergines.

que pour le palais. Balzac avait raison : il y a une « gastro-
nomie de l'œil ». J'en profitai pour expliquer à Marianne
comment plier entre ses doigts le pain arabe – cette galette
mince et tendre – pour ensuite plonger le cornet ainsi
constitué dans les raviers posés devant elle. Elle essaya de
m'imiter, sans succès.

– Ce n'est pourtant pas sorcier ! lui dis-je en secouant la
tête.

– Je suis très maladroite ! fit-elle en s'esclaffant.

L'après-midi, je raccompagnai le couple à l'hôtel.

– Que faites-vous ce soir ? leur demandai-je.

– Je dois achever mon article, me dit Olivier. Je ne
bouge pas.

– Moi je sors, déclara Marianne. Connaissez-vous un
bon night-club ?

Désarçonné, je ne sus que répondre.

– Tu pourras l'accompagner, n'est-ce pas, Phil ? Je préfère qu'elle ne sorte pas seule la nuit dans un pays qu'elle
ne connaît pas bien.

– Sans problème, tu peux compter sur moi.

A vingt-deux heures, je revins à l'hôtel. Olivier était dans
sa chambre, en train de rédiger son papier. Marianne
m'attendait dans le hall. Elle portait une minijupe rouge et
un bustier blanc qui lui moulait la poitrine.

– On y va ?

– On y va ! lui dis-je en lui ouvrant la portière de ma
voiture.

Nous passâmes une soirée inoubliable. La musique était
bonne, entraînante. Nous dansâmes sans discontinuer et
ne quittâmes la piste qu'à l'aube. Sur le chemin du retour,
Marianne, qui avait bu une bonne bouteille de whisky, me
prit tout à coup la main.

– Gare-toi sur le côté, me dit-elle.

J'obéis et arrêtai la voiture sous un arbre, dans une rue
mal éclairée.

– Viens, murmura-t-elle en m'attirant vers elle.

Une heure plus tard, ma voiture stoppa devant l'hôtel. Marianne arrangea ses cheveux, ajusta son bustier,

lissa sa minijupe froissée, puis ouvrit la portière pour
descendre.

– J'aimerais te revoir, lui dis-je.

– Non, répliqua-t-elle. Ce n'est pas la peine.

*

Le couple repartit en France trois jours plus tard, me
laissant dans l'embarras. Avais-je trompé Nour? Bien que,
sur le papier, nous fussions encore mariés, nous ne nous
étions plus revus. Nous étions donc libres de refaire notre
vie. Quant à Marianne... J'étais prêt à aimer cette femme, à
construire une relation sérieuse avec elle. Mais elle? Sa
réponse brutale devant l'hôtel m'avait laissé sans espoir,
sans illusions. Qu'étais-je pour elle? Une passade? Un
caprice? Une... erreur?

16

L'inavouable

En temps de guerre, la vie est suspendue. On passe des jours dans les abris à ne rien faire, à tourner en rond, à l'écoute des dernières nouvelles du front. On ne sait plus vraiment ce qui se passe dehors, si la radio ment ou pas, si les déflagrations qu'on entend sont des « départs » ou des « arrivées ». En temps de guerre, on bannit le confort : on s'adapte à tout, on *fait avec*. En cas de pénurie d'essence, on attend des heures devant les stations-service ; quand le pain manque, on prend d'assaut les boulangeries ; et lorsque l'eau tarit dans les réservoirs, on court à la fontaine remplir les bidons. En temps de guerre, plus rien ne compte sauf Dieu, seule planche de salut dans un pays livré à la violence aveugle des hommes. Eglises et mosquées ne désemplissent pas ; ceux qui n'ont jamais cru se retrouvent à genoux. En temps de guerre, enfin, les normes n'existent plus : le milicien fait la loi ; le gendarme se planque. Ceux qui ne se battent pas deviennent des lâches ; ceux qui tuent, des héros.

Malgré les obus et le chaos ambiant, *L'Orient-Le Jour* continua à paraître, obstinément, par défi, pour prouver (à qui ?) que les mots n'étaient pas morts et que la guerre n'avait pas gagné. Au début de l'été 1977, un envoyé spécial du *Figaro*, en reportage au Liban, débarqua au journal et me remit une lettre portant un timbre français – toujours le même : Marianne, coiffée du bonnet phrygien. Etait-ce un signe ? D'une main fébrile, je décachetai l'enveloppe. Je ne m'étais pas trompé : c'était elle. Je me mordis les lèvres. Que me disait-elle ? Je dépliai la lettre et la lus sans tarder :

Philippe,

J'espère que tu vas bien. Désolée de te l'apprendre, mais je suis enceinte de toi. Je n'ai pas pris mes précautions, et voilà le résultat. C'est trop bête. Je ne sais que faire à présent. Que dire à mon mari ? Dois-je lui avouer la vérité ? Dois-je lui faire croire que l'enfant qui va naître est de lui ? Je ne sais pas encore. Je ne te demanderai rien, car tu ne m'as rien demandé. Cet enfant, je l'assume. Je le laisserai vivre, que mon mari le veuille ou non. Je suis peut-être inconsciente, mais je ne suis pas sans conscience.

Marianne.

« Enceinte » ? Nom de Dieu ! Mon cœur s'arrêta de battre. Enceinte ! Etait-ce possible ? Je me frappai le front et m'affalai dans mon fauteuil, sidéré. Etais-je donc condamné à connaître des aventures ratées ? Y a-t-il des maudits en amour comme en poésie ? Je me levai et, d'un geste rageur, cognai mon poing contre le mur. Je m'en voulais d'avoir été si désinvolte, si naïf. J'entendis ma mère hurler : « *Ya ard ncha'é wou blaaini !* » J'eus une pensée pour Nour. Que dirait-elle si elle savait ? Je me pris la tête entre les mains. Dans la société orientale et faussement puritaine où je vivais, je n'avais aucune chance de me faire pardonner.

Je perdis le sommeil et l'appétit, incapable d'accepter la nouvelle. Fallait-il répondre à Marianne ? Que devais-je lui dire ? Je ne répondis pas et ne lui dis rien. Mieux valait couper les ponts tout de suite, la laisser assumer seule la responsabilité de ce qu'elle appelait son « inconscience », ne pas lui donner l'occasion de m'embarrasser vis-à-vis de mon entourage. Marianne comprit ma réaction puisqu'elle ne m'écrivit plus. C'est ainsi du moins qu'il me plut d'interpréter son silence.

17

Le canon

Le canon était beau. Joe l'avait attendu toute la nuit, allongé à même le sol, les mains croisées sous la nuque, au beau milieu de la rue menant à l'usine désaffectée destinée à accueillir l'engin. Il aimait ces situations loufoques : se coucher en travers d'une route, en sachant pertinemment que nul n'oserait venir troubler sa quiétude dans ce quartier désert transformé en blockhaus. Vêtu d'une flanelle, chaussé de pantoufles, Joe s'approcha de la pièce d'artillerie et l'examina avec déférence comme s'il s'agissait d'une relique. Etait-ce la majesté du canon qui le troublait ainsi, ou la perspective d'en faire bientôt bon usage ?

Cette année 1978 avait mal commencé. Les troupes syriennes qui étaient entrées au Liban pour le pacifier et mettre un terme aux débordements des fedayin avaient fini par l'occuper. Le 7 février, un accrochage entre l'armée libanaise et les forces syriennes devant la caserne de Fayadiyé avait mis le feu aux poudres. Un mois plus tard, Israël avait envahi le sud, provoquant l'exode de 120 000 Libanais en quatre jours. Le 13 juin, à Ehden, un commando avait lâchement assassiné Tony Frangié, le fils de l'ancien président de la République. A présent, les Syriens bombardaient sans relâche les zones chrétiennes, défendues par les hommes de Bachir Gemayel qui avait réuni autour de lui un groupe de conseillers politiques et militaires, venus d'horizons différents : Fouad Abou Nader, son neveu ; Joseph Abou Khalil (« Ammo »), un Kataëb de la première heure ; Fady Frem, alias « Horse » ; Elie Hobeika, alias « HK » par référence au fusil d'assaut *Heckler und Koch* ; Massoud (« Poussy ») Achkar ; Samir Geagea, alias « Hakim » (le Docteur) ; ou le flegmatique Percy Kemp, chargé du service de renseignements, qui circulait toujours à moto – une Norton hors d'âge –, coiffé d'un casque en cuir et vêtu d'un costume Cerruti...

Joe fit courir ses doigts le long du tube, de la civière de chargement, de la culasse, un peu à la manière d'un jockey qui caresse le chanfrein de sa monture avant le début d'une course. Satisfait, il ordonna aux *chabéb* de l'aider à placer l'affût biflèche en position de tir. Mais au moment où il tournait la manivelle de hausse, celle-ci, mal ajustée, céda et le frappa violemment au visage. Joe poussa un cri terrible et se laissa choir au pied du canon en se couvrant la face.

– Au dispensaire, vite, il est blessé !

Les *chabéb* le transportèrent jusqu'à l'hôpital Notre-Dame à Jounieh où on lui prodigua les soins nécessaires. « Rien de cassé, lui assura le médecin. Mais vous n'êtes plus très jeune. Vu votre âge, je préfère vous garder sous surveillance. » Bien que sonné par l'accident, Joe n'obtempéra pas. Tout excité à l'idée d'essayer son canon pour la première fois, il rentra au camp le soir même, malgré ses boursouflures au nez et au front.

Le canon déployé avait fière allure. Après l'hymne national, les *chabéb* hissèrent le drapeau libanais et se mirent au garde-à-vous. Vêtu d'un battle-dress kaki à manches courtes, cheikh Bachir Gemayel monta sur l'estrade et prononça son allocution. L'homme n'avait pas changé : il avait le visage rond, les cheveux bruns légèrement frisés, les sourcils bien dessinés, des yeux brillants cerclés de bistre, les lèvres fines, le menton retroussé. Il ne ressemblait pas tellement à cheikh Pierre, son père, mais ils avaient la même audace, la même détermination. « La guerre entre dans une phase nouvelle, annonça-t-il. Ceux qui étaient habitués à suivre la guerre à la radio devront s'habituer à faire des sacrifices. » Joe réprima un sourire. L'allusion de son chef n'était pas innocente : les protestations des habitants du Kesrouan contre la présence des canons à Zouk s'étaient heurtées à une fin de non-recevoir. « Les pièces d'artillerie que nous venons d'obtenir, poursuivit cheikh Bachir, vont renforcer davantage encore notre esprit de résistance et notre volonté de libérer les 10 452 km² qui forment notre territoire... Je compte sur vous pour empêcher l'ennemi de passer ! » Joe secoua la tête. « Empêcher l'ennemi de passer », répéta-t-il à mi-voix. La consigne était claire. Restait à l'appliquer.

– *All out !*
Ce cri, lancé en pleine nuit le 1ᵉʳ septembre 1978, voulait dire : « Feu à volonté ! » Les *chabéb* se réveillèrent en sursaut et s'éparpillèrent dans l'enclave de l'usine pour prendre leurs positions. Les cheveux ébouriffés, tout dépenaillé, Joe se posta derrière son canon et distribua les ordres à ses coéquipiers.
– Les Syriens attaquent ! lui annonça l'un d'eux. On nous demande de bombarder la caserne qu'ils occupent à Kfarchima.
Joe ne se le fit pas dire deux fois. Il entra en contact avec les ingénieurs du calcul, localisa la caserne, régla la hausse et ouvrit le feu. Un bruit assourdissant se produisit, suivi bientôt par une série de salves tirées par les autres canons disséminés dans la zone militaire.
– *Karrér !* hurla Joe. Encore !
Non sans mal, les canonniers posèrent un obus de 133 mm sur la civière de chargement, tandis qu'une demi-douzaine de jeunes volontaires essuyaient les traces de suie sur les projectiles qu'ils avaient sortis de leurs caisses. La bouche du canon cracha le feu.

Dix jours durant, le canon de 133 mm arrosa sans relâche la caserne de Kfarchima. Les Syriens eurent beau riposter en expédiant des salves de 36 obus avec une violence telle que les phalangistes se voyaient contraints à se terrer dans les tranchées en attendant la fin du round, rien n'y fit : l'artillerie de Zouk ne se rendit point. Joe ne connut pas le repos. Jour et nuit, au milieu d'un tintamarre étourdissant, il orchestra le pilonnage méthodique de son objectif, tant et si bien qu'un obus mieux ajusté que les autres finit par frapper de plein fouet l'arsenal de la caserne. Une formidable explosion fit trembler Kfarchima. Pendant deux jours, la position syrienne flamba, projetant dans le ciel des gerbes d'étincelles semblables aux lapilli des volcans. De son poste, Joe observa à la jumelle l'immense feu d'artifice qu'il avait provoqué. Avec la satisfaction du devoir accompli.

Le lendemain matin, sous l'égide de l'ONU, un cessez-le-feu fut décrété entre les Syriens et le Front libanais, mettant un terme à « la guerre de cent jours [1] ». Bilan : mille tués et près de cinq mille blessés dans les zones de l'Est, trois cents tués chez les Syriens ; vingt mille habitations détruites.

Le soir, cheikh Bachir vint nous féliciter. « Avec les *chabéb* du quartier Berti, vous êtes de véritables héros, déclara-t-il. Je compte sur vous pour former le noyau des futures Forces Libanaises ! » En sa qualité de « vétéran », Joe eut droit à une chaleureuse poignée de main. Satisfait mais fourbu, il gagna le campement pour s'y débarbouiller : il ne s'était pas lavé depuis deux semaines et une barbe hirsute lui dévorait les joues jusqu'aux pommettes. Devant le miroir ébréché, il se coiffa : une touffe de cheveux s'accrocha au peigne. Joe se mordit les lèvres : dix jours durant, il n'avait pas eu le loisir d'essuyer la suie qui lui couvrait le crâne. Le résultat ne s'était pas fait attendre. Il haussa les épaules et étala la mousse à raser sur son visage en se disant qu'il est sans doute moins grave de perdre ses cheveux que de perdre une bataille.

---

1. La « Guerre de cent jours » dura du 1er juillet au 7 octobre 1978.

18

Bouleversements

Assis dans mon bureau de *L'Orient-Le Jour*, je devisais tranquillement avec Issa Goraieb lorsque une dépêche incroyable tomba sur le téléscripteur.

– Issa, viens voir ! Israël envahit le Liban !

Menée par Ariel Sharon, l'opération « Paix en Galilée » avait commencé au matin de ce 6 juin 1982. Son objectif déclaré ? Repousser les fedayin à 40 kilomètres de la frontière libano-israélienne.

Quatre jours plus tard, l'armée israélienne était aux portes de Beyrouth-Ouest où les combattants palestiniens s'étaient retranchés. Yasser Arafat monta au créneau : « Nous ferons de Beyrouth un nouveau Stalingrad ! » Sans hésiter, Sharon ordonna à son artillerie d'ouvrir le feu, provoquant dans la capitale des dégâts considérables et des centaines de victimes.

Pour ne pas assister à la chute de Beyrouth, Khalil Haoui, un ami poète, mit fin à ses jours, préférant la mort au déshonneur. Son suicide me plongea dans la tristesse.

Les bombardements sauvages n'épargnèrent personne : le mercredi 4 août, au moment où Issa Goraieb communiquait par télex avec un correspondant à l'étranger, deux obus expédiés par la marine israélienne frappèrent les locaux de *L'Orient-Le Jour* et dévastèrent nos bureaux. Le souffle des explosions me projeta à terre. Une pluie d'éclats de verre s'abattit sur moi, me blessant légèrement à la nuque. Au milieu d'une fumée épaisse, je gagnai le sous-sol où mes collègues s'étaient réfugiés. Nous passâmes la nuit là, la peur au ventre, attentifs au moindre bruit en provenance de l'extérieur. Le lendemain matin, l'ambassade de France nous envoya des voitures arborant le drapeau tricolore qui nous évacuèrent vers l'est de Beyrouth. Pour la première fois, *L'Orient-Le Jour* s'arrêta de paraître pendant deux semaines, muselé par le fracas des armes.

Comprenant que Tsahal ne reculerait devant rien – l'armée syrienne censée protéger le pays avait décroché –, je résolus de retrouver Nour pour la convaincre de quitter la ville et de sauver sa peau. Son nom figurait certainement sur la liste noire recensant les activistes propalestiniens : en cas d'occupation de Beyrouth-Ouest par les Israéliens ou leurs alliés, elle n'avait aucune chance ! Je ne l'avais plus revue depuis très longtemps. Aux dernières nouvelles, elle donnait toujours ses cours à l'Université libanaise. Prenant mon courage à deux mains, je me rendis à la faculté de philosophie, non loin du palais de l'Unesco, et l'attendis patiemment dans ma voiture. Une demi-heure plus tard, elle sortit. Je mis pied à terre et m'avançai vers elle. Elle me vit, se figea, comme tétanisée. Elle avait changé : ses cheveux étaient gris à présent, ce qui, tout en la vieillissant, lui conférait un certain charme. Des rides lui barraient le front, des cernes entouraient ses beaux yeux clairs.

– Nour ?
– Phil ! Que fais-tu là ? Je ne m'attendais plus à te revoir !
– Puis-je te parler un moment ?
– Oui.
– Monte dans ma voiture, proposai-je en lui ouvrant la portière.

Elle s'installa à l'avant et, d'un geste furtif, sortit un boîtier de son sac et se poudra le visage. Ce geste de coquetterie me fit sourire.

– Quel bon vent t'amène ? me demanda-t-elle lorsque je fus assis à ses côtés.
– Je voulais avoir de tes nouvelles. Après tout ce temps... Comment vas-tu ?

– Je vais mal. A l'image du pays !

Elle se mordit les lèvres et, n'en pouvant plus, fondit en larmes. Jamais je ne l'avais vue dans un tel état.

– J'ai beaucoup souffert, Phil, tu ne peux pas savoir.. Des problèmes de santé, la mort de mes parents, les erreurs et trahisons de mes anciens camarades, la solitude... J'ai sombré dans la dépression. Et les calmants n'ont fait qu'aggraver mon état... La guerre m'a complètement brisée : elle m'a tout pris !

Je baissai la tête. Pourquoi diable n'étais-je pas venu plus tôt ? Pourquoi cette lâcheté ? Nour avait eu besoin de moi, mais, par amour-propre, elle n'avait sans doute pas osé m'appeler. N'aurais-je pas dû répondre à son appel avant même qu'il ne me parvînt ?

– J'ai tout bousillé, reprit-elle en reniflant. Tout est de ma faute. A quoi bon le militantisme, la politique ? Rien ne vaut qu'on lui sacrifie l'amour ! J'ai perdu tout ce temps à défendre la cause des autres, sans prendre la peine de défendre notre propre cause... J'ai perdu mon temps !

Elle sortit son mouchoir de son sac et se moucha bruyamment.

– Je veux que tu me reviennes, Nour, dis-je en la regardant dans les yeux. Nous pourrions tout reprendre de zéro. Eluard disait : « Vivre, c'est oublier pour que tout recommence... »

Elle esquissa un sourire.

– J'aimerais bien oublier pour que tout recommence, murmura-t-elle en essuyant ses larmes.

Je lui pris la tête entre les mains et, comme autrefois à Chypre, posai sur ses lèvres un baiser passionné.

*

Ma mère fut prise d'un malaise cardiaque en apprenant l'assassinat de Bachir Gemayel, quelques jours seulement après son élection à la présidence de la République et l'évacuation des fedayin de Beyrouth-Ouest. Mon cousin Mansour me téléphona pour m'aviser qu'elle se sentait mal et qu'elle nous réclamait. J'avertis Joe sur-le-champ. Nous montâmes tous les deux jusqu'à Reyfoun où nous vîmes maman, allongée sur son lit, le visage livide, les yeux perdus dans le vague. Je lui pris la main et, m'agenouillant, la portai à mes lèvres.

– Ne m'abandonnez pas, les enfants! murmura-t-elle d'une voix presque inaudible.

C'était la première fois que j'entendais ma mère appeler à l'aide, elle qui, sa vie durant, avait secouru tout le monde.

– Nous sommes là, maman. Ne t'en fais pas!

– Je vais rejoindre votre père, reprit-elle. Il m'attend depuis si longtemps!

– Tais-toi. Tu restes avec nous. Nous avons besoin de toi.

Elle se tourna vers nous et nous considéra d'un air satisfait.

– Vous n'avez plus besoin de moi. Je vous ai tout donné.

– C'est vrai, maman, dit Joe. Tu nous as tout donné. Pardonne-nous tous les tracas que nous t'avons causés!

– Toi surtout, Joe, toi surtout! Promets-moi au moins une chose.

– Que je me marie? A mon âge!

– Non, dit-elle à mi-voix. Que tu ne portes plus les armes.

– Mais je ne peux pas, maman! protesta-t-il. La guerre n'est pas finie.

– Promets-moi, promets! répéta-t-elle, à bout de forces.

– Je te le promets, dit-il enfin.

Maman s'assoupit en souriant, les mains croisées sur sa poitrine. Quatre heures plus tard, comme saisie d'un pressentiment, elle se réveilla et, d'une voix étouffée, demanda à boire. C'est à ce moment précis qu'un bruit de pas résonna dans le corridor. La porte de la chambre s'ouvrit : c'était Mona. Prévenue par Mansour, elle avait pris le premier avion à destination de Beyrouth. Elle lâcha son sac, s'avança en direction de maman et, se penchant sur elle, déposa un baiser sur son front.

– Mona, Mona..., balbutia notre mère en lui caressant la joue.

Comme si elle n'attendait que ce moment pour partir, elle ferma les paupières pour ne jamais plus les rouvrir.

19

L'adieu aux armes

Joe avait menti. Il permit à notre mère de mourir en paix, mais il ne tint pas parole. Peu de temps après l'élection d'Amine Gemayel, le fils aîné de cheikh Pierre, à la présidence de la République en remplacement de son frère martyr, il participa à la désastreuse guerre du Chouf qui, en 1983, vit la victoire des hommes de Walid Joumblatt sur les Forces Libanaises, et eut pour conséquence le massacre de milliers de Libanais des deux bords et l'exode d'un nombre incalculable de réfugiés. Comme au temps de Roukoz, chrétiens et Druzes s'entretuaient. Mon grand-père avait raison : « La maison de la haine se bâtit avec les pierres des offenses »... Joe, qui n'avait plus la force de ses vingt ans, fut blessé près de Deir-el-Kamar et transporté dans une ambulance jusqu'à l'hôpital de l'Université américaine où il fut opéré par un ancien élève de mon père. C'est là qu'il apprit la prise en otage de plusieurs ressortissants étrangers et la destruction, par deux camions-suicide, du QG des troupes américaines près de l'aéroport de Beyrouth et du poste Drakkar du contingent français. Ces unités étaient chargées, dans le cadre de la Force multinationale, du maintien de la paix à Beyrouth après l'évacuation des Palestiniens.

– A qui profite le crime? lui demandai-je, assis à son chevet.

– A ceux qui profitent du chaos : les groupes terroristes

et les Etats qui les soutiennent ; à ceux qui ont intérêt à ce que la paix ne s'installe jamais dans notre pays !

Démoralisé après l'assassinat de cheikh Bachir et le décès de cheikh Pierre, mon frère reprit espoir après l'arrivée du général Aoun à la tête d'un cabinet de transition. L'homme était courageux, obstiné. Le 14 mars 1989, Aoun lança une « guerre de libération » contre les Syriens, redevenus maîtres du pays après le départ des Israéliens. Survoltés, des milliers de Libanais montaient chaque jour au palais de Baabda pour lui prêter allégeance. Des écrivains français – dont Daniel Rondeau, Jean d'Ormesson, Denis Tillinac, Claude Mauriac, Frédérique Deniau... – firent même le voyage jusqu'au Liban pour l'assurer de leur soutien. Plusieurs mois de bombardements sauvages ne parvinrent pas à avoir raison du général qui, peu de temps après, entra en conflit avec les Forces Libanaises. Cette lutte fratricide – qui rappelait étrangement celle qui avait opposé les vichystes aux gaullistes, et que j'avais couverte pour mon journal en 1941 – eut pour conséquence l'affaiblissement du camp chrétien et le départ pour Paris du général Aoun, délogé par l'aviation syrienne le 13 octobre 1990. Les accords de Taëf, conclus un an plus tôt, mirent un terme au conflit libanais. Ils marquèrent en même temps la fin de la carrière militaire de mon frère qui, depuis son entrée dans le mouvement Kataëb, avait été de tous les combats.

– Il est temps de déposer les armes, me dit-il un jour, à l'occasion de son anniversaire.

Je le dévisageai avec amusement. Il avait le crâne rasé, le cou massif, le visage anguleux et le teint hâlé propres aux mercenaires. Il portait une flanelle vert pétrole qui dévoilait ses bras vigoureux couturés de cicatrices. Aurait-il pris les armes si maman n'avait pas entravé sa carrière artistique ? Qui sait ? C'est de la frustration que naît la violence.

– Toutes les batailles que tu as menées, lui dis-je sur un ton narquois, n'ont servi à rien. Tu as oublié d'être heureux, oublié d'aimer. Tu as gaspillé ta vie !

Mon frère lissa son crâne dégarni et me répondit d'un ton sévère, presque menaçant :

– Non, Phil, je n'ai pas gaspillé ma vie. Ma vie, je l'ai consacrée à défendre une certaine idée du Liban. Et si le cèdre sur notre drapeau n'est ni rouge ni noir, c'est un peu grâce à moi et grâce à tous les *chabéb* qui se sont battus à mes côtés !

La paix revenue, la place des Canons redevint accessible et perdit enfin son statut peu enviable de « ligne de démarcation » ou de « ligne verte ». Je m'y rendis avec appréhension. Ce que je vis me plongea dans la consternation : une place en ruine ; une esplanade déserte envahie par les herbes folles, les barricades et les monticules de sable ; des carcasses de voitures calcinées, d'édifices éventrés, défigurés, amputés, informes ; le monument aux Martyrs, criblé de balles, mais debout. Seule, l'enseigne « Orient » sur le toit de l'immeuble Rivoli avait inexplicablement résisté à quinze ans de guerre, comme pour nous rappeler combien « compliqué » était devenu cet Orient habité par la violence. Je fis quelques pas au milieu de cette place fantôme et regardai autour de moi. Quel gâchis ! Où étaient les bruits de ma place ? Où étaient ses odeurs ? Où était la foule qui l'animait ? Assailli par les images de mon passé, je fermai les yeux. Je revis la gare routière, encombrée de Mercedes et de voitures américaines (De Soto, Plymouth, Dodge, Chrysler, Ford *aboudaassé...*) ; je revis les paysans débarquant des autocars (ou *bosta*), émerveillés, désorientés, un ballot sur le dos. Je revis les cinémas, avec leurs gigantesques affiches peintes : le Roxy, l'Opéra, le Rio, le Cristal, le Shéhrazade, le Rivoli qui exhibait les portraits géants d'Anita Ekberg ou de Brigitte Bardot au risque de provoquer des carambolages dans la rue, le Byblos avec sa salle luxueuse où fut projeté le fameux *My Fair lady*, le Gaumont Palace spécialisé dans la projection de films français, puis soviétiques, le cinéma Hollywood avec ses films égyptiens ou indiens, l'Empire avec sa façade polygonale et son double balcon, le Dunia où chantèrent Tino Rossi, Edith Piaf et Charles Trenet, l'Odéon (ex-cinéma Rex) où se déroulaient les matches de lutte opposant un colosse bulgare nommé Alexandre Doubriche à Edmond Zeeni... Je revis les cafés de la place, lieux de toutes les rencontres, de tous les complots : le Café Abou Afif, avec son légendaire plat de *foul* ; le Café de Verre ; le Café de la République et son billard dans l'arrière-salle ; La Ronda, avec ses grandes fenêtres qui donnaient sur la place des Canons et son inoubliable jus de canne à sucre ; le Café de la Poste où se disputaient d'interminables parties de trictrac ; le Café Farouk où les artistes Karém Mahmoud, Hassan Miliji, Mahmoud Choukoukou, Férial Karim se donnaient en spectacle, et dont le public manquait de finesse, mais point d'humour : à la tirade romantique de Mohamed Rouchdi : « *Safar Habibi* » (« Mon amoureux a voyagé »), les spectateurs répliquaient en chœur : « *Omro ma yérjah !* » (« Bon débarras ! »)... Je revis les hôtels : le Savoy, le Métropole, l'Astoria, le Régent et l'Hôtel d'Amérique, propriété de mon ami Alberto Slim, de Jezzine, le demi de la glorieuse équipe du père Tresca... Je revis ma place à la tombée de la nuit. Elle scintillait de mille feux : le néon des enseignes – horizontales sur les toits ou verticales sur les façades –, les réverbères encadrant le jardin central, les pylônes à deux branches, les vitrines illuminées des boutiques, les bureaux encore éclairés... Les phares des voitures laissaient sur leur passage, comme les étoiles filantes, des sillons de lumière... Je revis tout cela, et au milieu de ce décor, mon père, ma mère, maître Sidani, Najla, Zadig, Ziad, Varouj, Samuel, Naguib... La mort de la place des Canons symbolisait la fin d'une époque !

Je gagnai l'immeuble Sarkis. A l'entrée, des graffiti à la gloire des Mourabitoun et des Kataëb, écrits tour à tour par les miliciens des deux camps. L'escalier était jonché de détritus. Je me bouchai le nez et gravis les marches avec précaution. Arrivé sur le palier de notre maison, je me figeai. Il n'y avait plus de porte. Les murs et le plafond étaient devenus noirs, sans doute à cause de l'incendie qui avait ravagé le premier étage, celui de Samuel. Des gravats, des journaux déchirés jonchaient le sol. La présence de douilles m'informa que des francs-tireurs avaient élu domicile chez nous. Aucune trace de meubles ou d'objets ayant appartenu à ma famille : les obus et les pillards n'avaient rien épargné. Je secouai la tête et revins sur mes pas, écœuré. La guerre avait tout emporté, même mes souvenirs.

VII

LA PAIX

« Je t'annonce les temps d'une grande
faveur et la félicité du soir sur nos paupières périssables... mais pour l'instant
encore c'est le jour ! »

SAINT-JOHN PERSE,
Anabase

1

Romain

– Monsieur Philippe, un jeune homme vous réclame à la réception.

« Encore un étudiant à la recherche d'un stage », me dis-je en soupirant.

Je me dirigeai vers le hall d'entrée. Un grand jeune homme se tenait là, visiblement mal à l'aise. A sa vue, j'eus l'étrange impression de le connaître.

– Puis-je vous parler seul à seul ? me demanda-t-il à mi-voix.

Je l'invitai à me suivre.

– Je vous écoute, lui dis-je en refermant derrière moi la porte du bureau.

– Je m'appelle Romain. J'ai un message pour vous de Marianne.

Marianne ! Mon sang se figea dans mes veines. Depuis vingt ans, j'avais perdu sa trace. Certes, pris de remords, j'avais essayé de rentrer en contact avec elle et lui avais écrit pour avoir de ses nouvelles, mais ma lettre avait été retournée avec la mention : « Inconnu à cette adresse. »

– Oui, bredouillai-je, je connais cette personne.

Romain me regarda dans les yeux et déclara d'une voix tremblante :

– Je suis ton fils.

Je sursautai. Ce jeune homme, là, devant moi, mon fils ? Ce nez droit, ces lèvres, cette figure allongée... il y avait entre nous deux une grande ressemblance. Je pouvais le croire. Je m'approchai de lui et lui donnai l'accolade.

– Comment... comment m'as-tu retrouvé?

– Facile! Maman me parlait souvent de toi. Elle disait que ce n'était pas ta faute, qu'il valait mieux ne pas t'importuner parce que tu avais probablement une nouvelle vie. Mais lorsque Olivier, son mari, est mort et qu'elle est entrée à l'hôpital pour soigner sa dépression, je me suis retrouvé seul à la maison. J'ai alors décidé d'aller à ta recherche. Je savais que tu bossais à *L'Orient-Le Jour* : j'ai vérifié sur Internet que tu y travaillais toujours, et puis j'ai pris le premier avion pour Beyrouth. Je ne veux rien de toi. Je suis là pour te voir, c'est tout.

J'étais bouleversé. Un peu comme l'espion Philby, mon passé avait fini par me rattraper. Romain était le fruit d'un amour bâclé, mais il était innocent de notre erreur.

– Tu es mon fils, murmurai-je en posant mes mains sur ses épaules.

Romain parut soulagé.

– Je ne veux rien, répéta-t-il, comme s'il craignait que son geste fût mal interprété. Tout ce que je souhaite, c'est savoir que mon père existe.

Je baissai la tête, ému par ces mots prononcés d'un ton affectueux.

– Que fais-tu dans la vie?

– Je suis dans les télécoms. Je prépare une thèse pour devenir docteur en « théorie du signal ».

Je fronçai les sourcils : je ne savais même pas que cette discipline existait!

– Et quel est le sujet de ta thèse? fis-je pour bien lui montrer que je m'intéressais à son travail.

– « Déconvolution autodidacte au second ordre de signaux vectoriels en présence de bruit additif », me répondit-il, l'œil goguenard.

Je ne pus m'empêcher d'émettre un long sifflement : les sujets de philo de Nour paraissaient légers à côté de ce casse-tête!

– Que comptes-tu faire par la suite?

– Je ne sais pas encore. J'espère devenir prof...

– Et Marianne? Va-t-elle mieux?

– Elle a mal vécu la maladie d'Olivier. A sa mort, elle a craqué. Elle a même tenté de se suicider. Dans l'établissement où elle se trouve, elle est suivie de près par un psychiatre. Son état s'améliore, mais elle demeure fragile...

– Olivier savait que tu n'étais pas son fils?

– Maman a fini par le lui avouer. Au début, il a très mal pris la chose, a menacé de divorcer, et puis, il s'est fait à l'idée sans jamais l'accepter vraiment.

– Tu sais, je suis moi-même marié, mais je n'ai pas eu d'enfants. Ma femme et moi avons connu une longue période de séparation. En 1982, nous avons décidé de recoller les morceaux... Je ne souhaite plus mettre notre couple en danger. Je préfère ne rien lui dire à ton propos. Peux-tu m'aider à garder ce secret?

– Bien sûr, papa.

Ce mot, « papa », m'alla droit au cœur. Je lui pris la main. Sensation étrange : cette main inconnue, dont je ne connaissais ni la forme ni l'odeur, était celle de mon fils. Je la portai à mes lèvres et la baisai.

– Penses-tu vivre au Liban?

– Non, fit-il en secouant la tête. Impossible de trouver ici un débouché à mes études! Et puis, mon amie, les copains sont en France. Il y a surtout maman : si elle sort, elle aura certainement besoin de moi. Mais je reviendrai souvent!

En raccompagnant Romain jusqu'à l'ascenseur, je me dis que le destin fait parfois bien les choses. Privé d'enfants à cause de la guerre et de l'absence prolongée de Nour, j'avais au moins la satisfaction d'avoir une descendance en la personne de ce fils caché que j'étais prêt à aimer de tout mon cœur. Mais en secret.

2

Dernier combat

C'est en 1999, à l'âge où je croyais être « rangé des voitures », que je connus l'une des expériences les plus marquantes de ma carrière de journaliste. Vers le mois d'octobre de cette année-là, un magistrat s'en prit à un chanteur libanais connu, Marcel Khalifé, l'accusant d'avoir « porté atteinte au sentiment religieux » pour avoir chanté un poème de Mahmoud Darwich comportant un verset du Coran, et le déféra devant le juge pénal ! Cette nouvelle me mit hors de moi : j'étais allergique à la censure et encore plus à certains juges qui s'érigeaient en parangons de vertu et en gardiens de l'ordre religieux et moral. Je ne comprenais pas comment, dans « l'Etat de droit et des institutions » que prônaient nos dirigeants, dans un pays prétendument démocratique, considéré comme un havre de liberté par les autres pays arabes, pareille mesure pouvait être décrétée. Je pris donc ma plume pour condamner cette poursuite scandaleuse. Mon article parut dans les colonnes de *L'Orient-Le Jour* du 8 octobre sous le titre : « De Galilée à Marcel Khalifé ». Il s'achevait sur le passage suivant :

> « L'Inquisition reprochait à Galilée d'avancer des hypothèses sur la constitution de l'univers incompatibles avec une lecture littérale des Saintes Ecritures, ce à quoi il répondait, citant le cardinal Baronio : " L'intention du Saint-Esprit est de nous enseigner

comment on doit aller au ciel et non comment va le ciel ! " A Marcel Khalifé, on reproche aujourd'hui d'avoir chanté un poème de Mahmoud Darwich comportant un verset du Coran... Trois siècles après Galilée !

« Les démêlés des artistes avec les tribunaux ne sont pas chose nouvelle : à cause de passages " licencieux " relevés dans *Madame Bovary* et *Les Fleurs du mal*, Flaubert et Baudelaire subirent, au siècle passé, les foudres d'un même procureur nommé Ernest Pinard.

« Mais il y a une justice : Flaubert et Baudelaire sont entrés dans l'éternité. Pinard, lui, croupit dans les oubliettes de l'Histoire.

« Marcel Khalifé n'a pas à s'en faire : si la justice des hommes – qui n'a pas encore dit son dernier mot – ne lui donne pas raison, il y aura toujours l'autre justice. Celle qui ne se trompe jamais. »

Le soir même, trois inspecteurs en civil – ceux qu'on a coutume d'appeler au Liban *watawit al layl* : les « chauves-souris de la nuit » – frappèrent à ma porte. Nour dormait ; j'ouvris moi-même.

– *Estéz* Philippe ?
– Que me voulez-vous ?
– Veuillez nous suivre, maugréa l'un des sbires.
– Vous avez un mandat ?
– Oui, répliqua-t-il en ouvrant sa veste pour me montrer son revolver.
– C'est à cause de mon article ?
– Je ne peux rien vous dire.
– Donnez-moi deux minutes pour avertir ma femme et me changer.
– Désolé, nous n'avons pas de temps à perdre, fit l'énergumène en me poussant hors de ma maison.

C'est donc en pyjama et pieds nus que je fus transporté jusqu'à la cellule du palais de justice de Beyrouth, une cellule immonde où, au milieu des rats et des cafards, était parquée une foule compacte aux origines les plus diverses... Point d'aération ni de lumière. Il me fallut dix bonnes minutes pour m'accommoder à l'obscurité et discerner les silhouettes qui m'entouraient.

– *Ahla wsahla ya aam!* Soyez le bienvenu, l'oncle! dit une voix sur ma gauche.

– *Ahlan fik.* Tu es là depuis longtemps?

– Un mois.

– Où dort-on? lui demandai-je en cherchant des yeux les couchettes.

– Par terre, ricana-t-il. Si tu veux, tu peux dormir assis, le dos collé contre le dos de ton voisin!

– Et où pisse-t-on?

– Il y a un seau collectif, là-bas, au fond. Mais tu peux aussi faire dans ton froc si tu veux.

– Putain, les bêtes sont mieux traitées que nous!

– Tu l'as dit.

Je m'accroupis en grimaçant – l'arthrose est impitoyable à mon âge! – et me pris la tête entre les mains. Par mon excès de zèle, je m'étais embarqué dans cette histoire insensée. Il fallait être bien naïf pour croire en la liberté d'expression dans cette région du monde! Je songeai à Nour. Comment allait-elle réagir en apprenant mon incarcération? N'avait-elle pas suffisamment souffert comme ça? Et Romain? S'il savait son père en prison, que dirait-il?

– Tu n'as pas l'air d'avoir tué quelqu'un, reprit mon voisin en s'approchant de moi pour mieux m'examiner.

– J'ai simplement publié un article dans la presse pour défendre Marcel Khalifé.

– Marcel Khalifé? Qu'a-t-il fait pour que tu le défendes?

– On l'accuse d'avoir chanté une chanson religieusement incorrecte...

– Sans blague!

– Si, si, je te jure! Et toi, pourquoi es-tu en taule?

– J'ai manifesté avec mes camarades de l'Université Saint-Joseph pour réclamer le retrait des troupes syriennes du Liban en application des accords de Taëf. On m'a arrêté place Sassine, on m'a tabassé, on m'a brisé les côtes, on m'a interrogé pendant trois jours pour savoir si je préparais un coup d'Etat ou si j'étais un espion du Mossad, et puis, on m'a mis sous les verrous.

Il y avait dans la voix du jeune homme une grande détermination, mais aussi une certaine amertume.

– Qui ça « on » ?

– Les « chauves-souris de la nuit ».

Il se tut un moment, puis me demanda :

– C'est ça, la démocratie ?

Je secouai la tête d'un air consterné.

– J'ai lu quelque part que « la démocratie, c'est quand on sonne chez vous à six heures du matin... et que c'est le laitier ! » Voilà où nous en sommes !

Le jeune homme éclata de rire, puis, se levant, cria à la cantonade :

– *Ya chabéb*, le nouveau venu est en prison pour avoir pris la défense de Marcel Khalifé. Il mérite bien une chanson !

Ses compagnons – pour la plupart des étudiants, membres du courant du général Aoun ou des partisans des Forces Libanaises dissoutes depuis l'incarcération de leur chef Samir Geagea – accueillirent l'initiative par des applaudissements, oubliant qu'ils avaient autrefois boudé Khalifé à cause de ses idées « de gauche ». Ils entonnèrent aussitôt, comme un seul homme, l'une des chansons les plus populaires de l'artiste :

> *Bayna Rita wa ouyouni*
> *boundoukia*
> *wallazi yaarifou Rita yannhani*
> *wa youssalli li ilahén fil ouyoun al assaliya..*

> Entre Rita et mes yeux
> un fusil s'interpose
> Qui connaît Rita se prosterne
> et prie le dieu de ses yeux doux...

Leur voix résonna dans le palais de justice tout entier, si fort que les geôliers ne tardèrent pas à intervenir pour faire taire les choristes à coups de matraque. Mais il en fallait bien plus pour museler la jeunesse : à peine les gardes-chiourme partis qu'un autre couplet fusa, plus puissant encore que le précédent :

Ismou Rita
Kana i'dan fi fami
Jismou Rita
Kana orsan fi dami...

Le nom de Rita
Etait une fête dans ma bouche
Et le corps de Rita
Une noce dans mon sang...

Je me recroquevillai dans mon coin, les mains nouées autour de mes jambes repliées, en me disant que, tant qu'il y aura des jeunes, la liberté vivra.

3

Pour la liberté

Le lendemain matin, on m'emmena dans le bureau du procureur. Je dus patienter cinq minutes devant lui, menottes aux poignets, le temps qu'il terminât une conversation privée au téléphone. Sur un mur, à côté d'une statue de Thémis, les yeux bandés, la balance dans une main, l'épée dans l'autre, une plaque portant l'inscription : « Le Droit s'élève et rien ne le surpasse » me fit sourire. « Tout est bien dans le meilleur des mondes », me dis-je.

— Déclinez vos nom, prénom, âge et profession, commença le magistrat en allumant une Marlboro.

J'obtempérai. Le greffier nota mes réponses avec application en tirant la langue.

— Votre article est inadmissible, poursuivit le procureur en pointant vers moi sa cigarette en un geste accusateur. Cette fois, vous avez dépassé la mesure !

Je ne répondis pas. Il prit un imprimé et un stylo et me les tendit en déclarant :

— Signez !

— Qu'est-ce que c'est ?

— Vous devez vous engager par écrit à ne plus publier d'articles subversifs !

« Subversif » ! Ce mot me rappelait les colères de maman contre les lectures de Tonton et celles de mère Joseph contre les dissertations de Nour.

— Et si je refuse de signer ?

— Je vous coffre !

Une simple signature aurait suffi à écourter mon supplice. Mais je ne pouvais pas : comment renier ma conscience, mon passé ?

– Je ne signerai pas.

– Je vous conseille de ne pas faire le malin.

Il parlait par le coin de la bouche en mordillant sa cigarette.

– Vous pourriez être mon fils, monsieur le procureur. J'ai commencé le journalisme avant même votre naissance. Vous ne pouvez pas me demander de trahir ce à quoi j'ai cru pendant soixante ans !

Désarçonné, le magistrat écrasa sa cigarette dans le cendrier, déchira le papier qu'il m'avait présenté et, d'une voix altérée par l'émotion, ordonna au gendarme de me ramener en prison. En chemin, celui-ci me donna une tape amicale dans le dos et me confia en arabe :

– *Aajabtné. Ként hébbét étaalam frensawi ta oqra' yalli btéktbo.* Ton attitude m'a plu. J'aurais bien aimé apprendre le français pour lire ce que tu écris !

Je regagnai ma cellule, fatigué, mais heureux d'avoir résisté à mon persécuteur. Les choristes chantaient à tue-tête l'hymne national libanais : « *Koullouna lil watan, lil oula, lil aalam...* Tous pour la patrie, pour la grandeur, pour le drapeau... »

– Alors, comme ça, vous êtes revenu ! fit mon camarade. Vous vous plaisez bien chez nous, hein ?

– Oui, dis-je sans mentir.

Deux jours plus tard, grâce à l'intervention du président de l'ordre des rédacteurs de presse et patron de *La Revue du Liban*, Melhem Karam, je fus enfin relâché. Je sortis du palais de justice comme j'y étais entré, c'est-à-dire en pyjama et pieds nus. Avec mes cheveux blancs ébouriffés, mes poches sous les yeux, ma mine patibulaire, j'avais l'air d'un désaxé échappé de l'asile d'Asfourié. Une foule nombreuse m'attendait devant le portail principal.

– Phil !

Nour accourut, se jeta à mon cou et me serra longtemps contre son cœur en pleurant.

– N'oublie pas ce que tu me disais autrefois : *El habss lal rjél* : la prison est pour les vrais hommes ! lui dis-je à l'oreille pour la réconforter.

Joe et Ziad me donnèrent à leur tour l'accolade au milieu de dizaines de journalistes et de photographes venus m'assurer de leur soutien.

– Si mon père était encore en vie, tu serais sorti tout de suite ! dit Ziad en souriant.

– *Allah yerhamak ya estéz Kamal !* Que Dieu ait ton âme, maître Kamal ! fis-je en levant les yeux au ciel.

*

Le 15 décembre 1999, un jugement exemplaire rendu par une magistrate courageuse acquitta Marcel Khalifé. Je m'empressai de saluer la nouvelle dans les colonnes de *L'Orient-Le Jour* :

> « Il faut espérer que ce jugement incitera dorénavant les autorités à un respect plus scrupuleux des libertés, bafouées depuis des années avec une légèreté révoltante. Aussi ce jugement nous aura-t-il permis de vérifier qu'il n'y a pas de bonne ou de mauvaise justice : il n'y a que de bons ou de mauvais magistrats. »

Deux jours plus tard, au moment où je sortais du siège de *L'Orient-Le Jour* pour aller déjeuner, un homme barbu, vêtu d'une chemise blanche et d'un pantalon noir, vint à ma rencontre.

– Je suis Marcel Khalifé, dit-il en effleurant son front du bout des doigts en signe de salut. Je suis venu vous dire merci.

4

Journal de l'an 2000

L'an 2000, déjà ! J'ai traversé ce siècle en somnambule, sans m'en rendre compte. Je crois qu'il vaut mieux oublier le temps, et se dire que la comptabilisation des heures qui passent n'est que le fruit de l'imagination des hommes qui ont créé des repères, des jalons, pour rythmer leur existence ; qu'il est plus excitant de naviguer à vue, sans boussole, en n'ayant pour guide que son étoile – comme pour les Phéniciens, la Grande Ourse – et son envie de vivre...

Victor Hugo disait dans *Les Misérables* que « le xxᵉ siècle sera heureux ». Il s'est trompé. Non, le xxᵉ siècle n'a pas été heureux : il a certes enregistré d'importantes réalisations scientifiques – on a vaincu des maladies, marché sur la Lune ! –, mais il a aussi connu deux guerres mondiales, le nucléaire, des génocides, des catastrophes sans fin. Où est le bonheur ?

Je me trouve avec Nour dans la montagne libanaise, loin du tumulte qui, en ville, accompagne les réveillons... Pas de neige. Nous nous promenons, nous découvrons la nature, nous vivons au ralenti, peu pressés de retrouver cette « civilisation qui marche sur des roues », selon le mot de Khalil Gibran. A la télévision, la tour Eiffel brille de mille feux. Je suis à des kilomètres de Romain, mais nos yeux fixent la même scène. A minuit, il m'appelle sur mon portable pour me souhaiter une bonne année.

– Qui est-ce ? me demande Nour.
– Un ami français, lui dis-je, feignant l'indifférence.

8 février

La reconstruction de Beyrouth se poursuit. Nul n'osait plus croire à la résurrection de cette cité « punie de son insouciance ». Le centre-ville prend forme. La place de l'Etoile et le siège du Parlement, la rue Maarad et ses arcades dignes d'une toile de Giorgio de Chirico, les rues Weygand, Foch, Allenby... Les immeubles ont été refaits. Avec leurs façades d'un bel ocre pâle, leurs pierres sablonneuses appelées *ramlé*, ils ont quelque chose de *lumineux*. Mais voilà : les gens huppés occupent les restaurants et les cafés ; les touristes flânent dans des rues aseptisées ; les artisans d'autrefois ont été délogés ; les habitués ont perdu leurs repères ; les lieux de mémoire n'existent plus. Tout cela me paraît trop artificiel. Comme un décor de théâtre.

5 mars

Le cabinet israélien présidé par Ehud Barak approuve à l'unanimité le plan de retrait du Liban-Sud prévu pour juillet 2000, même en l'absence d'accord avec le Liban et la Syrie. Rien d'étonnant à cela : Barak ne s'est-il pas engagé, au moment des élections, à se retirer du « bourbier libanais » ?

7 mars

Journée passée au lit. Le plus tragique dans la vieillesse, c'est cette impuissance à freiner la décomposition du corps, c'est de devenir le témoin de sa propre décrépitude, d'être ce guetteur à l'affût du moindre dérèglement, signe avant-coureur de la fin. Pendant ma jeunesse, je me croyais invulnérable, je me sentais capable d'aller au-delà de mes limites, un peu comme la fusée de Manoug qui voulait dépasser l'Everest. Aujourd'hui, mes limites sont étroites : je suis *encagé*. On n'est finalement jamais libre, puisqu'on devient toujours prisonnier de son propre corps. Regretter le passé ? « Ne jamais regretter », nous enseignet-on. J'estime, quant à moi, qu'il faut *tout* regretter. Comme un romancier qui relit son livre et qui se dit que si c'était à refaire, il l'écrirait autrement.

11 mars

En Afrique, les pluies diluviennes font des ravages. Le cyclone a noyé la population démunie. L'appel à l'aide, lancé le 10 février dernier, n'a reçu que début mars un véritable écho auprès des organisations internationales et des pays occidentaux. Entre-temps, les intempéries ont fait un million de sinistrés et causé la mort de centaines de personnes : imbécile indifférence de la communauté internationale qui assiste à la télévision à la détresse d'un peuple livré à l'abandon et aux caprices de la nature, et qui voit sans bouger ces images insupportables de femmes et d'enfants accrochés aux toits des huttes ou perchés sur les arbres. Pourquoi la « non-assistance à personne en danger », considérée comme un délit par le code pénal, est-elle tolérée sur le plan international ?

21 mars

La fête des Mères est célébrée au Liban en ce jour. Je pense à ma mère, à son beau visage, à ses derniers mots. Je songe aux propos de Maupassant, simples, évidents, mais tellement vrais : « Aucune affection n'est comparable à celle-là, car toutes les autres sont de rencontre et celle-là est de naissance. Toutes les autres nous sont apportées plus tard par les hasards de l'existence et celle-là vit depuis notre premier jour dans notre sang même. »

7 avril

Le pape Jean-Paul II se trouve à Fatima. Je le vois, son bâton de pèlerin à la main, debout, malgré le poids écrasant de l'âge et de la maladie. Je me souviens de sa visite au Liban, le 17 mai 1997. J'avais assisté au centre-ville à la messe célébrée en plein air, devant un million de fidèles, par celui qui a toujours considéré mon pays comme « un message ». Son « N'ayez pas peur ! » me revient à l'esprit. Cette phrase n'est pas seulement un appel aux hommes à garder la foi et à ne pas laisser le doute les gagner ; elle est aussi, pour les Libanais, un message de réconfort dans cette région du monde exposée à toutes les convoitises et livrée à la barbarie. « La Foi est une proposition de liberté », affirme Jean-Paul II. C'est cette même foi qui doit nous habiter afin que nous puissions nous débarrasser de ce qui nous étouffe et nous enchaîne.

10 avril

Déjeuner au Horseshoe. Toujours à la même place. La radio diffuse une chanson de Feyrouz : *Bhébbak ya Loubnan* (« Je t'aime, ô Liban »). Autour de moi, des intellectuels fument le narguilé. Ils rêvent encore de changer le monde, mais le monde a changé sans eux. Leur pensée n'a plus évolué depuis le début de la guerre. Ils ressemblent à des montres arrêtées.

13 avril

On commémore les vingt-cinq ans de la guerre. Triste anniversaire... Combien de morts, de blessés, de disparus, de réfugiés ? *Why ?* avaient scandé les manifestants contre la guerre du Vietnam. Oui, pourquoi ?

19 avril

Reçu une carte postale de Romain qui me souhaite bon anniversaire. Il sait tout sur moi, ma date de naissance, mes goûts, mes auteurs préférés. Sans doute, en écoutant parler du Liban, frémit-il en pensant qu'il a lui-même du sang libanais dans les veines. L'avoue-t-il à ses amis ? Je le crois. Cette origine orientale le rend plus touchant, plus mystérieux.

Couvert pour *L'Orient-Le Jour* un colloque sur : « L'avenir du livre et de la lecture au Liban ». Le débat a souligné le rôle que doivent jouer les parents pour faire aimer la lecture à leurs enfants. C'est un fait : le livre recule face aux nouvelles technologies. Bientôt, les écrivains ressembleront à ces artisans qui pratiquent des métiers obsolètes, comme les allumeurs de réverbères ou les porteurs d'eau. Et les lecteurs? Ils entreront en résistance.

24 avril

Sur l'île de Jolo, en Malaisie, un commando intégriste enlève des touristes. Parmi les otages, Marie, une Libanaise vivant en France.

4 mai

L'aviation israélienne bombarde des cibles civiles, des centrales électriques à Bsalim et Beddaoui, en représailles contre des attaques du Hezbollah.

5 mai

Au théâtre Al Madina de Nidal Achkar – une artiste complète, à la vitalité étonnante et au verbe haut –, j'assiste à un récital de poésie. « N'est-il pas indécent de parler de poésie au lendemain d'un bombardement? » demande une étudiante. Je lui réponds que la poésie défie la guerre et lui rappelle que Paul Eluard, sous l'Occupation, avait publié un ouvrage intitulé *L'Honneur des poètes*. Non, notre réunion n'a rien d'indécent puisque « l'étreinte poétique, comme l'étreinte de chair, tant qu'elle dure, défend toute échappée sur la misère du monde » (Breton).

6 mai

C'est la fête des Martyrs, ceux qui sont morts sous la fenêtre de mes parents. Je me promène avec Nour sur la Corniche qui borde l'avenue Charles-de-Gaulle et va de l'hôtel Saint-Georges jusqu'aux plages populaires de Ramlet-el-Beida. Il fait bon. L'odeur de la mer m'enivre, le ciel est d'un bleu éclatant. Toute la ville de Beyrouth se retrouve là. Il y a les sportifs qui font du jogging, les marcheurs qui brûlent leurs kilos superflus, les oisifs qui écoutent la radio, les vendeurs de limonade ou d'épis de maïs, les jeunes filles voilées de la banlieue sud ou en minijupe d'Achrafieh, les adolescents perchés sur leurs rollers, les pêcheurs armés de cannes et d'épuisettes... Je reconnais l'endroit où le capitaine Gérard me donna son fusil, le lieu où les dames de la haute société se rassemblaient... Je m'arrête face à la grotte aux Pigeons, là où Mona comprit qu'elle aimait Jean-Claude, puis devant le café où Nour et moi cherchions des solutions à nos problèmes. La nostalgie est un poison : elle rend le présent invivable.

10 mai

Hier, le *amid* Raymond Eddé est mort à l'âge de quatre-vingt-sept ans. Son départ m'a attristé. Cet homme avait les mains pures : il a toujours refusé que ses partisans prennent les armes. En exil en France depuis vingt-quatre ans, il n'a jamais cessé de dénoncer les occupations, par Israël et la Syrie, du territoire libanais. J'ai toujours partagé ses idées, sauf une : son attachement à la peine de mort, dicté, selon lui, par la spécificité de la société libanaise où la vendetta n'a pas été « abolie ».

17 mai

Déjeuner avec Nour chez des amis à Yarzé. Il y a là Ghassan Tuéni et le président Charles Hélou. Je salue M. Tuéni, l'une des figures de proue du journalisme arabe, artisan de la fusion du *Jour* et de *L'Orient*. L'homme est brillant, s'exprime avec aisance et érudition. Il a connu tant de choses, commenté tant d'événements, qu'il est, en quelque sorte, la mémoire de ce siècle qui s'achève. Avec son éternelle cigarette au coin des lèvres, il égrène ses souvenirs à la tribune de l'ONU, à la tête du quotidien *An-Nahar*... Le président Hélou se déplace avec peine, a du mal à s'exprimer. Mais mon ancien rédacteur en chef n'a rien perdu de sa lucidité. Depuis mes premiers écrits au *Jour*, cet ardent francophone n'a jamais cessé de m'encourager. Il me raconte avec humour sa visite à l'Académie française en compagnie du général de Gaulle en mai 1965. Je sais par cœur le discours prononcé par le Général lors de cette visite historique. Il y rend hommage au Liban,

« nation indépendante, prospère et cultivée ». Aujourd'hui, hélas, les trois adjectifs nous font cruellement défaut.

20 mai

Beirut by night. Rue Monnot ou au centre-ville, les noctambules font la loi. L'alcool coule à flots ; la drogue circule sous le manteau. Non loin de l'église Saint-Joseph – là où, enfant, je m'étais évanoui –, je croise des adolescents qui friment, un portable à la main, des jeunes filles branchées qui exhibent leur nombril. Insouciante jeunesse ! Comme cette ville si pressée de tourner la page de la guerre qu'elle a raté sa renaissance.

22 mai

Mes problèmes aux yeux s'aggravent. Il m'est désormais impossible de descendre les marches d'un escalier sans m'agripper à la rampe. Je ne me résous pas encore à consulter un ophtalmologue : je redoute son verdict.

Rencontré Georges Fleury. Un vrai baroudeur. Sa belle figure barrée d'une moustache blonde reflète mal le caractère sans doute dur de cet ancien militaire, fils d'une Arménienne de la famille Mouradian et d'un Français, officier en Syrie durant la Seconde Guerre mondiale. « Bachir Gemayel voulait me recruter avec d'autres officiers lors de la fameuse bataille des hôtels, en tant que mercenaire, me confie-t-il. Il avait même mesuré la solidité des esplanades où les hélicos étaient censés atterrir avec hommes et matériel. Les choses n'ont finalement pas pu se faire... » Evoquant le Drakkar, ce drame qui a coûté la vie à des dizaines de soldats français, il émet des doutes quant à la véracité de la version officielle qui soutient que l'explosion serait due à un camion piégé. Au dire de Fleury, la charge explosive a été acheminée par les égouts et placée sous l'immeuble ! Est-ce le romancier ou le militaire qui parle ?

25 mai

Aujourd'hui, à 6 h 42, le dernier soldat israélien a quitté le Liban-Sud. Plantu, à la une du *Monde*, montre le Liban qui fait ses adieux à un tank israélien alors qu'un Syrien lui empoigne le bras. Depuis vingt-deux ans, le Liban-Sud attendait l'heure de la délivrance. Tout s'est passé trop vite : le retrait de Tsahal s'est fait dans le désordre. Il rappelle le départ précipité des marines de Saïgon.

Le monde entier découvre avec horreur la prison de Khiam où les miliciens de l'ALS enfermaient les résistants libanais. L'un des prisonniers libérés, un communiste, éclate en sanglots : isolé dans un cube en béton depuis quinze ans, il ne savait pas que l'URSS avait cessé d'exister.

27 mai

Séisme en Turquie. La panique s'est emparée de la population turque qui redoute l'extension de la catastrophe à d'autres zones du pays. En 1956, un séisme terrible avait fait trembler le Liban. La nuit, en petite tenue, maman, Joe et moi étions descendus dans la rue et avions couru en direction du port. Nous sommes nus, impuissants, face aux caprices de la terre, à moins que ce ne soient les caprices du Ciel – mais Le Clézio nous assure que « le ciel n'est jamais l'ennemi ».

10 juin

Il y a des jours où rien ne se passe (« RAS » écrivent les militaires dans leurs journaux de marche), et des journées où un événement majeur bouscule tout à coup notre quotidien. Joe m'informe que le président syrien Hafez Assad est mort. Je n'y crois pas. Pendant la guerre, plus d'une fois, de fausses rumeurs avaient circulé, annonçant la mort du « lion » syrien. Je regarde autour de moi. Les gens s'interrogent. Comment réagissent-ils ? Il y a ceux qui regrettent le départ de ce personnage de légende qui a tenu son pays d'une main de fer et qui a refusé de faire la paix avec Israël à n'importe quel prix ; il y a ceux qui ne cachent pas leur soulagement à l'idée que la région soit « débarras-sée de cet homme qui écrasait le Liban » ; il y a ceux, enfin, et ils sont nombreux, qui sont inquiets, qui ne savent pas quelles retombées aura cette mort sur la Syrie, sur le Liban, sur le processus de paix... Comme Saddam, Has-san II, Hussein de Jordanie, Kadhafi, Nasser, Assad était une figure de proue du monde arabe. Au tribunal de l'his-toire, qui sera acquitté ?

Longtemps englué dans une équation politique inso-luble, le Proche-Orient a été le théâtre, en quinze jours, de deux événements majeurs qui ont bouleversé la donne : le retrait israélien auquel on ne croyait plus, et la mort d'Assad. On parle d'« incertitudes »... Forcément. Le monde s'était tellement habitué à la situation au Sud-Liban et à la figure du président syrien qu'il lui faudra du temps pour *digérer* les changements survenus sur la scène proche-orientale.

L'Euro 2000 s'ouvre dans l'indifférence générale. La mort d'Assad a accaparé l'actualité.

11 juin

Les journaux libanais publient des éditions spéciales consacrées à Assad. Ils se penchent déjà sur la succession. En Syrie, l'assemblée du peuple s'est réunie à la hâte pour modifier la constitution et ouvrir la voie au fils du défunt. Bachar Assad devrait succéder à son père, devenant ainsi le plus jeune chef d'Etat du monde. En un an et demi, le monde arabe aura connu quatre successions : Abdallah II de Jordanie, Mohammed VI du Maroc, Hamad Ben Issa de Bahrein et Bachar Assad !

12 juin

Dans les médias libanais, les politiciens déplorent à qui mieux mieux la disparition du leader syrien. Seules les chaînes françaises nuancent leurs propos et ne manquent pas de rappeler crûment « l'annexion du Liban par la Syrie ». Faut-il que la France nous rappelle ce que nous n'avons pas le droit d'oublier ? Les Français seraient-ils devenus plus libanais que les Libanais eux-mêmes ?

Ce matin, à la rédaction de *L'Orient-Le Jour*, j'apprends que de nombreux quotidiens et magazines français ont été saisis par les autorités libanaises parce qu'ils exprimaient des opinions défavorables au président syrien défunt. Dira-t-on assez l'absurdité d'une telle mesure ? A l'heure des nouvelles technologies et des satellites, il est devenu vain de croire que les ciseaux de la censure (« Dame Anastasie » comme aiment à l'appeler certains journalistes) peuvent encore empêcher la circulation des informations. En interdisant la distribution d'un journal, les censeurs ne savent-ils pas qu'ils attisent ainsi la curiosité de la population et l'incitent à chercher à connaître la teneur des articles supprimés ? Et puis, les lecteurs sont-ils tellement « incapables », dénués de discernement, pour qu'on veuille les éduquer de la sorte en sélectionnant ce qu'ils ont le droit de lire et ce qui ne doit pas tomber sous leurs yeux ? Je songe à cette lettre de Flaubert, écrite en août 1877 : « Je hais frénétiquement ces idiots qui veulent écraser la muse sous les talons de leurs bottes ; d'un revers de sa plume, elle leur casse la gueule et remonte au ciel. Mais ce crime-là, qui est la négation du Saint-Esprit, est le plus grand des crimes et peut-être même le seul crime. »

18 juin

Soixante ans depuis l'appel du 18 Juin ! J'ai, en permanence, dans mon bureau à *L'Orient-Le Jour*, épinglé sur le tableau d'affichage, le texte de l'appel historique prononcé à la BBC par le général de Gaulle. La présence, dans mon dos, de cet appel me sécurise et conforte chez moi la volonté de *résister*.

1ᵉʳ juillet

La France, opposée à l'Italie, a remporté *in extremis* l'Euro 2000. La finale me rappelle notre « finale » à nous, contre les *War City*, et le visage radieux du père Tresca au moment du coup de sifflet final.

30 juillet

Le président Amine Gemayel rentre au Liban après douze ans d'exil. Une foule ardente lui réserve un accueil triomphal. Mon frère s'est rendu à Bickfaya pour saluer le fils de cheikh Pierre : incorrigible Joe !

2 septembre

Je fête aujourd'hui mes trente ans de mariage. Trente ans, moins les années où nous étions séparés. Entre Nour et moi existe une grande complicité, malgré mon secret inavouable et les cicatrices du passé. Envers et contre tous, notre couple a survécu à la différence, aux préjugés, au temps. Dois-je culpabiliser de ne pas lui avoir révélé l'existence de Romain ? Je crains qu'elle ne prenne mal l'affaire, qu'elle ne me reproche, plus encore que l'existence de ce fils, mon mutisme et mon manque de transparence. Je préfère laisser passer les choses, sans provoquer de vagues ou de remous. Je ressemble à un commerçant qui refuse d'admettre qu'il est en faillite et qui attend qu'un improbable miracle vienne le sortir de l'ornière : « Accroché aux cordes du vent. » Je me dis que la mort viendra bientôt et emportera avec moi mon secret, et que même si Nour apprend la vérité *post mortem*, je ne serai plus là pour m'expliquer. Les hommes sont si lâches, finalement.

27 septembre

Marie libérée, enfin, après une prise d'otage de cent vingt-sept jours sur l'île de Jolo ! Je la vois à la télévision, pâle, échevelée, mais fière comme une Libanaise sait l'être.

Je consulte mon ophtalmologue. Mon cas est grave. Je souffre d'un glaucome, une maladie qui entraîne une diminution de l'acuité visuelle pouvant aller jusqu'à la cécité. Je suis inopérable. Cette nouvelle m'atterre. Ne plus voir les visages que j'aime, ne plus pouvoir admirer un paysage ! Je n'en dirai rien à Nour, pour ne pas l'inquiéter. Quand tombera la nuit sur moi ? En écrivant ces mots, je me rends compte avec horreur que ma cécité m'empêchera de lire. Tous les livres entassés dans ma bibliothèque ne serviront plus à rien. Pourrai-je encore écrire en aveugle ? A quoi bon ? Ma vie touche à sa fin. Tout est derrière moi.

30 septembre

La visite, jeudi passé, du chef du Likoud Ariel Sharon à l'esplanade des Mosquées à Jérusalem, a provoqué une flambée de violence. C'est le retour de l'Intifada dans les territoires palestiniens : les lanceurs de pierres reprennent du service. Jusqu'à quand ? Peut-on encore espérer la paix dans cette région du monde ? Pour faire la paix, il faut la vouloir. Or, pour l'instant, les deux camps n'en veulent pas.

1er octobre

J'ai souhaité la revoir, m'imprégner d'elle comme une éponge boit l'eau, la garder en mémoire comme dans un coffre. Ce matin, debout sur le toit de l'immeuble Sarkis, j'ai regardé Beyrouth pour la dernière fois : Tabaris, Gemmayzé, rue de Damas, Nasra, Sodeco, Mar Mikhaïel, Aïn-el-Mreissé, Ras Beyrouth, Kantari, Sanayeh, Hamra, Minet-el-Hosn, Ramlet-el-Beida, Mar Mitr, Moussaitbé, Mazraa, Bachoura, Basta, Zokak-el-Blat... Hétérogène et contrastée, Beyrouth est une mosaïque de religions et de couleurs. Chaque rue possède son cachet propre, son histoire, ses habitués, ses coutumes, ses manies. Beyrouth... multiforme, plurielle, et pourtant unique !

La main en visière au-dessus des yeux, j'ai contemplé ma ville avec émotion. Les ruines sont partout : celles de la guerre, encore présentes, qui témoignent de la folie des hommes ; celles des siècles passés, de dix-sept civilisations qui sommeillent dans les entrailles de Béryte, prêtes à revivre pour peu que les archéologues les réveillent, celles qui racontent des épopées : Phéniciens, Grecs, Romains, Byzantins, Croisés, Mamelouks, Ottomans, Français... Détruite sept fois, sept fois Beyrouth s'est réincarnée. Ici, un mur phénicien ; là, les vestiges de l'Ecole de droit qui a fait dire aux anciens : *Berytus nutrix legum* (Beyrouth, nourrice des lois) ; là-bas, des thermes romains... A perte de

vue, des immeubles hétéroclites, des maisons à l'architecture vague, imprécise... Beyrouth est une femme fati-
guée, mais orgueilleuse. A l'instar de ma mère, de Mona, de
Nour.

2 octobre

Romain m'écrit pour m'annoncer avec enthousiasme
qu'il a reçu le titre de « docteur en théorie du signal » avec la
mention très honorable et qu'il ambitionne d'occuper bientôt le poste de maître de conférences à la fac. Sa thèse a établi que « l'hypothèse des colonnes réduites n'est pas une
condition nécessaire pour garantir l'existence d'un prédic-
teur, mais aide seulement à en borner l'ordre » et réfuté la
théorie selon laquelle « les conditions d'identifiabilité géné-
rique des matrices hermiciennes à l'intérieur de la fenêtre
de Hamming permettent une identification des cosinus
surélevés par une méthode de sous-espaces »... Fichtre ! Fallait-il qu'il perdît plusieurs mois de son existence pour
aboutir à cette conclusion ! Mais je m'égare : peut-être est-ce
la proximité de la mort qui m'incite à mesurer ainsi le prix
du temps perdu ? Les jeunes ne comptent pas !

Je réponds à Romain que je suis fier de lui, quoi qu'il
fasse, et que l'important est de savoir profiter de la vie. Je
lui rappelle ce mot d'Edgar Poe : « C'est dans le mépris de
l'ambition que doit se trouver l'un des principes essentiels
du bonheur sur la terre. » J'aurais bien aimé voir sa tête à
la lecture de ma réponse !

3 octobre

Aux élections législatives que je couvre pour mon journal, Rafic Hariri remporte tous les sièges à Beyrouth : un
véritable raz-de-marée minutieusement préparé depuis
sa mise à l'écart par le président Lahoud. Son retour au
pouvoir est inéluctable. Saura-t-il tirer des leçons de ses
erreurs passées ?

24 octobre

Rafic Hariri est nommé Premier ministre. Pour combien de temps ? Les différends entre les trois présidences, entre les membres de la troïka issue des accords de Taëf, risquent de paralyser le pays et d'entraver les réformes pourtant nécessaires pour engager le Liban dans la voie de la modernité et de la démocratie.

5 décembre

George W. Bush proclamé nouveau président des Etats-Unis au terme d'une bataille post-électorale sans précédent. C'est la première fois depuis 1824 et John Quincy Adams qu'un fils d'ancien président est élu. Il reprendra le 20 janvier les clés de la Maison-Blanche que Bill Clinton avait enlevées à son père. Quelle sera sa politique ? L'Empire américain a les coudées franches depuis la chute du mur de Berlin. L'Europe est encore désorganisée. Il faut s'attendre au pire : un monde sans équilibre est un monde pernicieux.

1er janvier 2001

Nous entrons de plain-pied dans un nouveau millénaire. Quel avenir espérer ? Partout, la violence, l'extrémisme, l'intolérance. Notre société a changé. Le Liban n'est plus ce qu'il était. Les Syriens et leurs acolytes, d'anciens miliciens reconvertis dans la politique, des groupuscules stipendiés par l'étranger font désormais la loi dans le pays. Jusqu'à quand ? Est-ce un phénomène irréversible ? Je ne veux pas le croire. Nous avons encore des hommes libres et nous ne sommes pas seuls. Le président Fouad Chéhab avait un jour demandé à un économiste étranger de lui fournir un rapport sur les réformes à entreprendre dans le pays. « N'y changez rien, avait-il conclu, déconcerté par le désordre ambiant. Que la Vierge de Harissa garde le Liban ! » La Vierge de Harissa, là-haut, debout sur sa colline, les mains ouvertes, le regard rivé sur la baie de Jounieh, veille en effet sur le Liban. J'espère que, par lassitude, elle ne finira pas par fermer les yeux !

Ce matin, j'ai remis au directeur de *L'Orient-Le Jour* ma demande de départ à la retraite. Soixante années au service du journalisme, c'est assez : il faut céder la place aux jeunes. Et puis, mes problèmes aux yeux me handicapent sérieusement. Mes amis au journal m'ont organisé un pot d'adieu. Il y avait là le ministre Michel Eddé, propriétaire du quotidien, Issa, Amine, Camille, Nagib, Abdo, Gaby, Jean, Fadi, Maria, Edgar, Zeina, May, Michel, tous les photographes, les techniciens... Cérémonie émouvante. Je prononce une petite allocution pour les remercier et pour évoquer la mémoire de nos amis disparus... Ma voix s'étrangle. La dernière page est tournée. Que deviendrai-je sans eux ? Je sors de l'immeuble et me dirige à pied vers la place des Canons. Mon départ, je veux aussi le partager avec cette place qui a accompagné ma vie tout entière. Je m'y recueille un instant, m'attarde devant l'endroit où se dressait l'immeuble Sarkis, récemment rasé par les bulldozers, puis me rends chez maître Achkar, mon notaire, pour y déposer mon testament. Il chausse ses lunettes et lit avec attention mes dernières volontés. Il lève les sourcils et me demande, surpris :

– Vous êtes sûr de vouloir disperser vos cendres sur la place des Canons ?

Epilogue

Monsieur Philippe vide son verre et se croise les doigts. Les rides sur son front ressemblent à des cicatrices.

— Voilà, déclare-t-il. Mon récit est sans doute fragmentaire. Trop de choses sont restées dans l'ombre : des événements plus ou moins importants que le Liban a connus, mais qui ne m'ont pas marqué autant que des épisodes parfois anodins de ma vie ; des gestes répétés au quotidien, par habitude, et dont on ne voit plus l'intérêt, des dialogues ou des faits insignifiants qui ne laissent aucun souvenir ou qui s'effacent comme le sillon d'écume qu'une barque dessine sur son passage. Ai-je dit l'essentiel ? Je l'espère. En tout cas, cette plongée dans le temps m'a fait le plus grand bien.

— Pourquoi m'avoir parlé de Romain ?

— Je devais absolument partager avec quelqu'un ce lourd secret que je porte depuis des années. Arrivé au terme de ma vie, je me devais de me réconcilier avec mon passé. Si tu écris mon histoire et que Romain la lit un jour, il comprendra qui je suis, qui il est, d'où il vient. J'espère qu'il assumera sans complexe cette double appartenance, cette double identité.

Il se lève de son lit en s'appuyant sur moi.

— J'attends à présent que la mort m'emporte, poursuit-il. Je suis en retard : tous mes amis d'enfance ont déjà été rappelés à Dieu. Il ne reste plus que moi. Je suis le dernier survivant d'une espèce disparue. Une seule chose me manquera au ciel : le pays du Cèdre. Qu'est-ce qui fait qu'on s'attache à sa patrie ? L'habitude, les racines, les parents, les amis ? Je crois qu'on ne naît pas dans un pays par hasard. Si on naît quelque part, c'est pour *appartenir* à ce lieu, même si les vicissitudes de l'existence nous en éloignent.

– Beaucoup de jeunes jettent l'éponge, monsieur Philippe, lui dis-je. Ils suffoquent, ils préfèrent partir...

– Ils ont tort. Ce pays est irremplaçable : tous les voyageurs qui y passent, depuis la nuit des temps, ne rêvent que d'y rester, et nous, nous partons ! Un peu de patience : Beyrouth retrouvera son âme, et le Liban sa liberté. Il suffit d'y croire et de lutter. A Nahr-el-Kalb, des stèles commémorent le départ de nos occupants successifs. Mon père a assisté au départ des Ottomans, j'ai assisté à celui des troupes françaises, et toi...

Posant ses deux mains sur mes épaules, il poursuit d'une voix grave :

– J'aime ce pays. Malgré toutes les difficultés qu'il rencontre et les contradictions qui déchirent notre société, il faut que nos compatriotes mesurent, une fois pour toutes, la justesse de ce dicton que ni mon grand-père Roukoz ni mon père Elias n'auraient désavoué : « Heureux celui qui possède un enclos à chèvres au Liban. »

Bibliographie

Bien que ce livre soit une œuvre de fiction, une importante documentation a été utilisée pour l'écrire :

Sur Beyrouth : l'excellent essai de Samir Kassir : *Histoire de Beyrouth*, Fayard, 2003 ; Michel Fani, *L'Abécédaire de Beyrouth*, Editions de l'Escalier ; Richard Millet, *Un balcon à Beyrouth*, La Table ronde, 1994 ; Nada Sehnaoui, *L'Occidentalisation de la vie quotidienne à Beyrouth*, Dar An-Nahar, 2002 ; *Beyrouth*, sous la direction de Jade Tabet, coll. Autrement, 2001 ; *Portrait de ville : Beyrouth*, Institut français d'architecture, septembre 2001 ; Dalle, Gateau et Soreau, *Regards sur Beyrouth*, Romain Pages éditions, 2002 ; Fouad Debbas, *Des Photographes à Beyrouth, 1840-1918*, Marval, 2001 ; *Beyrouth notre mémoire*, Naufal, 1986.

Sur la place des Canons : l'album remarquable de Ghassan Tuéni et Farès Sassine : *El Borj, place de la liberté et porte du Levant*, Dar An-Nahar, 2000 ; l'étude historique d'Isabelle Guérin, *La Place des Martyrs à Beyrouth*, Solidere (s.d.) et les notes inédites du regretté Gaby Rayès.

Sur l'histoire du Liban en général : la précieuse collection de Joseph Chami, *Mémorial du Liban*, qui m'a été d'un grand secours ; Edmond Rabbath, *La Formation historique du Liban constitutionnel et politique*, 1986, Publications de l'Université libanaise ; Kamal Saliby, *Histoire du Liban du XVIIe siècle à nos jours*, Naufal, 1988 ; l'album *Le Liban, cent ans en photos*, publié aux éditions Dar An-Nahar, 2000 ; Denise Ammoun : *Histoire du Liban contemporain*, 2 t., Fayard, 1997 et 2004 ; Dominique Baudis, *La Passion des chrétiens du Liban*, Editions France Empire, 1979 ;

Jacques Nantet, *Histoire du Liban*, préface de François Mauriac, Editions de Minuit, 1963.

Sur l'affaire Tanios Chahine et les événements de 1860 : Baptistin Poujoulat, *La Vérité sur la Syrie et l'expédition française*, Paris, 1861 ; Issam Khalifé, *Etudes sur l'histoire du Liban contemporain* (en arabe), Dar el-Jil ; Victor Hachem, *Antoura de 1657 à nos jours*, Antoura, 2003 ; Dominique Chevallier, *La Société du Mont-Liban à l'époque de la révolution industrielle en Europe*, Geuthner, 1971 ; Y. Porath, « The Peasant Revolt in 1858-1961 in Kisrawan », *Asian and African Studies*, II, 1966 ; Antoun Daher Akiki, *Révolte et rébellion : Une page oubliée de l'histoire du Liban* (en arabe), éd. établie par Youssef Yazbeck, Beyrouth, 1938 ; Toufic Touma, *Paysans et institutions féodales chez les Druzes et les Maronites du Liban du xviiᵉ siècle à 1914* (en arabe), Publications de l'Université libanaise, 1971-1972 ; Massoud Daher, *Les Insurrections libanaises contre le système féodal*, Dar Al-Farabi, 1988 ; Karam Rizk, *Le Mont-Liban au xixᵉ siècle*, Kaslik, 1994 ; *Corps expéditionnaire de Syrie*, édition établie par le général Yassine Soueid, Naufal, 1998 ; Robert Khouri, *Liban 1860*, Beyrouth, 2003.

Sur l'indépendance du Liban : l'ouvrage essentiel de Ghassan Tuéni : *Le Livre de l'Indépendance*, Dar An-Nahar, 2000.

Sur la campagne du Levant (juin-juillet 1941) : Pierre Fournié et Jean-Louis Riccioli, *La France et le Proche-Orient*, Casterman, 1996 ; Michel Christian Davet, *La Double Affaire de Syrie*, Fayard, 1967 ; Pierre Dufour, *La France au Levant*, Pygmalion/Gérard Watelet, 2001 ; Maurice Albord, *L'Armée française et les Etats du Levant*, CNRS éditions, 2000.

Sur la guerre du Liban : Georges Corm, *Géopolitique du conflit libanais*, Paris, La Découverte, 1986 ; Ghassan Tuéni, *Une guerre pour les autres*, J.-C. Lattès, 1985 ; Annie Laurent et Antoine Basbous, *Guerres secrètes au Liban*, Gallimard, 1987 ; Samir Kassir, *La Guerre du Liban*, Karthala/CERMOC, 2ᵉ éd. 2000 ; Kamal Hamdan, *Le Conflit libanais*, Paris, Garnet Editions, 1997 ; Joseph G. Chami, *Le Mémorial de la guerre (1975-1990)*, Beyrouth, 2003 ; Kamal Joumblatt, *Pour le Liban*, Stock, 1978 ; Alain Ménargues, *Les Secrets de la guerre du Liban*, Albin Michel, 2004. A propos de Pierre Gemayel : Jacques Nantet, *Pierre Gemayel*, J.-C. Lattès, 1986 ; Maria Chakhtoura, *La Gar-*

dienne du clan, Beyrouth, 2000; Joseph Abou Khalil, *Pierre Gemayel, histoire d'un homme et d'une nation* (en arabe), Beyrouth, 2002.

A propos du *Jour* et de *L'Orient* : numéro spécial de *L'Orient-Le Jour*, publié en 1999; *Mémoires* de Charles Hélou, Beyrouth, 1984; Georges Naccache, *Les Faits du Jour*, Editions L'Orient-Le Jour et Dar An-Nahar, 2001; et l'album *Michel Chiha* publié par la Fondation Chiha, 2000.

Souvenirs et témoignages divers : Tracy Chamoun, *Au nom du père*, J.-C. Lattès, 1992; Joseph Saadé, *Victime ou bourreau*, Calmann-Lévy, 1989; Georges N. Rubeiz, *L'Enfant et la ville*, Dar An-Nahar, 1996; Nicolas de Bustros, *Je me souviens*, Librairie Antoine, 1983; Jean-Prosper Gay-Para, *Ma traversée du siècle*, t. II, Beyrouth, 1996; Dany Chevrier, *Le Joli Temps passé. En hommage à Pépé Abed*, Beyrouth, 1997; Viviane Ghanem et Asma Freiha, *Les Libanais et la vie au Liban* (2 vol.), Dar As Sayad, 1992; Marie el-Ali, *Un passé composé*, Beyrouth, 1992; Louis Ingea, *Par-delà fiel et miel*, Cariscript, 1991; Aïda Kanafani-Zahar, *Liban : le vivre ensemble*, Geuthner, 2004; Henri Eddé, *Le Liban d'où je viens*, Buchet-Chastel, 1997; Nadia Nammar, *L'Histoire d'un corps* (en arabe), Dar An-Nahar, 2001; Maurice Moyse, *Plus de 65 ans au Liban*, La Bruyère, 1991; Nadia Khouri-Dagher, *Beyrouth au cœur*, L'Harmattan, 1999; Rolla Ghosn, *Il était une fois ma rue*, 2003 (inédit).

Remerciements

Je tiens à remercier pour leur apport lady Cochrane, le Dr Issam Khalifé, le Dr Farès Sassine, Samir et Anne Frangié, Jean-Marie Kassab, Mona Rebeiz, Rita Hani, Hind Darwich, Camille Nohra, Zakhia Skayem, et les responsables des archives à *Magazine* et à *L'Orient-Le Jour*. Je remercie aussi Maître et Mme Camille Ziadé de m'avoir permis de reproduire leur tableau de Beyrouth.

Table

Table   375

Cet ouvrage a été composé et imprimé par la
SOCIÉTÉ NOUVELLE FIRMIN-DIDOT
Mesnil-sur-l'Estrée
pour le compte des Éditions Plon
76, rue Bonaparte
Paris 6ᵉ
en avril 2005

Dépôt légal : février 2005
N° d'édition : 13868 – N° d'impression : 73416

Imprimé en France